Catherine Bybee

Fast ein Volltreffer

Montlake Romance

Das Buch

Rachel Price ist aus dem sonnenverwöhnten Kalifornien nach New York gezogen. Mit Schnee und Eis kommt sie überhaupt nicht zurecht – und schickt mit ihrem unbeholfenen Fahrstil eine elegante Limousine in den Straßengraben. Ein glücklicherweise harmloser Unfall, aber eine überaus charmante Begegnung mit dem attraktiven Fahrer des Wagens …

Die volle Wucht des Aufpralls zeigt sich erst am nächsten Tag: Denn der Mann, der ihr nicht mehr aus dem Kopf geht, ist kein anderer als ihr neuer Boss Jason Fairchild! Der einzige Mann in New York City, der für eine Beziehung nicht in Frage kommt. Aber weiß Jason das auch?

Die Autorin

New-York-Times-Bestsellerautorin Catherine Bybee wuchs im Bundesstaat Washington auf. Nach der Highschool zog sie nach Südkalifornien, um dort Schauspielerin zu werden. Bald aber hatte sie genug davon, sich den Lebensunterhalt als Kellnerin zu verdienen, und absolvierte eine Ausbildung zur Krankenschwester. Die meiste Zeit ihrer Karriere verbrachte sie in der Notaufnahme. Jetzt arbeitet sie hauptberuflich als Autorin.

Zu ihren bekanntesten Werken zählen die Bücher aus der Brautserie »Bis Mittwoch unter der Haube«, »Ab Montag verheiratet«, »Jawort am Freitag«, »Single ab Samstag«, »Am Dienstag getraut« und »Bis Sonntag verführt« sowie die Bücher der *Not-Quite*-Serie »Fast ein Date«, »Fast mein Baby«, »Fast im Himmel«, »Fast für die Ewigkeit« und »Fast mein Traummann«. Catherine Bybee lebt mit ihrem Mann und zwei Söhnen in Südkalifornien.

Catherine Bybee

Fast ein Volltreffer

Roman

Aus dem Amerikanischen
von Stephanie von der Mark

Montlake
Romance

Die amerikanische Ausgabe erschien 2018 unter dem Titel »Not Quite Crazy« bei Montlake Romance, Seattle.

Deutsche Erstveröffentlichung bei
Montlake Romance, Amazon Media EU S.à r.l.
5 Rue Plaetis, L-2338, Luxembourg
Juni 2018

Die Übersetzung dieses Buches wurde durch AmazonCrossing ermöglicht.

Umschlaggestaltung: bürosüd⁰ München, www.buerosued.de
Umschlagmotiv: © Nisian Hughes / Getty; © Who is Danny / Shutterstock; © SFIO CRACHO / Shutterstock; © javi_indy / Shuterstock; © Valua Vitaly / Shutterstock; © OPOLJA / Shutterstock; © sanneberg / Shutterstock
Lektorat: Daphne Grossmann
Korrektorat: Verlag Lutz Garnies, Haar bei München, www.vlg.de
Gedruckt durch:
Amazon Distribution GmbH, Amazonstraße 1, 04347 Leipzig /
Canon Deutschland Business Services GmbH, Ferdinand-Jühlke-Str. 7, 99095 Erfurt /
CPI Books GmbH, Birkstraße 10, 25917 Leck

ISBN: 978-2-919-80128-2

www.montlake-romance.de

Für Kelli Martin, meine Schwester im Herzen. Ich hab dich lieb!

Kapitel 1

»Es riecht nach Schnee.«

Rachel blickte zwischen den Wolkenkratzern nach oben in den grauen Himmel. »Ach ja?«

»Schneit es in Kalifornien echt nicht?«, fragte Julie.

Die beiden gingen etwas schneller zum Restaurant Romano, wo ein warmes Mittagessen mit viel zu vielen Kohlenhydraten auf sie wartete.

»Doch, aber nur in den Bergen.« Rachel öffnete die Tür, froh, dass die Handschuhe sie vor der Kälte des Metallgriffs schützten. »Wo ich im Winter nie hinfahre.«

Als ihnen die Wärme entgegenströmte, seufzten sie erleichtert auf.

Sie waren früh dran. In einer halben Stunde würden sich lange Schlangen vor den Lokalen bilden und man würde bei der Unterhaltung fast schreien müssen, weil man sein eigenes Wort nicht mehr verstand.

Jetzt standen nur vier Gäste vor ihnen. Rachel gesellte sich in die Reihe. »Ich gebe es ja zu, ich bin noch nicht ganz auf den Winter hier eingestellt.«

»Du wirst auch nicht auf den Sommer hier eingestellt sein.« Julie trat beiseite, um einen Mann, der ein Tablett mit Suppe und knusprigem Baguette trug, vorbeizulassen. Das kleine

Bistro war genau der richtige Ort, wenn man auf die Schnelle etwas Leckeres essen wollte.

Zugegeben, Rachel hatte ein bisschen Angst vor dem hiesigen Winter. Sie hatte Mitte September die Westküste verlassen, als es dort noch über dreißig Grad warm war. Die kühlen Temperaturen und bunten Herbstfarben New Yorks hatten sie völlig überrascht.

Sie unterhielten sich, während sie anstanden. »Wahrscheinlich sollte ich mir auch noch Schneeketten fürs Auto zulegen.«

Julie schüttelte den Kopf, ihre glatten schwarzen Haare streiften dabei die Schultern. »Ich verstehe nicht, warum du unbedingt mit dem Auto fahren willst.«

»Ich mag keine öffentlichen Verkehrsmittel.«

»Es gibt vielleicht Dinge, vor denen man Angst haben sollte, aber eine U-Bahn gehört eigentlich nicht dazu.«

»Wenn man nie damit fährt, dann schon.« Sie hatten schon oft darüber geredet und Julie hatte jedes Mal mit den Augen gerollt und sie abwechselnd auf Englisch und Koreanisch geschimpft.

»Erzähl mir das noch mal, wenn du das erste Mal mit dem Auto im Graben gelandet bist.«

Rachel wohnte etwas mehr als eine Stunde außerhalb von Manhattan und nahm die tägliche Anfahrt – wie es alle Leute aus Los Angeles tun würden – mit einem gelassenen Schulterzucken auf sich. Früher hatte sie doppelt so lange fahren müssen und so empfand sie ihre momentane Situation eher als Verbesserung.

»Ich werde nicht im Straßengraben landen.« Doch während sie das sagte, sah sie vor ihrem inneren Auge ihren Sportwagen mit blinkendem Warnlicht im Schnee stecken. »Ich werde schon klarkommen«, sagte sie, mehr zu sich selbst als zu ihrer Freundin. »In Kalifornien haben alle Leute ein Auto, da fährt niemand mit dem Bus.«

»Es ist auch etwas anderes, wenn an dreihundertfünfzig Tagen im Jahr die Sonne scheint und es an den restlichen fünfzehn nur leicht nieselt.«

»Hey, bei uns regnet es auch.«

Julie machte ihre ohnehin schmalen Augen noch enger.

»Wie du meinst.«

Sie mussten beide lachen und endlich waren sie an der Reihe und bestellten an der Selbstbedienungstheke das Essen.

Zehn Minuten später bekamen sie einen Tisch, an dem gerade drei Leute aufstanden. Sie setzten sich und machten sich über ihre Mahlzeiten her.

»Was hast du am Wochenende vor?«, wollte Julie wissen.

»Weiter auspacken.«

»Du bist doch schon seit fast drei Monaten hier.«

»Ich musste alle Zimmer streichen und viel putzen, bevor wir überhaupt mit dem Auspacken der Umzugskartons anfangen konnten. Und es gibt nur eine begrenzte Anzahl an Wochenenden und nach der Arbeit bleiben auch immer nur wenige Stunden.«

»Hast du dein Schlafzimmer schon fertig?«

Rachel hatte erst Owens Zimmer renoviert, bevor sie ihr eigenes in Angriff nehmen würde. Wenn man bedachte, dass er gerade ans andere Ende des Kontinents gezogen war, in eine neue Schule ging und sich neue Freunde suchen musste, war er erstaunlich fröhlich. Er war von Natur aus niemand, der sich viel beschwerte, was er von seiner Mutter hatte. Rachel hielt inne und erlaubte sich einen Moment der Trauer. »Ich mache mein Zimmer am Wochenende fertig.«

»Wie geht es Owen in der Schule?«

»Er mag seine Lehrer und kommt gut mit …«

»Das habe ich nicht gemeint.«

Rachel sprach mit vollem Mund. »Er hat bei ein paar Jungs in der Nachbarschaft Anschluss gefunden.«

»Im gleichen Alter?«

»Lionel ist ein bisschen jünger. Ford ist in Owens Alter.«

Rachel dachte daran, wie sie zum ersten Mal bei Owen zu Besuch gewesen waren. Sie hatte ihn endlich wieder lachen gehört, und zwar so sehr, dass er sich den Bauch halten musste, weil einer etwas Komisches gesagt hatte. Sie hatte ihn vom Flur aus beobachtet. Und da hatte sie gewusst, dass alles gut werden würde.

»Ich weiß echt nicht, wie du das machst.« Julie löffelte ihre Suppe zu Ende und knabberte am Brot. »Ich kann ja kaum auf mich selbst aufpassen.«

»Du würdest es auch können, wenn du müsstest.«

»Von jetzt auf gleich plötzlich Mutter sein, umziehen, einen neuen Job anfangen.«

»Gleicher Job, nur andere Firma.«

Julie drehte sich zu dem Mann um, der gerade aus Versehen gegen ihren Stuhl gestoßen war. »Wann hattest du dein letztes Date?«

Rachel rümpfte die Nase. »Fragst du mich das jetzt jede Woche?«

»Ja, das habe ich vor. Du bist zu jung, um allein zu sein.«

»Bin ich nicht.« Rachel blickte auf die Uhr und stand auf.

»Du musst mir versprechen, dass du mich sofort anrufst, wenn Owen mal bei einem seiner neuen Freunde übernachtet. Dann gehen wir aus. Du bist schon seit Herbst hier und ich vermute mal, dass du nur die Straßen auf dem Weg zur Arbeit kennst und die paar Häuserblocks hier, wenn du mittags zum Essen gehst.«

Julie hatte recht. Rachel hatte die Stadt nicht weiter erkundet, als es für die Arbeit notwendig gewesen war. Sie bedauerte das auch, aber sie konnte nichts daran ändern.

»Du bist die Erste, die ich anrufe.«

Als sie wieder draußen waren, schmerzte die Kälte fast in ihrer Lunge. Sie holte die Handschuhe heraus und zog sie für den kurzen Weg zum Bürogebäude an.

Es war eben nicht Kalifornien.

***

»Mr Fairchild, Ihr Bruder ist auf Leitung zwei.«

Jason sah das blinkende Licht am Telefon vor sich.

Er unterschrieb noch schnell ein Dokument, hob dann den Hörer ab.

»Was gibt's Neues, Glen?«

»Ha. Falsch geraten.«

Trent. »Hatte 'ne Fifty-fifty-Chance.«

»Eher siebzig zu dreißig, wenn man bedenkt, wie viele Stunden Glen hier arbeitet im Vergleich zu mir.«

Es war schön, dass sein jüngster Bruder wieder aktiv in der Firma mitwirkte, auch wenn es nur wenige Tage in der Woche waren. Sonst war er meist wegen seiner humanitären Einsätze auf der ganzen Welt unterwegs.

»Kannst jederzeit mehr arbeiten …«

»Spar dir deine Rede.« Trent war einfach nicht der Typ Mensch, der gerne von neun bis siebzehn Uhr im Büro saß. Zum Glück lief in der Firma trotzdem alles so geschmiert wie bei einer gut geölten, alten Maschine. Ihre Flugzeuge waren mehr Stunden in der Luft als die der Konkurrenz, ihre Broker akquirierten wöchentlich neue Kunden und die weltweite Expansion war in den letzten zwei Jahren um fünfzehn Prozent gestiegen. Und das bei einem jährlichen Wachstum von fünf auf sieben Prozent in den letzten zehn Jahren.

Es lief also bestens.

»Warum dieser für dich eher untypische Anruf an einem Freitagnachmittag?«

»Ich wollte dich nur auf dem Laufenden halten.«

»Mit was denn?«

»Ach, Monica und Mary haben sich wieder unterhalten.«

Jason lehnte sich im Stuhl zurück und sah aus dem Fenster.

»Muss ich mir Sorgen machen?«

»Ja, um dich. Sie haben mitbekommen, dass du an Thanksgiving nicht bei Robert warst.«

»Ich war krank.« Das war nur die halbe Wahrheit. Er hatte Wind davon bekommen, dass Roberts Frau noch eine Dame eingeladen hatte, mit der sie Jason schon seit sechs Monaten zusammenbringen wollte. Seit letztem Jahr wollten ihn alle unbedingt mit irgendwem verkuppeln.

»Monica kauft dir das nicht ab.«

»Monica muss ja nicht alles abkaufen.«

»Ob es dir gefällt oder nicht, meine Frau sorgt sich um dich. Weder sie noch Mary werden eine ruhige Minute haben, so lange sie glauben, dass du Weihnachten allein verbringen wirst.«

Da Trent und Monica Thanksgiving mit Monicas Schwester und deren Familie in Texas verbracht hatten und Glen und Mary bei Marys bester Freundin in Kalifornien ihren Truthahnbraten gegessen hatten, konnte man davon ausgehen, dass irgendwer von ihnen an Weihnachten in Connecticut bleiben würde. »Wird etwa jetzt schon gelost, wer Weihnachten wegen mir hierbleiben muss?«

»Wir bleiben alle.«

»Warum machen sie sich dann Sorgen, dass ich allein sein könnte?«

»Tun sie ja nicht wirklich. Aber Monica kommt an diesem Wochenende zum Planen und du kannst mal davon ausgehen, dass sie dir die Leviten lesen wird, weil du Thanksgiving nicht bei Robert und Liz warst.«

»Kommt sie etwa zur Ranch?«

»Ja.«

»Warum?«

»Weil du das größte Haus hast und außerdem kannst du dich nicht drücken, wenn du selbst der Gastgeber bist.«

»Ich drücke mich nie.«

»Was war mit Ostern?«

Jason dachte an den letzten Frühling. »Ich war in London.«

»Ach ja und hast keinen Rückflug bekommen?«

»Es hätte keinen Sinn ergeben, bloß für ein Abendessen nach Hause zu fliegen. Ich hatte in der folgenden Woche doch wieder Meetings.«

»Meetings, die du dir extra in der letzten Minute so gelegt hast und zu denen nur ganz wenige Leute gekommen sind.«

»Meinetwegen.«

»Meinetwegen was?«

»Meinetwegen können wir Weihnachten auf der Ranch feiern.«

Trent lachte. »Habe ich um deine Erlaubnis gefragt?«

Hatte er nicht, was er ja auch gar nicht musste. Die Ranch gehörte Trent genauso wie ihm.

»Aber nur unter einer Bedingung.«

»Bedingung?« Trent klang skeptisch.

»Ja. Keine Blind Dates.«

Als Trent nichts darauf erwiderte, wusste Jason, dass er ins Schwarze getroffen hatte.

»Trent?«

»*Ich* werde dich nicht verkuppeln.«

»Und du wirst es deiner *Frau* auch untersagen.«

Trent lachte laut auf. »Du kennst wohl meine Frau nicht. Ich sage ihr lieber nicht, was sie tun oder lassen soll. Nur so bleibe ich am Leben.«

»Ich meine es ernst, Trent. Keine Verkupplungsversuche in meinem eigenen Haus.«

Es folgte eine kurze Pause. »Ich werde zusehen, was ich da machen kann.«

Jason stöhnte auf.

»Wenn du einfach selbst eine Frau einladen würdest …«

»Ja, ja.« Draußen hatte sich die Wolkendecke verdichtet. Er stellte sich ans Fenster und blickte zum Himmel. »Bist du zu Hause?«

»Ja, warum?«

»Schneit es?«

»Es hat vor einer halben Stunde angefangen.«

Jason zog die Stirn kraus. »War das vorhergesagt?« Normalerweise war er wettertechnisch immer auf dem Laufenden.

»Keine Ahnung.«

Er setzte sich wieder an den Schreibtisch und klickte auf der Wetterseite herum. Sah ganz danach aus, als ob er jetzt nicht mehr mit dem Helikopter heimfliegen konnte.

»So, manche von uns müssen jetzt wieder arbeiten, wenn es sonst nichts mehr gibt.«

Im Hintergrund hörte er Trents Hunde bellen.

»Bis bald.«

Er legte auf und sah wieder zum Fenster. Im Frühling konnte kaum einer mehr erwarten, dass der Schnee endlich verschwand, aber auf die ersten Flocken des Winters freuten sich alle.

Es würde ein langer Heimweg werden. Darum setzte er sich wieder an den Schreibtisch und widmete sich dem nie enden wollenden Stapel vor dem Ende des Geschäftsjahres.

***

Alles war ruhig, friedlich sogar, als Rachel aus der Stadt herausfuhr. Es war ihr ein Rätsel, wie sich in nur fünf Stunden so viel Schnee hatte ansammeln können. Sie blieb stur auf der rechten Spur und ließ die Einheimischen links an ihr vorbeirauschen. Sie hatte Owen schon eine Nachricht geschrieben, um ihm mitzuteilen, dass sie wahrscheinlich später als sonst nach Hause kommen würde. Er hatte mit Emojis geantwortet, Schneeflocken und Schneemänner. Für ihn war der Schnee sicher ein Anlass, seine Videospiele links liegen zu lassen und rauszugehen.

Auf der Autobahn fiel der Schnee ohne Unterlass, gleichmäßig, fast wie Regen. Als sie zu ihrer Ausfahrt kam, wurden aus den winzigen Flocken münzgroße Monster, die sich auf ihrer Windschutzscheibe festsetzten und hartnäckig dort bleiben wollten.

Bald verschwand der Asphalt unter der weißen Schicht, nur die Reifenspuren der Autos vor ihr waren noch zu sehen.

»Schön langsam und gleichmäßig«, sagte sie immer wieder vor sich hin.

Ihre Fingerknöchel waren weiß vor Anspannung, ihr graute vor jeder roten Ampel.

»Bitte bleib auf Grün.«

Ihr Fuß schwebte schon bremsbereit über dem Pedal, bis sie über die Kreuzung war. Als sie durch den letzten Ort vor dem langen Landstrich kam, war es schon nach neunzehn Uhr. Zum Glück waren die Straßen so gut wie leer.

Obwohl sie sich im Kriechtempo einem Stoppschild näherte, blockierten für einen kurzen Moment die Reifen, als sie bremste. Sie rutschte.

Ihr Herz rutschte in die Hose. Doch zum Glück gab es keinen Gegenverkehr. Rachel betätigte pumpend das Bremspedal, bis der Wagen zum Stehen kam.

Sie schloss die Augen, hielt die Luft an und dann fuhr sie noch langsamer weiter als zuvor.

»Das Erste, was ich morgen mache, ist Schneeketten kaufen.« Nicht, dass sie gewusst hätte, wie man die Dinger befestigte, aber so schwer konnte das ja nicht sein.

Erst als sie fast schon zu Hause war, begann sich Rachel wieder zu entspannen. Das Lenkrad hielt sie nun auch wieder etwas entspannter. Sie wollte nicht das dumme Mädel aus Kalifornien sein, das sich vom ersten Schneefall einschüchtern ließ.

Sie war nun auf der zweispurigen Straße mit dem kleinen Hügel angekommen. Wieder drehten die Reifen durch. Statt in den Spuren der vorigen Autos zu bleiben, fuhr sie ein paar Zentimeter seitlich davon, damit die kettenlosen Reifen im frischen Schnee mehr Halt fanden.

Hinter ihr wurde das Scheinwerferlicht eines Autos größer, es fuhr sehr schnell. Zumindest im Vergleich zu ihrem eigenen Kriechtempo.

Mit einem Auge schielte sie in den Rückspiegel, mit dem anderen blickte sie auf die Straße vor sich. Sie führte im Stillen ein Zwiegespräch mit dem anderen Fahrer, damit er endlich an ihr vorbeifahren würde.

Die Lichter blendeten sie kurz, als das Auto zum Überholen ansetzte.

Am obersten Punkt des Hügels fuhr es an ihr vorbei.

Sie seufzte erleichtert auf.

Doch zu früh gefreut. Schon beschleunigte sich ihr Puls. Der Fahrer des anderen Wagens verlor die Kontrolle, das Heck scherte aus.

Rachel trat kräftig auf die Bremse, bemerkte aber sofort ihren Fehler.

Alles um sie herum wirbelte im Kreis. Und dann steuerte ihr Auto direkt auf den anderen Wagen zu, der gerade in den Straßengraben gerutscht war. Sie riss das Lenkrad herum, verfehlte das Auto um wenige Zentimeter und rollte an ihm vorbei. Kurz vor dem Graben kam sie zum Stehen.

Ihr Herz klopfte wie wild, immer noch umklammerte sie das Lenkrad.

Die Scheinwerfer des anderen Wagens leuchteten im Rückspiegel. Der andere war wohl nicht so glimpflich davongekommen.

Rachel stellte den Motor aus und sprang heraus. Ihre Stiefeletten waren nur fürs Büro geeignet. Rutschend näherte sie sich dem anderen Fahrzeug.

»Alles okay bei Ihnen?«, fragte sie, noch bevor sie an der Fahrertür angekommen war. Für einen kurzen Moment sah sie niemanden im Inneren. Sie zog am Türgriff.

Verriegelt.

Dann richtete sich der Fahrer auf, schüttelte den Kopf und entriegelte die Tür.

»Alles in Ordnung mit Ihnen?«

»Ja, alles gut. Eigentlich sehr gut, wenn man bedenkt, dass ich im Straßengraben liege.« Er sah Rachel und vergaß zu atmen.

Kapitel 2

Jason war sich nicht sicher, was ihn mehr aus der Fassung brachte – dass er mit seinem Auto im Graben gelandet war oder die wunderschönen blauen Augen dieser Frau. Schneeflocken fielen auf den unbedeckten Kopf, hellbraune Haarsträhnen hingen ihr ins Gesicht. Sie trug keine Jacke, die Wangen waren vor Kälte gerötet und ihre Lippen … oh Mann, er musste seine Augen von diesen Lippen reißen, sonst würde er noch wie ein verliebter Teenager zu stammeln anfangen. Er blinzelte, unterbrach den Blickkontakt, und öffnete den Gurt.

Da das Auto zur Seite geneigt lag, musste er über die Mittelkonsole klettern.

Die Frau streckte die Hände aus, um ihm zu helfen. »Kommen Sie.«

Mit der Eleganz eines Elefanten schaffte er es, erst ein Bein auf den Beifahrersitz zu schwingen, dann das andere, bevor er ihre kleine Hand erreichte.

Draußen trat er in zwanzig Zentimeter hohen Schnee und rutschte mit seinen Hugo-Boss-Schuhen.

Mit einem Blick auf seine Füße meinte sie: »Sie scheinen ja genauso gut vorbereitet zu sein wie ich.«

Er sah auch auf ihr Schuhwerk. »Immerhin tragen Sie Stiefel.«

»Die Steve Madden wahrscheinlich nicht für so etwas hier entworfen hat.« Sie zitterte und schlang die Arme um sich. »Sind Sie sicher, dass Ihnen nichts passiert ist?«

Jason sah zu ihrem Auto, an dem die Warnblinklichter leuchteten. »Nur mein Stolz hat blaue Flecken bekommen, meinen Knochen geht's gut.« Er beugte sich ins Auto, holte seinen Mantel und das Handy heraus.

Sie trat von einem Fuß auf den anderen, offensichtlich begann die Kälte in sie hineinzukriechen.

Er reichte ihr seinen Mantel.

»Vielleicht setzen wir uns besser in mein Auto. Da können Sie telefonieren.«

»Lassen Sie öfters fremde Männer zu sich ins Auto steigen?«

Diese bezaubernden Lippen lächelten und verursachten ein leichtes Flattern in seiner Magengegend.

»Nur während eines Blizzards.«

»Das ist doch kein Blizzard.«

»Für mich schon. Kommen Sie, ich beiße nicht.« Ohne seinen Mantel anzunehmen, ging sie zu ihrem Auto.

Jason folgte. Bevor er die Beifahrertür öffnete und hineinkletterte, warf er einen Blick auf ihr Nummernschild.

Die Standheizung lief. Sie rieb sich die Hände und schüttelte die Haare, um den schmelzenden Schnee loszuwerden. »Danke, dass Sie angehalten haben«, sagte er.

»Mir wäre ja fast dasselbe passiert. Ehrlich gesagt, wundert es mich eher, dass ich selbst verschont geblieben bin.«

»Ich habe Ihr Nummernschild gesehen. Sie sind aus Kalifornien?«

Sie nickte. Ihre Wangen röteten sich noch mehr, als ihr wärmer wurde. »Es ist mein erster Schneesturm. Ich hatte keine Ahnung, dass der vorhergesagt war, sonst hätte ich mir Schneeketten besorgt.«

»Mich hat er auch überrascht.«

Sie sah ihm in die Augen und jetzt erst merkte er, dass er sie angestarrt hatte.

Das Telefon fiel ihm wieder ein. Er wählte, um Hilfe zu holen.

Nach dem vierten Klingeln hob Nathan ab. »Was für ein Wetter, Jason!« Der Mechaniker und Flugzeugwart von Jasons Privatmaschine hatte einen schottischen Akzent.

»Kannst du laut sagen.«

»Was kann ich für dich tun?«

»Ich habe es glatt fertiggebracht, mein Auto in den Straßengraben zu verfrachten.«

Es dauerte eine Weile, bis Nathan wieder mit dem Lachen aufhörte. Dann fragte er: »Mit welchem Wagen warst du denn unterwegs?«

»Mit dem Audi.«

»Das war ja schon mal der erste Denkfehler. Heute ist eher ein Tag für den Jeep.«

»Oh, welch weise Worte, Nathan.« Dann teilte er Nathan mit, wo er war. Aus dem Augenwinkel sah er, wie die Frau neben ihm auf die Uhr blickte.

»Wie schnell kannst du hier sein?«

»Ich muss noch was fertig machen und fahre dann gleich los.«

»Wo musst du was fertig machen?«

»Bei Betty. Sie hat keinen Strom und ich muss ihren Holzofen in Gang bringen.«

Die Witwe Betty war zwar die nächste Nachbarin, aber doch so weit entfernt, dass Nathan bei diesem Schneesturm länger brauchen würde.

»Wie lange dauert das ungefähr?«

»Ihre Straße ist nicht geräumt. Ich muss erst zum Haus zurück und den Truck holen. Vielleicht dauert es auch ein bisschen, bis ich das Abschleppseil finde. Sicher mindestens eine Stunde.«

»Eine Stunde?« Bei besseren Verhältnissen waren es nur zwanzig Minuten Fahrzeit bis zu seinem Haus. Er überlegte, ob er die Frau mit diesen blauen Augen – so blau wie der Himmel – fragen sollte, ob sie ihn fahren könne. Aber offensichtlich schüchterte sie der Gedanke, weiter im Schnee zu fahren, genauso sehr ein, wie ihn die Vorstellung, noch eine Stunde im Auto zu warten.

»Wenn du noch weiterquatschst, dauert es länger.«

»Na gut.«

Jason legte auf, wohl wissend, dass er einen Mann, der doppelt so alt war wie er selbst, nicht weiter zur Eile antreiben konnte.

»Eine Stunde?«, fragte sie.

»Ja. Ein anderer Abschleppwagen wird an einem Abend wie diesem auch nicht schneller zur Verfügung stehen. Ich kann aber in meinem Auto warten.«

Sie sah ihn an, als ob er verrückt sei. »Und live dabei sein, wenn das nächste Auto über den Hügel kommt und in Sie hineinschlittert?«

Er blickte sich über die Schulter nach seinem Auto um. Sie hatte nicht ganz unrecht.

»Ich wohne hier in der Nähe.« Sie guckte wieder auf die Uhr. »Und ich muss nach Hause. Warum kommen Sie nicht mit und warten dort auf Ihren Freund?«

Fast hätte er gefragt, ob Ihr Mann da nichts dagegen hätte. Doch vielleicht klang das komisch in den Ohren einer Frau, allein auf einsamer Straße. So gern er auch gewusst hätte, ob sie verheiratet war.

»Sind Sie sicher?«

Ihre roten Lippen zeigten den Ansatz eines Schmunzelns. »Ich gehe mal davon aus, dass Sie kein Axtmörder sind, oder?«

»Hab letzte Woche damit aufgehört. Macht zu viel Sauerei.«

Sie grinste und nickte zum Rückspiegel. »Brauchen Sie was aus Ihrem Auto?«

»Meine Geldbörse.« Er öffnete die Tür.

»Vielleicht stellen Sie besser auch das Warnblinklicht an«, sagte sie zu ihm. »Lieber eine leere Batterie als eine eingedellte Motorhaube.«

Jasons achtzigtausend Dollar teures Auto sah mitleiderregend aus, wie es so im Straßengraben lag. Im Moment aber konnte er nur daran denken, dass er die nächste Stunde seines Lebens mit einer Frau verbringen würde, die wie ein Engel aussah.

Ich hoffe, du bist nicht verheiratet.

***

»Vielen Dank«, sagte Jason, als sie unglaublich langsam losfuhr.

»Keine Ursache.«

Sie wirkte verkrampft, ihr Gesicht war angespannt, während sie sich auf die Straße konzentrierte.

»Haben Sie Allrad?«

»Schön wär's. Als ich in Los Angeles den Wagen gekauft habe, hätte ich im Leben nicht gedacht, mal damit im Schnee zu fahren. Aber für alles gibt es wohl ein erstes Mal.«

Sie krochen um die Kurve. Jetzt erst kapierte er, was sie eigentlich damit sagte. »Ist es etwa das erste Mal, dass Sie im Schnee fahren?«

»Ja.«

Sein Herzschlag setzte kurz aus, er hielt sich am Sicherheitsgurt fest. Er war schon im Schnee gefahren, als er gerade so mit den Füßen an die Pedale kam. Was ging, wenn man auf einem zwanzig Hektar großen Gelände inklusive Flugzeuglandeplatz aufwuchs. Er und seine Brüder hatten alle erdenklichen motorisierten Fahrzeuge gehabt, mit denen sie sich Rennen lieferten.

Bei dieser Frau hier war ein solches »Rennen« eher ausgeschlossen.

Er hätte gerne auf den Tacho geschielt, aber das wäre zu offensichtlich gewesen. Wahrscheinlich fuhr sie kaum mehr als dreißig, eine Geschwindigkeit, die sonst bei ihm einen Juckreiz verursachte.

»Sie machen das sehr gut«, lobte er.

Sie schenkte ihm ein Lächeln. »Selbst eine Schildkröte wäre schneller.«

Fast hätte er ihr zugestimmt, doch da bog sie schon in eine kleine Wohnstraße und sogleich in eine Einfahrt ein. Ihr erleichtertes Aufseufzen, als sie den Motor ausstellte, wirkte beinahe komisch.

»Wollen Sie nicht in der Garage parken?«

»Ich habe noch nicht alles ausgepackt.« Sie zeigte zum geschlossenen Garagentor. »Da steht immer noch alles voller Umzugskartons.«

»Oha.«

Sie holte die Handtasche vom Rücksitz und stieg aus. Jason war ein paar Schritte hinter ihr und folgte ihr über den schneebedeckten Weg zum Eingang. Er merkte, dass er den Atem anhielt, so neugierig war er auf das, was ihn auf der anderen Seite der Tür erwarten würde.

Bereits nach dem ersten Schritt verließ ihn die Hoffnung, dass die kalifornische, sich im Schneckentempo durch den Schnee bewegende Dame noch Single war.

»Owen?«

Sie ist verheiratet. Natürlich ist sie verheiratet. Warum sollte eine Frau mit einem Lächeln, das den Schnee zum Schmelzen bringt, nicht verheiratet sein?

»Ich bin hier.«

Eine Jungenstimme.

Sie ist verheiratet und hat Kinder.

Sie schüttelte an der Eingangstür den Schnee von ihrer Jacke und zog sie aus, als ein Junge im Flur erschien. »Ich habe mir schon Sorgen gemacht.«

Jetzt sah Jason, wem die Stimme gehörte.

Der Teenager blieb abrupt stehen und musterte Jason von oben bis unten.

»Ich habe es geschafft. Hab doch gewusst, dass ich das kann.«

Ohne sie anzusehen, entgegnete der Junge: »Du im Schnee – das ist ungefähr so, wie wenn ich morgen mit 'nem Laster in die Schule fahren würde. Wer ist das?«

Er war noch jung. Zu jung, um selbst schon zu fahren, aber schon ein halber Mann.

Sie drehte sich zu ihm. »Das ist …« Sie wirkte plötzlich etwas konsterniert. »Oh Gott, ich kenne noch nicht einmal Ihren Namen.«

»Jason Fa…«

»Du weißt nicht, wie er heißt?« Owen sah sie ungläubig an.

»Er lag im Straßengraben!« Jetzt stemmte sie die Hände in die Hüften. »Schau mich nicht so an.«

»Was meinst du mit *so*? *So* als ob du verrückt bist, weil du einen Fremden nach Hause bringst?«

»Ich habe eine gute Menschenkenntnis.«

Owen schien das wenig zu überzeugen.

»Ich bin kein Axtmörder«, beteuerte Jason.

Owen rollte mit den Augen.

»Hol mal deinen Dad. Ich kann ihn sicher davon überzeugen.«

Owen kniff den Mund zusammen und warf ihm feindselige Blicke zu.

»Sein Dad ist nicht hier«, erklärte sie.

Jason war sich sicher, dass Owen innerlich fluchte und schier explodierte. Jetzt knurrte er, dann stieß er hervor: »So was darfst du doch nicht sagen, Rachel! Er könnte uns zerstückeln. Niemand kennt uns hier, niemand würde nach unseren Leichenteilen suchen.« Und damit machte Owen auf dem Absatz kehrt und stürmte davon.

»Owen!« Rachel versuchte, ihn zu beruhigen. »Tut mir leid. Er hat einen starken Beschützerinstinkt. Warten Sie kurz.« Und damit verschwand sie.

Jason setzte langsam die Aktentasche ab und öffnete den Mantel.

Rachel. Sie hieß also Rachel.

Der Vater war nicht hier.

Und der Sohn war schwarz.

***

»Er fährt einen Audi.« Als sie das sagte, merkte sie selbst, wie schwach ihr Argument klang.

Owen blickte sie an wie ein Mann. Nicht wie der fünfzehnjährige Junge, der er war.

»Jack the Ripper war Chirurg.«

Mist.

Sie versuchte es anders. »Aber Ripper fuhr keinen Audi.«

»War es ein R8?«

Rachel bemühte sich gar nicht erst, so zu tun, als wüsste sie, wovon er sprach. Doch ihr Blick verriet sie.

»Du bist hoffnungslos.«

»Er wartet nur, bis er abgeholt wird. Draußen ist es furchtbar kalt.« Sie hielt inne und schüttelte den Kopf. »Aber warum diskutiere ich mit dir?« *Ich bin hier die Erwachsene.*

»Weil auch deine Eltern mal gesagt haben, dass du keine Fremden ins Haus lassen darfst.«

Ihre Eltern hatten sogar gesagt, dass sie mit Fremden noch nicht einmal *reden* sollte.

»Du hast ja recht.«

Owen öffnete den Mund, um zu widersprechen, dann schloss er ihn schnell wieder.

Sie blickte über die Schulter. »Ich fahre ihn zu seinem kaputten Auto zurück.«

»Nein.«

Sie wartete. »Er sollte aber besser wieder gehen, oder?«

»Man darf auch nicht mit einem Fremden ins Auto steigen.«

»Ich habe ihn doch gerade hierhergefahren.«

Sie sah, wie seine Gehirnwindungen arbeiteten. »Wie lange dauert es, bis er hier abgeholt wird?«

»Ich weiß nicht genau, ungefähr eine Stunde.«

Owen murmelte etwas vor sich hin und rieb sich den Kopf wie ein Erwachsener. Und in diesem Moment erinnerte er sie an seine Mutter Emily. Gott, Emily hatte dieselbe Angewohnheit gezeigt, wenn sie über einem Problem gebrütet hatte.

»Warum grinst du denn jetzt?«

Rachel versuchte, es zu unterdrücken, aber es gelang ihr nicht.

Wenn man von einem Kind, das halb so alt war wie man selbst, so finster angeschaut wurde, musste man einfach lachen.

Sie biss sich auf die Lippen.

Owen rollte mit den Augen, dann ging er an dem Fremden vorbei in die Küche. Man hörte, wie er eine Schublade öffnete.

»Alles okay?«, fragte Jason.

»Ja, es passt schon.«

Irgendetwas fiel zu Boden. Owen sagte etwas, das sicher nicht jugendfrei war. Als er durch die Schwingtür ins Wohnzimmer zurückkam, hielt er ein großes Küchenmesser in der einen und ein schnurloses Telefon in der anderen Hand.

»Owen!«

Er legte das Messer und das Telefon neben seine Schulsachen auf den kleinen Tisch, der im Flur zwischen dem Wohnzimmer und der Küche stand. Dann setzte er sich wieder an die Hausaufgaben.

»Vielleicht sollte ich doch besser draußen warten, bis ich abgeholt werde.«

»Quatsch.« Rachel ging hinüber. »Owen, das reicht jetzt.«

»Solange der da nichts macht, mache ich auch nichts.«

Rachel stemmte die Hände in die Hüften. Ihre Belustigung über Owens Verhalten hatte sich in Ärger umgewandelt. »Am Ende verletzt du dich selbst noch damit.«

»Ich gehe jetzt.«

»Nein!« Rachel zeigte auf die Couch. »Sie setzen sich sofort. Ich mache Kaffee. Und du«, sagte sie mit einem Fingerzeig auf Owen, »du machst jetzt deine Hausaufgaben fertig und hörst auf, dich zu benehmen, als wärest du im Getto aufgewachsen.«

Damit marschierte sie in die Küche. Dort holte sie tief Luft, atmete langsam aus und betrachtete die Unordnung, die Owen bei der Zubereitung einer tiefgefrorenen Pizza hinterlassen hatte.

»Wow, sie ist ganz schön bestimmerisch«, hörte Rachel den Mann sagen. Wie hieß er noch mal? Jason? Richtig, er sah aus wie ein Jason.

Owen erwiderte etwas, das sie nicht hören konnte. Die Schwingtür der Küche, die sie beim Kauf des Hauses so entzückend altmodisch gefunden hatte, war ihr nun ziemlich im Weg. Sie beeilte sich mit dem Kaffee.

Als sie wieder ins Wohnzimmer kam, hatte Jason seinen Mantel ausgezogen und es sich auf der Couch bequem gemacht. Ihre Blicke trafen sich. Während sich Owen den Hausaufgaben widmete, sagte sie kaum hörbar zu Jason: »Tut mir leid.«

Er schüttelte den Kopf, sie brauchte sich nicht zu entschuldigen.

»Der Kaffee dauert noch eine Minute.«

»Schön. Wie lautet denn Ihre Adresse? Ich muss Nathan noch Bescheid geben.«

Rachel sagte sie ihm und ging unterdessen zu Owen hinüber.

»An was arbeitest du gerade?«, versuchte sie, die Anspannung zu lösen.

Er sah sie nur böse an.

Verärgert durfte er ja sein, solange er seinen Anstand nicht vergaß.

Jason telefonierte, dann berichtete er: »Es dauert noch ungefähr eine halbe Stunde.«

Rachel wollte sagen, dass kein Grund zur Eile bestehe. Andererseits würde sich die Anspannung erst lösen, wenn er weg war. »Okay. Wie trinken Sie Ihren Kaffee?«

»Schwarz, bitte.«

Gekonnt wie eine Kellnerin goss sie ihm ein und reichte ihm die Tasse.

Owen saß wie versteinert an seinem Tisch. Mit Sicherheit machten seine Hausaufgaben keine Fortschritte.

»Super, vielen Dank.«

Sie setzte sich gegenüber von Jason und versuchte, ihn nicht allzu offensichtlich zu mustern. Er hatte kurzes braunes Haar, ein markantes Kinn. Wie Clark Kent, wenn es Superman wirklich geben würde. Breite Schultern, die gut in seinen Anzug passten. Keine Krawatte. Trug er nie eine oder hatte er sie für die Heimfahrt abgelegt? Ohne darüber nachzudenken, sah sie auf seine Hände. Kein Ring.

Eine nasse Haarsträhne fiel ihr ins Gesicht. Sie schloss die Augen, um ihn nicht weiter anzustarren. Als Nächstes musste sie endlich einen Spiegel im Flur aufhängen. Nicht, dass ein Blick hinein nötig gewesen wäre, um zu wissen, dass sie furchtbar aussah. Aber vielleicht war ihr Anblick kein völliges Desaster?

»Es war also kein Scherz, als Sie meinten, Ihr Haus sei noch gar nicht richtig eingerichtet.«

Sie folgte seinem Blick zu der Kiste, die sie provisorisch zu einem Beistelltisch umfunktioniert hatte. »Leider nicht. Ich habe nur an den Wochenenden Zeit, um mich häuslich einzurichten, bevor irgendwann das normale Wohnchaos beginnt.«

»Sieht schon ganz gut aus.«

»Danke. Owen und ich sind jetzt Meister an der Farbrolle. Stimmt's, Owen?«

Er gab eine Art Grunzen von sich.

Vor dem Fenster draußen tanzten die Schneeflocken im Licht der Straßenlaterne. Es wirkte wie die Szene eines Films. »Der ist morgen wohl noch nicht weg, oder?«

»Kaum anzunehmen.«

»Zum Glück ist morgen Freitag. Dann muss ich nur noch einmal in die Stadt.«

»Wollen Sie etwa mit dem Auto zur Arbeit fahren?«

»Es ist ein neuer Job. Da kann ich schlecht daheimbleiben, bloß weil Schnee liegt.«

»Das habe ich auch nicht gemeint. Aber Sie könnten mit dem Zug fahren.«

Rachel durchfuhr ein Schauder. »Nein, nein.« Als sie das sagte, wusste sie genau, dass es nur eine Frage der Zeit war, bis sie ihre Angst vor öffentlichen Verkehrsmitteln überwinden musste. »Ich werde einfach früh losfahren.«

Jason wollte etwas erwidern, doch nach einem Blick von Owen überlegte er es sich anders.

»Zugfahren ist sehr sicher. Glauben Sie mir, ich wohne schon mein ganzes Leben hier.«

»Das haben mir andere Leute auch schon gesagt.« Sie trank ihren Kaffee. »Ich bin halt nur nicht … ähm …«

»Sie hat Angst, dass sie im Zug überfallen wird«, mischte sich Owen ins Gespräch.

Rachel seufzte.

»Wirklich?«, fragte Jason.

»In Kalifornien gibt es nicht so viele Züge.«

»Aber mit dem Bus fahren Sie schon, oder?«

»Oh Gott, nein.«

»Wegen der Bazillen, die zu den Verbrechern hinzukommen«, tönte Owen aus dem Hintergrund.

Jason sah sich den Raum an. »Sie haben doch nicht etwa eine Bazillenphobie?«

»Nein«, sagte sie, als ob das ein lächerlicher Gedanke sei.

Owen wollte wieder etwas von sich geben. Weil sie jedoch wusste, was jetzt gekommen wäre, ließ sie ihn gar nicht erst zu Wort kommen. »Bloß weil ich lieber Wasser trinke, das aus einer Flasche kommt, statt vom Wasserspender, hat das noch lange nichts mit einer Phobie zu tun.«

»Steigen Sie in ein Flugzeug?«

Diese Frage war zwar überraschend, aber Rachel war froh, endlich mal mit Ja antworten zu können. »Ja. Manchmal.«

»Zweimal«, fuhr Owen damit fort, ihre Geheimnisse zu verraten.

Jason starrte sie an, als ob ihr gerade ein Horn auf der Stirn gewachsen sei.

»Sie hat einen Kontrollzwang«, plauderte Owen weiter.

»Hab ich gar nicht«, widersprach sie.

»Ich habe ihr schon gesagt, dass sie den loswerden muss, bevor ich meinen Führerschein mache.« Rachel warf Owen einen warnenden Blick zu. »Musst du nicht weiter Hausaufgaben machen?«

»Ich kenne eine Frau, die früher ziemlich große Flugangst hatte. Jetzt hat sie gar keine Probleme mehr damit«, erzählte Jason. »Vielleicht sollten Sie mal mit ihr sprechen.«

»Ich habe keine Flugangst.« Wieder stille Warnungen an Owen. »Ich fahre eben nur am liebsten selbst«, sagte sie mit bemüht gelassenem Gesichtsausdruck.

Vor dem Fenster bog ein Fahrzeug in die Einfahrt.

Jason erhob sich. »Jetzt werde ich abgeholt.«

Rachel begleitete ihn den kurzen Weg zur Tür.

Er zog seinen Mantel an. »Hat mich gefreut, dich kennenzulernen, Owen.«

Sie öffnete die Tür, ging mit ihm zusammen auf die Vorderveranda hinaus und zog die Haustür hinter sich fast zu. »Danke, dass Sie so viel Verständnis für ihn haben.«

»Er will Sie ja nur beschützen. Das muss man ihm hoch anrechnen.«

»Er will zwar den Mann im Haus spielen, aber dann kommt doch immer wieder der Teenager in ihm durch.«

Jason grinste.

Rachel begann zu zittern.

Er streckte ihr die Hand entgegen. »Danke, dass Sie einem Fremden im Schneesturm geholfen haben.«

Seine Hände waren trotz der Kälte warm. »Gern geschehen. Viel Glück mit Ihrem Auto.« Jason hielt eine Sekunde inne, dann wandte er sich um und ging.

Kapitel 3

Rachel plante eine Extrastunde für den Weg zur Arbeit ein und trotzdem kam sie zu spät. Sie schlich um die kleinen, abgeschirmten Schreibtische des Großraumbüros herum, bis zu ihrem Arbeitsplatz, der ein bisschen größer war. Julie sah auf und guckte, ob sonst noch wer Rachels Zuspätkommen bemerkt hatte. Sie kicherte.

»Was denn?«, Rachel stopfte ihre Tasche unter den Schreibtisch und zog den Mantel aus.

»Dein Gesichtsausdruck ist so lustig.«

»Meinst du meinen Hoffentlich-merkt-mein-Chef-nicht-wie-unpünktlich-ich-bin-Gesichtsausdruck?«

»Ja, genau den.«

»Zu spät.« Die Männerstimme hinter ihr ließ sie zusammenzucken.

Rachel straffte die Schultern und wandte sich zu ihrem Chef um. »Es tut mir leid, Gerald. Ich dachte, ich hätte genügend Extrazeit eingeplant, aber …«

Gerald sah an ihr vorbei zu Julie. »Sie schulden mir zehn Dollar.«

Julie zog lachend ihr Portemonnaie hervor. Auch Gerald wirkte erheitert.

Julie reichte ihm einen Geldschein.

»Was soll das denn?«

Gerald wedelte mit der Banknote durch die Luft. »Julie hat gewettet, dass Sie nicht vor neun kommen. Ich habe Ihnen mehr zugetraut und hab auf acht Uhr dreißig getippt.«

»Sie haben Wetten über mich abgeschlossen?«

»Eigentlich bin ich eher überrascht, dass du es überhaupt geschafft hast«, gestand Julie.

Langsam wich die Anspannung aus Rachels Schultern. »Die Straßenverhältnisse bei uns waren furchtbar.« Zum Glück waren wenigstens in der Stadt die Straßen geräumt gewesen.

Gerald winkte zum großen Fenster hinüber. »Das meiste davon wird morgen wieder geschmolzen sein.«

»Gut so.«

»Ist das Google-Angebot bis zur Besprechung am Montag fertig?«

Rachel und Julie antworteten gleichzeitig mit Ja. »Ich mache nur noch den Feinschliff an der PowerPoint-Präsentation.« Bereits im Gehen sagte Gerald: »Rachel, hätten Sie noch eine Minute?«

Gerade, als sie dachte, sie sei noch mal davongekommen.

Sie warf Julie einen Blick zu, die ihr mit einem Schulterzucken antwortete.

Gerald war schon Anfang sechzig und einer der dienstältesten Mitarbeiter der Firma. Noch dazu war er ein enger Freund der Firmeninhaber.

»Es tut mir wirklich leid, dass ich zu spät gekommen bin«, fing Rachel an.

»Das weiß ich schon. Setzen Sie sich.«

Sie faltete die Hände, nahm vor seinem Schreibtisch Platz, saß aber dabei nur auf der Stuhlkante.

»Der Winter in New York kann furchtbar sein.«

»Das habe ich auch schon gehört.«

»Und mit dem Auto in die Stadt zu fahren, ist ziemliche Zeitverschwendung.«

»Auch das habe ich schon gehört.«

Gerald sah sie an. »Als wir Ihnen diese Position angeboten haben, haben Sie von uns als Bonus den Parkplatz für die ersten sechs Monate zur Verfügung gestellt bekommen, weil Sie aus Kalifornien sind. Es wird langsam Zeit, über öffentliche Verkehrsmittel nachzudenken, finden Sie nicht auch?«

Sie ahnte, was gleich kommen würde. »Wenn ich um vier Uhr morgens von zu Hause losfahren muss, mache ich das.«

»Und wenn was mit Owen ist, Sie aber drei Stunden für den Heimweg brauchen?«

Sie erwiderte nichts.

»Ich mag Sie, Rachel. Sie bringen frischen Wind ins Marketing, den wir schon länger nicht mehr hatten. Sie wissen, welche Themen anstehen, bevor sie zu Problemen werden. Sie haben Führungstalent und ehrlich gesagt glaube ich, dass Sie vielleicht noch im ersten Jahr mehr Verantwortung übernehmen könnten.«

Was seit dem Jobwechsel auch ihr Ziel war. »Das würde ich sehr gern.«

»Wenn Sie sich gegen das Fahrzeug entscheiden, erhalten Sie von uns den Gegenwert fürs Parken. Damit können Sie das Zugticket bezahlen und die Parkgebühr am Bahnhof.«

Rachel öffnete den Mund, um etwas zu sagen, doch Gerald ließ sie nicht zu Wort kommen.

»Wie auch die Spritkosten für den Weg zum Bahnhof.«

Es lag ihr auf den Lippen sofort abzulehnen, doch sie beherrschte sich gerade noch.

»Ich werde darüber nachdenken.«

»Gut. Bald kommt der erste Northeaster. Dann bleibt der Schnee wochenlang liegen, sodass nicht mal mehr der Müll abgeholt wird. Grauenhaft. Wenn Sie für fünf Kilometer zwei Stunden brauchen, werden Sie wissen, wovon ich spreche.«

Das konnte sie sich gar nicht vorstellen.

Aber Geralds Gesichtsausdruck sagte, dass er keine Scherze machte.

»So, und jetzt kümmern Sie sich gern um den Feinschliff der PowerPoint-Präsentation.«

***

»Owen?« Rachel kam ins Haus, warf die Schlüssel in die Schüssel neben der Haustür und ließ den Mantel auch gleich dort, um die Tropfen, die davon herabperlten, nicht im ganzen Haus zu verteilen.

»Wir sind oben«, rief er runter.

Bekannte Geräusche von Rennautos, vermischt mit dem Lachen von halbwüchsigen Jungs. Er hatte Besuch und sie lieferten sich ein virtuelles Rennen. Wieder lachte Owen laut, als Rachel bereits auf der Treppe war. Sie blieb stehen und schmunzelte. Es klang so normal und es machte sie glücklich.

Sie steckte den Kopf durch den Türspalt und sah Owen und Ford auf dem Bett sitzen, die Controller in den Händen, die Augen auf den Flachbildschirm an der Wand gerichtet.

»Hi, Ford.«

»Hi«, grüßte er, ohne aufzublicken.

Sie sah sich im Zimmer um. Eine leere Chipstüte lag auf dem Boden, neben Owen stand eine angefangene Wasserflasche. »Habt ihr schon was gegessen?«

»Nee, ich bin am Verhungern«, verkündete Owen.

»Mann, du musst dem Ding da ausweichen.« Ford betätigte den Controller mit vollem Körpereinsatz, als ob er damit das virtuelle Auto in echt lenkte.

Aber Owen wich dem »Ding« offenbar nicht aus. Was anscheinend nicht schlimm war, denn beide Jungs rammten ihre Autos ineinander und fanden das sehr lustig.

»Ich mache was zum Abendessen.«

Sie hörten sie nicht.

»Bleibst du zum Essen, Ford?«

»Wenn ich kann, gern.«

Während sie weiter ihrer Beschäftigung des Autorammens nachgingen, bemerkte Owen nebenbei: »Übrigens lag ein Paket für dich vor der Haustür. Ist unten auf dem Tisch.«

»Okay.«

Sie blieb vor ihrem noch nicht fertigen Schlafzimmer stehen, zog die Stiefel aus und ein Paar dicke Socken an. Der Dielenboden unten war so kalt wie der darunterliegende Keller. Daran musste sie sich erst noch gewöhnen. Die Häuser in Kalifornien hatten keinen unterirdischen Raum für Waschmaschinen, Krempel und Spinnen. Immerhin waren da ein paar Fenster, durch die etwas Licht hereinkam. Sie hatte vor, bis zum Sommer Trockenbauwände einziehen zu lassen und alles weiß zu streichen. Dieser Keller erinnerte sie an einen Gruselfilm. Es fehlten nur noch die schreienden Frauen. Mit denen sie lieber nichts zu tun haben wollte.

Als sie wieder runterkam, machte sie den Lautsprecher an und verband ihn mit dem Internetradio. Summend ging sie in der Küche an die Arbeit. Bevor sie mit Owen zusammengezogen war, hatte das Abendessen an einem Freitagabend aus einer halben Flasche Wein und einem Salat bestanden. Jetzt war Vernunft ihr zweiter Name, der Wein wurde durch Eistee ersetzt und zum Salat musste es auch noch etwas anderes geben. Bei zwei hungrigen Teenagern war irgendetwas mit Kohlenhydraten angesagt. Sie suchte in der Vorratskammer, hoffte auf eine Idee.

Pasta.

Das ging schnell und leicht. Außerdem hatte sie auch noch eine Fertigsoße, die sie mit einer halben Zwiebel und einer Handvoll Pilzen verfeinerte. Nichts Kompliziertes, aber zumindest so viel, dass sie sich einbilden konnte, sie würde richtig kochen. Eine labbrige Gurke und eine schimmlige Tomate wanderten in den Müll, was den Salat auf Grünzeug und Karotten reduzierte.

Am Samstag musste sie dringend mal wieder einkaufen gehen.

Während das Wasser kochte und die Soße aufgesetzt war, ging Rachel zum Esstisch. Dort lag der Stapel mit der Post. Sie blätterte durch ein paar Rechnungen, warf die Werbung in den Papiermüll. Auf dem Paket, das Owen vorher erwähnt hatte, befand sich kein Adressaufkleber. Auf der braunen Pappschachtel stand lediglich ihr Vorname.

Sie pulte den Tesafilm ab, neugierig, was wohl darin sein würde. Als sie den Deckel wegnahm, sah sie einen handbeschriebenen Umschlag, der auf einem weißen Leinensack lag. Der Sack, der beim Hochheben metallisch klimperte, war relativ schwer. Sie legte den Umschlag erst mal zur Seite und lugte in den Sack.

Ketten.

Schneeketten fürs Auto.

»Aber wer …?«

Sie dachte an Julie oder vielleicht an Gerald. Dann öffnete sie den Umschlag, aus dem ein anderes Papier zu Boden fiel. Ohne es aufzuheben, las sie erst den Brief:

> Rachel,
> vielen Dank dafür, dass Sie sich im Sturm um mich – einen Wildfremden – gekümmert und mich vor Frostbeulen bewahrt haben. Ich dachte, vielleicht möchte Owen, statt seiner Küchenmesserkünste, ein paar andere Fähigkeiten erwerben. Der erste Monat geht auf mich, falls er Interesse hat.
>
> Willkommen in Connecticut.
>
> Jason.

Unter dem Namen stand eine Telefonnummer. Jetzt hob Rachel den herausgefallenen Zettel vom Boden auf. Es handelte sich um den Prospekt eines Taekwondo-Studios. Auf einem angehefteten Zettel war ein Name mit Adresse und Telefonnummer notiert. Darunter las sie: »Sagen Sie Bruce, dass ich Sie geschickt habe.«

Sie hatte plötzlich ein flattriges Gefühl im Bauch. Wie ein junges Mädchen, wenn der heimliche Schwarm vom anderen Ende des Klassenzimmers endlich herübersieht. Oder vielleicht interpretierte sie auch zu viel hinein? Vielleicht war das wirklich nur ein Dankeschön, eine nette Geste von einem Menschen, der froh war, dass man ihm bei einer Panne geholfen hatte.

Bevor sie noch über weitere Möglichkeiten nachdenken konnte, begann das Wasser zu kochen. Sie musste sich weiter mit der Zubereitung des Abendessens beschäftigen. Sie ging durch die Schwingtür in die Küche, stellte die Gasflamme wieder an und regulierte die Temperatur der Soße.

Zehn Minuten später saßen Owen und Ford an dem kleinen Tisch. Die Jungs unterhielten sich immer noch über das Videospiel und über die Footballmannschaft ihrer Schule. Keiner von beiden spielte selbst in dem Team, aber jeder hatte eine Meinung dazu, warum oder warum sie nicht ins Finale kommen würden.

Rachel hörte ihnen zu und versuchte manchmal, etwas Sinnvolles beizutragen. Die Jungs hörten sich ihre Kommentare zwar an, doch dann ging die Konversation sofort wieder auf etwas zurück, das nur die beiden wussten.

»Wir müssen schon früh da sein«, meinte Ford während der Quarterback-Diskussion.

»Ja, wird voll werden.«

Rachel schob den Teller beiseite und mischte sich wieder ins Gespräch. »Geht ihr heute Abend zum Spiel?«

»Darüber haben wir doch schon geredet«, monierte Owen.

»Haben wir?« Sie erinnerte sich zwar an ein Gespräch, wo es um das Spiel am letzten Wochenende gegangen war, aber sie hatte sich sonst nichts in den Kalender eingetragen.

»Du bist dran uns hinzufahren.« Owen war gereizt, weil sie es vergessen hatte. »Außer du lässt mich ans Steuer.«

Sie sah ihn scharf an. »Netter Versuch, Bürschchen.«

Owen machte ein mürrisches Gesicht.

»Ihr beiden kümmert euch um den Abwasch und ich gehe mich umziehen.«

Owen guckte sie an. »Du musst aber nicht zum Spiel bleiben.«

Rachel zuckte mit den Schultern und stand auf. »Es gibt nichts, was ich heute Abend lieber machen würde, als mir ein Footballspiel der Highschool anzusehen.«

Owen blickte zwischen ihr und Ford hin und her. »Meinetwegen, aber ich sitze nicht neben dir.«

Sie verkniff sich das Lachen. »Würde mir im Traum nicht einfallen.«

Eine Stunde später, halb erfroren und eingepfercht zwischen Hunderten von Teenagern, aufgeregten Eltern und ehemaligen Schülern, grübelte Rachel darüber nach, warum man bei arktischen Temperaturen auf einer Tribüne hockte, wenn man zu Hause in der selben Zeit auch das Schlafzimmer hätte streichen können. Sie sah zu Owen, der bei Ford, Lionel und zwei Mädels, die sie nicht kannte, saß. »Ich bin nur hier, weil du mich auch hierhergeschleppt hättest, Emily.«

Die Frau zu ihrer Rechten schaute sie komisch an. Selbstgespräche waren wahrscheinlich nicht der richtige Weg, um neue Freunde zu finden.

Rachel lächelte und tat, als hätte sie großes Interesse an dem, was auf dem Spielfeld geschah.

Der Quarterback der East Ranch Highschool sah aus, als wäre er schon längst auf dem College. Und einer der Linebackers hatte so einen starken Bartwuchs, dass er auch der Pressesprecher von *Duck Dynasty* hätte sein können. Rachel erinnerte sich nicht daran, dass bei ihr früher die Jungs schon wie richtige Männer ausgesehen hätten. Und dabei war diese Zeit bei ihr, wie bei den meisten Erwachsenen unter den Zuschauern, noch gar nicht so furchtbar lange her.

Während ihr Blick über die anderen Zuschauer wanderte, geschah etwas auf dem Spielfeld, das die Leute aufspringen und jubeln ließ. Sie selbst stand auch auf. Aber eher wegen der Durchblutung der Beine.

Ihr Team hatte jetzt Ballbesitz und war an der Fünf-Yard-Linie angelangt. Die Cheerleaders halfen, das Publikum in Jubelstimmung zu bringen. Beim nächsten Spielzug machte East Ranch wieder fünf Punkte. Rachel ließ sich von der Begeisterung der anderen anstecken. Sie sah wieder zu Owen. Diesmal schaute er zufällig in ihre Richtung und grinste. Sie zeigte ihm den Daumen hoch, bevor er sich wieder seinen Freunden zudrehte.

Genau dafür war sie mitgekommen. Sie hatte die Mutterrolle übernommen, und zwar zu hundert Prozent. Ob Owen ein Sport wie Taekwondo gefallen würde? Der Gedanke war aus dem Nichts aufgetaucht und sofort musste sie an die Schneeketten auf ihrem Esstisch denken.

Sie zog den Zettel, den Jason seinem Geschenk beigefügt hatte, aus der Tasche und las ihn wieder.

Ihre Wangen wurden heiß.

Weil er eine Handynummer aufgeschrieben hatte, entschied sie sich, ihm eine Textnachricht zu schicken. In dem Gedränge würde sie ihn jetzt ohnehin nicht anrufen können.

Hallo Jason. Owen und ich haben Ihre Geschenke erhalten. Das ist wirklich sehr nett von Ihnen, vielen Dank.

Sie las noch zweimal, was sie geschrieben hatte, dann drückte sie auf *Senden*.

Und schon flog die Nachricht schneller als Superman durch den Cyberspace. Gut, dass sie im Marketing arbeitete, denn alles, was mit Technik zu tun hatte, verwirrte sie so, dass ihr schwindlig wurde. Ohne Owen hätte sie die Lautsprecher und den DVD-Spieler im Haus nicht zum Laufen gebracht.

Ihr Handy, das sie immer noch in der Hand hielt, vibrierte.

Sind Sie es, Rachel?

Sie grinste.

Laden Sie immer irgendwelche Geschenke bei anderen Leuten vor der Haustür ab?
Punkt – Punkt – Punkt
Es ist ja fast schon Weihnachten.

Flirtete er mit ihr? Sie hatte sich schon lange nicht mehr mit jemandem, den sie kaum kannte, Nachrichten geschickt, weshalb sie es nicht einschätzen konnte.

Arbeiten Sie nebenbei noch als Weihnachtsmann?
Pssst. Sagen Sie es nicht weiter. Ist ein Geheimnis.

Na ja, wenn das kein Flirten war, was dann?

Ich behalte es für mich, aber nur unter einer Bedingung.
Oha, und welche?

Rachel war mit ihrer Aufmerksamkeit längst nicht mehr beim Footballspiel.

Ich möchte gern die Rentiere sehen.
Aha. Ich schau mal, was sich da machen lässt. Das Gespann hat vor Weihnachten viele Überstunden.

Rachel schickte das Augenroll-Emoji.

Was machen Sie an diesem milden Freitagabend?

Sie blickte zum Spielfeld, dann zu Owen, oder vielmehr auf seinen Hinterkopf.

Ich friere mir den Hintern ab. Bin bei einem Footballspiel der Highschool.
Spielt Owen mit?
Nein.

Sie sah wieder zu Owen, der mit einem der Mädels redete.

Aber hier sind hübsche Mädchen.
Ah, ich erinnere mich wieder. Clever, der Junge.

Sie überlegte eine Weile, wie sie die Konversation aufrechterhalten konnte.

Vielen Dank noch mal für die Geschenke.
Gern geschehen.

Sie zögerte. Vielleicht war Jason einfach nur nett und das, was sie als Flirten interpretierte, war eben *nett* auf eine neue Art. Nachdem nun nicht mehr die drei Punkte kamen, steckte sie das Telefon in die Tasche.

Ja, er wollte nur nett sein.

Eine Minute später vibrierte es wieder.

Rachel?
Ja.
Punkt – Punkt – Punkt
Hätten Sie was dagegen, wenn ich Ihnen wieder mal schreibe? Aus persönlichen Gründen.

Sie ballte die Hand zu einer Faust und grinste dümmlich. Owen jubelte. Hatte sie wirklich gerade Zeit für so etwas?

Mein Leben ist ein bisschen kompliziert.
Kompliziert gefällt mir.

Sie rieb sich das Ohr unter der Beanie-Mütze, die ihren Kopf warmhielt.

Ich will Sie ja nur warnen.
Heißt das also ja?

Rachel kicherte.

Ja.
Viel Spaß noch bei dem Spiel. Hoffe, Ihr Team gewinnt.

Sie fühlte sich, als hätte es längst schon gewonnen.

Kapitel 4

»Wann hattet ihr hier das letzte Mal so etwas wie eine Weihnachtsdeko?« Mary wischte den Staub von einer Plastikkiste, die Jason seit Jahren nicht mehr angerührt hatte.

Glen stand daneben, mit ähnlichem Gesichtsausdruck wie sein älterer Bruder. »Ist schon 'ne Weile her«, antwortete er seiner Frau.

Die Wahrheit war, dass seit dem Tod der Eltern keiner der Brüder die Initiative ergriffen hatte, die Ranch weihnachtlich zu schmücken. Es war keine bewusste Entscheidung gegen das Dekorieren, sondern sie hatten sich einfach nicht dazu aufraffen können.

Mary zog eine Weihnachtsgirlande heraus. »Gibt es noch Bilder von früher, damit wir wissen, wo was hingehört?«

»Klar, gibt es die«, sagte Glen.

»Die Fotoalben sind in der Bibliothek«, meinte Jason.

Mary klopfte sich den Staub von den Händen. Sie sah zu ihrem Mann, dann zu Jason und hielt inne. »Oh, wollt ihr das denn überhaupt?« Die Therapeutin in ihr kam wieder zum Vorschein. »Wir können auch neue Deko kaufen, wenn es für euch zu schmerzvoll ist.«

Jason schüttelte die alten Erinnerungen ab. Erinnerungen daran, wie seine Mutter immer das Haus geschmückt und ihnen

Anweisungen beim Trimmen des Weihnachtsbaums gegeben hatte. Erinnerungen an ebenjene Girlande, die all die Jahre das Treppengeländer geziert hatte.

»Das wäre doch albern«, sagte Glen.

»Es passt schon«, versicherte Jason. »Die kommt in den Treppenaufgang.«

»Genau, zusammen mit diesen Goldkugeln, von denen ich jedes Jahr wieder eine aus Versehen kaputtgemacht habe«, fügte Glen hinzu.

Mary klopfte auf Glens Arm und machte sich auf den Weg in die Bibliothek.

»Komm. Sind nur noch fünfzigtausend Kisten, die wir holen müssen«, sagte Jason.

Glen stöhnte und folgte ihm zum Schuppen. Obwohl das Wort Schuppen vielleicht nicht die richtige Bezeichnung war für ein dreihundert Quadratmeter großes Gebäude mit Strom und Alarmanlage. Nichts auf dem Anwesen war klein. Sein Vater hatte für das Zuhause der Familie keine Kosten gescheut. Er hatte immer gesagt, wie er sich schon darauf freue, wenn seine Jungs selber mal Kinder hätten und seine Enkel dort herumtollen würden.

»Oh, Mann. Ich habe vergessen, wie sehr Mom Weihnachten geliebt hat.«

»Dad auch.« Jason deutete zum Regal mit der Eisenbahn. Sie fuhr nicht einfach nur um den Baum, wie auf einem Bild von Norman Rockwell. Nein, sie ratterte durch das ganze Wohnzimmer, verschwand immer wieder in winzigen Tunneln, fuhr durch ein Tor, das hinter einem Vorhang versteckt war, dann eine Kurvenstrecke den Berg hinauf und auf erhöhtem Level durch das angrenzende Esszimmer. Ja, die elektrische Eisenbahn war ein Meisterwerk der Ingenieurskunst und eine einzige Runde dauerte zweiundzwanzig Minuten.

Glen stellte sich neben ihn. »Sollen wir?«

»Wäre nicht dasselbe ohne, oder?«

Glen schüttelte den Kopf und zog die Erste der unzähligen Kisten hervor.

Man brauchte fast ein ganzes Dorf, um im Hause Fairchild die Weihnachtsdekoration anzubringen und aufzubauen.

So machten sich Trent, Glen und Jason an der Eisenbahn zu schaffen, während Mary und Monica die restliche Deko übernahmen und das Haus verwandelten.

Lyn half mit. Sie war seit fünfzehn Jahren die Haushälterin der Fairchilds und wohnte in einem eigenen Häuschen auf dem Grundstück. Sie war Mitte sechzig, hatte ihre eigenen Kinder schon großgezogen, als sie bei Jasons Eltern anfing, ihr Mann war vor fünf Jahren an Krebs gestorben. Sie stand Mary und Monica mit Rat und Tat zur Seite, dann ging sie in die Küche und alsbald zog ein köstlicher Duft nach Rinderbraten und Schmorzwiebeln durchs Haus.

Nathan arbeitete im Freien zusammen mit Randy. Randy war der Gärtner, der bei Nathan in den Unterkünften nahe der Hangars wohnte. Er war relativ neu und Jason glaubte nicht, dass er lange bleiben würde, aber das musste man erst mal abwarten. Randy mochte seine Arbeit und war auch gut darin, doch war er eher Designer als Gärtner.

»Gut, dass Dad so pedantisch war, was diesen Zug betrifft«, bemerkte Trent mit einem Blick auf die Aufbauanleitung. Sie sah aus wie der Bauplan des Empire State Buildings.

Glen suchte die Teile für das Aluminiumgestell zusammen, das als Unterbau für die erhöhte Gleisführung dienen würde. »Er hat ihn geliebt.«

»Haben wir alle«, setzte Jason nach. »Vor allem, als Grandpa noch lebte. Wisst ihr noch, wie er immer heimlich Süßigkeiten in die Bahnwaggons gelegt und uns gesagt hat, dass es die Englein vom Weihnachtsmann waren?«

»Ich vermisse unseren Opa.«

»Ich vermisse sie alle«, sagte Trent leise.

Glen klopfte seinem Bruder auf den Rücken. Trent fühlte sich für den Tod der Eltern verantwortlich. Er hatte damals gerade erfahren, dass die Frau, die er liebte und heiraten wollte, bereits verheiratet war. An jenem Abend hatte er seinen Vater gebeten, sie nach Hause zu fliegen, seine Mutter war als Begleitung für den Nachtflug mitgekommen. Das Flugzeug stürzte ab, alle drei Insassen kamen dabei ums Leben.

Jason sah auf das Chaos, aus dem hoffentlich etwas Magisches entstehen würde. »Ich will ja nicht allzu mystisch klingen, aber irgendwie fühlt es sich gerade so an, als ob sie bei uns wären.«

Trent stiegen Tränen in die Augen. Jason blickte schnell weg und tat, als würde er es nicht bemerken. Auch er hatte einen Kloß im Hals.

Glen unterbrach die melancholische Stimmung. »Ja, und Dad lacht, weil wir uns so dumm anstellen.«

»Stimmt.«

Eine halbe Stunde später machte Jason eine kurze Pause, um nachzusehen, wie sie draußen vorankamen. Ein professionelles Unternehmen war gekommen mit einer Mannschaft von fünf Männern, die auf zwei Hebebühnen damit beschäftigt waren, Lichterketten am Dachvorsprung zu befestigen.

Nathan spielte den Vorarbeiter. Er kam zu Jason hinüber. »Das erfreut mein altes Herz, Jungchen.«

»Ist viel Arbeit.«

»Der Geburtstag unseres Herrn ist es doch wert, oder?«

»Wäre leichter, wenn die Ranch nicht so riesig wäre.«

»Dann wäre es aber auch nicht euer Zuhause.«

Wohl wahr. Jason hatte noch nie in seinem Leben in einem bescheideneren Haus gelebt.

Er musste plötzlich an Rachel denken. War sie jemand, der einen Baum aufstellte und Lichterketten anbrachte? Oder gar diese Weihnachtsmannpuppen, die zum Fenster hochkletterten? Vielleicht hatte sie auch nichts dergleichen.

Er wählte ihre Nummer, um es herauszufinden.

»Hallo.« Sie klang überrascht.

»Guten Morgen.«

»Es ist ein Uhr mittags.«

»Dann eben guten Nachmittag.«

Sie lachte. Sie klang ein bisschen nervös, als ob dieser Anruf sie ein wenig aus dem Konzept brachte. Die Vorstellung gefiel ihm.

»Ich habe mich gerade etwas gefragt«, begann er.

»Was denn?«

»Na ja, ich rufe an, weil ich wissen will, ob Sie der Typ Mensch sind, der sein Haus so weihnachtlich dekoriert, als wäre es ein Kaufhaus, oder ob es bei Ihnen bloß einen einfachen Baum gibt, 'ne Lichterkette drübergeworfen und das war's?«

Er hörte, wie sie tief Luft holte. »Sie rufen mich an, weil Sie wissen wollen, ob ich Weihnachtsdeko im Haus habe?«

Er überlegte, wie das klang. »Ich habe angerufen, weil ich Ihre Stimme hören wollte. Die Weihnachtsfrage ist meine Ausrede.«

Sie murmelte etwas, das er nicht ganz verstand, dann fügte sie deutlicher hinzu: »Ich werde rot.«

»Gut.«

»Also, ich habe noch nicht so viel darüber nachgedacht«, ging sie auf seine Frage ein. »Wahrscheinlich sollte ich.«

Er dachte an ihren Sohn. »Kinder lieben Weihnachten.«

»Stimmt. Oh *shit*, es wird Zeit, einen Baum zu besorgen.« Ihr lässiger Ton war verschwunden, jetzt klang sie eher angespannt.

»Haben Sie Ihren alten Weihnachtsschmuck mitgenommen, als Sie umgezogen sind, oder müssen Sie neuen kaufen?«

»Ich muss einkaufen gehen.«

Das war wohl die Antwort auf seine Frage. »Sie klingen gestresst.«

»Ich habe viel zu tun. Weihnachten wird schon schwer genug für Owen, ich muss es so normal wie möglich gestalten. Dazu gehört auch ein Baum.« Es klang, als würde sie Selbstgespräche führen. »Und Geschenke. Vom Weihnachtsmann. Sicher glaubt er ja nicht mehr an den Weihnachtsmann, aber ich sollte mich wenigstens bemühen, oder?«

Fragte sie ihn um seine Meinung?

»Ich bin mir sicher, Ihr Sohn weiß, dass der Mann im roten Mantel eigentlich Sie sind.«

»Mein was? Ach so, nein, nein, Owen ist nicht mein Sohn.«

Jetzt war Jason überrascht. »Ist er nicht?«

Rachel zögerte. »Seine Mutter, Emily, war meine beste Freundin. Sie …«

Jason schloss die Augen, ahnte, was kommen würde.

»Sie hatte Krebs. Eine seltene, sehr aggressive Art. Sie hat mich gefragt, ob ich mich um Owen kümmere, wenn sie stirbt. Nicht, dass sie das wirklich hätte fragen müssen.«

»Das tut mir leid.«

»Ich habe ja gesagt, dass mein Leben kompliziert ist.«

»Und ich mag kompliziert.« Ob das wirklich stimmte, wusste er gar nicht, er blieb aber bei seiner Aussage.

»Sie ist im Mai gestorben. Bei allem, was war – der Umzug, der neue Job, Owen – ist mir so etwas wie Weihnachtsdeko noch gar nicht in den Sinn gekommen.«

Er dachte daran, wie lange er und seine Brüder gebraucht hatten, nach dem Verlust der Eltern wieder an so etwas zu denken. »Das ist ja auch nicht so wichtig.«

»Doch, sollte es aber sein. Owen ist immer noch ein Kind und mit Emilys Tod hat er schon so viel durchgemacht. Ich muss mich um ihn kümmern.«

»Ich bin sicher, dass Sie das ganz großartig machen.«

»So richtig schaffen werde ich es nicht, aber versuchen sollte ich es wenigstens. Werden Weihnachtsbäume auch geliefert? Ich weiß ja noch nicht einmal, was so ein Baum kostet.« Wieder redete sie mit sich selbst.

Er dachte an den Baum, der später zu ihnen gebracht werden würde. Die Lieferung für den großen Baum war genauso teuer wie der Baum selbst.

»Ich habe einen Truck.«

»Ich könnte Sie doch nicht um so einen Gefallen bitten …«

»Tun Sie ja nicht.«

Schweigen.

»Ich wollte Sie eigentlich zum Abendessen einladen, aber ein Weihnachtsbaumkauf wäre natürlich gleich mein zweiter Vorschlag gewesen.«

Sehr witzig.

»Seit der Sache mit Owen hatte ich kein Date mehr«, gab sie zu. »Ich weiß nicht, ob das zurzeit geht.«

»Wir gehen ja nur einen Baum kaufen. Bringen Sie Owen mit.«

»Ich weiß nicht.«

»Mittwochabend«, sagte er. »Nur als kleines Dankeschön von einem Fremden, dem Sie geholfen haben. Und eine praktische Lösung, weil ich einen Truck habe.« Es war eigentlich Nathans Truck, aber man musste das ja nicht so genau nehmen.

»Mittwoch?«

Sie dachte darüber nach.

»Okay, Mittwoch!«

Sie lachte. »Okay.«

Jason hatte sich seit Jahren nicht mehr so um ein erstes Date bemühen müssen. Andere Frauen waren leichter zu überzeugen gewesen. »Um neunzehn Uhr?«

»Ja, das ginge.«

»Schön, bis dann.«

Als er auflegte, boxte er mit der Faust in die Luft. Er kehrte zurück ins Haus und bemerkte, dass Monica ihn durchs Fenster beobachtet hatte und sich wunderte.

Er winkte und ging zur anderen Seite des Hauses, um ihren Fragen zu entkommen.

***

Es war fast, als wäre seit Jasons Anruf plötzlich alles weihnachtlich geworden. Überall begegnete Rachel dem Weihnachtsmann. Sie und Owen hatten Thanksgiving nicht sehr ausgiebig gefeiert, waren nur in einem Restaurant Essen gewesen. Es hatte angespannte Momente gegeben und Owen war früh schlafen gegangen. Rachel hatte ihn in seinem Zimmer weinen gehört. Seit sie an der Ostküste wohnten, war das nicht mehr ganz so oft vorgekommen. Aber immer noch trauerten sie um den Verlust. Mit jedem Monat wurde es ein kleines bisschen einfacher. Der Trauerbegleiter hatte erklärt, dass das erste Thanksgiving und das erste Weihnachten am schwierigsten waren. Was bedeutete, dass Rachel alles tun musste, um Weihnachten so lebendig wie möglich zu gestalten.

In der Weihnachtszeit war sie früher oft bei Emily gewesen. Sie hatte immer einen Baum gehabt, mit roten und weißen Kerzen. Rachel selbst hatte sich nie viel Mühe gegeben. Ein Bäumchen für den Tisch, wenn überhaupt, und die Geschenke hatte sie schon im Geschäft perfekt einpacken lassen. Die partnerlosen Frauen in ihrem Freundeskreis machten kein großes Ding aus Weihnachten und so war Dekoration für sie nie wirklich ein Thema gewesen.

Sie bog in die Einfahrt und betrachtete ihr Haus.

Noch nie in ihrem Leben hatte sie Lichterketten angebracht.

»Wie schwer kann das sein?«, fragte sie sich.

Ihr Nachbar stand gerade auf der Leiter mit einem Hammer in der Hand. Auf der anderen Straßenseite schmückte ein anderer seine Büsche mit bunten Lichtern.

Es weihnachtete sehr.

Sie ging schwer bepackt mit vollen Einkaufstüten ins Haus.

»Owen?«

»Ja?«

»Könntest du mir mal mit den Einkäufen helfen?«

Gepolter auf der Treppe. Er brachte die restlichen Tüten herein und half ihr beim Auspacken. Bevor er irgendetwas wegräumte, öffnete er eine Kekspackung.

»Hunger?«, fragte sie.

»Immer.«

Er war eigentlich schon aus dem Alter heraus, in dem man ein Kind daran erinnern musste, dass Zucker keine Mahlzeit ersetzte. Meistens achtete er auch darauf.

»Was meinst du, wo stellen wir am besten den Weihnachtsbaum auf?«, fragte sie, während sie die Lebensmittel in den Kühlschrank legte.

»Weihnachtsbaum?«

»Ja.« Sie sah ihn verstohlen von der Seite an. »Vor dem Fenster? In der Wohnzimmerecke?«

»Wir stellen einen Baum auf?«

Jetzt sah sie ihm direkt in die Augen. »Es ist doch bald Weihnachten, oder?«

Er ging durch die Schwingtür ins Wohnzimmer, überlegte mit schiefgelegtem Kopf.

»Vor dem Fenster.«

»Jason hat angeboten, uns am Mittwoch mit seinem Truck beim Transport zu helfen.«

»Der Pannentyp?«

»Ja, der.«

Er hielt ihrem Blick stand. »Er mag dich.«

»Vielleicht.«

»Er hat dir Schneeketten geschickt.«

Nichts war romantischer als Schneeketten. »Was auch sehr aufmerksam von ihm war. Hast du eigentlich noch mal über Taekwondo nachgedacht?« Sie hatte nach dem Footballspiel die Gratisstunden erwähnt. Owen wollte es sich überlegen.

»Das sehen wir dann nach dem Mittwoch. Wenn er ein Blödmann ist, nehme ich nichts von ihm an.«

»Sehr weise.« Aber die Schneeketten würde sie behalten. Die brauchte sie.

Später, nachdem sie mit Owen ins Kaufhaus gefahren war, um Lichterketten und Christbaumkugeln zu kaufen, nahm Rachel endlich diese blöde Schwingtür in Angriff. Sie ging ihr echt auf die Nerven. Mit Hammer und einem Schraubenzieher, den sie wie ein Stemmeisen verwendete, klopfte sie das untere Scharnier heraus. Das obere ließ sich nicht so einfach lockern. Während sie hämmerte, überlegte sie, wie schwer diese massive Holztür wohl war. Eigentlich sollte sie lieber warten, bis Owen wieder nach Hause kam. Wollte sie aber nicht. Bisher hatte sie alle anderen Renovierungsarbeiten im Haus selbst gemacht, auch wenn das dreimal so lange dauerte wie bei einem Profi. Ihr gefiel das Gefühl, etwas selbst geschafft zu haben. Vorher hatte sie in einem Apartment mit Hausmeisterservice gewohnt und nie etwas reparieren müssen. Jetzt aber, seit sie sich um Owen kümmerte, musste sie mehr auf ihre Ausgaben achten. Was bedeutete, dass sie ständig auf YouTube irgendwelche Videos anschaute, in denen gezeigt wurde, wie man was machte.

Emily hatte Owen alles hinterlassen, was sie besessen hatte. Außerdem bekam Rachel nun Kindergeld. Aber alles ging auf ein Sparkonto für Owens Studium. Mit dem Geld, das Rachel nicht für professionelle Renovierungsarbeiten ausgab, würde sie Owens erstes Auto kaufen. Und die Versicherung dafür zahlen, die ziemlich teuer sein würde. Außerdem das ganze andere Zeug, das man brauchte, wenn man einen Teenager großzog. Sie hatte keine Geldsorgen, was größtenteils an ihrer Sparsamkeit lag.

Sie klopfte weiter auf das sture Scharnier, aus dem alter Rost herausrieselte. Eine Viertelstunde später löste sich endlich der Stift. Anders als erwartet, fiel die Tür allerdings nicht zu Boden, sondern blieb hartnäckig in derselben Position. Wie naiv, dass sie gedacht hatte, man könne das Ding so einfach entfernen.

Rachel stieg von der Trittleiter herunter, fasste die Tür mit beiden Händen und rüttelte. Nichts. Offensichtlich waren es gar nicht diese rostigen Stifte, die die Tür hielten. Wieder klopfte sie mit dem Hammer die Scharniere weg, wackelte weiter an der Tür. Aufgeben war keine Option. Bei ihrem Glück würde das Teil dann mitten in der Nacht einfach runterfallen und sie bekäme einen Herzinfarkt.

Nach einer Stunde harter Arbeit, für die andere womöglich nur zehn Minuten gebraucht hätten, löste sich die Tür endlich.

Pech war nur, dass dieses Monstrum dabei ihren Kopf erwischte. Sie spürte einen gellenden Schmerz knapp über dem rechten Auge. Als sie die Hand wegzog, dachte sie, sie würde Blut vorfinden. Aber das war nicht der Fall.

Im unteren Bad inspizierte sie ihre Verletzung. Es hatte sich schon eine hühnereigroße Beule gebildet. Bis Montag würde sie ein ordentliches Veilchen im Gesicht haben. Großartig. Es machte sicher einen super Eindruck, wenn sie bei der ersten Besprechung mit den Firmeneigentümern aussah, als käme sie gerade von einer Schlägerei.

Sie ließ die Tür, wo sie war, und füllte sich einen Plastikbeutel mit Eis. Vielleicht konnte sie damit den Schaden etwas eingrenzen. Die Kälte tat weh und jetzt schon fühlte sich ihre Stirn an, als hätte man ihr einen Stein unter die Haut gepflanzt.

»Kenne deine Grenzen«, schimpfte sie vor sich hin. Eigentlich hatte sie die schwere Tür in den Keller verfrachten wollen, aber nun musste sie bleiben, wo sie war. Rachel wollte ihr Glück nicht noch weiter herausfordern, indem sie das Ding allein die enge Treppe hinabzutragen versuchte.

Mit dem Eisbeutel gegen die Stirn gepresst, räumte sie das Werkzeug weg und bewunderte den türfreien Durchgang. Der Rahmen, auf den man jetzt freien Blick hatte, war allerdings nicht so schön. Er zeigte so viele Farbschichten, dass man nicht einfach drüberstreichen konnte. Man würde sie abkratzen müssen. Und diese Küchenschränke auf der anderen Seite, konnte man die vielleicht auch entfernen? Würde sie auch das selbst versuchen, musste sie wahrscheinlich im Anschluss ins Krankenhaus.

Gut, dass Jason ihr mit dem Baum half.

Jason. Wenn er einen Truck hatte, dann hatte er sicher auch eine Leiter.

Nach einem Blick auf die Uhr fand sie, dass es für eine Textnachricht noch nicht zu spät war.

> Haben Sie eine lange Leiter, die ich mir vielleicht borgen könnte?

Erst als sie schon auf Senden gedrückt hatte, dämmerte ihr, dass sie gerade einen Mann um einen Gefallen bat, den sie erst seit drei Tagen kannte.

Als Jason nicht gleich antwortete, fragte sie sich, ob er eventuell ein Date hatte. Es war schließlich Samstagabend.

> Habe ich und dürfen Sie. Wofür brauchen Sie die denn?

Perfekt. Eine Sache weniger, um die sie sich kümmern musste.

> Weihnachtsbeleuchtung am Haus.
> Befestigen Sie die selber?

Sie befühlte ihre Beule.

Zu zweit mit Owen schaffe ich das schon.
Soll ich Sie Ihnen morgen vorbeibringen?
Am Mittwoch reicht es auch.

Vielleicht würde sie bis dahin den Bluterguss mit Make-up überdecken können.

Ich freue mich darauf.
Ich mich auch.

Kapitel 5

Owen musste immer wieder lachen, wenn er sie ansah. Am Sonntagmorgen hatte die Schwellung ihren Höhepunkt erreicht und am Nachmittag war der Bluterguss so dunkel, dass man ihn nicht überschminken konnte. Eine Sonnenbrille im Regen zu tragen war auch albern, da konnte sie gleich ihr blaues Auge zeigen.

»Es ist nicht lustig.«

»Ein Blick auf dich und der Pannentyp wird gleich wieder wegrennen.«

»Männer sind nicht so oberflächlich.«

»Sind sie wohl. Lida hatte einmal einen fetten Pickel auf der Nase und da hat Lionel sie nicht als Partnerin für den Ball haben wollen.«

»Pickel bleiben doch nicht ewig.«

»Ihrer war aber riesig. Na ja, nicht so groß wie das Ding, das du auf der Stirn hast, aber fast.« Er lachte wieder.

»Bis Mittwoch ist es besser.«

»Kannst ruhig weiter versuchen, dir das einzureden.«

Jetzt musste Rachel mitlachen. »Das hat deine Mutter auch immer gesagt.«

Sie hörten auf zu lachen, beide plötzlich in Erinnerung versunken.

»Ich vermisse sie«, sagte Owen leise.

»Ich auch.«

Am Montag erwachte sie mit starken Kopfschmerzen. Das rechte Auge war fast vollständig zugeschwollen. Die anschließende Fahrt durch den Regen verstärkte ihr ohnehin hohes Stresslevel, sie würde es wahrscheinlich gerade rechtzeitig schaffen. Eigentlich hatte sie eine halbe Stunde früher da sein wollen, um mit Julie noch einmal vor der Präsentation die PowerPoint-Folien durchzugehen.

»Was ist denn mit dir passiert?«, rief Julie erschrocken.

»Ich habe mit meiner Küchentür gekämpft. Die Tür hat gewonnen.«

»Ohne Witz. Kannst du überhaupt arbeiten?«

»Heute ist ein großer Tag.« An jedem anderen hätte sie sich krankgemeldet. Die Kopfschmerzen hatten sich mittlerweile in eine heftige Migräne verwandelt. »Vielleicht fahre ich etwas früher, wenn es geht.«

»Da wird niemand etwas einzuwenden haben.«

Den mitleidigen Blicken ihrer Kollegen nach zu urteilen, würde es jeder verstehen, wenn sie heute früher Schluss machte.

Julie stieß sich vom Schreibtisch ab. »Dann lass uns mal das Konferenzzimmer vorbereiten.«

Die Besprechung war für acht Uhr dreißig geplant. Gerald kam auch schon ein paar Minuten früher. Als er Rachel sah, rief er: »Was zum Henker …?«

»Fragen Sie lieber nicht«, stöhnte Rachel.

Julie lachte. »Ihre Küchentür hat sie verprügelt.«

»Wie bitte?«

»Das ist eine lange Geschichte.« War es zwar gar nicht, aber sie wollte nicht näher darauf eingehen.

»Wir könnten das Meeting auch verschieben«, bot Gerald an.

»Auch wenn es vielleicht schlimm aussieht«, sie zeigte auf ihr Gesicht, »aber verschieben wäre noch viel schlimmer. Außerdem sehen dann die Firmenchefs, wie engagiert ich bin.«

»Wie Sie meinen.«

Gerald setzte sich, als schon die ersten drei Leute von der Werbeabteilung hereinkamen. Julie nahm sich der Aufgabe an, allen von Rachels Türunglück zu erzählen.

Rachel ignorierte das Gelächter und versuchte, ihren Magen zur Ruhe zu zwingen. Sie wollte in diesem Meeting so gelassen und selbstbewusst sein wie sonst auch. Auch wenn die Firma genau das brauchte, was sie nun präsentieren würde, so musste sie trotzdem noch die Vorstandsetage davon überzeugen, was ohne ein blaues Auge schon schwierig genug gewesen wäre.

Es war Punkt acht Uhr dreißig. Noch waren die zwei Stühle für den Vorstand leer.

Dann vernahm sie Stimmen vor der geschlossenen Tür. Rachel drehte sich kurz weg, um Kraft zu sammeln. Es machte ihr nichts aus, vor einem Publikum zu sprechen, sie kannte ihren Stoff in- und auswendig. Aber die Kopfschmerzen nagten heute doch sehr an ihr.

Jetzt ertönte von allen ein »Guten Morgen«.

Rachel atmete tief ein und aus.

»Du erinnerst dich sicher noch an Julie Kim«, stellte Gerald ihre Kollegin vor.

Rachel drehte sich mit einem freundlichen Lächeln im Gesicht um.

»Und das ist unser neuestes Teammitglied. Rach…«

»Rachel?«

Vielleicht war der Schlag auf ihren Kopf doch stärker gewesen, als sie gedacht hatte. »Jason?«

»Was in aller Welt ist mit Ihrem Gesicht passiert?«

»Was in aller Welt machen Sie denn hier?«

Jason stand neben einem anderen Mann von ähnlicher Größe und Statur. Beide im perfekt sitzenden Anzug, jedes Haar an Ort und Stelle. Jason sah immer noch so gut aus, wie sie es in Erinnerung hatte.

»Kennen Sie sich?«

Jason trat zwei Schritte auf sie zu, strich Rachels Haar zurück, um ihr blaues Auge besser sehen zu können. Die Geste und die Besorgnis auf seinem Gesicht hätten sie gefreut, wenn sie nicht gerade vor versammelter Mannschaft in diesem Besprechungszimmer gestanden hätten.

»Sie hat mit ihrer Küchentür gekämpft«, verkündete Julie von der anderen Seite des Tisches.

»Waren Sie damit beim Arzt?«, wollte Jason wissen.

Rachel winkte ab. »Nein. Was … was machen Sie hier?«

Im Raum war es plötzlich sehr still. Ein leiser Zweifel machte sich in ihr breit. Sie sah sich um. Der Mann, der mit Jason gekommen war, hatte seine Hände in die Hosentaschen gesteckt und wippte auf den Fersen vor und zurück. Er wirkte erheitert. Die Kollegen vom Marketing warfen sich bedeutungsvolle Blicke zu. Julie versuchte ihr offensichtlich eine stille Botschaft zukommen zu lassen, die Rachel aber nicht verstand.

Ihr war plötzlich ganz schlecht.

Gerald war der Einzige, der seine Stimme im Griff hatte. »Rachel, das ist Jason Fairchild.«

»Fairchild.« Sie blinzelte ein paarmal, versuchte, alle Informationen zu verarbeiten. *Der Pannentyp.* Ihr Date für Mittwoch, ihr Weihnachtsbaum-Date. Er war ihr Chef. Sie schloss die Augen, schüttelte den Kopf. »Nein, nein, das kann doch nicht …« Sie hatte laut gedacht.

»Geht es Ihnen nicht gut?«, fragte Gerald.

Sie öffnete wieder die Augen, reckte das Kinn.

»Vielleicht setzen Sie sich lieber«, schlug Jason vor.

Wie konnte es sein, dass er ihr Chef war? »Mir geht es gut.« Ihr Ton klang härter, als sie es beabsichtigt hatte.

»Das ist sehr unterhaltsam.« Der Mann, der neben Jason stand, trat auf sie zu. »Ich bin Glen. Glen *Fairchild.* Jasons Bruder.«

Rachel versuchte, sich zusammenzureißen und streckte Glen die Hand entgegen. »Rachel Price. Freut mich, Sie kennenzulernen.«

»Ebenfalls.«

Im Besprechungszimmer war ein leises Gemurmel entstanden.

Sie nutzte die Ablenkung, beugte sich etwas näher zu Jason und zischte ihm zu: »Warum haben Sie mir denn nicht gesagt, dass Sie mein Chef sind?«

Er tat es ihr nach. »Sie haben mir doch gar nicht gesagt, wo sie arbeiten.«

Glen begann zu lachen.

»Jetzt, da wir uns alle ganz formell vorgestellt haben, könnten wir ja eigentlich beginnen, oder?« Gerald machte eine ungeduldige Geste.

Rachel bedachte den Mann, den sie eigentlich hatte beeindrucken wollen, mit einem grimmigen Blick.

»Gut.«

Sie nahm einen großen Schluck Wasser, bat Julie, das Licht zu dimmen. Trotzdem sah sie noch, wie er sie beäugte. Als er so dasaß, am Kopf des Konferenztisches, sein feixender Bruder rechts, Gerald links davon, da wurde ihr bewusst, dass sie mit ihrem Chef geflirtet hatte.

Mit ihrem Chef!

Sie riss sich von seinem Anblick los und begann mit der Präsentation.

***

Was in aller Welt war nur mit ihr passiert? Sie sah aus, als wäre sie in eine Schlägerei geraten. Ihr Auge war fast vollständig zugeschwollen. Sie rieb sich die Schläfe, sicher hatte sie Schmerzen. Am liebsten hätte er sie aus dem Meeting herausgeholt und zum Arzt geschickt.

Glen stieß ihm unterm Tisch gegen das Schienbein.

Jason sah ihn entgeistert an.

Sein Bruder nickte in Rachels Richtung und deutete ihm damit an, dass Jason ihrem Vortrag über neue Marketingstrategien zu wenig Aufmerksamkeit zollte.

»... wenn wir die jüngere Generation erreichen und Fairchild Charters ganz nach oben bringen wollen, dann müssen wir unser Online-Marketing auf Vordermann bringen.« Das Bild auf der Präsentation zeigte junge Leute Anfang zwanzig, die in einer Bar saßen und mit ihren Handys beschäftigt waren.

In der nächsten Stunde gab Rachel beeindruckende Fakten wieder. Darunter auch die Anzahl der Jugendlichen unter fünfundzwanzig, die zu Millionären geworden waren. Viele von ihnen wohnten im Silicon Valley und arbeiteten für Firmen wie Google und Yahoo. Beides Firmen, die zwar eine eigene Flugzeugflotte hatten, diese aber nicht jedem zur Verfügung stellten. Rachel schlug vor, sich mit diesen Firmen zusammenzutun und das Networking mit ihnen zu verstärken. Auch die Zusammenarbeit mit Start-ups sollte intensiviert werden, um sie zu überzeugen, dass der Privatcharter eine Alternative für Dienstreisen war. Es half natürlich, dass Rachel früher an der Westküste mit genau solchen Unternehmen schon eng zusammengearbeitet hatte.

Insgesamt war der Inhalt der Präsentation sehr durchdacht und es blieben am Ende kaum Fragen offen.

Jason war beeindruckt.

»Wenn wir den neuen Plan umsetzen, sollten wir bis zum Frühsommer einen deutlichen Anstieg im Chartergeschäft verzeichnen können. Bis Herbst hoffe ich auf einen nennenswerten Geschäftskontakt mit Yahoo, Google oder Amazon.«

»Oder mit allen Dreien«, fügte Julie hinzu.

»Das wäre vielleicht zu viel verlangt, aber versuchen kann man es ja mal.«

»Sie kennen bereits die Ansprechpartner in Palo Alto?«, erkundigte sich Jason.

»Ja.« Mehr sagte sie dazu nicht.

»Klingt gut«, fand Glen. »Unser Team soll ein Budget zusammenstellen.«

»Die großen Kunden stehen momentan an erster Stelle, aber der langfristige Zeitplan sieht vor, dass die jungen Start-up-Geschäftsführer in zehn Jahren zu unserer Hauptzielgruppe gehören werden«, ergänzte Gerald. »Miss Price hat uns viel zum Nachdenken gegeben.«

»Ich möchte gerne noch mehr Zahlen haben«, meinte Jason. »Zahlen über neue Personal- und Weiterbildungskosten, die wir einkalkulieren müssen.«

»Die werden wir für Sie bereitstellen«, versicherte Rachel.

Dabei rieb sie sich den Nacken und sah schnell wieder fort.

»Ich hätte den Bericht gern in zwei Wochen vorliegen.«

»Ich kann ihn auch schon in einer Woche liefern.«

Er musterte ihr geschwollenes Auge. »Es reicht in zwei Wochen. Es ist schließlich bald Weihnachten.«

Sie zuckte zusammen.

Glen erhob sich, das Licht wurde wieder angedreht.

»Vielen Dank, Rachel und Julie«, sagte Glen.

»War uns ein Vergnügen«, antwortete Julie für beide.

Sie klopfte Rachel anerkennend auf den Rücken, während Jasons Marketingteam den Raum verließ.

»Das waren sehr fortschrittliche Gedanken.« Gerald stand vor ihm und verstellte den Blick auf die beiden Frauen, die miteinander flüsterten.

»Du hattest mir ja schon gesagt, dass die beiden Neuen, die wir angestellt haben, sehr innovative Ideen haben«, sagte Jason.

»Rachel kennt sich wirklich sehr gut aus.«

»Woher kennst du sie eigentlich?«, wollte jetzt Glen wissen.

Jason blickte über Geralds Schulter, um noch einen Blick von Rachel zu erhaschen, bevor sie gehen würde. »Ist eine lange Geschichte.«

Glen gluckste. »Super, dann kannst du sie mir ja während des Mittagessens erzählen.«

Gerald und Glen verließen nun auch das Konferenzzimmer.

Julie und Rachel waren ebenfalls auf halbem Weg zur Tür. »Könnte ich noch eine Minute haben?«, fragte Jason.

Julie sah zwischen den beiden hin und her, murmelte etwas Unverständliches und ging hinaus.

Rachel blickte auf ihren Laptop. »Warum haben Sie mir verschwiegen, dass Sie Jason Fairchild sind?«

»Es war nicht meine Absicht.«

»Sie sind mein Chef.«

»Streng genommen ist Gerald Ihr Chef.«

»Ihnen gehört aber die Firma.«

»Das ändert doch nichts.«

Sie sah ihn an, als hätte er einen IQ von fünf. »Es ändert alles. Es geht nicht, dass mein Chef mir aus *persönlichen Gründen* Nachrichten aufs Handy schickt.«

»Gerald ist verheiratet.«

War das ein verhöhnender Blick, den sie ihm zuwarf?

»Mit einem Mann auszugehen, der meinen Gehaltsscheck unterzeichnet, ist der schnellste Weg, meinen Job zu verlieren.«

»Glen ist auch verheiratet. Und streng genommen ist er derjenige, der Ihre Schecks unterzeichnet.«

»Das ist nicht witzig, Jason.«

Dass seine Retterin sich als Mitarbeiterin seiner Firma herausstellte, durchkreuzte zwar seine Pläne, er würde sich aber davon nicht aufhalten lassen.

»Ich mag kompliziert, erinnern Sie sich?«

Sie deutete mit einem Finger von sich auf ihn und zurück. »Das ist nicht möglich. Ich brauche diesen Job. Es muss klappen, wegen Owen. Mit dem Chef zu schlafen ist nie eine gute Idee.«

Sie hatte sich ihn also schon im Bett vorgestellt.

Ein schöner Gedanke.

»Hören Sie auf zu grinsen.« Sie war lauter geworden.

»Waren Sie damit eigentlich schon beim Arzt?« Er wechselte lieber das Thema.

»Nein, es ist nur ein Bluterguss.«

»Es ist eine gehörige Beule und Sie sollten das untersuchen lassen.«

»Wenn es was Schlimmeres wäre, würde ich das schon merken.«

»Haben Sie Kopfschmerzen?«

Sie rollte mit den Augen. »Natürlich, ich habe schließlich einen Golfball im Gesicht.«

»Essen Sie normal?«

»Sind Sie meine Mutter?«

Dass sie nicht auf seine Frage einging, war Antwort genug. »Ich bin Ihr Chef, wie Sie so schön betonen. Und wenn es Ihnen nicht gut geht, und Sie nicht arbeiten können, dann sollten Sie lieber nach Hause fahren und sich ausruhen. Nachdem Sie beim Arzt waren.«

»Würden Sie mir das auch sagen, wenn meine Handynummer nicht in Ihrem Telefon eingespeichert wäre?«

Er antwortete nicht.

»Sehen Sie? Genau aus diesem Grund können wir nicht miteinander ausgehen.«

»Wir können schon miteinander ausgehen.«

Sie versuchte zu lächeln, atmete hörbar aus. »Es tut mir leid, es schmeichelt mir, wirklich. Und ich finde Sie ja auch attraktiv, offensichtlich, sonst wäre ich nicht … Ich bin schließlich nicht blöd …«

Sie nicht, aber was ihn betraf … Jason trat einen Schritt auf sie zu und stoppte ihre Rede mit seinen Lippen.

Er konnte fast schmecken, wie sich ihre Wut auflöste. Rachel war überrascht, aber sie wich nicht zurück. Er berührte ihre Wange und hielt sie fest. Oh Gott, wann hatte er zum letzten Mal Schmetterlinge im Bauch gefühlt, als er eine Frau geküsst hatte? Wann war das letzte Mal eine Frau in seinen Armen so dahingeschmolzen?

Sie öffnete sich ihm, ihre Zunge wagte einen Vorstoß.

Sämtliches Blut sammelte sich südwärts, bis Rachel schließlich aufhörte.

Ihre Wangen waren gerötet, ihr Atem ging schnell.

Er triumphierte innerlich, weil er es gewagt hatte.

Sie sah ihn an, ohne etwas zu sagen.

»Rachel …«

Da legte sie einen Finger auf seine Lippen, dann holte sie ihren Laptop und ging.

***

Die Fragen begannen in dem Moment, in dem Rachel an den Schreibtisch zurückkehrte.

Julie rollte mit ihrem Stuhl hinüber und steckte den Kopf in ihre Nische. »Woher kennst du Jason Fairchild?«

»Er ist der Pannentyp.«

»Der, den du von der Straße abgedrängt hast?«

»Ich habe ihn nicht von der Straße abgedrängt! Er wollte mich mit seinem Audi überholen.« Einem sehr noblen Audi, wenn sie sich recht erinnerte.

»Es hat aber sehr viel vertrauter gewirkt. Nicht so, als hättest du ihm einfach nur mal auf der Straße geholfen«, fand Julie.

Rachel blickte über Julies Kopf hinweg, um zu sehen, ob sie jemand beobachtete.

»Wir haben uns das ganze Wochenende lang Nachrichten geschickt. Er hat mir am Freitag Schneeketten vor die Haustür gelegt. Und er wollte mir und Owen am Mittwoch helfen, den Weihnachtsbaum zu besorgen, weil er einen Truck hat«, flüsterte sie.

Julie quietschte.

Rachel wies sie zurecht. »Hör auf damit. Das darf ab sofort nicht mehr sein.«

»Warum denn nicht?«

»Er ist mein Chef. Ich kann doch nicht mit meinem Chef ausgehen.«

»In jeder Fernsehserie gibt es ein Mädel, die es ihrem Chef besorgt.«

Rachel zischte: »Ich *besorge* niemandem etwas!«

»Rachel?«

Sie wandte den Kopf, nur leider zu schnell. Sofort spürte sie ein Stechen hinter dem rechten Auge.

Gerald stand nur ein paar Schritte entfernt, sein Gesichtsausdruck war nicht zu deuten.

Wie viel von ihrer Unterhaltung hatte er mitbekommen? Mist. »Ja?«

»Sehr gut gemacht.«

»Danke.«

Er deutete auf ihre Stirn. »Sieht schmerzhaft aus.«

»Tut auch weh, daher der etwas holprige Start. Ich verspreche, dass ich das sonst eleganter mache.«

»Es gab wohl mehr als nur einen Grund für den holprigen Start.«

Sie war sich nicht sicher, wie sie darauf reagieren sollte.

Gerald schon. »Den Firmenbesitzer anzufauchen war möglicherweise auch nicht gerade förderlich.«

»Habe ich ihn angefaucht?« Jason zu sehen, hatte ihren Verstand ausgeschaltet.

»Ja, hast du«, bestätigte Julie.

Rachel schloss die Augen und versuchte, sich zu erinnern. »Es wird nicht wieder vorkommen.« Zumindest nicht in der Öffentlichkeit.

»Na, dann bin ich ja beruhigt«, gab Gerald zurück. »Warum gönnen Sie sich nach der erfolgreichen Präsentation nicht ein wenig Ruhe? Fahren Sie heim und kurieren sich aus.«

»Es ist schon okay, ich …«

»Das ist eine Aufforderung, Rachel.«

Sie hörte auf zu sprechen. Gerald wandte sich um und ging ohne ein weiteres Wort in sein Büro zurück.

»Ich habe ihn angefaucht?«, sagte sie vor sich hin.

Julie lachte nur.

Kapitel 6

»Du bist im Straßengraben gelandet?«

Jason ahnte, dass er das noch öfter zu hören bekommen würde. Nachdem er sich erfolgreich vor dem Mittagessen mit seinem Bruder gedrückt hatte, war dieser einfach am Nachmittag in seinem Büro erschienen.

»Ich bin ja auch nicht gerade stolz darauf.«

Glen lehnte sich in dem Stuhl, den er sich selbst angeboten hatte, entspannt zurück.

»Gehst du mit dieser Frau aus?«

Jason blätterte durch den Papierstapel auf seinem Schreibtisch und überlegte dabei, wie er auf diese Frage antworten sollte. Ging er mit ihr aus? Noch nicht, aber er wollte. Nur musste das sein Bruder unbedingt gleich wissen?

»Vielleicht.«

Glen fand die Geschichte offensichtlich recht amüsant. »Na ja, zumindest reicht es, damit Monica und Mary ihre Verkupplungskampagne vorerst wieder auf Eis legen.«

Jason sah hoch. »Es gibt eine Kampagne?«

»Jetzt nicht mehr.« Glen erhob sich.

Jason wusste, dass die Frauen seiner Brüder etwas im Schilde führten.

»Keine Blind Dates, Glen. Als ob ich das extra betonen müsste.«

»Ich habe es Mary ja gesagt.«

Aber Jason wusste, dass sie nicht auf ihn hörte. Seine Brüder waren beide hoffnungslos in ihre Frauen verliebt.

»Rachel hat echt sehr gute Ideen, wie wir die Firma vorantreiben können.«

»Finde ich auch.«

»Sie scheint ziemlich engagiert zu sein. Wenn sie sogar mit diesem Veilchen zur Arbeit kommt.«

Jason widmete sich wieder den Geschäftsunterlagen. »Ich habe Gerald gesagt, dass er sie nach Hause schicken soll.«

Glen blieb an der Tür stehen. »Unser Risikomanagement würde dir sicher raten, dass du nicht mit jemandem ausgehen sollst, der für uns arbeitet. Unsere Anwälte auch.«

Er hatte noch ein paar Stunden, um darüber nachzudenken.

»Rachel hat dasselbe gesagt.«

»Kluge Frau.«

Nicht nur klug, sondern auch wunderschön. Und schlagfertig. Und er musste sie unbedingt näher kennenlernen.

»Aber das wird dich nicht abhalten«, vermutete Glen.

»Richtig, das wird mich nicht abhalten.«

***

Gut, dass es Google gab. Auf allen Onlinemagazinen und Webseiten fand sie Gründe, warum man nicht mit seinem Chef ausgehen sollte.

Er kann seine Macht spielen lassen. Er lässt Ihnen Fehler durchgehen. Ihre Kollegen werden Sie hassen.

Ach ja, und dann war da noch eine winzige Sache.

Sie werden Ihren Job verlieren.

Man kündigt Ihnen oder Sie werden zur Kündigung gezwungen.

Egal, von welcher Seite man die Sache betrachtete, wenn man etwas mit dem Chef hatte, war das der direkte Weg, um im Arbeitsamt eine Nummer zu ziehen.

Rachel legte die Füße hoch und sah den Regentropfen an der Fensterscheibe zu.

Owen war noch in der Schule und würde erst gegen drei Uhr heimkommen. Eigentlich hätte sie jetzt die Wände streichen oder den Lack vom Rahmen dieses Monsters, das sie angefallen hatte, entfernen können. Irgendetwas arbeiten. Stattdessen aber starrte sie weiter auf die Tropfen, die vom Himmel fielen, und sinnierte über ihr schweres Leben. Und dabei kannte sie Jason erst ein paar Tage.

Er war der Erste seit mehr als einem Jahr, der es geschafft hatte, ihr den Kopf zu verdrehen. Genau genommen seit eineinhalb Jahren.

Was wusste sie überhaupt über ihn? Außer, dass er sich selbst in den Straßengraben manövriert hatte. Oder dass er aufmerksame Geschenke machte.

Er war attraktiv. So viel stand fest.

Rachel schüttelte den Kopf, als ob dadurch das Bild in ihrem Gehirn wie bei einer Wegwischtafel einfach verschwinden würde. Sie trommelte mit den Fingern auf die Knie.

Was wusste sie über ihn?

Jason Fairchild.

Sie sprang von der Couch auf, musste sich aber sogleich wieder abstützen, weil sich alles drehte. Dann ging sie langsameren Schrittes zum Esstisch, um ihren Laptop zu holen.

Und begann, erneut zu googeln.

Es war nicht das erste Mal, dass sie Informationen über einen Mann, den sie interessant fand, im Internet suchte. Aber es war das erste Mal, dass über einen Mann so viel geschrieben stand.

Er hatte seine eigene Wikipedia-Seite.

Rachel schloss die Augen. Wie konnte jemand, der eine eigene Seite in der Online-Enzyklopädie hatte, daran interessiert sein, mit ihr auszugehen?

Sie klickte auf die Seite.

Er war der Firmenchef von Fairchild Charters, einer Firma, die er zusammen mit seinen beiden Brüdern besaß. Ja, ja, das wusste sie ja jetzt schon.

Da stand etwas über sein Vermögen.

Rachel rieb sich die Augen. Jemand, der so viele Nullen vor dem Komma hatte, würde doch sicher nicht bei ihr im Auto mitfahren?

Er hatte nach dem unerwarteten Tod seiner Eltern den Geschäftsführerposten übernommen. Rachel klickte nun auf den Link von Beverly und Marcus Fairchild.

Sie waren noch nicht einmal sechzig gewesen, als sie auf einem kurzen Flug bei schlechtem Wetter abstürzten. Einigen Berichten zufolge waren sie vom Blitz getroffen worden, andere nannten einen Pilotenfehler als Unglücksursache. Die Brüder stritten ab, dass es sich bei dem Absturz um einen Fehler des Vaters gehandelt haben könne.

Sie stieß auf ein Bild der drei Brüder am Grab ihrer Eltern.

Ihr traten Tränen in die Augen. Jason hielt den Kopf hoch, aber sein Blick war vor Trauer verschleiert. Glen, der Mann, den sie heute kennengelernt hatte, hielt den Arm um den jüngeren Bruder Trent gelegt. Das Bild war vor acht Jahren aufgenommen worden.

Rachel wusste leider nur allzu gut, wie sich der Verlust eines geliebten Menschen anfühlte.

Sie suchte weiter.

Die übrigen Informationen über Jasons Privatleben waren auf Auftritte bei Benefizveranstaltungen und Firmenevents beschränkt. Meistens war er allein erschienen, manchmal in Begleitung einer »Familienfreundin« oder »Kollegin«. Er war keiner, den die Paparazzi verfolgten, und so war Rachel bald wieder zurück auf der Wikipedia-Seite.

Er wohnte in Connecticut. Auch das wusste sie ja jetzt bereits.

Er setzte sich für verwaiste Kinder ein und seine Firma arbeitete mit der Vereinigung »Ärzte ohne Grenzen« zusammen und führte Organtransporte durch. Rachel überlegte, warum sie das bisher noch nicht erfahren hatte. Warum hatte sie nach dieser Information erst suchen müssen? Hätte Fairchild Charters nicht auch damit werben können? Die Firma mit Herz – also wörtlich genommen. Wie viel Geld Fairchild Charters wohl für humanitäre Zwecke ausgab?

Sie klickte weiter herum, suchte auf den Social-Media-Seiten nach Einträgen über Fairchild Charters. Dabei stieß sie auf den Bericht eines Passagiers, der zum ersten Mal in einem Privatjet gereist war und für den Freunde die Reisekosten übernommen hatten. Sie hatte den Kommentar schon mal gelesen, als sie für das neue Marketingkonzept recherchiert hatte. Jetzt suchte sie nach »Ärzte ohne Grenzen« im Zusammenhang mit der Firma, fand aber nur ein paar alte Informationen, hauptsächlich über Trent und seine Frau Monica. Während der nächsten Stunde las sie Berichte über deren Geschichte, die mit einer Tragödie in Jamaika begonnen und der Hochzeit geendet hatte.

Als sie gerade weiterklicken wollte, ging die Haustür auf.

»Warum kommst du denn jetzt schon nach Hause?«, fragte sie Owen verwundert.

»Hä?« Er sah aus, als hätte sie etwas völlig Verrücktes gesagt. »Die Schule ist längst aus. Die Frage ist eher, was machst *du* denn schon zu Hause?«

»Es ist doch erst …« Aber dann sah sie auf ihrem Laptop, dass es schon nach fünfzehn Uhr war. Offensichtlich war mit der Familie Fairchild der Nachmittag sehr schnell vergangen. »Oh.«

»Warum bist du zu Hause? Haben sie dich gefeuert?«

Sie setzte sich kerzengerade. »Nein. Natürlich nicht! Warum fragst du denn so was Dummes?«

»War ja nur ein Scherz.« Owen ging an ihr vorbei zur Küche.

Ihr Herzschlag hatte sich bei der Frage beschleunigt. »Ich habe mich halt nicht so gut gefühlt.«

»Siehst auch echt beschissen aus.«

Sie sah ihn durchdringend an. »Wahrscheinlich sollte ich dir sagen, dass du so nicht mit mir sprechen darfst.«

Er lachte. »Ja, wahrscheinlich.«

Sie hörte, wie er die Speisekammertür öffnete. Das Knistern einer Plastiktüte sagte ihr, dass er mal wieder etwas Ungesundes essen wollte. »Wie wäre es mit einem Apfel?«

Owen lachte nur, als er die Küche wieder verließ und mit der Chipstüte und einer Limodose nach oben eilte.

»Ich mache meine Arbeit als Ersatzmama echt nicht gut.«

Sie wollte ihre fehlenden mütterlichen Bemühungen wiedergutmachen, indem sie etwas kochte, das mehr Anstrengung erforderte, als nur einen Topf Wasser aufzusetzen. Auch wenn sie sicher keine Kandidatin für den nächsten Kochpreis war, so war in ihrem Hühnchenauflauf wenigstens genug Gemüse, um dem ungesunden Zeug, von dem Owen sich sonst so ernährte, entgegenzuwirken.

Die Kopfschmerzen hatten wieder etwas nachgelassen. Auch der Bluterguss an ihrem Auge hatte seinen Höhepunkt erreicht. Zumindest hoffte sie das. Morgen würde sie wieder ganz normal zur Arbeit fahren, weshalb sie lieber früh zu Bett ging. Vor dem Schlafen öffnete sie ihre Facebookseite, guckte sich die üblichen Bilder von Kätzchen und kleinen Kindern an, die ihre Freunde gepostet hatten. Sie hatte kaum persönliche Nachrichten, selbst nachdem sie ein Bild vom Schnee gepostet hatte. Fast konnte man meinen, ihr Leben in Kalifornien hätte nie existiert. Aber es lag wohl daran, dass ihre beste Freundin nicht mehr lebte und dass die Zeit vor Emilys Tod völlig von deren Krankheit überschattet gewesen war. In der Zeit war es nicht ihre Priorität gewesen, andere Freundschaften aufrechtzuerhalten. Und so hatten manche sie einfach vergessen. Zugegeben, sie machte auch keinen Kopfstand, um mit alten Bekannten in Kontakt zu bleiben. Insgeheim hoffte sie, dass irgendwer jetzt online war und mit ihr chatten würde, damit sie von ihrem verrückten Leben erzählen konnte.

Aber das war nicht der Fall. Und ihre Laune ging in den Keller.

Einsamkeit war die Schwester von Selbstmitleid. Und die war echt blöd. Julie jetzt anzurufen, um ihr ihr Leid zu klagen, kam nicht in Frage. Irgendwas darüber auf ihrer Seite zu posten wäre Selbstmord für ihre Karriere gewesen. Ihre Mutter hätte ihr wahrscheinlich geraten, mit dem Mann auszugehen, nur damit Rachel gefeuert werden würde und sie deshalb wieder nach Kalifornien zurückkäme. Was aber niemals passieren würde, selbst wenn Rachel das vielleicht gewollt hätte. Eine Schwester, die sie um Rat hätte fragen können, hatte sie nicht und ihrem Bruder fehlte leider – sosehr sie ihn auch liebte – der gesunde Menschenverstand. Er war drei Jahre jünger als sie und bereits geschieden. In Sachen Beziehungen würde er ihr auch keinen Rat geben können.

Das wäre ein Job für Emily gewesen.

»Ich sollte mich besser nicht mit ihm einlassen, oder?« Rachel schaute zur Decke, als ob Emily da oben gewesen wäre.

Aber es kam keine Antwort.

»Du bist echt keine große Hilfe.«

Nicht, dass sie tatsächlich eine Antwort erwartet hätte.

Sie steckte ihr Handy ans Ladekabel, löschte das Licht und kletterte unter die Decke. Obwohl sie tagsüber kaum ihre Gedanken hatte abstellen können, schlief sie dennoch gleich ein. Am nächsten Morgen erwachte sie mit Jasons Bild vor Augen. Und dachte an den Kuss.

***

Jason wusste, dass Rachel an ihrem Schreibtisch saß, und er musste sich regelrecht zwingen, dass er nicht zu ihr hinüberging. Ihm war klar, dass man reden würde, wenn er ohne triftigen Grund durch die Marketing- und PR-Abteilung spazierte. Er hatte sie in einem geschlossenen Besprechungsraum geküsst, ohne Augenzeugen. Und er hätte sein ganzes Geld darauf verwettet, dass Rachel es ebenfalls niemandem gesagt hatte. Schließlich wollte sie gar nicht mit ihm ausgehen. Er hasste es, dass diese Gedanken seinen Kopf vernebelten. Zum ersten Mal hatte eine Frau sein Interesse geweckt. Ein Interesse, das über das Körperliche hinausging, und ausgerechnet diese Frau arbeitete für ihn.

Klar, er konnte sich einreden, dass Gerald eigentlich ihr Vorgesetzter war oder Glen. Aber nein, ihre Existenz hing von Fairchild Charters ab und er war der Geschäftsführer des Unternehmens. Die Tatsache, dass er der Erstgeborene war, machte nun sein Leben so kompliziert. Die vielen Erwartungen, der Druck, alles zusammenhalten zu müssen, nachdem seine Eltern gestorben waren. Jetzt, da beide Brüder verheiratet und sesshaft geworden waren, hatte er aufgehört, sich als großer Bruder um alle zu kümmern. Sein brüderlicher Rat war ohnehin oft missverstanden worden, als hätte er sich wie ein Ersatzvater aufgespielt. Die Wahrheit aber war, dass Jason sich verpflichtet gefühlt hatte, die Rolle des Vaters zu übernehmen. Eigentlich ein Wunder, dass er noch keine größeren Gesundheitsprobleme hatte.

Warum hatte er um zwei Uhr morgens darüber nachgegrübelt, wie Rachel vergessen würde, dass er der Chef war? Er wollte sie überreden, dass sie mit ihm ausging, und gleichzeitig hatte er Angst, irgendwer könnte ihren Kuss gesehen haben. Allein diese Mischung hätte einem älteren Mann wahrscheinlich einen Herzinfarkt beschert.

Wenn er die Augen schloss, sah er sie vor sich. Ihre geröteten Wangen. Wie sie sich nach dem Kuss das Lächeln verkniff. Ihr Zweifeln. Er sah alles. Während sein Verstand davor warnte, eine Büroaffäre zu beginnen, sagte sein Herz – oder vielleicht war es auch ein anderes Körperteil – dass er den Weg, den er eingeschlagen hatte, weitergehen sollte.

Ein Klopfen riss ihn aus seinen Gedanken. Seine im sechsten Monat schwangere Sekretärin kam herein.

»Ich habe hier Ihren Tagesplan.«

Er nahm einen Stift, um sich Notizen zu machen, während sie auf dem Stuhl gegenüber von ihm Platz nahm.

»Wie geht es Junior heute?«, fragte er.

»Er tritt mich andauernd.«

Audrey war seit vier Jahren Jasons Sekretärin. Und seit er sie kannte, war sie entweder dabei, eine Hochzeit zu planen oder die Wandfarbe für das Kinderzimmer auszusuchen. Wie vielen Frauen in New York, die eine gehobene Position hatten, sah man ihr in den modischen Bürooutfits die Schwangerschaft kaum an. Mittlerweile war sie auf flachere Absätze ausgewichen, weil ihr Mann darauf bestanden hatte. Aber er hatte fünf Monate gebraucht, um sich durchzusetzen.

»Übernehmen Sie sich nicht«, riet er.

»Nett, dass Sie so besorgt sind, aber mir geht's gut.«

Sie sah auch so aus. Er hatte mal gehört, dass schwangere Frauen ein besonderes Strahlen umgab, und bei Audrey stimmte das tatsächlich.

»Sie haben um zehn Uhr eine Besprechung mit Chuck und Gerald wegen des neuen Marketingplans. Anschließend folgt ein Mittagessen mit Mr Lewton im Restaurant Fleming.«

Jason stöhnte, während er mitschrieb. Bei einem Mittagessen mit Matt Lewton gab es immer Martinis und Jason konnte es eigentlich nicht gebrauchen, dass ihm schon um zwei Uhr nachmittags die Augen zufielen. Um manche seiner Kunden musste er sich etwas mehr kümmern und da gehörten Martinis beim Mittagessen eben dazu.

Audrey schob ihm noch ein Papier mit der Überschrift »Weihnachtsfeier« über den Schreibtisch. »Ich weiß, dass Sie das hassen, aber es muss heute noch erledigt werden. Ich habe versucht, es so einfach wie möglich für Sie zu gestalten.«

Es sah aus, als würde auf dem Zettel eine Art Multiple-Choice-Test stehen.

Die erste Frage hatte als Antwortmöglichkeiten *Gold, Silber und Weiß, Silber und Gold, Silber und Grün* oder *Gold und Grün* jeweils mit Kästchen daneben zum Ankreuzen.

»Was ist das?«

»Sie können einfach ankreuzen, was Ihnen am besten gefällt.«

»Es ist Weihnachten«, sagte er, als ob sie das nicht gewusst hätte. »Also Rot und Grün.«

»Nein, das geht nicht. Erinnern Sie sich noch an diese Starbucks-Sache? Neunzehn Prozent der Mitarbeiter sind jüdisch. Wir möchten niemandem zu nahe treten.«

Er bezweifelte, dass das wirklich der Fall sein könnte, solange es Alkohol und einen Weihnachtsscheck gab.

»Es muss doch jemanden geben, der dafür qualifizierter ist als ich.« Jason war sich sicher, dass er jedes Jahr, seitdem er den

Posten seines Vaters übernommen hatte, dieselbe Frage gestellt hatte.

»Ich hatte im Oktober vorgeschlagen, einen Eventmanager einzustellen, was Sie abgelehnt haben«, erinnerte sie ihn.

»Dann stellen Sie eben jetzt noch jemanden ein.«

Audrey schüttelte den Kopf. »Jeder halbwegs gute Eventplaner ist längst ausgebucht. Schon seit Anfang November. Deshalb habe ich Ihnen das ja auch schon im Oktober gesagt.«

Er schob das Papier zur Seite, fest entschlossen, es noch weiter auf die lange Bank zu schieben. Seine Mutter hatte früher immer die Weihnachtsfeier der Firma organisiert. Letztes Jahr hatte er Monica und ein paar ihrer Familienmitglieder eingespannt, um andere Firmenevents zu organisieren. Allerdings hatte die jährliche Weihnachtsfeier bisher nicht dazugehört. Vielleicht konnte er sie überreden, da jetzt auch noch Mary zur Familie gehörte und sie unterstützen konnte.

»Ich werde mich darum kümmern.«

Audrey blieb skeptisch. »Heute noch. Ich muss den Caterern und Dekorateuren Bescheid geben.«

»Verstanden. Und im Februar stellen wir einen Eventmanager an.«

»Ich bin ab Ende Januar im Mutterschutz.«

»Dann also in der zweiten Januarwoche.«

Sie machte sich eine Notiz.

»Gibt es eigentlich schon eine vorübergehende Vertretung für Sie?« Er hatte Audrey die Aufgabe übertragen, einen Ersatz zu finden. Sie sollte ihm drei Kandidatinnen präsentieren, von denen eine in den vier Monaten ihrer Abwesenheit einspringen sollte.

»Ich gebe Ihnen vor Weihnachten eine Liste mit Kandidaten.«

»Perfekt.«

Sie stand auf, das Notizbuch an die Brust gedrückt. »Sie wissen, dass ich heute um halb vier gehen muss, weil ich einen Arzttermin habe.«

Was erklärte, warum für den Nachmittag sonst nichts weiter geplant war.

Er grinste und tippte auf die Weihnachtsliste. »Das heißt also, dass Sie das eigentlich erst morgen Früh brauchen.«

Sie zog die Stirn in Falten. »Mister Fairchild!«

Da musste er lachen. »Na gut, aber wenn ich etwas auslasse, dann heißt das, dass Sie die Entscheidung treffen.«

Im Gehen sagte sie: »Ich bringe nichts in die Reinigung, ich kaufe keine Blumen für Freundinnen und ich wähle auch keine Farben für Weihnachten aus.«

Die ersten beiden Dinge hatte er auch noch nie von ihr verlangt, was jedoch das Letzte anging … Im vergangenen Jahr war sie angeblich wegen ihrer Lebensmittelallergien nicht geeignet gewesen, eine Essensauswahl zu treffen. Jetzt würde sie wahrscheinlich noch behaupten, dass sie farbenblind sei.

»Und was ist mit Kaffee?«

»Das geht.«

Womit sie ihn zum Schmunzeln brachte.

***

Auch im Supermarkt war Weihnachten allgegenwärtig, angefangen bei der lauten Musik, die alles beschallte, bis hin zu den Süßigkeiten überall. Rachel nahm eine Packung davon und stellte auch eine Flasche Eggnog in den Einkaufswagen.

Sie mochte Eggnog eigentlich gar nicht wirklich. Trotzdem gehörte es irgendwie dazu, wie auch das obligatorische Früchtebrot, selbst wenn man es am sechsundzwanzigsten Dezember wieder in die Tonne warf.

Ihr Telefon surrte und kündigte eine Textnachricht an.

Owen. Sie sah nach, was er schrieb.

Kauf Tiefkühlpizza.

Rachel ging zu dem Gang, in dem die Kühltheken standen.

Und Limo.
Nicht lieber Saft?

Ein Smiley, der die Stirn in Falten zog, war seine Antwort.

Ich bin fünfzehn, nicht fünf!

Rachel kaufte beides.

Wieder brummte das Handy. Dieses Mal öffnete sie gleich die Nachricht, ohne auf den Absender zu sehen.

Silber und Gold oder Gold und Grün?

Ist das eine Scherzfrage?

Ich plane die Weihnachtsfeier.

Rachel kratzte sich am Kopf.

Was für eine Feier?

Sie drückte auf Senden. Dann erst merkte sie, dass es gar nicht Owen war, der gerade geschrieben hatte.

Es war Jason. Der Mann, an den sie den ganzen Tag während der Arbeit gedacht, den sie aber trotzdem weder gesehen noch gehört hatte. Eigentlich hatte sie damit gerechnet, dass er einen Vorwand finden würde, um sie zu sehen. Sie war ein wenig enttäuscht. Auch wenn das natürlich ein Fehler gewesen wäre.

Die Weihnachtsfeier der Firma. Bzw. »Party zum Jahresende« für die, die Weihnachten nicht feiern.

Sie ging einer Frau aus dem Weg, die an das Regal musste, vor dem Rachel stand.

Wie bitte, Sie leiten ein millardenschweres Unternehmen und es gibt niemanden, der die Weihnachtsfeier plant?
Ist 'ne lange Geschichte, hat mit meiner Mutter zu tun. Erzähle ich dir, wenn wir morgen den Baum holen. Also, Silber und Gold oder Gold und Grün?

»So, so. Geschickt eingefädelt«, flüsterte sie zu sich selbst.

Gold und Grün. Aber das mit morgen ist keine gute Idee.

Sie musste nicht lange auf seine Antwort warten.

Mein Akku ist gleich leer. Ich hole dich um sieben ab. Zieh dich warm an, es soll schneien.

Sie tippte, so schnell es ging.

Ich habe doch gesagt, dass wir uns nicht treffen können.

Er antwortete nicht.

Jason!

Nichts.

Ich glaube Ihnen überhaupt nicht, dass Ihr Akku leer ist.

Immer noch nichts.

Jason!!!

Ja klar, als Geschäftsführer eines riesigen Unternehmens hatte er kein Ladegerät. Sie warf ihr Handy in die Tasche und ging zur Kasse.

Kapitel 7

Rachel sah alle fünf Minuten aufs Handy. Selbst noch am nächsten Tag, bis sie das Büro verließ. Jason hatte sie in der Hand. Wenn sie persönlich in seinem Büro erschien, um ihr Weihnachtsbaum-Date abzusagen, würde genau der Klatsch entstehen, den sie eigentlich vermeiden wollte. Und wenn sie das nicht tat, würde er einfach vor ihrer Tür stehen.

Sie übte ihre Rede, mit der sie ihn wieder fortschickte, wenn er da war, und was sie ihm sonst noch erzählen würde, weil er ihre zehn *Antworte mir!*-Nachrichten einfach ignoriert hatte. Sie schloss die Tür, die von der Garage in die Wohnung führte, und wurde von Owen begrüßt.

»Hi.«

»Auch hi«, antwortete sie.

»Wir kaufen heute den Baum, oder?«

Mist.

»Ich habe die Couch schon vom Fenster weggeschoben, damit wir Platz haben.«

Sie folgte Owen ins Wohnzimmer. Tatsächlich, er hatte Platz für den Baum geschaffen. Sogar den Staubsauger hatte er herausgeholt und an den Stellen sauber gemacht, die seit dem Einzug keine Aufmerksamkeit mehr bekommen hatten.

»Da scheint sich ja jemand schon zu freuen.«

Er grinste. »Mom hätte auch gewollt, dass wir einen Baum aufstellen und sie in der Weihnachtsstimmung dann so richtig vermissen.«

Als ihr die Bedeutung seiner Worte bewusst wurde, starrte Rachel auf den leeren Platz. »Stimmt, das hätte sie.«

»Wann kommt denn der Pannentyp mit seinem Truck?«

»Um sieben«, sagte sie abwesend.

»Ich schmeiß mal eine Pizza in den Ofen, damit wir gleich fertig sind. Er kommt nicht zum Essen, oder?«

»Nein.« Nein, er kam nicht zum Essen und jetzt konnte sie noch nicht einmal ihre eingeübte Rede halten.

»Cool.« Owen verschwand in der Küche und ließ sie im Wohnzimmer zurück, immer noch auf den freien Platz starrend.

Sie schloss die Augen, stieß einen langen Seufzer aus. Dann ging sie nach oben, um sich umzuziehen.

***

Jason bog in Rachels Straße ein. Die Hände umschlossen fest das Lenkrad. Sechzehnmal. Sie hatte ihm sechzehnmal geschrieben, dass sie nicht miteinander ausgehen konnten. Sie hatte ihn beschimpft, weil er nicht antwortete, ihm vorgeworfen, dass er sie ignoriere, dass er nur seinen Willen durchsetzen wolle. Er verdiente ihren Zorn, er hatte ja tatsächlich ganz bewusst ihre Nachrichten ignoriert. Aber sie war auch selbst schuld. Hätte sie vielleicht etwas geschrieben, das er lieber gelesen hätte, wäre sein Handy wie durch einen Zauber wieder zum Leben erwacht. Andererseits hatte sie aber auch nicht klipp und klar geschrieben, dass er sich von ihr fernhalten solle. Das gab ihm Zuversicht, dass sie ihm nicht die Tür vor der Nase zuschlagen würde. Ein Vorteil, dass er ihr Chef war, wie sie ja immer wieder betonte. Nicht, dass er das ausnutzen würde, wenn sie wirklich kein Interesse hätte. Aber das hatte sie ja. Sonst hätte sie nicht mit ihm geflirtet. Zumindest war das seine Theorie, bei der blieb er, bis man ihn vom Gegenteil überzeugte.

Er war eine halbe Stunde zu früh dran. Auf der Ladefläche des Trucks lag eine ausziehbare Leiter, auf dem Beifahrersitz waren Hammer und Haken für die Weihnachtsbeleuchtung. Dinge, die er vorher extra noch im Baumarkt gekauft hatte. Außerdem hatte er ein Verlängerungskabel für draußen besorgt und eine Zeitschaltuhr. Er wollte sich gar nicht erst vorstellen, welche Verletzungen sie sich beim Besteigen einer Leiter zufügte, wenn schon eine einfache Küchentür ihr dieses Monsterauge verpasst hatte. Die Details ihres Unfalls hatte er aus Gerald herausgequetscht. Auch wenn er sich obendrein noch unerwünschte Ratschläge zur Vermeidung von Beziehungen innerhalb der Arbeit hatte anhören müssen.

Gerald hatte schon bei Jasons Vater gearbeitet, als Jason noch zur Uni ging. Zurzeit hatte Gerald den Posten des Marketingchefs inne und war für die Leitung des Vertriebs zuständig. Er hatte mit Ausnahme der Poststelle bereits in allen Abteilungen von Fairchild Charters gearbeitet. Wenn jemand aus der Führungsabteilung das Unternehmen verließ, war Gerald derjenige, der für diese Person kurzfristig einsprang. Ihm gefalle die Abwechslung, wie er behauptete, und tatsächlich lief es unter seiner Führung immer reibungslos, egal in welcher Abteilung. Der Mann war einfach unbezahlbar. Inzwischen stand er kurz vor der Pensionierung, worüber Jason lieber nicht nachdenken wollte.

Rachels Einfahrt war leer, aber die Lichter im Haus gaben ihm Zuversicht, dass sie nicht gegangen war, um ihn zu meiden.

Er hob die Leiter vom Truck und stellte sie an der Westseite des Hauses auf. Er überlegte, ob er gleich die Haken befestigen sollte, bevor er ihr überhaupt sagte, dass er da war. Doch vielleicht war es besser, erst mal das Stimmungsbarometer zu checken, bevor er die anderen Parameter austestete.

Statt des Anzugs trug er Jeans und Stiefel und mit einer warmen Daunenjacke gegen Regen und Schnee gerüstet, klopfte Jason zweimal an die Tür, bevor er höflich einen Schritt zurücktrat.

Owen öffnete mit einem Stück Pizza in der Hand. »Sie sind zu früh.«

Warme Luft strömte ihm entgegen.

»Stimmt. Hab gedacht, dass ich vielleicht zuerst die Weihnachtsbeleuchtung befestige, bevor wir den Baum holen.«

Owen entdeckte die Leiter. »Super Idee. Ich hole gleich die Lichterketten aus der Garage.«

Damit ließ er Jason allein in der Tür stehen. Als Owen verschwunden war, kam Rachel zum Vorschein. Sie trug einen hellen Pullover und Jeans, die so gut saßen, dass es ihm schwerfiel, sie nicht anzustarren.

»So, so, *Ihr* Handy geht also nicht mehr, ja?«

Er sagte nichts, sah sie aber direkt an. »Ja. Ich dachte, es liegt am Akku, aber dann ...« Er machte eine Geste, indem er die Handflächen nach oben drehte, und gab ein Explosionsgeräusch von sich.

»So, so.«

Sie glaubte ihm nicht.

Dumm war sie ja nicht.

»Also, möchtest du lieber eine einfache Lichterkette oder ...?« Er wandte sich halb um, für ihn war das Thema beendet.

»Sind *Sie* immer so stur?« Sie trat vor die Tür, blieb auf dem Fußabstreifer stehen.

»Weiß nicht, da musst du meine Brüder fragen.« Jason grinste sie an. Er merkte, dass sie sich selbst verbot, ebenfalls zu grinsen.

Sie blickte über seine Schulter und senkte die Stimme. »Der einzige Grund, warum ich dieser Sache hier zustimme, ist, dass Owen sich so über diesen blöden Baum freut.«

Jason machte es nichts aus, dass er es nur Owen zu verdanken hatte, nun doch einen Fuß in Rachels Tür zu bekommen.

»Bäume sind wichtig.«

Sie kniff die Augen zusammen und schüttelte sich.

»Ich hab sie«, rief Owen. Er kam mit einer Kiste, stellte sie ab und holte seine Jacke. »Ich helfe Ihnen.«

»Na gut. Bringen wir es hinter uns.« Jason schenkte Rachel ein, wie er hoffte, charmantes Lächeln, dann ging er hinaus.

Owen war eine große Hilfe. Er stand am Fuß der Leiter und reichte Jason, was er brauchte, als er am Dachvorsprung einen Haken nach dem anderen befestigte.

»Das ist das erste Mal, dass wir draußen Lichterketten haben«, sagte Owen.

»Echt?«

»Ja, meine Mom und ich haben immer in einer Wohnung gewohnt.«

Jason fiel auf, dass er nie seinen Vater erwähnte. Während er hämmerte, sagte er beiläufig: »Rachel hat erzählt, dass es Krebs war.«

»Ja.«

Jason sah zu Owen hinab. »Furchtbar. Das tut mir leid.«

Owen zuckte mit den Schultern. »Ich versuche, nicht mehr dran zu denken.«

»Und funktioniert das?«

Ein schiefes Lächeln. »Nicht wirklich.«

Jason widmete sich wieder dem Dachvorsprung und dem nächsten Nagel. »Ich habe auch meine Mom verloren.«

»Echt?«

»Bei einem Flugzeugabsturz. Beide, sie und meinen Dad, am selben Tag.«

»Mega beschissen. Waren Sie auch so jung wie ich?«

Jason stieg von der Leiter und rückte sie ein Stück weiter. »Weißt du was? Sag doch einfach *du* zu mir.«

»Okay. Warst *du* auch so jung wie ich?«

»Nein, ich war schon erwachsen. Aber sie waren noch ziemlich jung.«

»Hm, ist wohl immer beschissen. Also außer die Leute sind richtig alt oder so. Aber selbst dann ist es wahrscheinlich noch blöd.« Owen reichte ihm wieder einen Haken und einen Nagel.

»Ein Glück, dass du Rachel hast.«

Owen erwiderte nichts.

»Hat sie das Veilchen echt von der Tür?«

Sein Lachen war die Bestätigung.

»Dann ist es umso besser, dass *ich* hier oben auf der Leiter stehe.«

»Stimmt, sie würde sich wahrscheinlich dabei ein Bein brechen«, meinte Owen.

Jason wollte gerade einen Kommentar dazu abliefern, als die Frau, über die sie gerade sprachen, neben ihnen auftauchte.

Beide schwiegen abrupt.

»Wie geht's euch?«

»Sind fast fertig hier.«

Owen leuchtete mit einer Taschenlampe auf die letzten paar Meter.

»Das hätten Sie doch nicht tun müssen«, sagte Rachel und blieb weiterhin so förmlich wie zuvor. »Ich hätte das auch geschafft.«

»Wir sind jetzt beim *du*«, verkündete Owen. »Du auch.«

Jason sah demonstrativ zu ihr. Und auf ihr blaues Auge. Die Schwellung hatte nachgelassen und offensichtlich hatte sie auch versucht, den Bluterguss mit Make-up zu kaschieren. »Wie geht's eigentlich deinem Auge?«

»Danke, gut!«

Er wandte sich wieder um und befestigte die letzten zwei Haken. »So, jetzt können wir die Lichter anbringen, Owen.«

Die Lichterketten wurden in der Garage eingesteckt. Es schien, als hätten die Vorbesitzer die vorhandene Steckdose extra für die Weihnachtsbeleuchtung installieren lassen. Sonst hätten sie sich mit Verlängerungskabeln abmühen müssen oder am Ende die Lichter an einer Stelle befestigt, wo man sie eigentlich gar nicht haben wollte. Er überlegte, wie das bei seinem Haus war. Bei ihm daheim brachte eine ganze Mannschaft von fünf, sechs Mann die Ranch zum Leuchten. Weshalb er auch nichts über die Steckdosen wusste.

Die brandneuen bunten Lichter erhellten nun die gesamte Länge der Hausfront. Im zweiten Stock gab es Dachgauben, die Owen beim Lichterkettenkauf allerdings nicht einberechnet hatte. Trotzdem sah das Ergebnis gut aus, als Jason von der Leiter stieg und sein Werk begutachtete.

Auch Rachel und Owen standen im Garten. Mit verzückten Gesichtern bewunderten sie die Lichter.

»Gefällt mir«, verkündete Rachel.

»Sieht gut aus.«

»Nicht schlecht«, sagte Jason. »Ich finde, es fehlen noch ein paar Ketten bei diesen Fenstern.«

Rachel schüttelte den Kopf. »Nein, das passt schon …«

»Stimmt, finde ich auch«, unterbrach sie Owen.

»Dann komme ich einfach am Freitag noch mal.« Jason ignorierte Rachels Blick und grinste Owen an.

»*Du* bist doch so beschäftigt«, sagte Rachel. »Du kannst die Leiter vielleicht hierlassen und ich kümmere mich selbst drum.«

Jason hob eine Augenbraue. »Die-mit-der-Tür-tanzt sollte wahrscheinlich nicht in großer Höhe arbeiten.«

Owen prustete los.

»Weise Worte vom Mann-der-in-den-Graben-fährt«, entgegnete Rachel schlagfertig.

»Ich würde mir Vorwürfe machen, wenn du dich verletzt.«

»Ich würde mir Vorwürfe machen, wenn ich deine *wertvolle* Zeit zu sehr in Anspruch nehmen würde.«

Mit einem Seitenblick zu Owen fragte er: »Hast du nicht einen neuen Job?« Sicher hatte sie Owen noch nicht gebeichtet, dass Jason der Firmeninhaber ihrer neuen Arbeitsstelle war.

»Richtig.« Sie blickte bedeutend zu Owen, dann wieder zu ihm.

»Wenn du dich verletzt und nicht zur Arbeit kommst, dann wäre das doch schlecht für deinen neuen Job, oder?«

Sie verengte die Augen. »Wahrscheinlich.«

Grinsend rollte Jason die Schultern nach hinten. »Dann hast du Glück. Denn ich habe meinen Job schon 'ne ganze Weile. Bei Ausfall wegen einer Verletzung bekomme ich weiter mein Gehalt. Also, ich komme am Freitag. Oder vielleicht lieber am Samstagmorgen, wenn es hell ist.«

Sie starrten sich an. Keiner wollte nachgeben.

»Super. Können wir jetzt endlich den Baum kaufen?«, drängte Owen. »Ich friere mir hier den Hintern ab.«

Rachel war die Erste, die den Blickkontakt unterbrach. »Also gut. Ich hole meine Tasche.«

***

Die-mit-der-Tür-tanzt! Frechheit.

Als Owen gleich loszog, um an einem Stand eine heiße Schokolade zu kaufen, fragte sie: »Was von dem Satz ›Wir sollten nicht miteinander ausgehen‹ hast du eigentlich nicht verstanden?«

Jason blickte sie nicht an. »Also, wenn wir miteinander ausgingen, würde ich jetzt deine Hand halten.«

Rachels Hand baumelte nah neben seiner. Wann hatte sie das letzte Mal Händchen gehalten?

»Ich bin mir sicher, dass du Besseres zu tun hast, als an einem Samstagmorgen bei irgendwem Lichterketten zu befestigen.«

»Du hast recht.«

»Ha!« Vielleicht sah er es jetzt endlich ein.

»Ich könnte zum Beispiel auch die schöne neue Frau in meinem Leben zum Brunch ausführen. Aber sie ist stur und ziert sich, weshalb mir nichts anderes übrig bleibt, als für sie Lichterketten aufzuhängen.«

Oder auch nicht.

»Jason!«

Er blieb vor einer riesigen Tanne stehen. »Schau, der hier ist schön.«

»So eine hohe Decke habe ich gar nicht.«

»Dann geht er leider nicht.« Er ging zu den kleineren Bäumen.

»Ich werde nicht mit dir ausgehen.«

Er glaubte ihr nicht. »Wie du meinst.«

»Ich brauche diesen Job.«

»Das hast du schon mal erwähnt.«

»Ich meine es ernst. Ob wir wollen oder nicht, Owen und ich müssen hierbleiben, bis er achtzehn ist.«

»Warum denn? Hat das seine Mutter so gewollt?«

»Nein, im Gegenteil, Emily hätte sicher nicht gewollt, dass wir hier wohnen.«

Jason hörte nun auf, die Bäume zu inspizieren. »Ich verstehe nicht.«

Rachel sah sich um, dann wieder zurück. »Es ist kompliziert. Wenn Owen kommt, wechsle ich gleich das Thema.«

Noch keine Spur von Owen. »Okay.«

»Owens Großeltern väterlicherseits leben hier. Sie hatten nie eine Beziehung zu ihm.« Sie sah wieder umher, lehnte sich etwas näher zu ihm und flüsterte: »Als Emily starb, hat sie mich gebeten, Owens Vormund zu werden. Aber die Colemans haben sich das anders vorgestellt.«

»Owens Großeltern.«

»Richtig. Sie haben sofort Anwälte eingeschaltet. Ich wusste damals schon, dass sie gewinnen könnten. Vor allem, wenn sie behaupten, dass sich Owens Vater um ihn kümmern würde.«

»Kennt Owen seinen Dad überhaupt?«

»Kaum.« Sie sah hoch, wurde steif. »Da ist noch mehr, aber das ein andermal. Jedenfalls sind wir hier, um einen Gerichtsprozess zu umgehen, den ich ohnehin verlieren würde. Und ich kann es mir nicht leisten, hier zu leben, ohne einen Job zu haben.«

»Da seid ihr beiden.« Owens Worte setzten ihrer Konversation ein Ende.

»Ach, du hast also Kakao *und* Süßigkeiten gefunden.«

Owen rührte sein Heißgetränk mit einer Zuckerstange um.

Zwei Kinder rannten an ihnen vorbei und spielten zwischen den Bäumen Verstecken.

»Man kann nie genügend Zucker abkriegen.« Owen lutschte an der Stange.

Rachel merkte, dass Jason sie beobachtete. Ohne das freche Grinsen von vorher. »Was für einen Baum willst du, Owen?«, fragte er.

»Einen, der nach Weihnachten riecht.«

Rachel musste lachen. »Na, das werden wir ja wohl hinkriegen.«

Nach einer weiteren halben Stunde, in der sie jeden Baum begutachteten und schauten, ob er dicht genug und gleichmäßig gewachsen war, hatten sie endlich den passenden gefunden.

Jason wollte seine Geldbörse zücken. Fast schon eine automatische Bewegung, wie es schien, aber Rachel verhinderte das. »Mein Haus, mein Baum, meine Kosten.«

Er wollte widersprechen.

»Du hast mir schon genug geholfen.«

Er gab nach und ließ sie zahlen.

Kapitel 8

Der Baum nahm fast das ganze Wohnzimmer ein. Owens Strahlen auch.

Es war schon nach einundzwanzig Uhr, als Jason ihn aufgestellt und unter Rachels Aufsicht ausgerichtet hatte. Owen öffnete eine Packung mit elektrischen Kerzen und machte sich an die Arbeit.

»Wir können jetzt auch allein weitermachen«, meinte Rachel.

Jason erwiderte nichts, er blickte sie nur stumm an.

Sie rollte mit den Augen. »Na gut. Kaffee?«

»Schon besser. Ja, Kaffee klingt gut.«

Sie verschwand in der Küche. Man hörte, wie sie Schranktüren öffnete und wieder schloss.

»Es ist ihr unangenehm, andere Leute um Hilfe zu bitten«, erklärte Owen leise.

»Habe ich auch schon gemerkt«, raunte Jason zurück.

»Ich will schon seit einem Monat ihr Schlafzimmer streichen, aber sie ist nie lang genug weg, wenn ich Zeit hätte.«

»Das Schlafzimmer muss noch gestrichen werden?« Jason verspürte ein plötzliches Verlangen, dieses Zimmer zu sehen.

»In diesem Haus hier muss alles repariert oder gestrichen werden. Ich habe ein bisschen geholfen, als noch Ferien waren, aber das meiste hat sie ganz allein gemacht. Vielleicht kannst du mal mit ihr zum Essen gehen oder so. Dann könnte ich sie überraschen.«

Dieser Junge hatte vielleicht gute Ideen. »Ich sehe zu, was ich machen kann.« Er streckte die Hand aus. »Ich tippe dir meine Handynummer ein, dann können wir uns absprechen.«

Owen reichte ihm sein Handy.

Doch bevor Jason fertig war, kam Rachel mit zwei Tassen Kaffee ins Wohnzimmer zurück. »Aha, so geht das also!«, bluffte er, während er Owen das Telefon zurückgab.

Owen lachte. »Ja, ja, das war beim letzten Update dabei.«

»Muss ich auch gleich mal ausprobieren«, machte Jason mit dem Schauspiel weiter.

»Mit deinem kaputten Telefon?«, fragte Rachel provozierend und reichte ihm eine Tasse.

»Genau«, antwortete Jason mit Unschuldsmiene.

Sie schüttelte den Kopf. »Willst du Milch oder Zucker?«

Er nahm einen Schluck. »Schwarz find ich gut.«

»Ha, das sagt sie auch immer«, witzelte Owen.

»Unglaublich lustig.« Rachel setzte sich aufs Sofa und betrachtete den Baum.

Jason verstand erst nicht, was man ihm offensichtlich ansah.

Owen zeigte auf sein eigenes Gesicht. »Schwarz.«

Da erst kapierte es Jason und lachte los. »Der ist wirklich gut.«

»Wie läuft's mit den Lichtern? Du hast morgen Schule, das weißt du, oder?«

Eine halbe Stunde später waren die elektrischen Kerzen auf dem Baum verteilt und die Schachteln mit dem neuen Weihnachtsschmuck leer. Jason wusste gar nicht, ob er früher überhaupt schon mal einen Baum aufgestellt hatte. Jetzt war es dieses Jahr schon der zweite. Das hatte doch etwas zu bedeuten.

»So, ich bin fertig.« Owen warf dabei eine Plastiktüte zu Boden, als ob er nun die Bühne verließ und das Mikrofon ablegte.

»Nicht schlecht für den ersten Versuch.«

Rachel lehnte den Kopf ans Sofa und legte die Beine hoch.

Owen streckte sich müde. »Also, so gern ich beim Aufräumen helfen würde, aber ich habe ja leider morgen so früh Schule.«

»Keine Sorge. Ich lasse es einfach liegen, dann kannst du aufräumen, wenn du nach Hause kommst.«

Owen ging kopfschüttelnd zur Treppe. »Danke für die Hilfe, Jason«, rief er hinüber.

»Gerne, jederzeit.«

Owen sah von einem zum anderen. »Übrigens muss Rachel morgen auch früh aufstehen und arbeiten.«

Jason verstand den deutlichen Hinweis. »Mein Chef hasst es auch, wenn ich verschlafe und zu spät komme.«

»Na dann, gute Nacht.«

»Gute Nacht.«

»Ein cooler Junge«, meinte Jason, als sie allein waren.

Rachel nahm das Kompliment nicht auf die eigene Kappe. »Emily hat gute Arbeit geleistet.«

»Und du übernimmst einfach, als hättest du nie was anderes gemacht.«

Sie blieb unberührt. »Bleibt mir ja nichts anderes übrig.«

»Es sieht so leicht aus bei dir.«

Jetzt sah sie ihm endlich in die Augen. »Danke.«

»Also, diese Geschichte mit Owens Großeltern …« Das Thema war ihm nicht mehr aus dem Kopf gegangen und er hatte die ganze Zeit schon darauf gewartet, mehr zu erfahren, damit er ihre Situation besser verstehen würde.

Sie wurde ernst. »Sie haben gesagt, dass sie keine Klage einreichen würden, wenn wir hier in der Nähe wohnen. Ich musste eine Immobilie kaufen, statt etwas zu mieten, als Beweis dafür, dass wir nicht so schnell wieder wegziehen würden.«

»Und du hast dir einen Job in Manhattan gesucht und bist hierhergezogen.«

»Dieses Jahr war für Owen schon schwer genug. Ich wollte nicht, dass die Sache ein halbes Jahr lang wie ein Damoklesschwert über uns hängt. Und er dann am Ende, wenn die Colemans gewinnen, sowieso hier wohnen müsste, aber ohne mich.«

»Bist du sicher, dass sie sonst gewonnen hätten?« Natürlich war er froh, dass sie hergezogen war, und sie durfte keinesfalls wieder weggehen. Sie war eine sehr gute Angestellte und dann war da noch die Sache mit dem Händchenhalten, auf die er gern zurückkommen wollte.

»Sie haben Geld. Und sie sind Blutsverwandte von Owen. Wenn TJ das Sorgerecht einklagt, dann würde das früher oder später passieren.«

»TJ ist der Vater?«

»Ja, Tereck Junior. Er und Emily hatten ein Jahr lang etwas miteinander. Er ist dann ins Ausland, weil er da als Fotojournalist einen längeren Einsatz hatte. In der Zeit hat Emily festgestellt, dass sie schwanger ist. Sie hat es TJ nicht verschwiegen, aber er wäre sicher kein guter Vater gewesen und sie haben sich darauf geeinigt, dass Emily das alleinige Sorgerecht für Owen bekommt.«

Jason konnte es nicht verstehen, wenn ein Mann nicht die Verantwortung für sein eigenes Kind übernehmen wollte. »Aber er hat ihr wenigstens finanziell geholfen, oder?«

»Manchmal, aber sie hat nie etwas eingefordert. Ich habe sie immer wieder darauf angesprochen, besonders, wenn das Geld knapp war. Sie sagte, dass sie schon immer ein Kind haben wollte, sich aber nie in der Rolle der Ehefrau gesehen habe. Und wenn es Owen nicht gegeben hätte, dann hätte sie sich vielleicht von einem anderen Mann schwängern lassen, ohne es zu sagen.«

»Das ist krass.«

»Wahrscheinlich passiert das öfter, als man denkt. In vitro ist zwar auch eine Möglichkeit, aber ganz schön teuer, wenn man die kostenlose Alternative in Betracht zieht.«

»Weiß Owen, dass TJ sein Vater ist?«

»Ja.«

»Er entwickelt sich ganz gut dafür, dass er kein männliches Vorbild hat.«

»Emily hat immer gesagt, besser gar kein Dad, als einer, der ihn nur enttäuscht.« Rachel seufzte, ihre Blicke streiften sich flüchtig, bevor sie schnell den Kopf zum Baum drehte. »Sie hatte selbst keine tolle Beziehung zu ihrem Vater.«

»Offensichtlich.«

»Aber sie hat TJ auch nicht daran gehindert, eine Beziehung mit Owen aufzubauen. Sie hätte ihm die Freiheit dazu gelassen. Doch TJ war in den ersten Lebensjahren seines Sohnes nie da und als Owen ihn zum ersten Mal sah, war er schon so alt, dass es ihn völlig kalt ließ.«

Jason war immer noch etwas verwirrt. »Warum wollen die Colemans dann überhaupt das Sorgerecht?«

»Na ja, anfangs wollten sie mit Emily nichts zu tun haben. Hatten Angst, dass sie nur hinter dem Geld her sein würde oder so. Ich schätze, sie haben gemerkt, dass sie sonst keine Aussicht auf Enkelkinder haben, weil TJ nicht verheiratet ist. Und jetzt, da Emily nicht mehr im Weg ist, versuchen sie es eben.«

»Es zu erzwingen ist aber auch keine Lösung.«

»Sehe ich auch so. Aber ich will mich ihnen nicht in den Weg stellen, wenn die Großeltern eine Beziehung zu ihrem Enkel haben wollen. TJ kam sogar zu Emilys Beerdigung. Als ich nach ihrem Tod irgendwann wieder Zeit zum Nachdenken hatte, ist mir plötzlich klar geworden, dass Owen überhaupt niemanden hätte, wenn mir etwas zustoßen würde. Natürlich würden meine Eltern in die Bresche springen, aber das wäre für Owen wahrscheinlich genauso schwierig wie die Colemans selbst. Solange sich alle ruhig verhalten, bleiben Owen und ich hier und basteln uns ein neues Leben zurecht.«

»Und wenn sie sich nicht ruhig verhalten?«

Mit einem leichten Schmunzeln meinte sie: »Ich habe gehört, dass Panama ganz schön sein soll.«

Es klang wie ein Witz, aber vielleicht war es gar keiner. »Stimmt, das ist es.«

»Warst du da schon?«

»Mir gehört eine Privatjetfirma. Ich war schon überall.«

Sie kniff die Augen zusammen, als ob ihr gerade erst wieder bewusst werden würde, wer er war. »Und was machst du dann in meinem Wohnzimmer?«

Er hob die Kaffeetasse. »Ich trinke kalten Kaffee und gebe dir die Gelegenheit, mich besser kennenzulernen.«

»Wohl kaum. Bisher habe ja nur ich geredet.«

Jason setzte sich weiter vor. »Dann müssen wir uns wieder treffen, damit du auch von meinen Geheimnissen erfährst.«

Sie hob die Füße vom Tisch. »Das werden wir noch sehen.«

Er blickte demonstrativ auf seine Hände. »Wir halten nicht Händchen. Und ich gehe auch mit anderen Angestellten zum Essen.«

»Du hast meine Weihnachtsbeleuchtung aufgehängt.«

Er deutete mit zwei Fingern auf sie. »Erwischt. Trotzdem alles kein Kündigungsgrund.«

Sie sah auf die Uhr an der Wand. »Na ja, aber zu so einer späten Uhrzeit zu kommen …«

»Ich verstehe den Wink mit dem Zaunpfahl.« Er erhob sich gleichzeitig mit ihr, sie begleitete ihn hinaus.

Er schlüpfte in die Jacke.

»Nochmals vielen Dank. Für alles.« Rachel öffnete die Tür.

Sie hielt die Tür fest, ihre Hände wirkten nervös.

»Gern geschehen«, sagte er und machte dabei keine Anstalten, sie zu umarmen, ihre Hand zu halten. Oder sie gegen die Wand zu drücken und ihre Zunge zu fühlen. Nein, er war sehr zurückhaltend, wenn man bedachte, dass er das eigentlich so gern gemacht hätte.

»Bis bald«, sagte sie.

»Gute Nacht, Rachel.«

»Gute Nacht, Jason.« Sie seufzte kaum hörbar. War es vor Verlangen? Es klang jedenfalls gut.

Eine knappe halbe Stunde später ging er in seinem Haus die Treppe hinauf. Es war sehr still. Von draußen schien das Licht der Weihnachtsbeleuchtung herein. Er nahm das Handy.

Übrigens geht das Licht automatisch um dreiundzwanzig Uhr aus. Wenn dir das zu spät ist, ändere ich es am Samstag.

Sofort erschienen die drei Punkte.

Oh, welch Wunder, dein Telefon geht wieder!

Er lachte, während er ins Schlafzimmer ging.

Musst du morgen nicht arbeiten?
Doch, und du?
Liege schon im Bett.

Na ja, er saß darauf und versuchte die Stiefel auszuziehen, während er tippte.

Ich würde wetten, dass du gerade noch die leeren Weihnachtskisten wegräumst.

Als sie nicht gleich antwortete, wusste er, dass er recht hatte.

Rachel?

Nichts.

Du räumst gerade auf, stimmt's?

Sehr witzig.

Ist dein Akku leer?

So wie seines.

Ha! Ist leider ins Aquarium gefallen.

Jason hatte wieder ihr Wohnzimmer vor Augen.

Du hast doch gar kein Aquarium.
Dann werde ich mir eins besorgen.

Er hatte endlich mit dem Fuß den ersten Stiefel abgestreift.

Gute Nacht!
Gute Nacht!

Jason warf das Telefon zur Seite und mühte sich mit dem zweiten Stiefel ab. Zum ersten Mal, seit er in das ehemalige Schlafzimmer seiner Eltern gezogen war, richtete er seine Aufmerksamkeit auf die Wandfarbe. Ein Dekorateur hatte das Leben seiner Eltern entfernt, bevor er das Zimmer bezog. Seine Mom hatte Pastellgelb geliebt. Sie war diejenige gewesen, die für die Inneneinrichtung das Sagen übernommen hatte. Mit Ausnahme des Schlafzimmers war alles so geblieben, wie es vorher gewesen war. Aber damit dieser Raum zu Jasons Zimmer wurde, hatte das Gelb weichen müssen. Jetzt waren die Wände in zarten Grün- und Brauntönen gehalten. Passend zum Rest des Hauses, ohne, dass es allzu maskulin wirkte. Er hatte mit dem Dekorateur die Farbauswahl abgesprochen und nach einer Europareise ein frisch gestrichenes Schlafzimmer vorgefunden. Genauso, wie er das Aufhängen der Weihnachtsbeleuchtung nicht selbst übernahm, hatte er auch seit Teenagerzeiten schon keine Wände mehr gestrichen. Früher hatte er mal in Nathans Haus etwas streichen dürfen. Nathan hatte Jason und seinen Brüdern einen Raum überlassen, in dem sie ihre handwerklichen Fähigkeiten erproben durften. Das Haupthaus war einfach zu groß für solche Projekte gewesen. Es gefiel Jason, wenn man nach getaner Arbeit ein Ergebnis sah, und seien es auch nur leuchtende Weihnachtsketten. Sein Herz fühlte sich so leicht wie schon lange nicht mehr an.

Ein gutes Gefühl.

***

Am Donnerstag stand plötzlich Trent in Jasons Büro. Der jüngste Bruder kam höchstens zweimal in der Woche, wenn überhaupt. Er war der Geschäftsführer der Tochterfirma, die Hubschrauberflüge anbot. In der restlichen Zeit arbeitete er entweder von zu Hause aus oder er war in der Luft und flog zusammen mit seiner Frau, Monica, zu humanitären Einsätzen. Dabei brachte er entweder Medikamente oder transportierte Organe, zum Beispiel ein Spenderherz. Anderen zu helfen war die Lebensaufgabe der beiden. Sie waren seit vier Jahren verheiratet und immer noch so verliebt wie am ersten Tag.

»Womit habe ich diese Ehre verdient?« Jason schob einen Stapel Papiere zur Seite und erhob sich, um seinem Bruder die Hand zu geben.

»Heute ist wieder mein Tag in der Hölle.«

Jason grinste. Das war die Bezeichnung, die Trent dem Büro in Manhattan gab. »Du hasst es gar nicht so sehr, wie du vorgibst.«

»Darüber lässt sich streiten.«

Sie setzten sich.

»Was führt dich zu mir?«

»Du willst immer gleich zur Sache kommen, was?«

»Ich habe hier in der Hölle einen sehr vollen Dienstplan.«

Trent beugte sich vor, die Hände entspannt auf den Knien. »Ich fasse mich kurz. Monica und ich würden gern im Frühjahr eine Benefizveranstaltung auf der Ranch abhalten.«

Jason hielt kurz inne. »Da musst du doch nicht fragen.«

»Doch, muss ich.«

»Die Ranch gehört dir zu gleichen Teilen wie mir.«

Trent widersprach mit einer Handbewegung. »Ja, aber du wohnst da.«

Egal, wie oft er seinen Brüdern schon gesagt hatte, dass sie seine Erlaubnis nicht einzuholen brauchten, sie taten es trotzdem immer wieder.

»Wie du meinst. Also, ja, du kannst die Ranch benutzen. Gib einfach unseren Angestellten Bescheid.«

»Wir hätten auch gern, dass du dabei bist.«

Jason richtete sich auf. »Aha, das ist eine ganz andere Sache.« Er öffnete den Kalender auf seinem Computer. »An welchen Termin habt ihr gedacht?«

»Entweder das letzte Wochenende im April oder das erste im Mai.«

»Dann im Mai. In der letzten Aprilwoche bin ich in unseren Büros in London.«

»Perfekt. Ich gebe das an Monica weiter.« Trent erhob sich, um zu gehen. »Übrigens machen wir auch eine Auktion. Monica lässt ausrichten, dass du ein Date mitbringen musst, sonst wird sie ein gemeinsames Abendessen mit dem Geschäftsführer versteigern.«

Jason schwieg einen Moment. Dann meinte er: »Ich bringe eine Begleitung mit.«

»Echt?«

Jason machte bewusst eine Pause. Eine von der Art, mit der man sein Gegenüber auf das gespannt machte, was nun folgen soll. »Ja. Echt.«

Trent grinste. »Werde ich Monica ausrichten. Irgendwer Besonderes?«

Jetzt musste Jason dringend weitermachen. »Tschüs, Trent.«

Sein Bruder hob sich ergebend die Hände und sagte im Gehen: »Schon gut, war ja bloß eine Frage.« An der Tür wandte er sich noch einmal um. »Ich habe gehört, dass du am Mittwoch früher gegangen bist.«

Jason kniff die Augen zusammen. »Ach ja, tatsächlich?«

»Du gehst doch nie früher.«

Diesen Kommentar ignorierte er. »Tschüs, Trent.«

***

Obwohl Rachel fleißig an ihrem Marketingbericht arbeitete, den sie am Montag Jason und den anderen Managern vorlegen wollte, blickte sie doch sehr oft den Gang entlang, ob Jason vielleicht käme.

Was aber nicht der Fall war.

Sie überlegte, ob sie ihm eine Nachricht schicken sollte.

Doch sie beherrschte sich.

Julie blickte über die Trennwand, erwischte sie dabei, wie sie zum Fenster hinausstarrte. »Pssst.«

Rachel fuhr erschrocken hoch. »Was?«

»Wie sieht's aus, gehst du nach der Arbeit was trinken mit mir?«

»Happy Hour?«

Julie blickte sie hoffnungsfroh an.

»Ich erinnere mich vage, was eine Happy Hour ist. Das ist doch die Zeit, in der man über die Autobahn düst, um schnell nach Hause zu kommen, weil man für das Kind, das bei einem zu Hause wohnt, Abendessen machen muss.«

Julie tauchte wieder hinter die Trennwand. »Wenn du mit dem verdammten Zug fahren würdest, wärst du rechtzeitig zurück und hättest trotzdem noch ein Stündchen, um mal ein bisschen Spaß in deinem Leben zu haben.«

Rachel kniff die Augen zusammen und massierte sich die Nasenwurzel.

»Tut mir leid, Julie.«

»Ja, ja.«

Jetzt enttäuschte sie auch noch die einzige Freundin, die sie seit dem Umzug gefunden hatte.

Rachel stieß nun ihrerseits den Bürostuhl zurück, um wieder mit ihr zu reden. »Julie.«

Doch Julie tippte nur.

»Ich weiß wirklich nicht, wie ich alles unter einen Hut kriegen soll. Es ist ja nicht so, dass ich die letzten fünfzehn Jahre schon auf Owen aufgepasst hätte und dass ich da viel Übung hätte.«

Julie hörte auf und blickte sie an. »Mittlerweile ist er doch auch ein Schlüsselkind, oder?«

Rachel blinzelte nur.

»Kommt er denn nicht manchmal von der Schule zurück und öffnet selbstständig die Tür, wenn du nicht zu Hause bist?«

»Doch.«

»Und er kann sich auch was in der Mikrowelle warm machen oder eine Pizza in den Ofen schieben, stimmt's?«

Rachel merkte, dass das Eis dünn wurde. »Ja.«

Julie ließ sich ein paar Atemzüge lang Zeit. »Dann wird er dich auch nicht vermissen, wenn du mal eine Stunde später heimkommst und dich endlich benimmst, wie man das als Single so macht.«

Sie hasste es, dass Julie recht hatte. Rachel fand es unbequem, aus ihrer neuen Komfortzone, die sie mit Owen hatte, herauszutreten. Dabei wusste sie genau, dass es stimmte, was ihre Freundin sagte.

»Nächste Woche.«

Julie rollte mit den Augen und widmete sich abermals dem Computer.

»Wirklich! Ich sage Owen, dass ich einen ganzen Abend in der Stadt bleibe und spät nach Hause komme. An einem Freitag würde das schon gehen. Oder?«

Jetzt schmunzelte Julie. »Sicher?«

Nein. »Klar. Emily ist ja auch manchmal ausgegangen.« Am Anfang hatte Emily einen Babysitter gehabt. Owens Mutter hatte es also auch hin und wieder geschafft, ein Leben wie eine Erwachsene zu führen.

»Ich nehme dich beim Wort.«

Rachel lächelte tapfer.

»Und dann bringst du auch das kleine Schwarze mit. Du kannst dich bei mir umziehen.«

Der Raum schien enger zu werden. Warum hatte sie gleich einen ganzen Abend vorgeschlagen, wenn sich Julie auch mit einer Stunde zufriedengegeben hätte?

»Das kleine Schwarze. Alles klar.« Sie rollte ihren Stuhl zurück an den Schreibtisch. »Aber warte, es ist doch Winter. Ich werde frieren.«

»Das. Kleine. Schwarze.« Julies Stakkato war nicht zu überhören.

»Okay.«

»Und einen Mantel. Du sollst schließlich nicht frieren, wenn wir um die Häuser ziehen.«

Rachel legte den Kopf auf dem Tisch ab und murmelte: »Oh Gott.«

»Und denk nicht mal daran, dir irgendeine Ausrede einfallen zu lassen!«

Rachel hob den Kopf wieder. »Würde ich doch nie machen.«

»Gut!« Julie grinste um die Ecke. »Du wirst New York lieben.«

***

Rachel ließ das Footballspiel am nächsten Abend ausfallen und nutzte die Zeit, um noch mehr Lichterketten und ein paar Geschenke zu kaufen. Das Einkaufszentrum in der Nähe ihres Hauses war gesteckt voll. Lauter Eltern mit kleinen Kindern, die eigentlich schon längst ins Bett gehört hätten und die vor lauter Müdigkeit weinten und Trotzanfälle bekamen. Vor dem Weihnachtsmann hatte sich eine lange Schlange wie im Disneyland gebildet. Alle wollten mal kurz auf seinem Schoß sitzen. Von überall ertönte Weihnachtsmusik. Es wirkte fast, als ob man damit den Menschen sagen wollte, dass sie doch verdammt noch mal die ruhige Weihnachtszeit genießen sollten.

Rachel hatte die Adventszeit nie als so stressig empfunden. Andererseits hatte ihre Rolle bisher auch nur darin bestanden, eine Nachspeise mitzubringen oder eine Flasche Wein. Und meistens war die Wahl zugunsten des Alkohols ausgefallen. Jetzt aber war sie für ein Kind verantwortlich, einen fast schon erwachsenen Teenager, aber trotzdem noch ein Kind.

Jetzt war alles anders. Über Nacht hatte sich die Bedeutung von Weihnachten für sie geändert.

Es war eine Pflicht geworden.

Sie verfluchte sich selbst, als sie in einem Videoladen stand, um das neueste Spiel auf Owens Wunschliste zu kaufen. Die Warteschlange war so lang, dass die letzten Kunden der Reihe draußen vor dem Geschäft standen. Rachel hätte auch einfach alles auf Amazon bestellen können, wie das sowieso die meisten machten. Ein Blick auf die Menschenmassen und sie murmelte: »Na ja, fast die meisten.«

Mitten im Laden stand ein großer Aufsteller für das Spiel, das sie suchte. Sie nahm eine von den dort ausgelegten DVDs und stellte sich an. »Wie lange warten Sie schon?«, fragte sie die Dame vor sich.

»Fünf Minuten.«

Ein Mann mischte sich ins Gespräch. »Ich warte schon seit zehn. Die Leute da vorn haben sich noch keinen Zentimeter weiterbewegt.«

Die Teenager, die an der Kasse saßen, befassten sich gerade mit einem Umtausch. Es waren nur zwei Kassen geöffnet. Fünf Minuten später rückte die Schlange endlich weiter. Hinter ihr standen nun drei neue Leute an.

Um sich zu beschäftigen, holte Rachel das Handy aus der Tasche.

Jason hatte eine Nachricht geschrieben.

Wer gewinnt das Spiel heute?

Sie machte ein Bild von der Warteschlange und schickte es ihm.

Keine Ahnung.

Au weia.

Ich erschieß mich gleich.

Ich erledige meine Einkäufe schon im Juni.

Sie machte einen Schritt nach vorn. Eine vierköpfige Familie hatte gerade gezahlt.

Dann gibt es wohl keine Kinder in der Familie.

Denn mit Kindern kaufte man am Ende nur noch mehr, wenn man früh anfing, weil sie so oft die Meinung änderten. Außerdem war das ganze Hightechzeug nach einem halben Jahr längst wieder veraltet.

Rachel ignorierte es, dass sie von hinten angerempelt wurde. Eine Frau stieß mit ihren vielen Taschen fast den Werbeaufsteller um.

Nein, noch keine.

Aha, interessant.

NOCH keine?

Ist nur eine Frage der Zeit. Glen ist schon seit eineinhalb Jahren verheiratet und Trent seit vier.

Nur noch zwei Kunden vor ihr.

Nächstes Mal bestelle ich auch alles im Internet.

Du hättest auch jetzt noch dafür Zeit.

Sie blickte kurz hoch, dann wieder zum Handy.

Außer den Videospielen steht sonst nichts auf Owens Liste. Er hat sich nicht getraut, sich mehr zu wünschen.

Vielleicht kann ich ihn morgen nach weiteren Wünschen ausquetschen.

Sie wollte sich nicht so freuen, dass Jason morgen kommen würde. Aber sie tat es trotzdem.

Das wäre super. Alles besser, als ihm Socken zu schenken.

Wenn sie genauer darüber nachdachte, waren Socken gar nicht mal *so* eine schlechte Idee.

Armer Owen. Vielleicht kriege ich noch etwas aus ihm heraus.

Danke.

Ist neun Uhr zu früh?

Nein, perfekt.

Dann bis morgen.

Jetzt steckte Rachel das Telefon ein und merkte, dass die Frau hinter ihr schon ungeduldig den Kopf schüttelte.

Eine Kasse war frei geworden und mindestens fünf Leute raunzten sie an. »Tut mir leid.« Die unfreundlichen Worte ihres Hintermanns konnten ihre gute Laune nicht verderben.

Kapitel 9

Jason stand zum ersten Mal bei Tageslicht vor Rachels Haus. Es war ein altes Häuschen im Cape-Cod-Stil. Die Fenster hatten breite Holzrahmen, auf die kleine Veranda passte höchstens ein Stuhl. Vielleicht sogar eine kleine Schaukelbank, wenn man sie im richtigen Winkel aufhängte. Der Eingang wirkte frisch gestrichen. Hatte Rachel das kurz nach dem Einzug gemacht? Oder waren das die Vorbesitzer gewesen, um das Objekt vor dem Verkauf noch zu verschönern? Dennoch würden genügend andere Renovierungsarbeiten durchzuführen sein, sobald der lange Winter vorüber war.

Er klopfte. Das letzte Mal hatte ihm Owen kauend die Tür geöffnet. Auch diesmal aß er und hielt einen Bagel in der Hand. »Hey.«

Owen trat zur Seite.

»Hey«, versuchte Jason, seine Lässigkeit zu imitieren.

»Rachel?« Dass er trotz vollem Mund so laut rufen konnte, war eine Meisterleistung. »Jason ist da.«

»Ich komme gleich«, tönte es von oben.

Owen nickte Richtung Flur. »Komm rein.«

Jason betrat die warme Wohnung und freute sich über den Weihnachtsbaum, der immer noch so schön war wie am Mittwochabend.

Owen winkte mit dem Bagel. »Hast du schon was gegessen?«

»Danke, ich brauche nichts.«

Jason hörte Rachel die Treppen herunterhüpfen.

Ihre Haare waren noch nass von der Dusche, das Gesicht ohne Make-up, die Wangen rosig und ihre Haut schimmerte frisch. Jason verspürte das starke Bedürfnis, an ihr zu schnuppern. »Guten Morgen«, grüßte er.

»Du bist sehr pünktlich.«

»Meine Flüge sind auch stets pünktlich.«

Diese bezaubernd roten Lippen verzogen sich zu einem Schmunzeln.

»Bist du etwa Pilot?«, fragte Owen.

»Ich kann ein Flugzeug fliegen.«

Owen machte große Augen. »Das ist ja krass. Wusstest du eigentlich, dass Rachel für so eine supernoble Privatjetfirma arbeitet?«

»Ja, das hat sie mal nebenbei erwähnt.« Jason merkte, wie Rachel steif wurde und nichts dazu sagte. »Bist du bereit für die Lichterketten?«

»Möchtest du nicht zuerst einen Kaffee?«, fragte Rachel.

»Später, wenn ich nass bin und friere.«

Rachel sah zum Fenster. »Regnet es?«

»Es nieselt.«

»Du musst es ja nicht heute machen.«

Jason öffnete die Tür. »Wir sind hier nicht in Kalifornien. Wenn wir auf gutes Wetter warten wollten, würden wir nie fertig werden.«

»Na gut. Gebt Bescheid, wenn ihr was braucht.«

Owen holte seine Jacke und ging hinaus. Jason folgte ihm.

***

Ihr Chef. Nein, der *Inhaber einer supernoblen Privatjetfirma* stand auf ihrem Dach, obwohl es regnete, und das schon zum zweiten Mal in dieser Woche. Sie hätte gewettet, dass das sonst kein Angestellter von Fairchild Charters behaupten konnte. Sie und Jason gingen vielleicht nicht miteinander aus, aber es lag etwas in der Luft, und sie wusste nicht, wie sie damit umgehen sollte.

Erst hatte sie sich schminken wollen, bevor er kam. Aber dann hatte sie es sich anders überlegt. Es sollte egal sein, ob ihre Haut gleichmäßig wirkte oder ob ihre Augen betont waren, wenn er ihr einfach nur einen Freundschaftsdienst erweisen wollte. Es schien ihm nicht weiter aufgefallen zu sein und davongerannt war er auch nicht. Abgesehen von letzter Woche, wegen des blauen Auges, trug sie normalerweise ohnehin nicht viel Make-up.

Vor dem Fenster sah sie Owen und Jason, wie sie die Leiter aufstellten. Jason stieg hinauf. Jetzt hörte sie Schritte auf dem Dach. War nur zu hoffen, dass ihr Chef wirklich wusste, was er tat, und dass er nicht Teil der Landschaft wurde, indem er abrutschte.

Statt sich weiter Sorgen zu machen, ging sie zur Garage, um Werkzeug zu holen, das sie in der Zwischenzeit brauchen würde.

Weil durch das Fehlen der Tür nun hässliche Flecken zu sehen waren, wollte sie hier die Farbe entfernen und neu streichen. Mittlerweile war sie sehr geübt im Umgang mit Spachtel, Stemmeisen und Schleifpapier. Sie wusste auch, wie man mit Spachtelmasse wunderbar die Einkerbungen in der Holzwand auffüllen konnte, wenn sie einen Fehler machte. Nachdem sie ihren Arbeitsplatz vorbereitet hatte, ging sie ans Werk.

Die Geräusche von drinnen und draußen harmonierten miteinander. Obwohl es anstrengend war, fand sie ihre Beschäftigung irgendwie beruhigend. Sie freute sich über die vielen verschiedenen Dinge, die sie seit dem Umzug nach Connecticut schon bewerkstelligt hatte. Für alles gab es ein erstes Mal und mittlerweile hatte Rachel schon vieles selbst in die Hand genommen.

Bald aber zeigte sich, dass die Beseitigung der Flecken deutlich länger dauern würde als angenommen. Denn auch hier lagen, wie schon an anderen Stellen im Haus, mindestens zwölf Farbschichten übereinander. Außerdem handelte es sich um das abwaschbare, glänzende Zeug, das dem Dampf in der Küche standhalten sollte und noch hartnäckiger haftete als gewöhnliche Farbe. Vielleicht lag es aber auch an der Fettschicht, die sich über all die Jahre angesammelt hatte. Nachdem sie einige Zeit auf dem Boden gekniet hatte, zog sie einen Stuhl heran, um den Rücken zu entlasten. Sie summte vor sich hin und verlor jegliches Zeitgefühl.

Jason und Owen kamen zurück und brachten dabei einen Kältestoß ins Haus.

»Das ging aber schnell«, sagte sie.

»Wir waren eineinhalb Stunden draußen.« Owen schüttelte seine Jacke aus und hängte sie am Türhaken auf.

Jason tat es ihm nach.

Rachel sah auf die Uhr, dann auf das dürftige Ergebnis ihrer Arbeit. »Heute werde ich wohl nicht mehr damit fertig«, stellte sie fest. Jason kam zu ihr. »Was machst du denn da?«

»Ich wollte die Spuren dieser Tür entfernen, die mir das blaue Auge verschafft hat.«

Er blickte auf ihr Werk. »Du könntest auch einfach alles rausreißen und neues Holz einbauen.«

»Könnte ich, wenn ich eine entsprechende Säge hätte oder einen Truck, mit dem man lange Bretter transportieren kann.« Mit einem langen Blick setzte sie nach: »Und nein, das war keine Bitte, dass du mir wieder deinen Truck zur Verfügung stellst. Meine Methode funktioniert super. Ich brauche halt etwas länger, aber wenigstens kann ich es ohne viel Equipment machen.«

»Ich habe doch gesagt, dass sie unbedingt alles selber erledigen will«, meinte Owen.

»Hey«, schimpfte sie. »Immerhin habe ich euch die Lichter aufhängen lassen.«

»Hättest du ansonsten aber auch allein gemacht«, hielt Jason dagegen.

Sie widersprach nicht, sondern klopfte sich nur die Farbstückchen von den Händen und stand auf. »Willst du jetzt einen Kaffee?«

Bevor Jason antwortete, rief Owen: »Heiße Schokolade wäre geil.«

»Geil?«

»Ja, soll heißen super, nur halt geiler.«

Rachel rollte mit den Augen. »Na gut.« Sie blickte zu Jason. »Kaffee?«

Er zögerte. »Na ja, heiße Schokolade klingt wirklich geil.«

»Sag ich doch«, meinte Owen.

»Ihr seid unverbesserlich. Also gut, zweimal Kakao für die Kids und einmal Kaffee für die erwachsene Dame. Kommt sofort.«

Owen ging ins Wohnzimmer, ließ sich auf die Couch plumpsen und befasste sich mit seinem Handy.

Jason kam in die Küche.

»Danke noch mal«, sagte sie über die Schulter hinweg, während sie die Milch aus dem Kühlschrank nahm und das Kakaopulver aus dem Vorratsschrank holte.

»Gern geschehen.«

»Ich glaube, das habe ich jetzt schon öfters gesagt.«

»Ich freue mich, wenn ich helfen kann.«

Jason nahm in der kleinen Küche viel Raum ein. Sie musste an ihm vorbei, um an den Küchenschrank mit den Tassen zu kommen.

»Hat er dir schon gesagt, was er sich noch wünscht?«, fragte sie leise.

»Also«, flüsterte er, »er wünscht sich noch …«

»Hey, was tuschelt ihr?«

»Wir tuscheln doch gar nicht«, gab Rachel lauter zurück als beabsichtigt.

»Ihr knutscht doch nicht etwa, oder?«

Rachel merkte, wie sie rot wurde. »Natürlich nicht!«

»So was würden wir *niemals* machen«, gluckste Jason.

Fast hätte Rachel Jason an der Schulter gepackt und geschüttelt. »Provozier ihn lieber nicht.«

»Warum? Es ist doch eine schöne Abwechslung zu vorher, als er noch das Küchenmesser gezückt hat.«

Rachel ging wieder um ihn herum, um die Milch aufzusetzen.

»Sag es mir nachher«, flüsterte sie, bevor Owen sie wieder hörte.

Jason schien es zu gefallen, dass sie so um ihn herumturnte, denn er wich keinen Zentimeter aus. Als sie ihn abermals nach links und dann wieder zur anderen Seite schob, drückte sie ihn an den Schultern schließlich ganz hinaus. »So. Das hier ist eine Küche, in die nur ein Popo passt oder man muss sich übereinanderstapeln. Deshalb habe ich auch die Tür entfernt. Wenn Owen hier immer rein- und rausläuft, kann man sich kaum bewegen.«

Jason versuchte, die Größe der Küche einzuschätzen. »Vielleicht könnte man eine Wand rausreißen. Den Raum ein bisschen öffnen.«

»Habe ich mir auch schon überlegt. Dann wäre es nicht so eng. Allerdings passen dann auch nicht mehr so viele Schränke rein.«

Er untersuchte die Wand zum Flur.

»Wohin führt denn eigentlich diese Tür?«

»In den Keller.«

»Ein ausgebauter Keller?«

»Nein, schön wär's. Ich hasse es da unten. Habe früher zu viele schlechte Horrorfilme gesehen.«

Jason grinste. »Darf ich mal runtergehen?«

»Tu dir keinen Zwang an.«

Er stieg die Treppen hinab, ein muffiger Geruch schlug ihm entgegen.

Sie goss gerade Milch in die Tassen, als er wieder zurückkam. »Du hast ja echt viel Platz da unten.«

»Wirklich? Weiß ich gar nicht genau. Ich gehe nur zum Wäschewaschen runter und renne dann schnell wieder rauf, bevor mich der Boogeyman fängt.«

Jason lachte.

»Lach nicht. Die Mädels sterben immer im Keller. Gefesselt und haben nur einen Bikini an.«

Er lachte noch mehr.

»Willst du das trinken oder soll ich dir's lieber drüberschütten?«

»Bei solchen Drohungen traut sich der Boogeyman sowieso nicht ins Haus.«

Sie gab Marshmallows in die Tasse von Owen und sah Jason fragend an. Er sah auf das weiße, fluffige Zuckerzeug wie ein kleiner Hund, der nach einem besonderen Leckerbissen gierte.

Also gab sie auch welche in Jasons Tasse.

Nachdem sie für sich Kaffee mit einem Schuss Sahne eingeschenkt hatte, brachte sie Owen den Kakao.

»Danke.«

»Bitteschön. Vielen Dank, dass du Jason mit den restlichen Lichterketten geholfen hast.«

Owen nahm einen Schluck von dem Kakao. Das weiße Zuckerzeug blieb dabei an seinen Lippen kleben. »Damit die Wetterverderber einen guten Eindruck kriegen …«

Rachel zuckte zusammen.

»Wetterverderber?«, fragte Jason.

»Meine Großeltern«, erklärte Owen, bevor Rachel ihre Stimme wiederfand.

»Warum Wetterverderber?«

Owen erzählte bereitwillig: »Wenn es sie nicht gäbe, würden wir Weihnachten schön bei zwanzig Grad in Kalifornien feiern. Aber nein, wegen ihnen mussten wir hierher ins schlechte Wetter.«

Rachel warf Jason einen vielsagenden Blick zu. »Sie wollen dich nur besser kennenlernen.«

»Ist mir doch wurst! Wann kommen sie denn heute Abend?«

»Um sechs.«

Owen kniff die Augen zusammen und lehnte schlecht gelaunt den Kopf an. Rachel freute sich offenbar genauso wenig. Sie konnten den Besuch aber nicht umgehen. Sie hoffte einfach, dass es irgendwann leichter werden würde, wenn man sich besser kannte.

Jason sah sie fragend an.

»Abendessen mit Owens Großeltern. Es ist das erste Mal, dass sie zu uns kommen, seit wir hier sind. Seit dem Umzug sehen wir sie einmal im Monat.«

Jason nahm diese Information mit einem kurzen Nicken zur Kenntnis. »Ist das so schlimm, Owen?«

»Sie sind reich und total versnobt. Ich kann gar nicht glauben, dass ich mit ihnen verwandt bin.«

»So schlimm sind sie auch nicht.« Na ja. Waren sie schon. Aber Rachel musste einfach versuchen, sie in ein besseres Licht zu rücken. Je länger alles friedlich verlief, umso besser.

»Die sind voll hochnäsig.«

Und wieder warf Jason ihr einen fragenden Blick zu.

Den sie mit einem gequälten Lächeln quittierte. Es war tatsächlich so, dass die Colemans sehr herablassend waren.

»Ich wette, dass sie heute Abend wieder etwas finden, an dem sie herummeckern können.«

»Also, an unseren Lichterketten gibt es nichts auszusetzen«, war sich Jason sicher.

Owen nickte. »Am Baum auch nicht. Aber sie werden was anderes finden.«

Rachel widersprach nicht.

»So schlimm?«, fragte Jason.

»Es geht schon.«

»Ich wette zehn Dollar, dass sie in den ersten zehn Minuten etwas gefunden haben, über das sie sich beschweren.«

»Hör auf, Owen.«

»Siehst du, Jason, Rachel wettet noch nicht einmal mehr mit mir. Weil sie weiß, dass ich recht habe.«

»Habt ihr schon mal versucht, ihnen extra Honig ums Maul zu schmieren, wenn sie so sind?«, fragte Jason.

»Wie meinst du das?«

Jason stellte die Tasse ab, beugte sich vor und stützte die Hände auf die Knie. »Meine Mama hat immer gesagt, dass man Leuten, die ständig meckern, extra viele Komplimente machen soll. Jedes Mal, wenn sich jemand beschwert, sagst du einfach, wie sehr dir sein T-Shirt gefällt oder wie gut ihm die Farbe steht. Egal was, Hauptsache, du lenkst ihn ab und zwingst denjenigen dazu, die negativen Gedanken zu unterbinden.«

»Und das funktioniert wirklich?«, wollte Owen wissen.

»Meistens. Oft treiben dann plötzlich auch andere dasselbe Spiel mit dem Miesepeter. Mit Komplimenten kommt man wirklich weit, Owen.«

»Aber auch nur, wenn derjenige, dem man Komplimente macht, es nicht checkt«, meinte Rachel.

Jason trank wieder einen Schluck. »Übrigens, das schmeckt echt super. Warum kannst du das so gut? In Los Angeles ist es doch viel zu heiß für Kakao?«

»Es war auch manchmal kalt.«

»Also, es schmeckt perfekt.«

Sie freute sich.

Dann merkte sie, wie Owen und Jason sie angrinsten.

»Leute, ich check das natürlich sofort.«

Jason nahm wieder einen Schluck. »Es ist schwer, negativ zu bleiben, wenn man ein Kompliment bekommt. Und das hier schmeckt wirklich gut!«

Owen trank den Kakao leer und stellte die Tasse ab. »Ich versuche das heute Abend mal und sage dir dann, ob es funktioniert.«

»Ich erwarte bis Montagfrüh einen vollständigen Bericht auf meinem Schreibtisch.«

Rachel wollte schon fast etwas über den Bericht sagen, den sie bis Montag vorlegen musste. Doch jetzt war wohl kaum der richtige Zeitpunkt, Owen zu beichten, dass Jason ihr Chef war. Nicht, dass es jemals einen perfekten Zeitpunkt dafür geben würde.

»Klingt nach Hausaufgaben.«

»Apropos, hast du diese Woche nicht irgendwelche Prüfungen?«

»Nächste Woche.« Er stand auf. »Aber jetzt gehe ich lieber mal aufräumen. Nicht, dass bei Grandma Meckerliese noch eine Ader platzt, wenn sie mein Zimmer sieht.«

Als Owen fast oben war, sagte Jason: »Er mag sie wohl wirklich nicht.«

»Richtig.«

»Sind sie echt so furchtbar?«

»Vielleicht habe ich mich selbst auch zu wenig bemüht, das Gute in ihnen zu sehen. Ich werde jedenfalls deinen Trick mit den Komplimenten versuchen.«

»Wenigstens ist dein blaues Auge fast weg. So können sie keine dummen Vermutungen anstellen, woher du es hast.«

»Du kannst dir gar nicht vorstellen, welche Blicke ich sonst so geerntet habe. Eine Frau hat mir beim Einkaufen sogar ein Visitenkärtchen zugesteckt, auf dem eine Telefonnummer stand. Eine Hotline für häusliche Gewalt.«

»Lustig.«

»Und eine große Sonnenbrille zu tragen, wenn es regnet, ist auch höchst verdächtig.«

»Immerhin denkt dein Chef nicht, dass du dich mit anderen in der Kneipe prügelst und zu viel säufst.«

Sein Lächeln war so sexy, wenn er sie necken wollte.

»Der war zu sehr damit beschäftigt, meine Lichterketten aufzuhängen, als dass er meinen Alkoholvorrat kontrolliert hätte.« Jason starrte auf ihren Mund, weil sie mit der Zunge die Lippen befeuchtete. Als sie seinen Blick bemerkte, begann ihr Herz schneller zu schlagen.

Ihr Chef.

Sie schüttelte den Kopf. »Also, ich sollte mich wahrscheinlich wieder meinem Türstock widmen.«

»Brauchst du Hilfe?«

»Nein«, antwortete sie etwas zu schnell. »Nein, das schaffe ich schon allein. Ich muss auch noch einkaufen gehen und mir Gedanken über das Abendessen machen.«

Er stand auf. »Das ist wohl mein Zeichen, dass ich jetzt besser gehe.«

Sie begleitete ihn zur Tür. »Ich weiß gar nicht, wie ich dir danken soll.«

Er legte den Kopf schief. »Du könntest mit mir zum Essen gehen.«

»Ich könnte …«

Jason hielt mitten in der Bewegung inne.

»Aber dann würden wir vielleicht auch ein Gläschen Wein trinken. Oder zwei. Und dann hätte ich mich nicht mehr unter Kontrolle und würde es zulassen, dass du meine Hand nimmst und vielleicht umfasst du dann meine Taille, während du mir die Tür aufhältst.« Sie stellte sich das bildlich vor und sofort wurde ihr heiß.

»Das Essen wäre unglaublich gut, besonders, weil ich nicht kochen müsste«, fuhr sie fort. Sie stellte sich köstliche Muscheln mit zartem Gemüse vor. Frisches Brot. »Kerzenlicht …«

»Das könnte alles Wirklichkeit werden«, flüsterte Jason.

»Dann würden wir wahrscheinlich noch mehr machen als Händchenhalten.«

Sie spürte Jasons Fingerspitzen auf ihrem Arm und öffnete die Augen. Sein Blick war feurig geworden.

Rachel schluckte und versuchte, ein realistischeres Bild zu zeichnen. »Und dann würden wir uns öfters im Büro sehen. Die Leute würden anfangen zu reden und schon bald würde man mir nachsagen, dass ich unsere Beziehung ausnutze. Wenn ich mal eine Deadline verpasse, dann würdest du mehr Nachsicht mit mir haben.«

»Ich bin eben ein nachsichtiger Typ.«

»Und dann würden wir uns wegen der Arbeit streiten oder der Dienstpläne … oder der offenen Zahnpastatube.«

Jason grinste.

»Oder vielleicht findest du jemanden, der besser zu dir passt, oder eine alte Flamme kehrt in dein Leben zurück.«

»Das bezweifle ich …«

»Gefühle ändern sich. Die meisten Beziehungen kommen und gehen. Meist ohne Schaden anzurichten. Aber Gefühle können einen aus der Bahn werfen und dann brauche ich einen neuen Job. Dabei liebe ich meinen Job.«

»Ich würde nicht …«

Sie unterbrach ihn mit einer Handbewegung. »Wenn ich meine Arbeit verliere, dann würden die Colemans ganz schnell das Sorgerecht für Owen zugesprochen bekommen. Sobald ich mich nicht mehr um ihn kümmern kann, hat kein Gericht Mitleid mit mir.«

Jason ließ die Arme fallen.

»Es tut mir leid, Jason. Du bist so nett und charmant und wirklich sexy, selbst wenn du dir Marshmallows von den Lippen leckst.« Warum hatte sie das gesagt?

»Aber …«, versuchte er zu protestieren.

»Owen hat Vorrang. Das habe ich Emily versprochen.«

Sie starrten sich eine ganze Minute lang an. »Ich verstehe«, sagte er schließlich.

Sofort machte sich Enttäuschung breit. Der erste anständige Typ, der sie ausführen wollte, hatte einen Haken.

»Also kein Date.«

»Kein Date«, bestätigte sie.

»Kein Händchenhalten.«

Sie blickte auf seine schlanken Hände und seufzte. »Nein.«

»Aber auf einen heißen Kakao vorbeizuschauen und Weihnachtsschmuck anzubringen ist schon okay, oder?«

»Natürlich. Und ich gebe dir gern Tipps für die Firmenweihnachtsfeier und rette dich aus dem Graben, wenn du da wieder mit deinem Auto landest.« Er legte die Hand auf den Türgriff. »Verstanden. Freundschaftsdienste.« Er öffnete die Tür und sah sie wieder an.

»Danke.«

Er lächelte. »Erzähl mir, wie das Abendessen mit den Miesepetern verlaufen ist.«

»Mach ich.«

Er nickte noch einmal zum Gruß, zog die Jacke zu und ging zu seinem Truck.

Sie blieb stehen und blickte ihm hinterher, als er aus der Einfahrt bog.

»Scheiße.«

Kapitel 10

Deyadria Coleman war eine große, drahtige Frau, die offensichtlich nicht in der ersten Reihe gestanden hatte, als weibliche Kurven verteilt wurden. Sie war recht groß, weshalb Rachel für diesen Abend Schuhe mit Absätzen gewählt hatte. So war sie wenigstens heute auf Augenhöhe mit der Wetterverderberin.

»Herzlich willkommen«, grüßte Rachel das Paar. »Ich hoffe, ihr habt gleich hergefunden.«

Tereck half seiner Frau aus dem Mantel. »Das war kein Problem für uns«, sagte er. Er war der Nettere von beiden. Die vielen grauen Haare hatte er wahrscheinlich der langen Ehe mit Deyadria zu verdanken. Er war offensichtlich kein großer Fitnessfan, denn er schleppte ein paar Extrapfunde am Bauch mit sich herum.

»Wo ist denn mein Enkel?«, fragte Deyadria, noch bevor Rachel ihr den Mantel abgenommen hatte.

»Owen?« Rachel rief nach oben und wusste dabei nur zu gut, dass er das Treffen so lange wie möglich hinauszögerte.

Offensichtlich erleichtert darüber, dass Owen zu Hause war, betrat nun Deyadria das Haus. »Sehr drollig.« War das ein Kompliment oder eine Beleidigung?

»Ja, uns gefällt es.«

Deyadria reckte das Kinn und schaute sich um.

Beleidigung, entschied Rachel.

»Es ist sehr schön«, äußerte sich Tereck.

»Ist es nicht ein bisschen klein?«

»Für Owen und mich reicht es«, entgegnete Rachel.

Deyadria zollte dem Weihnachtsbaum einen missbilligenden Blick und blieb erwartungsvoll an der Treppe stehen.

»Darf ich euch etwas zu trinken anbieten?« *Krötenschleim vielleicht oder Arsen?*

»Perrier mit Limette«, bestellte Deyadria, als ob sie in einem Restaurant wäre.

Rachel bemühte sich, gelassen zu bleiben. »Das Sprudelwasser ist uns leider ausgegangen. Ich kann euch Wein, Kaffee, Tee oder stilles Wasser anbieten, vielleicht mit etwas Zitrone?«

»Gibt es auch Kräutertee?«

»Ja, Pfefferminz. Oder Kamille.«

Deyadria schnaubte. »Nun, dann eben Kamille.«

»Für mich gern einen Kaffee«, sagte Tereck und sah seine Frau warnend an.

»Ich sehe mal nach, warum Owen so lange braucht.« Rachel übersprang jeweils eine Stufe und fand Owen in seinem Zimmer. Er hatte Stöpsel in den Ohren, hörte Musik. »Hey!«

Jetzt nahm er die Dinger heraus und blickte vom Handy zu ihr auf. »Was?«

»Die Wetterverderber sind da. Hilf mir«, zischte sie.

»Jetzt schon schlimm?« Owen hob die Beine aus dem Bett.

»Sie wollte Perrier.«

»Was ist das denn?«

»Ach, egal. Hilf mir einfach. Ich muss Tee kochen.«

Sie ging aus dem Zimmer, Owen folgte ihr.

»Wie ich das hasse«, stöhnte er.

»Pssst, nicht, dass sie dich noch hören.« Sie pflanzte ein Lächeln ins Gesicht, zwang sich, die Schultern nach hinten zu nehmen und gut gelaunt zu wirken.

***

Was ist Perrier?

Jason starrte lange aufs Handy, bevor ihm einfiel, von wem diese Frage sein konnte.

Owen?

Zwei Minuten später folgte die Antwort.

Ja.

Mineralwasser mit Kohlensäure.

Owen schickte ein *Danke.*

Jason wartete, ob noch was käme, was die Frage erklärte. Offensichtlich nicht.

Warum fragst du?
Die Meckerliese wollte eins und jetzt flucht Rachel in der Küche »Perrier« vor sich hin.

***

Rachel glaubte, ihre Lippen würden bald vom Zusammenpressen einreißen.

Sie servierte Deyadria am Couchtisch den Kräutertee und reichte Tereck seinen Kaffee.

Owen setzte sich in den Sessel, immer noch mit dem Telefon in der Hand. Keiner sprach.

»Danke«, sagte Tereck.

»Gibt es Honig?«

Kaum hatte sich Rachel gesetzt, sprang sie wieder auf. »Selbstverständlich.«

Zurück in der Küche ließ sie die hochgezogenen Mundwinkel sofort wieder fallen. »Perrier. Honig.«

Owen folgte ihr. »Lass mich mit denen nicht allein«, flehte er.

»Lass du sie besser mal nicht allein da drin.«

Er holte eine Limo aus dem Kühlschrank und verschwand. Als Rachel den Honig gefunden hatte, betrat sie erhobenen Hauptes wieder die Folterkammer.

»Hier, bitte schön.«

Rachel war stolz auf sich, dass sie ihr das Honigglas nicht entgegenschleuderte.

»Wie läuft's in der Schule, Owen?«, erkundigte sich Tereck.

Owen zuckte die Achseln.

Rachel blickte ihn aufmunternd an.

»Geht schon.«

»Er bekommt nur Einser und Zweier«, fühlte sich Rachel bemüßigt zu ergänzen.

Deyadria gab einen winzigen Tropfen Honig in den Tee und rührte um.

»In welchem Fach hast du nur eine Zwei?«

»In Mathe und Naturwissenschaft.«

Während sie umrührte, sah sie ihn an. »In beiden Fächern etwa?«

»Ich hasse Mathe und Naturwissenschaft.«

»*Hassen* ist so ein unschönes Wort.«

Owen zog die Augenbrauen zusammen. »Ich *mag* die Fächer nicht besonders.«

Deyadria triumphierte, als hätte sie mit ihrer Bemerkung Owen schon erzogen.

»Und zwar genauso wenig wie einen Eiterpickel am Hintern.«

Tereck spuckte hustend den Kaffee aus, während Deyadria kaum Luft bekam.

Rachel musste sich sehr zusammenreißen, dass sie nicht laut loslachte.

Owen trank seine Limo und rülpste leise.

»Dafür hat er eine Eins in Englisch«, bemerkte Rachel.

***

Sie verpasst mir einen Einlauf wegen meiner Zwei in Mathe.

Jason nahm den Blick vom Bildschirm, als sein Handy aufleuchtete, und las sogleich die Nachricht.

Hast du ihr schon ein Kompliment gemacht?
Sie ist eine Hexe.

Jason lehnte sich lachend zurück.

Sag ihr bloß nicht, dass sie eine nette Hexe ist. So funktioniert das nicht.

***

Rachel saß an der Stirnseite des Tisches, der Braten, der den halben Tag im Ofen geschmort hatte, war perfekt, die Soße ohne Klümpchen. Sie hatte auch alle möglichen Beilagen gemacht, mit denen sie sich sonst gar nicht erst abmühte. Auch das Gemüse war perfekt.

»Wie geht es dir mit diesem kleinen Job, den du hast?«

Die Frau schaffte es doch glatt, einen mit einem einzigen Wort zu beleidigen. Nichts an ihrem Job bei Fairchild Charters war klein.

»Es läuft ganz gut.«

»Fährst du immer noch mit dem Auto, statt mit dem Zug?«, erkundigte sich Tereck.

»Im Moment schon noch.« Rachel schob einen Bissen in den Mund. Es war schwer, etwas herunterzubekommen, wenn man so gar keinen Appetit hatte.

»Für die Summe, die du fürs Parken in der Stadt ausgibt, könntest du dir locker ein größeres Haus leisten«, sagte Deyadria.

Rachel hielt die Gabel fester als nötig. »Meine Firma übernimmt die Parkkosten.«

Deyadria wirkte nicht überzeugt. »Wie heißt diese Firma noch mal?«

»Fairchild Charters.«

»Ach ja, richtig. *Flugzeuge.*« Deyadria stocherte im Essen herum, bevor sie sich verschwindend wenig davon in den Mund steckte.

»Sie wollen Rachel jetzt schon befördern«, erzählte Owen.

Es freute Rachel, mit welchem Stolz er das verkündete.

»Ich stelle mir das gar nicht leicht vor, in so einer großen Firma«, meinte Tereck.

»Ach, ich bitte dich, Tereck. Rachel ist jung und hübsch. Da muss sie nur der richtigen Person schöne Augen machen und schon kriegt sie einen kostenlosen Parkplatz und eine Beförderung.«

Rachel legte die Gabel zur Seite. »Weißt du, Deyadria, ich bin wirklich gut in meinem Job.«

»Tatsächlich?«

Sie biss die Zähne so fest aufeinander, dass sie kaum sprechen konnte. »Hast du denn eigentlich schon einmal richtig gearbeitet?« Rachel ging zum Gegenangriff über.

Deyadria richtete sich auf. »Ich habe an der Columbia University studiert.«

»Schon, aber hast du auch gearbeitet?«

»Tereck und ich haben uns kennengelernt, als wir noch sehr jung waren.«

»Also nein.«

Schweigen. Rachel freute sich hämisch, bemühte sich aber, es nicht zu zeigen.

»Das ist ein hübscher Pulli, Deyadria. Betont deine Augenfarbe.«

Die drei Erwachsenen starrten Owen an.

»Das ist aber nett von dir, Owen. Aber nenn mich doch bitte Grandma.«

Rachel merkte, wie er innerlich kämpfte.

»Damit lassen wir uns lieber noch ein bisschen Zeit«, sagte er schließlich.

Wenn sie wieder allein waren, würde Rachel ihn dafür umarmen. Und zwar so richtig fest.

***

Es hat voll funktioniert!

Jason hatte nun den Klingelton aktiviert, damit er keine von Owens Nachrichten verpassen würde.

Was hast du ihr gesagt?

Dass ihr grauer Pulli super zu ihren Augen passt.

Jason wollte gerade antworten, als Owen ihm schon die nächste Nachricht schickte.

> Grau, wie Gewitterwolken. Aber das habe ich weggelassen.

Der Junge war wirklich erste Klasse.

> War 'ne gute Idee. Wie geht es Rachel mit ihnen?

Die drei Punkte dauerten so lang, dass Jason dachte, Owen sei abgelenkt worden.

> Die Hexe hat sich über Rachels Job lustig gemacht. Dann hat Rachel gefragt, ob sie selbst überhaupt schon mal gearbeitet hat. Ist ziemlich ungemütlich.

Jason bekam eine Gänsehaut.

> Was weiß diese Hexe denn über Rachels Arbeit?
> Nichts. Hält sie aber auch nicht davon ab, alles schlechtzureden. Sie ist echt ein A*loch.

Wenigstens schrieb er es nicht aus.

***

Rachel räumte den Tisch ab, warf das meiste ihres Essens in den Abfall. Tereck hatte seinen Teller leer gegessen, musste sich aber Schelte von seiner Frau anhören. »Tereck, denk an deinen hohen Cholesterinspiegel. Du willst ihn ja mit diesem Essen hier nicht noch extra in die Höhe treiben.«

Weil Tereck ihr Angebot auf einen weiteren Kaffee angenommen hatte, würde sie mindestens noch eine halbe Stunde aushalten müssen. Sie wusste wirklich nicht, ob sie das überlebte.

»… Rachel macht das meiste der Arbeit allein, am Wochenende.«

»Was habe ich verpasst?«, fragte sie, als sie zurückkam.

»Sie haben mich wegen des Türrahmens gefragt.« Owen zeigte auf das angefangene Projekt.

»Ach das.«

»Owen hat uns erzählt, dass du die meisten Sachen hier allein gemacht hast, seit ihr eingezogen seid.« Seit seine Frau den gemeinen Kommentar über Rachels Arbeit abgegeben hatte, versuchte Tereck nun stets, vor Deyadria zu Wort zu kommen.

»Ich habe mich sehr ans Schleifen und Streichen gewöhnt.«

»In meinem Zimmer haben wir ganze acht Schichten an Farbe gezählt«, sagte Owen.

»Schleifen?«, fragte Deyadria.

»Leider, ja. Ist wahrscheinlich besser als eine Mitgliedschaft im Fitnesscenter.«

»Wie alt ist denn das Haus?«, wollte sie wissen.

»Baujahr 1965.«

»Tatsächlich?«

»Ja, warum?« Rachel war sich sicher, dass Deyadria schon wieder einen gemeinen Kommentar auf Lager hatte.

Als sie nur komisch lächelte, machte das Rachel nervös.

»Wir haben übrigens eine gute Nachricht für dich, Owen.«

Owen und Rachel sahen sich an.

»Was denn?«

»Dein Vater kommt an Weihnachten«, sagte Tereck.

Pause. »Du meinst deinen Sohn.«

»Er meint deinen Vater, Owen«, schaltete Deyadria sich ein.

»Aha …«

»Du scheinst dich gar nicht zu freuen«, beschwerte sie sich.

»Ich habe diesen Mann genau sechsmal in meinem Leben gesehen. Zuletzt auf der Beerdigung meiner Mutter. Warum sollte ich mich freuen?«

»Es war nicht seine Schuld.«

Rachel beobachtete die verschiedenen Emotionen, die über Owens Gesicht huschten. Das würde nicht gut enden.

»Wessen Schuld war es denn dann?«, forderte Owen.

»Wenn deine Mutter dich nicht von ihm abgeschirmt hätte ...«

Jetzt wurde Owen wütend. »Sprich nicht so über meine Mom!«

»Deyadria, lass Emily bitte aus dem Spiel«, warnte Rachel.

»Owen hat ein Recht darauf, seinen Vater kennenzulernen.«

»Er kennt deinen Sohn schon.«

»Aber nicht wie ein Kind seinen Vater kennen sollte. Er braucht doch ein männliches Vorbild in seinem Leben.«

Rachel wollte sie am liebsten anschreien, sie für den Schmerz, den sie Owen zufügte, verprügeln.

»Bloß, weil dein Sohn nicht Teil deines Lebens ist, heißt das noch lange nicht, dass es keine Männer in *meinem* Leben gibt.«

»Ach ja?«, fragte Deyadria.

»Rachel hat einen festen Freund. Er war erst heute Morgen hier und hat uns geholfen, die Weihnachtsbeleuchtung aufzuhängen. Etwas, das mein *Vater* niemals getan hätte!«

»Einen festen Freund?«

Auch Rachel wiederholte diese Worte in ihrem Kopf. »Er ist nicht wirklich mein fester Freund.«

»Was ist er dann, wenn er nicht dein fester Freund ist?«

»Nur *ein* Freund.«

»Nur *ein* Freund? Das ist ja toll. Soll das etwa ein guter Einfluss auf unseren Enkel sein, wenn du ständig andere Männer heimbringst?«

Tereck erhob sich. »Deyadria, meine *Liebe*, ich glaube, wir sollten jetzt besser gehen.«

»Noch einen Moment, *Schatz*.« Sie sah ihn wütend an, dann wieder Rachel. »Dieser Freund, der nicht dein fester Freund ist, der so einen Einfluss auf meinen Enkel hat, dass der diesen Mann auch noch verteidigt – ist er Afroamerikaner?«

Diese Frage hatte Rachel nicht erwartet. »Wie bitte? Nein, warum?«

»Dann kann er auch nicht der richtige Mann in Owens Leben sein. Er braucht jemanden aus unserer Kultur, mit unseren Werten. Etwas, das Emily natürlich egal war, als sie dich zu Owens Vormund ernannt hat.«

Rachel blieb der Mund offen stehen. Sie wusste nicht, was sie darauf erwidern sollte.

Owen, auf der anderen Seite, wusste es ganz genau.

»Du meinst, solche Werte wie scheinheilig zu sein und Vorurteile zu haben?«

»Owen!«, rief Deyadria empört.

»Ach ja, und Unverschämtheit habe ich noch als großen Wert vergessen.« Owen stand auf und holte Deyadrias Mantel. »Das ist ein schöner Mantel. Du solltest ihn lieber anziehen, bevor ich euch rausschmeiße.« Er warf ihr den Mantel vor die Füße, dann rannte er die Treppe nach oben.

»Er kennt seine Grenzen nicht.«

Rachel hob den Mantel auf. »Eigentlich hat er sich noch sehr zurückgehalten.«

»Also …«

Rachel ließ sie nicht zu Wort kommen. »Wenn hier jemand seine Grenzen nicht kennt, dann du. Du hast immer etwas auszusetzen, an meinen Kochkünsten, meinem Haus, meinem Job … Aber wenn du auch noch auf der Mutter des armen Jungen herumhackst, dann hast du echt verdient, dass er dich rausschmeißt.«

Deyadria hatte wenigstens die Güte, den Mund zu halten.

»Wenn TJ hier ist, soll er mich anrufen.« Rachel hielt ihr den Mantel hin, um deutlich zu machen, dass sie jetzt gehen sollten.

Tereck nahm ihn, half seiner Frau hinein.

»TJ hat vor, hier zu bleiben.« Deyadria richtete den Kragen auf und schloss die Knöpfe.

»Soll er ruhig.« Es interessierte Rachel nicht die Bohne.

»Er möchte sich hier niederlassen.«

Ihr Rücken schmerzte.

»Unser Junge möchte seinen Sohn kennenlernen«, sagte Tereck.

»Super.« *Ganz und gar nicht super war das.* »Dann soll er mich anrufen, wenn er meint.«

»Wofür, um dann nach deiner Erlaubnis zu fragen?« Deyadria wusste wirklich nicht, wann es Zeit war, aufzuhören.

»Nein.« Rachel hielt die Tür auf. »Um nach Owens Erlaubnis zu fragen.«

In derselben Sekunde, als sie über der Schwelle waren, machte Rachel die Tür zu und eilte nach oben. »Owen?« Sie klopfte.

»Mhm.«

Er lag auf dem Bett.

»Alles okay?«

»Ich hasse sie.«

Sie setzte sich zu seinen Füßen auf die Bettkante. »Ich mag sie auch nicht.«

Er sah sie stumm an.

»Und zwar genauso wenig wie einen Eiterpickel am Hintern.«

Wider Willen musste Owen grinsen, bis sie schließlich beide in schallendes Gelächter ausbrachen.

Das tat gut.

»Ich wäre fast gestorben, als du das gesagt hast.«

»Ich war selbst stolz darauf.«

Er stieß einen langen Seufzer aus. »Sollten sie jemals das Sorgerecht für mich kriegen, hau ich ab.«

Sie klopfte auf sein Bein. »Dann hauen wir gemeinsam ab.«

»Wie geht's dir denn? Sie waren echt beschissen zu dir.«

»Geht schon. Obwohl ich glaube, dass ich mir jetzt eine Flasche Wein aufmache und vorübergehend nicht mehr zurechnungsfähig sein werde.«

Er grinste. »Und ich werde mich von scharfen Objekten fernhalten und aufpassen, dass heute keiner mehr ins Krankenhaus muss.«

Rachel klopfte noch einmal auf sein Bein und ging hinaus.

Als sie unten war, machte sie ihre Drohung wahr und öffnete eine Flasche Merlot.

***

Spann mich nicht so auf die Folter. Wie ist der restliche Abend verlaufen?

Es war schon eine Stunde seit Owens letzter Nachricht vergangen und Jason fühlte sich, als ob er gerade bei der letzten Episode einer Serie war und nun unbedingt das Ende wissen wollte.

Sie haben über meine Mom gelästert.

Jason hatte eine bissige Bemerkung erwartet, so etwas aber nicht.

Nicht dein Ernst!

Doch. Diese Scheißhexe hat überhaupt kein Recht dazu.

Stimmt, hat sie nicht. Tut mir leid, Owen.
Mom und Rachel haben mich vor ihnen gewarnt. Hätte nicht gedacht, dass sich Erwachsene wie Kinder benehmen.

Jason wollte ihn beruhigen.

Du benimmst dich erwachsener als so manch einer, der doppelt so alt ist wie du.
Na ja, andererseits hab ich dieser Hexe und ihrem Mann gesagt, dass du Rachels fester Freund bist. Damit sie die Klappe halten – angeblich fehlt mir ein männliches Vorbild.

Der Gedanke ließ Jason grinsen.

Sehr schlagfertig, du hast ihnen die Stirn geboten. Klug von dir.
Der Schuss ging leider nach hinten los. Die Hexe findet, dass Rachel nicht so viele fremde Männer ins Haus bringen sollte.

Er kniff die Augen zusammen. Arme Rachel.

Wie geht es Rachel?
Sie will eine ganze Flasche Wein kippen. Hat sie nur einmal gemacht, als es meiner Mom so schlecht ging.

Sollte er sie anrufen?

Wie heißt diese Hexe mit richtigem Namen?

Nach »Hexe« zu googlen, half wahrscheinlich nicht. Owen schrieb ihm den Namen.

> Gib mir Bescheid, wenn du mich brauchst. Bin immer für dich da.
> Mach ich. Danke.

Jason nahm den Laptop aus dem Büro und setzte sich ins Wohnzimmer. Er legte die Füße auf den Tisch und tippte den Namen bei Google ein.

Kapitel 11

Nach zwei Gläsern Wein war Rachel etwas schummrig zumute. Seit wann vertrug sie so wenig?

Vielleicht lag es auch daran, dass sie kaum etwas gegessen hatte. Dennoch half der Wein, die Verkrampfung in den Schultern zu lösen. Nachdem Colemans gegangen waren, recherchierte sie fast eine Stunde lang im Internet nach Sorgerechtsfällen in Connecticut. Egal ob in Kalifornien oder Connecticut, die Colemans würden den Fall sehr wahrscheinlich gewinnen und wenn TJ tatsächlich selbst das Sorgerecht einklagen würde, dann mit größter Sicherheit. Wenn sie es darauf anlegten, würde Rachel nichts machen können.

Sie wusste, dass die Colemans nicht gut auf Emily zu sprechen waren, aber dass sie gleich dermaßen schlecht über sie reden würden, hätte sie niemals gedacht. Kapierten sie denn nicht, dass sie damit die Beziehung zu Owen völlig ruinierten? Oder waren sie wirklich so dumm? Leute, die immer alles bekamen, schienen oft Defizite in Sachen gesunder Menschenverstand aufzuweisen.

»Ich verstehe, warum du zu diesen Idioten keine Beziehung hattest«, wandte sich Rachel Richtung Zimmerdecke.

Emily hatte ihr schon immer gesagt, dass Owens Großeltern eingebildete Snobs waren. Zumindest war es das, was Emily durch TJ erfahren hatte. Die Colemans selbst hatten vorher nie versucht, Emily kennenzulernen. Und auch Owen nicht. Rachel hätte nur zu gern gewusst, warum, aber jetzt konnte Emily nichts mehr darüber verraten und die Colemans würde Rachel ganz sicher nicht fragen.

Sie gähnte, als das Telefon klingelte.

Jasons Name erschien auf dem Display.

»Hallo?«

»Hey, wie war es?«, fragte er gleich.

Sie klappte den Laptop zu und lehnte sich entspannt auf der Couch zurück. »Grässlich. Fifty Shades of Grässlich.«

»Willst du darüber reden?«

Wollte sie. Und tat sie, mindestens eine halbe Stunde lang. Jason hörte zu. »Es war, als ob ihnen unsere Reaktion auf ihr Gemoser nicht genug war, bis sie dann endlich den wunden Punkt erwischt hat. Sie hat Owen gesagt, dass seine Mutter alles andere als eine Heilige war. Peng, da kam dann der große Knall. *Game over*. Ich hätte dieser Frau am liebsten eine verpasst.«

»Gewalt ist nicht unbedingt die beste Strategie, um einen Sorgerechtsfall zu gewinnen.«

»Aber das Schlimmste kommt erst noch.«

»Oh Gott, will ich das hören?«

»Die Colemans haben gesagt, dass Owens Dad kommt.«

»Zu Besuch?«

»Um zu bleiben.«

Jason seufzte hörbar. »Klingt nicht gut.«

Rachel massierte sich den Nasenansatz. »Ich bin der Vormund für Owen, weil Emily das so in ihrem Testament festgelegt hat und weil TJ es nicht angefochten hat. Wenn er das jetzt aber tut, wird ihm das Gericht das alleinige Sorgerecht übertragen, es sei denn, ich könnte beweisen, dass er unfähig ist.«

»Spielt denn die Tatsache, dass Owen seinen Vater gar nicht kennt und mit ihm nicht zusammenleben will, gar keine Rolle?«

»Nein. Ich kann vielleicht die Klage gegen die grässlichen Großeltern gewinnen, aber selbst das wäre schon schwer. Mag sein, dass das Gericht meinen Standpunkt anhört, aber gewinnen würde TJ trotzdem.«

»Das ist gar nicht gut.«

»Ich habe versucht, alles zu vermeiden, indem ich hierhergezogen bin. Owen und ich haben uns entschieden, dass es im besten Interesse aller ist, wenn die Großeltern eine Chance bekommen, ihn kennenzulernen. Da war TJ noch nicht im Spiel.«

»Wie hat Owen den Umzug verkraftet?«

»Wahrscheinlich besser als es bei den meisten Teenagern der Fall wäre. Er war so mitgenommen von Emilys Krankheit, dass er im letzten Jahr kaum enge Freunde hatte. Und in Kalifornien zu bleiben, wo ihn selbst der Supermarkt an seine Mom erinnert, wäre auch schwer gewesen. Da hat der Umzug etwas geholfen.«

Jasons Stimme wurde sanft. »Und was wirst du jetzt machen?«

»Nichts. Ich könnte mir einen Rechtsanwalt suchen, aber das kann ich mir nicht leisten. Und noch gibt es ja keine offizielle Klage. Ich werde versuchen, mich mit den Colemans gut zu stellen. Werde TJ einladen, damit er seinen Sohn kennenlernen kann. Aber unterm Strich kann ich eigentlich gar nichts machen.« Das war am schlimmsten. Und dass sie nicht wusste, was die Colemans vorhatten.

»Kann ich dir irgendwie helfen?«

Sie wusste ganz genau, dass er sofort einspringen würde, wenn es notwendig war. »Nein. Du hast sowieso schon so viel geholfen. Owen mag dich sehr.« Was wiederum den Colemans recht gab, wenn sie behaupteten, dass Owen einen Mann in seinem Leben brauchte. Rachel hatte noch nie erlebt, dass sich Owen so schnell mit jemandem angefreundet hatte wie mit Jason. Und das in weniger als zwei Wochen.

»Er ist super.«

»Ja. Ich wünschte, ich könnte ihm sein Leben etwas leichter machen.«

Jason schwieg, aber nur kurz. »Du bist eine tolle Frau, Rachel. Nicht jeder würde so eine Verantwortung übernehmen, wie du das machst.«

Sie wehrte sein Kompliment ab. »Wer würde sich denn davor drücken? Emily war meine beste Freundin. Ich kenne Owen, seit er fünf war.«

»Die meisten würden sich vor der Verantwortung drücken. Das weißt du genau. Aber ich bin froh, dass du jemand bist, der so viel Charakterstärke hat.«

»Danke.« Sie blickte auf die Uhr. »Und danke, dass du angerufen hast.«

»Gerne. Jederzeit.«

»Ich muss jetzt ins Bett. Ich habe für meinen Chef noch einen Bericht fertigzumachen, den er am Montag auf seinem Schreibtisch liegen haben will.«

Er lachte. »Stimmt. Glaub bloß nicht, dass du in der Gunst deines Chefs stehst, bloß weil er dich kennt.«

»Gute Nacht, Jason.«

»Gute Nacht, Rachel.«

***

Rachel hatte zwar gewusst, dass sie die detaillierte Ausarbeitung des Marketingplans Jason und dem restlichen Management vorstellen würde, aber dass gleich so viele Leute in den Konferenzraum kämen, hätte sie nicht gedacht. Im Raum vom letzten Mal war nur Platz für zwölf Leute gewesen und einige

Stühle waren frei geblieben. Das Besprechungszimmer an diesem Tag aber war sicher doppelt so groß und es wurden sogar noch zusätzliche Stühle gebracht und an den Wänden entlang aufgestellt.

Mitarbeiter aus der Kommunikationsabteilung, aus dem Marketing, Advertising und der Öffentlichkeitsarbeit strömten herein. Aber auch aus den anderen Abteilungen kamen Vertreter, vom Risikomanagement, vom Vertrieb, und selbst die Personalleiter waren gekommen. Rachel kannte gar nicht alle mit Namen. Außerdem waren ein paar der Vorstandssekretärinnen anwesend. Am Ende der ganzen Parade trat schließlich Jason ein.

Eigentlich hätte ihr Herz bei seinem Anblick nicht solche Sprünge machen dürfen. Aber sie konnte die Reaktion ihres Körpers einfach nicht kontrollieren. Er sah mit Anzug und Krawatte so anders aus als letztes Mal, als er auf ihrem Dach herumgeklettert war.

»Versuch bitte, ihn diesmal nicht so schwach anzureden«, flüsterte Julie ihr ins Ohr. Rachel lachte leise in sich hinein.

»Guten Morgen, Rachel«, grüßte er sie und streckte ihr die Hand entgegen.

»Guten Morgen, Mister Fairchild.« Sie verschluckte sich fast an dem Namen und wusste nicht, ob sie ihn Jason nennen sollte oder nicht.

Sie nahm seine Hand und er schmunzelte. »Wirklich? Ich denke, du kannst mich ruhig weiterhin Jason nennen.«

»Na gut.«

Er drückte ihre Hand noch ein bisschen länger, bevor er endlich losließ. »Du erinnerst dich doch noch an meinem Bruder Glen.« Sie gab auch ihm die Hand. »Freut mich, Sie wiederzusehen.«

Er zwinkerte ihr zu. »Ohne blaues Auge sehen Sie besser aus.«

Rachel berührte die Stelle, wo zuvor der Bluterguss gesessen hatte. »Sie hätten erst mal den anderen sehen sollen.«

Einige lachten.

»Ich glaube, dass du Trent noch gar nicht kennst.« Jason wandte sich um und deutete auf einen Mann, von dem sie schon Bilder im Internet gesehen hatte, als sie Jason gegoogelt hatte. »Trent führt unsere Tochtergesellschaft, die Fairchild Vacation Tours.«

Er sah aus, als käme er gerade vom Sommerurlaub zurück, braun gebrannt und die Haare etwas zu lang.

»Ich habe eine Büroallergie. Wenn es etwas mit mir zu besprechen gibt, dann am besten immer telefonisch.«

»Das stimmt leider«, bestätigte Glen.

»Werde ich mir merken«, meinte Rachel.

Trent deutete auf die blonde Frau zu seiner Linken. »Das ist meine Frau, Monica. Sie leitet unsere humanitären Projekte.«

Rachel begrüßte sie. »Freut mich sehr«, sagte Rachel und gab ihr die Hand. »Ich habe etwas über Ihre Arbeit gelesen und hätte ein paar Ideen, wie wir noch mehr daraus machen könnten.«

»Wir haben eigentlich eher zu viele Flüge«, gab Trent zu bedenken.

»Mit *mehr machen* meine ich auch eher die finanzielle Seite …«

Monica hatte strahlend blaue Augen, die aufblitzten, wenn sie lachte.

»Klingt gut«, meinte Glen. Der Mann für die Finanzen war stets offen für neue Ideen, wenn es darum ging, Kosten zu sparen oder auszulagern.

»Vielleicht können wir uns heute zum Mittagessen verabreden und die Sache vertiefen?«, fragte Monica.

»Sehr gern.«

Rachel merkte, dass die drei Fairchild-Brüder Blicke wechselten, als ob sie ohne Worte miteinander sprachen. »Was?«, fragte sie.

Jason blickte von ihr zu Monica und wieder zurück. »Nichts. Wir sollten beginnen.«

In den nächsten zwei Stunden präsentierte Rachel die detaillierte Ausarbeitung ihres Konzepts, bei dem es darum ging, die Reichweite von Fairchild Charters zu vergrößern. Sie hatte eine lange Liste mit Dingen, die jede einzelne Abteilung zu tun hatte, und Vorschläge, wer welche Aufgaben übernehmen konnte. Sie sprach von Zielsetzung, der engmaschigen Kontrolle der Zwischenziele, den Strategien. Sie riet, junge Leute frisch von der Uni weg einzustellen, um Personalkosten einzusparen. »Alle reden von den sogenannten Millennials, den jungen Erwachsenen von heute. Sie sind privilegiert, sie sitzen lieber mit dem Laptop am Strand als im Büro.«

»Die wissen halt, was gut ist«, murmelte Trent und sorgte für Gelächter unter den Anwesenden.

»Was ich damit sagen will«, fuhr Rachel fort, »ist, dass wir diesen Lebensstil zu unseren Gunsten nutzen und davon profitieren können. Wir könnten zum Beispiel die leeren Rückflüge, die ›empty legs‹, als Bonus anbieten, wenn ein Team sein Ziel erreicht. Solche Anreize sind für die jungen Leute viel attraktiver als eine Zusatzversicherung für Zahnersatz.«

Melissa, die Personalleiterin, lehnte sich vor. »Klingt, als ob Sie jetzt meinen Job auch noch machen wollen, Rachel.«

Rachel machte eine abwehrende Geste. »Nein, danke. Mit meinem Job habe ich genug zu tun. Marketing muss alles umfassen und genau das ist der Knackpunkt der neuen Strategie. Damit erreichen wir die Millennials mit viel Geld und die mit weniger Geld. Sie sprechen alle dieselbe Sprache.«

»Sie tun gerade so, als ob das eine Fremdsprache wäre«, warf einer der Makler ein, dessen Name ihr nicht mehr einfiel.

»Na ja, in gewisser Weise ist es auch so. Wenn sich die jungen Leute über das Reisen unterhalten, dann nennen sie Privatjetreisen für die Arbeit im selben Atemzug wie ihre

Abenteuerreisen, die sie in der Freizeit unternehmen. Es ist eine völlig neue Generation, die allerdings durchaus den Unterschied zwischen Arbeit und Freizeit kennt. Gibt man ihnen eine Aufgabe, wird sie ganz schnell erledigt. Wenn man sie allerdings zwingt, dabei in einem Büro zu bleiben, trödeln sie und sind erst zwei Tage nach Ende der Abgabefrist fertig.«

»Was ein Kündigungsgrund wäre«, murmelte Gerald.

»Genau darauf will ich hinaus. Es wird nicht nötig sein, ihnen zu kündigen, weil diese Generation nämlich besser als sonst wer versteht, wie mächtig das Internet ist. Dass man Dinge erledigen muss, und zwar möglichst schnell und effizient, weil dann mehr Zeit für den Fallschirmsprung bleibt. Wie viele von Ihnen haben Kinder im Teenageralter?«

Ein paar Leute meldeten sich.

»Bei Ihren Kindern sind doch die Handys schon an der Hand festgewachsen, oder?«

»Bei mir leider auch«, murmelte Glen.

»Ich würde allerdings wetten, nicht aus demselben Grund. Die Teenies werden mit dieser Technologie groß. Ganz anders, als das noch bei mir der Fall war. Und dabei bin ich sogar noch ein bisschen jünger als manche hier.«

Einige grinsten. Eine der Sekretärinnen erzählte, dass sie immer ihren Sohn fragen musste, wenn sie etwas über ihr Handy wissen wollte.

»Die Generation Z, also die Menschen, die nach 1995 geboren wurden, gehören zu der Konsumentengruppe, die am schnellsten wächst. Sie haben eine Aufmerksamkeitsspanne von ungefähr acht Sekunden. Was bedeutet, dass man sie sehr schnell gewinnt oder eben auch sehr schnell wieder verliert. Sechsundsiebzig Prozent von ihnen sind auf Instagram. Auch wieder ein Grund, warum Social-Media-Marketing so wichtig und unverzichtbar ist.«

»Die jungen Leute haben aber doch kein Geld.«

»Das ist richtig. Ihre Eltern aber haben Geld. Siebzig Prozent von ihnen geben an, dass die Kinder ihr Konsumverhalten stark beeinflussen.«

Hayden von der Buchhaltung mischte sich nun ins Gespräch. »Schon gut. Aber wie viele Eltern würden denn einen Privatjet chartern, wenn das Kind Geburtstag hat?«

Anscheinend waren noch nicht alle überzeugt. »Als ich noch in Los Angeles wohnte, habe ich öfter meiner Freundin bei der Vorbereitung für die Grundschulweihnachtsfeier geholfen. Wissen Sie, was es kostet, bei zwanzig Grad Außentemperatur einen Spielplatz in eine Winterlandschaft zu verwandeln? Und ich spreche hier von echtem Schnee, der nicht selbst vom Himmel fällt …«

Das Gemurmel hörte auf.

»Kinder beeinflussen ihre Eltern sehr. Das fängt beim Kunstschnee in der Grundschule an und geht bis zum Neuwagen für den sechzehnjährigen Sohnemann. Ich will ja nicht vorschlagen, dass fortan die Teenager unsere Flüge chartern sollen. Aber die Kinder, die jetzt davon träumen, werden in ein paar Jahren unsere Kunden und das ist es, woran wir immer denken sollten.«

Schweigen im Raum.

Rachel sah zu Jason.

Sein Lächeln sagte, dass er ganz ihrer Meinung war.

***

Jason beobachtete, wie Rachel den Budgetvorschlag an Glen überreichte. Er blätterte durch die Seiten, während die anderen den Raum verließen.

»Das haben Sie alles in dieser einen Woche gemacht?« Glen sprach, ohne die Augen von dem Dokument in seinen Händen zu nehmen.

»Ich wollte sichergehen, dass Fairchild Charters es nicht bereut, dass ich von Los Angeles hergekommen bin.«

Glen blickte auf, klopfte mit dem Papierstapel auf die andere Hand. »Ich glaube, die Gefahr besteht nicht.«

Jason war plötzlich sehr stolz auf sie. Er freute sich über Rachels Erfolg.

»Mir gefällt, wie Sie denken«, sagte Trent, während er Monica den Arm um den Rücken legte.

»Das freut mich«, sagt Rachel.

»Sollen wir uns um zwölf in der Lobby treffen?«, fragte Monica.

»Ja, sehr gern.«

Jason war neidisch darauf, dass sich Monica einfach so mit Rachel zum Mittagessen verabreden konnte.

Er blieb noch ein bisschen, wartete, bis der Letzte den Raum verlassen hatte. »Wow.«

»Heißt *wow* etwas Gutes, oder …?«

»Selbst wenn nur die Hälfte von dem, was du präsentiert hast, klappt, dann werden wir in sechs Monaten schon weiteres Wachstum zu verzeichnen haben.«

»Es ist aber eher ein Drei- bis Fünfjahresplan.«

»Noch besser.« Er winkte mit dem Stapel Papier. »Du musst mit Glen noch ein Budgetgespräch führen.«

»Ich mache mit seiner Sekretärin einen Termin aus.«

Jason war so froh, dass Glen glücklich verheiratet war. Denn bevor Mary in Glens Leben getreten war, war sein Bruder ein Draufgänger gewesen, der auf eine Frau wie Rachel sofort angesprungen wäre.

Er senkte die Stimme. »Wie geht es Owen?«

»Kinder sind hart im Nehmen. Ihm geht's gut.«

»Schön.« Ihm fiel nichts mehr ein, wie er den Abschied noch länger hinauszögern konnte.

Rachel blieb unschlüssig stehen. »Also …«

»Ja …«

»Wie läuft es mit der Planung der Weihnachtsparty?«

Mann, sie war so hübsch. »Gut, glaube ich. Du kommst doch, oder?«

»Ja, natürlich.«

»Was macht Owen in der Zeit?«

»Er übernachtet bei Freunden.«

»Das ist wahrscheinlich am besten so. Unsere Makler können nämlich richtig feiern«, sagte er. Eigentlich durften die Mitarbeiter ihre Kinder ja mitbringen, aber …

»Nur die Makler?«

»Nein, aber die lassen es so richtig krachen. Die meisten von ihnen haben vorher an der Wall Street gearbeitet. Hoher Stresslevel. Bei uns ist das eigentlich nicht mehr so, aber viele von ihnen ticken immer noch wie früher und müssen dann entsprechend Dampf ablassen.«

»Das wusste ich ja noch gar nicht.«

»Na ja …« Er wollte nicht gehen.

»Gut«, sagte sie nun, »ich sollte mich jetzt besser wieder an die Arbeit machen.«

»Ich auch.«

Keiner von ihnen rührte sich. »Das ist schon irgendwie komisch, oder?«, fragte sie, um die Anspannung zu lösen.

Er trat einen Schritt auf sie zu. »Ja, schon.«

»Es ist blöd, aber das sollte es doch nicht sein.«

Sie drückte die Unterlagen gegen die Brust. »Wir sprechen uns später«, sagte sie.

Er ließ sie vorbei und sah ihr hinterher, als sie rausging. Jason war sich sicher, dass allein sein Blick schon als sexuelle Belästigung aufgefasst werden konnte, weil er die Augen einfach nicht von ihrem Hintern lösen konnte.

Kapitel 12

Monica und Rachel hatten sich schon auf das *du* geeinigt, noch bevor sie überhaupt beim Restaurant angekommen waren.

»… und du nennst deinen Mann *Barfuß*?«

»Seit dem Tag, an dem wir uns kennengelernt haben. Wenn es nach ihm ginge, würde er sogar im Büro Flipflops tragen.«

»Ihm gehört doch die Firma, zumindest ein Teil davon. Was hält ihn davon ab?«, fragte Rachel.

»Seine Brüder. Aber freitags kommt er immer lässig gekleidet.«

Der Kellner brachte ihre Sandwichs. »Und du kommst auch aus Los Angeles?«

»Ja. Ich habe vorher in Santa Monica gewohnt.«

»Ich im Süden, im Inland Empire.«

»Ist es da nicht sehr heiß?« Rachel war mal auf dem Weg nach Las Vegas durchgefahren.

»Ja, es ist dort nicht so prickelnd.«

»Warum hast du dann da gewohnt?«

Monica machte eine gleichgültige Geste. »Bin in der Nähe aufgewachsen und habe mit meiner älteren Schwester zusammengewohnt, als ich meine Ausbildung zur Krankenschwester gemacht habe. Danach habe ich dort in der Notaufnahme gearbeitet.«

Sie blickten beide aus dem Fenster des kleinen Restaurants. Die Leute hier in New York waren in dicke Mäntel gehüllt, trugen Mützen und Winterstiefel. »Und jetzt sitzen wir beide in der Kälte.«

»Ja«, stimmte Monica zu. »Vor Weihnachten ist das noch ganz okay, aber danach wird es furchtbar.«

»Echt? Ich hatte gehofft, dass man sich im Laufe der Zeit daran gewöhnt.«

Monica schenkte Rachel einen mitleidigen Blick. »Tut mir leid, ich sollte dich nicht so entmutigen.«

Rachel kaute und schluckte hinunter. »Mir ist es lieber, die Wahrheit zu hören als dieses Schöngerede.«

»Wenn meine Laune zu schlecht wird, bringt mich Barfuß nach Jamaika.«

»Ein Vorteil, wenn man mit jemandem verheiratet ist, dem viele Flugzeuge gehören«, bemerkte Rachel.

»Du musst auch mal mitkommen.«

Rachel konnte sich kaum vorstellen, dass ihr Angebot ernst gemeint war. Sicher war es nur ihre Art, höfliche Konversation zu betreiben.

»Vielleicht«, sagte sie, obwohl sie genau wusste, dass sie das nicht tun würde. »Soll ich dir jetzt von meiner Idee erzählen? Fliegen mit Herz …«

»Fliegen mit Herz? Ist das ein Slogan?«

»Ja, aber das ist nur ein Arbeitstitel, um meine Idee zu veranschaulichen.«

In der nächsten halben Stunde erzählte Rachel, was sie bereits alles über den humanitären Einsatz bei Naturkatastrophen von Fairchild Charters wusste. Und Monica ergänzte das, was sie noch nicht wusste. Sie erzählte von der Organisation »Ärzte ohne Grenzen«, mit der Fairchild Charters zusammenarbeitete. Monica und Trent waren sozusagen das Bindeglied zwischen Organisation und Firma. Fairchild Charters hatte nun auch im

Inland eine Stiftung für den Transport von Organtransplantaten gegründet. Wie Monica betonte, benötigten schließlich nicht nur reiche Menschen eine Spenderleber oder ein neues Herz, aber wegen der hohen Transportkosten bekamen viele Patienten kein Spenderorgan, auch wenn es eigentlich eines für sie geben würde.

Sie überlegten gemeinsam, wie man noch mehr Sponsoren akquirieren könnte. Wie man vielleicht ein Herzlogo einfügen könnte, um die Kunden stets daran zu erinnern, dass sie bei Buchung eines Privatjets gleichzeitig einen Beitrag für einen wohltätigen Zweck leisteten.

Nach dem Essen hüllten sie sich wieder in die warmen Jacken. »Es riecht nach Schnee«, fand Monica, als sie vor dem Restaurant standen.

»Echt?«

»Ja, ich sollte zusehen, dass ich nach Hause komme, bevor es zu schneien anfängt. Ich bin heute nicht mit dem Zug, sondern mit dem Auto gefahren.«

Rachel blickte zwischen den Wolkenkratzern zum grauen Himmel. »Ich bin noch nie mit dem Zug gefahren«, gestand sie.

»Nicht dein Ernst!«

»Doch. Züge sind so … ach, ich weiß auch nicht.«

»Ich verstehe schon, bin doch schließlich auch aus Los Angeles. Aber mit dem Auto im Schnee zu fahren und sich dem Verkehr von Manhattan auszuliefern, ist es nicht wert. Am Ende landest du im Graben oder es passiert noch was Schlimmeres.«

Rachel grinste. »Du meinst wie Jason?«

Monica sah sie erstaunt an, während sie gemeinsam die zwei Blöcke zum Büro zurückgingen. »Was meinst du?«

»So habe ich deinen Schwager kennengelernt.«

»Du bist im Graben gelandet?«

»Nein. *Er* ist im Graben gelandet. Na ja, zugegeben, ich bin ungefähr so schnell wie eine kurzsichtige Omi gefahren und er wollte mich überholen. Aber er war derjenige, der im Graben gelandet ist.«

»Du machst Scherze, oder?«, lachte Monica.

»Nö. Ich habe ihn zu mir nach Hause mitgenommen, wo er dann gewartet hat, bis er abgeholt wurde. Du kannst dir sicher vorstellen, wie überrascht ich war, als er beim ersten Firmenmeeting vor mir stand. Ich hatte ja keine Ahnung, dass er mein Chef ist.«

Monica packte ihren Arm und hielt sie an. Die Leute gingen um sie herum, als ob die beiden Frauen ein Felsblock in einem reißenden Fluss waren und das Wasser weiterfließen musste. »Hat er dir nicht gesagt, wie er heißt?«

»Er hat schon gesagt, dass er Jason heißt. Unsere Nachnamen waren ja nicht so wichtig.« Rachel ging weiter.

»Das ist echt verrückt.«

»Stimmt.« Rachel hätte Monica am liebsten weiter ausgefragt. Warum war so jemand wie Jason nicht verheiratet? Welchen Typ von Frau hatte er früher als Freundin gehabt? Was machte er, wenn er nicht arbeitete oder bei irgendwem Lichterketten aufhängte? War er einer, der viel Sport trieb oder schaute er lieber fern?

»Da ist aber jemand still geworden.«

Sie schüttelte ihre Gedanken ab. »Tut mir leid.«

Monica kicherte. »Ist schon okay. Er ist ja auch ein sehr attraktiver Mann. Wie alle von ihnen.«

»Ich, also, ich habe gerade gar nicht darüber nachgedacht, wie attraktiv Jason ist.«

»Wirklich nicht?«

»Aber ich habe überlegt, warum er nicht verheiratet ist.«

»Ganz einfach, weil er sich nicht bemüht, jemanden kennenzulernen.«

Rachel zögerte. »Warum nicht?«

Monica öffnete die massive Glastür, die in das hohe Gebäude führte. »Weiß ich auch nicht. Habe ich Barfuß auch schon oft gefragt. Er meint, sein Bruder hängt einfach zu sehr an seinem Job und es müsste schon eine ganz besondere Frau sein, wenn sie es schafft, ihn davon wegzuholen. Angeblich ist Jason schon seit Ewigkeiten nicht mehr mit einer Frau ausgegangen, abgesehen von irgendwelchen geschäftlichen Verpflichtungen.«

Rachel gab beim Lachen einen schnarchenden Laut von sich.

»Was denn?«

»Ach, nichts«, sagte sie ein bisschen zu schnell. Jasons Schwägerin musste ja nicht unbedingt wissen, dass er Rachel nach einem Date gefragt hatte. »Wahrscheinlich behält er sein Privatleben bloß für sich.«

»Vielleicht. Ist ja auch besser so. Bei jemandem, der so gefragt ist wie er, würde es nur Tratsch und Gerüchte geben. Ich bin froh, dass Trent und ich damals nicht im Fokus standen, als wir uns kennengelernt haben. Ich wusste nichts über seine Welt und er nichts über meine. Und Mary«, Monica holte den Aufzug, »also Glens Ehefrau, hat noch an der Westküste gewohnt, als sich die beiden kennengelernt haben. Glen war damals echt ein Playboy. Es ging sogar das Gerücht um, dass er mit einem Filmstar ausging oder so.«

»Ich dachte, seine Frau ist Therapeutin?«

»Ist sie auch. Sie ist sehr süß, sie analysiert wirklich jeden, den sie trifft.«

Sie stiegen in den fast voll besetzten Fahrstuhl. Rachel senkte die Stimme. »Und was sagt sie über …« Sie blickte sich um, wollte lieber keinen Namen nennen. »Darüber, dass er keine Freundin hat?«

Monica beugte sich vor, flüsterte ebenfalls. »Hat angeblich damit zu tun, dass er der Älteste ist. Versucht, ein Vorbild für seine Brüder zu sein, übernimmt irgendwie die Rolle der Eltern.«

»Das müsste aber doch irgendwann mal aufhören. Ich meine …« Die Fahrstuhltür ging auf, ein paar Leute stiegen aus. »Ist ja nicht so, als ob dein Mann noch ein Teenager wäre.«

»Ich weiß. Glaub mir, Mary und ich versuchen schon die ganze Zeit, ihn zu verkuppeln.«

Sie waren auf ihrem Stockwerk angekommen und stiegen aus. »Dürfte ja nicht schwer sein.«

»Frauen zu finden nicht. Aber er will nichts mit ihnen zu tun haben.« Monica senkte wieder die Stimme. »Wir haben sogar gesagt, dass er bei unserem Frühjahrsevent bei der Auktion versteigert wird, wenn er keine Frau mitbringt.«

Rachel lachte. »So was wie ein Abendessen mit dem millionenschweren Firmenchef?«

»Ja, so in der Art.«

»Klingt wie in einem Liebesroman.«

»Genau. Entweder bringt er selbst eine Begleitung oder er wird versteigert. Er hat die Wahl.«

Sie stellte sich vor, wie sich die Frauen bei der Auktion darum reißen würden, ihr Angebot für ihn abzugeben. Sie grinste. »Das würde ich ja allzu gerne sehen.«

»Er ist ein cooler Typ. Und es ist echt schade, dass er allein ist. Er muss ja nicht gleich heiraten, es würde schon reichen, wenn er ausginge und sein Leben ein bisschen mehr genießen würde.«

Sie kamen an die Stelle, wo sich die Flure kreuzten und Monica zu den Büros der Managementebene abbiegen musste. Rachels Großraumbüro lag auf der anderen Seite.

»Es war schön, dass wir ein bisschen Zeit hatten, in Ruhe miteinander zu quatschen«, sagte Rachel.

»Fand ich auch. Du hast mir gute Ideen mit auf den Weg gegeben. Jason ist sicher sehr froh, dass du im Team bist.«

»Wir sprechen uns bald wieder.«

Monica verabschiedete sich und ging gut gelaunt davon.

***

»Ach, du heilige Scheiße!« Der Schnee hatte erst auf sich warten lassen und zu Mitternacht war es dann losgegangen. Und zwar so richtig. In der Einfahrt lag er knietief, wie sie von ihrem Schlafzimmerfenster aus schätzte. Bis auf ein paar Spuren war kaum noch was zu sehen. Sie stellte den Fernseher an, um die Lokalnachrichten und den Wetterbericht zu hören, dann lief sie wieder ins Schlafzimmer, um sich irgendetwas anzuziehen. Rachel hatte schon vieles über den berüchtigten Northeaster gehört, den Wind, der Massen von Schnee mit sich brachte. Der Blick nach draußen bestätigte, dass die Leute dabei nicht übertrieben hatten.

Sie klopfte im Vorbeigehen an Owens Schlafzimmertür und rief: »Aufstehen!«

Unten schlüpfte sie in die dicke Jacke und die Fellstiefel.

»Was ist denn los?« Owen erschien im Flanellschlafanzug, er war noch gar nicht richtig wach.

»Schnee. Tonnenweise Schnee. Ich muss die Einfahrt freischaufeln, um wegzukommen.«

Owen ging zum Fenster und grinste. »Fällt die Schule aus?«

»Woher soll ich das wissen? Wird so was irgendwo bekannt gegeben?«

»Schau mal auf dein Handy. Ich glaube, dass das Sekretariat in solchen Fällen eine Nachricht an alle verschickt.«

Während sie die Stufen wieder nach oben eilte, rief sie: »Zumindest weiß ich, dass meine Arbeit nicht abgesagt wird. Zieh dich mal an und hilf mir beim Schippen.«

Tatsächlich hatte die Schule eine Nachricht geschickt. Der Unterricht fiel aus, der versäumte Tag würde am Ende des Jahres nachgeholt werden.

In seinem Zimmer zog sich Owen ein Sweatshirt über den Kopf.

»Du darfst heute ganz offiziell blaumachen.«

»Ui!« Owen war begeistert.

Rachel öffnete seufzend die Tür, die zur Garage führte. »Wie zum Henker soll ich bloß ins Büro kommen?« Alles war von Schnee bedeckt, er hatte sich entlang der Hauswand aufgestaut. Die Straßen waren noch nicht geräumt. »Scheiße, Scheiße, Scheiße. Ich hätte meinen Wecker für eine Stunde früher stellen sollen.«

Sie holte die Schneeketten aus dem Auto, die Jason ihr geschenkt hatte, und öffnete die Verpackung. Es war keine Anleitung dabei, nur eine Warnung in großer roter Schrift, dass man sich unbedingt vergewissern sollte, die richtige Größe für das entsprechende Auto gewählt zu haben. Außerdem stand darauf, dass man nicht schneller als fünfzig Stundenkilometer damit fahren durfte. »Scheiße.« Sie hätte mit den Ketten also bis zu einer geräumten Straße fahren und sie dann wieder entfernen müssen. »Und trotzdem werde ich zu spät kommen.«

Die Garagentür ging auf, Owen kam. »Wow.«

Sie versuchte gerade, die Ketten zu positionieren, um dann ein Stückchen vorzufahren, damit die Reifen darauf zu stehen kamen und sie die Dinger festziehen konnte.

Owen hielt das Handy in der Hand. Wahrscheinlich machte er Bilder, um sie gleich auf Instagram zu posten.

»Hey, schnapp dir lieber mal die Schaufel.«

Die Vorbesitzer des Hauses hatten eine alte, rostige Kiesschaufel zurückgelassen, die fürs Schneeschippen gänzlich ungeeignet war. Owen versuchte trotzdem sein Bestes.

Bevor nicht wenigstens ein bisschen von dem Schnee weggeräumt war, konnte sie das Auto gar nicht bewegen.

»Warum meldest du dich nicht einfach krank?«, fragte Owen nach zehn Minuten Schaufeln. Rachel versuchte es mit einer anderen, spitzen Schaufel, mit der sie ebenso wenig Schnee entfernte wie Owen.

»Weil ich gesagt habe, dass ich kommen würde.«

»Fahr doch mit dem Zug!« Owen stützte sich auf die Schaufel und zog das Handy wieder heraus.

»Es wird schon gehen.« Sie schaufelte weiter.

»Na ja. Hier sieht es auch echt krass aus.« Er hielt ihr das Handy mit der Stauübersicht hin, auf der rote Striche die verstopfte Autobahn anzeigten.

»Ist sicher nicht so schlimm.«

Owen sah sie nur schweigend an, während weiterhin die dicken Flocken niederrieselten.

»Zieh dich lieber mal für die Arbeit an und ich mache in der Zeit weiter«, schlug er vor.

Sie blickte auf ihre Jeans hinab, die sie sich vorher hastig angezogen hatte. »Gute Idee, danke.«

***

Er saß mit einer Tasse Kaffee und dem Tablet, auf dem er Zeitung las, in der Küche und sah dem Schneetreiben vor dem Fenster zu. Er hatte diesen ersten Schnee kurz vor Weihnachten immer so geliebt, als er noch ein Kind gewesen war. Wenn alles weiß war und man Schlittenfahren und lustige Schneemänner bauen konnte und sie sich gegenseitig im Schnee verbuddelt hatten. Er musste an Shadow denken, den großen schwarzen Labrador, wie er immer durch den Schnee sprang, wenn sie eine Schneeballschlacht machten und er versuchte, die Bälle zu fangen.

Die Ranch war voller Erinnerungen.

Auf dem Handydisplay leuchtete Owens Name auf.

Du arbeitest doch in der Stadt, oder?

Jawohl. Warum?

Zwei Sekunden später kam ein Bild von Rachels Auto in der Garage, vor der sich meterhohe Schneehaufen türmten. Nur ein kleiner Teil der Einfahrt war geräumt.

Jason ließ den Kaffeebecher stehen und holte den Autoschlüssel.

Bin schon auf dem Weg. Lass sie nicht losfahren.

Owen schickte das Emoji mit hochgestrecktem Daumen.

Wollte Rachel allen Ernstes mit dem Auto zur Arbeit fahren?

Als er ankam, hatte sie immerhin schon das Auto so weit bewegt, dass nun die Räder auf den ausgelegten Ketten standen. Sie versuchte sie gerade festzuziehen. Das war schon für jemanden, der Übung hatte, keine leichte Aufgabe, aber für Rachel nahezu unmöglich. Er fuhr mit dem Jeep vor die Einfahrt, ließ den Motor weiterlaufen.

»Hallihallo.«

Rachel blickte auf. »Was?«

Jason winkte und grinste Owen an.

Sie stand auf. »Hast du ihn etwa angerufen?«, richtete sie sich an Owen.

Der grinste nur. »Möglicherweise.«

»Soll ich dich vielleicht mitnehmen?« Jason versank bei seinen Schritten tief im Schnee.

Rachels Wangen waren von der Kälte gerötet, an den Haaren, die unter ihrer Beanie-Mütze herausschauten, hing der Schnee.

Sie blickte erst zu ihm, dann zu Owen und schließlich zur Straße.

»Wir fahren doch in dieselbe Richtung, Rachel.«

Nun guckte sie auf ihr Auto. »Also gut.«

Als sie ihre Tasche holte, hielt Jason die Hand hin und Owen schlug ein.

Rachel blieb neben Owen stehen. »Zieh dich warm an, hab Spaß und verletz dich nicht.«

»Geht klar, Chefin.«

Jason ging zum Jeep und öffnete die Autotür für sie.

»Ach, und Rachel?«, rief Owen.

»Ja?«

»Zieh dich warm an, hab Spaß und verletz dich nicht.«

Ihr Lachen gefiel ihm.

Jason setzte sich hinters Steuer und winkte beim Wegfahren. »Ich mag ihn.«

»Ich kann gar nicht glauben, dass er dich angerufen hat.« Sie zog Handschuhe und Mütze aus. Ihre Haare waren elektrisch geladen und standen in alle Richtungen ab.

»Und ich kann echt nicht glauben, dass du selber fahren wolltest.«

»Ich hätte es schon geschafft.«

Er lachte auf. »Aber du wärst erst morgen Mittag angekommen. Wolltest du wirklich die ganze Strecke mit dem Auto fahren?«

Der Allradantrieb fraß sich durch den Schnee. Mit dem Zweiradantrieb hätte das nicht funktioniert.

»Dafür sind doch die Ketten, oder?«

»Ketten helfen einem nur, um bis zum nächsten Bahnhof zu kommen.«

Rachel verkrampfte sich und blickte aus dem Fenster. »Heißt das etwa, dass wir auch mit dem Zug fahren?«

»Ja.«

Er hörte, wie sie die Luft anhielt.

»Irgendwann muss es sein, meine Liebe.«

»Oh Gott.«

Er tätschelte ihre Hand. »Ich bleibe bei dir. Keine Sorge.«

Trotzdem rutschte sie nervös auf ihrem Sitz herum, bis sie ankamen.

Der Parkplatz am Bahnhof war schon fast vollständig besetzt. Jason wusste inzwischen, dass Rachel auf Anspannung mit Schweigen reagierte. Sie hatte nicht mehr als einsilbige Antworten auf seine Fragen gegeben und ihre Finger geknetet, als ob ihr das helfen würde.

Er zeigte ihr, welches Ticket sie kaufen musste. Nicht, dass sie das nicht allein geschafft hätte. Aber so, wie sie die Augen aufriss und sich ständig umsah, war es besser, sie ein bisschen zu unterstützen.

»Hier sind ganz schön viele Leute«, bemerkte sie, als sie am Bahnsteig warteten.

»Es wäre ja auch dumm, an so einem Tag wie heute mit dem Auto zu fahren. Du würdest nicht nur Stunden brauchen, sondern wahrscheinlich würdest du auch von der Straße abkommen.«

Sie zwang sich zu einem Lächeln und stellte sich nah zu ihm, als noch mehr Leute kamen.

»Du wirst dich daran gewöhnen«, beruhigte er sie, als der Zug einfuhr. »Übrigens schlafen Taschendiebe gern aus.«

Sie zögerte.

Jason nahm ihre Hand und half ihr, in den Zug zu steigen. Sie waren die Ersten und hatten freie Platzwahl.

Die Züge und U-Bahnen hatten sich in den letzten Jahren sehr geändert. Sie waren sauberer und sicherer geworden. Dort saßen alle, Straßenkünstler wie hohe Politiker, die dasselbe Fahrziel hatten.

Rachel legte die Hände in den Schoß. »Und jetzt?«

»Jetzt fahren wir fünfzig Minuten bis Manhattan, dann steigen wir um.«

Sie trommelte mit den Fingern. »Aber was machen wir jetzt?«

Manche der anderen Passagiere hatten den Kopf zurückgelehnt und die Augen geschlossen, ihre Taschen und Aktenkoffer hielten sie nahe bei sich. Einige hatten auch einen Laptop auf dem Schoß, andere hörten Musik.

»Ich kann dir zumindest sagen, was wir *nicht* tun werden«, meinte er. »Wir werden nicht plötzlich auf die Bremse treten oder an roten Ampeln stehen und hoffen, dass wir nicht zu spät kommen.« Obwohl es bei ihm ja eigentlich egal war, ob er pünktlich kam. Und wenn es doch mal eilte, wegen eines Meetings, das man nicht verschieben konnte, nahm er einfach den Helikopter, der zu Hause im Hangar stand. Vielleicht nicht an einem Tag wie diesem, wo der Himmel zu dunkel war und die Wolkendecke zu tief hing, an anderen Tagen aber machte er das durchaus.

Als der Zug abbremste und neue Passagiere einstiegen, wurde Rachel wieder nervös.

Er nahm ihre Hand. »Ist es wegen der Leute?«, fragte er.

»Es ist einfach nur neu für mich. Mir geht es gut.«

Was nicht stimmte, aber er würde alles tun, damit sie sich einigermaßen wohlfühlte. Gegenüber von ihnen saß ein Mann, der eingeschlafen war. Sein Mund stand weit offen. Die Frau neben ihm schielte immer wieder skeptisch zu ihm hinüber.

»Wollen wir wetten, wie lange es dauert, bis sein Kopf auf ihre Schulter fällt?«, fragte er Rachel.

Sie grinste und schaute hinüber, bis die Frau merkte, dass sie beobachtet wurde.

Rachel sah schnell weg. »Fünf Minuten.«

»Ich tippe auf drei.«

Rachel sah verstohlen wieder hin. »Und was macht sie dann? Weckt sie ihn, indem sie ihn anstupst, oder sagt sie was?«

»Beides.«

Vier Minuten lang blickten sie immer wieder unauffällig zu dem schlafenden Mann, bis dessen Kopf irgendwann gefährlich nah an den Schultern seiner Sitznachbarin war.

Diese rückte etwas von ihm weg und da schoss plötzlich sein Kopf hoch, die Augen weit aufgerissen.

Rachel biss sich auf die Lippen, um nicht laut loszulachen.

Jason stieß sie mit dem Bein an, deutete auf einen Jungen, der nicht viel älter als Owen war und dessen Kopf sich zum Takt der Musik bewegte, die er gerade hörte.

»Ich glaube, er ist Musiker.«

»Er hätte auch ein Gesicht fürs Theater«, flüsterte sie.

Während der Zug bald so voll wurde, dass die Fahrgäste nun auch in den Gängen standen, schlossen sie weiter Wetten über das Verhalten ihrer Mitmenschen ab.

Rachel war gar nicht mehr so angespannt. Zweimal hatte Jason ihre Hand genommen und einmal war auch ihre Hand auf seiner. Als sie endlich in Manhattan angekommen waren, blieb Rachel beim Umsteigen wieder nah bei ihm. Er zeigte ihr, wo die Züge waren, die aus der Stadt hinausfuhren und welche ins Stadtzentrum führten. In der U-Bahn standen sie sich gegenüber, sie mussten sich an einer Stange festhalten. Ein paarmal hielt er Rachel, wenn die Bahn wieder losfuhr oder abbremste. Im Vergleich zu vorher war Rachel ziemlich gesprächig und plauderte mit ihm über dies und das. Als sie später die schneebedeckte Straße betraten, war sie wieder ganz die Alte.

Sie sah auf die Uhr. »Ich bin sogar zwanzig Minuten zu früh.«

Er wollte losgehen, aber Rachels Beine bewegten sich nicht.

»Was?«

»Wir können nicht gemeinsam hineingehen.«

»Warum denn nicht?«

»Die Leute werden reden.« Sie blickte sich um.

»Aber wir sind ja auch mit derselben U-Bahn gekommen.«

»Die werden aber trotzdem irgendwas vermuten.«

Er zog sie weg von den vielen Leuten, die alle versuchten, rechtzeitig zur Arbeit zu kommen.

»Und wir wissen beide, dass das bloße Vermutungen sind.«

Sie seufzte und sah ihn an, als ob bei ihm nur eine Gehirnhälfte funktionieren würde.

»Gerüchte sind schlecht für uns, Jason. Ich kann das gerade nicht gebrauchen. Melissa denkt jetzt schon, dass ich ihr den Job wegnehmen will. Julie schaut mich nach jedem Meeting schräg an und Gerald sieht aus, als würde er sich ständig einen Kommentar verkneifen müssen.« Sie nahm seine Hand. »Warte hier zwei Minuten, lass mich zuerst reingehen.«

»Du meinst das wohl wirklich ernst.« Irgendwie war es ja auch lustig.

»Bitte.« Sie blinzelte ihn an. Und zwar so, dass sie ihn mit ihrem Augenaufschlag überzeugen wollte.

Was auch funktionierte.

»Das ist doch lächerlich.« Er trat ungeduldig von einem Fuß auf den anderen.

»Danke.«

Sie gab ihm einen Kuss auf die Wange und marschierte los.

Kapitel 13

Rachel strahlte vor Stolz, als Gerald um halb neun vor ihrem Schreibtisch stand. »Sie sind heute aber spät dran«, scherzte sie. »Hoffentlich ist das nicht immer der Fall, wenn es schneit, denn Schnee gibt es hier in Manhattan doch öfter mal.«

»Aber wie …?«

Sie nahm ihre Kaffeetasse, sah hinein. »Ich hol mir noch einen. Soll ich Ihnen einen mitbringen?«

Julie kicherte hinter der Trennwand.

Eine Stunde später ging Rachel in den Pausenraum und schrieb Jason eine Nachricht.

Danke.

Nachdem er sich vorher schon so reizend um sie bemüht und ihr die allererste Zugfahrt erleichtert hatte, hatte er tatsächlich ganz artig in der Kälte gewartet und sie allein hineingehen lassen. Auch wenn er vielleicht ihre Bedenken verstehen konnte, so war es trotzdem sehr nett von ihm gewesen.

Gern geschehen.
Gib mir Bescheid, wenn du gehst, dann treffe ich dich am Bahnhof.

Sie wartete, als die drei Punkte auf ihrem Display erschienen.

> Bist du dir sicher, dass du nicht lieber zehn Minuten nach mir kommst, um das Gerede zu vermeiden?

Sie hatte sich das auch schon überlegt.

> Die Gefahr, dass ich meine Haltestelle verpasse, ist größer als die Gefahr, dass uns jemand in der U-Bahn zusammen sieht.
> Verstehe.

Sie grinste ihr Telefon an.

> Wünsche dir einen Supertag!
> Ich dir auch. Und jetzt husch, husch wieder an die Arbeit. Ich bezahle dich nicht fürs Flirten.

Rachel warf lachend den Kopf zurück.

> Wenn ich richtig flirte, dann spürst du das woanders!

Okay, das war jetzt geflirtet.

> Da freue ich mich schon drauf.

Sie konnte gar nicht schnell genug tippen.

> Da ist aber jemand übermütig.
> Nicht ich, sondern du.

Warum spürte sie ein Kribbeln im Bauch?

Nein, du.
Nein, du!

Waren sie wieder fünf Jahre alt?

Zwei Stunden später antwortete sie ein zweites Mal.

Nein, du!!!

***

Ein Teil der Belegschaft kam zu spät, manche seiner Angestellten erschienen gar nicht zur Arbeit. Diejenigen, die da waren, schienen ihn schief anzusehen, weil er so ungewöhnlich gut gelaunt war. Aber es war ihm egal.

Seit Rachel am Morgen ohne Widerspruch in seinen Jeep gesprungen war, hatte er ein dickes Grinsen im Gesicht.

Sie flirtete mit ihm.

Und er hatte Schmetterlinge im Bauch.

Außerdem waren zwei seiner Außentermine wegen des schlechten Wetters abgesagt worden. Auch Audrey warf ihm immer wieder einen fragenden Blick zu. Zweimal hatte sie schon wissen wollen, was der Grund für seine Fröhlichkeit war. Und beide Male hatte er geantwortet, dass er eben einen guten Tag hatte.

Die Stunden vergingen. Erst mittags hatte es aufgehört zu schneien. Der Schnee lag meterhoch auf der Straße, es herrschte Verkehrschaos in der Stadt. Dieselben Leute, die zu spät gekommen waren, gingen auch früher.

Um halb fünf steckte Audrey den Kopf in sein Büro: »Also, wenn es Ihnen nichts ausmacht …«

»Gehen Sie ruhig«, ermutigte er sie.

»Wir sehen uns morgen früh.«

Er winkte ihr, dann zückte er gleich sein Handy.

Ich gehe in zwanzig Minuten los.

Er wartete auf Rachels Antwort.

Oben an der Haltestelle?
Perfekt.

Mann, es hatte ihn erwischt. Und es war ihm egal, was die Leute dachten.

***

Er sah sie schon von Weitem. Wie das überhaupt sein konnte, in dem Meer von Leuten, die alle so schnell wie möglich aus der Stadt rauskommen wollten, wusste er auch nicht. Rachel stach einfach wie ein Leuchtfeuer aus der Masse.

Sie winkte ihm, als sie ihn entdeckte. »Verrückt, was hier los ist.«

Es waren nun noch mehr Menschen unterwegs als am Morgen.

»Im zweiten Zug werden es weniger sein.«

Sie stellte sich auf der Rolltreppe neben ihn, während sie zur Metrostation hinunterfuhren. Auf dem Bahnsteig warteten die Leute hinter der weißen Linie auf den einfahrenden Zug. Straßenmusikanten trieben den Lärmpegel noch weiter in die Höhe.

Diesmal stieg Rachel nicht so zögerlich ein wie am Morgen und fand gleich eine Stange zum Festhalten. Ob Jason wollte oder nicht, er musste sich sehr nahe zu ihr stellen. Und natürlich wollte er. Rachel schmunzelte, weil sie sich fast berührten.

»Hattest du einen guten Tag?«, fragte er und wusste nicht, ob er diese Smalltalk-Nummer durchhalten würde.

»Ja, hatte ich. Du?«

»Der Schnee hat heute alles durcheinandergebracht.«

»War das schlimm?«

»Es hat ein paar Probleme mit den Flügen gegeben, aber das war's auch schon. Sicherheit steht nun mal an vorderster Stelle.«

Sie schüttelte den Kopf. »Manchmal vergesse ich, dass es ja diese Fairchild-Flugzeuge in Wirklichkeit gibt und dass sie jeden Tag da oben rumfliegen.«

»Das ist zumindest das Ziel.«

Der Zug hielt, mehr Leute stiegen ein. Jason drängte sich noch dichter an sie heran.

»Fliegst du eigentlich gern?«

»Ich liebe es.«

»Kommst du denn noch oft dazu?«

Erst nickte er, dann schüttelte er den Kopf. »Nein. Glen, Trent und ich versuchen, wenigstens einmal im Jahr miteinander zu fliegen. Ich selbst fliege zwar schon öfter, aber es sind vor allem die Transatlantikflüge, bei denen ich merke, warum ich das Fliegen so liebe.«

»Und warum?«

»Ich weiß nicht, es hat damit zu tun, das Steuer selbst in der Hand zu halten und in ein anderes Land zu fliegen.«

»Warum machst du es dann nicht öfter?«

»Arbeit, Verpflichtungen, es gibt eben immer so viel zu tun.«

»Aber du bist doch der Chef.«

»Was auch bedeutet, dass ich die ganze Verantwortung trage, und zwar für alle.« Es war komisch für ihn, das auszusprechen. »Ich weiß zurzeit noch nicht einmal die genaue Zahl unserer Angestellten. Also alle zusammengenommen, mit Piloten, Mechanikern weltweit, mit allen in unseren Büros hier und denen in London. Viele Menschen sind von unserer Firma abhängig, um ihr täglich Brot zu verdienen. Mein Vater hat das nie aus den Augen verloren.«

»Und du hast für deinen Vater übernommen, als er gestorben ist.«

Ihr Blick war voller Verständnis.

»Ich bin der Älteste. Da ist das ungeschriebenes Gesetz.«

»Aber es gab nichts Schriftliches?«

»Meine Eltern hatten nichts dergleichen festgelegt. Glen, Trent und ich haben uns nach dem Unfall besoffen und überlegt, was das Beste sei.«

Jason verrenkte den Kopf, um zu sehen, an welcher Haltestelle sie gerade hielten. Bei der nächsten mussten sie umsteigen.

»Wolltest du denn die Verantwortung übernehmen?«

Er sah ihr direkt in die Augen. »Wolltest *du* denn die Mutter eines Teenagers werden?«

Statt zu antworten, nickte sie langsam, weil sie verstand, was er sagen wollte. »Bin trotzdem darüber sehr froh.«

»Ja, ich auch.«

Es war wahrscheinlich das erste Mal, dass Jason jemandem seine Gefühle anvertraute, wie es war, für den Vater einzuspringen.

Sie stiegen in den anderen Zug. Dort ergatterten sie einen Sitzplatz für die restliche Strecke.

»Wie kommt es, dass Owen so gut erzogen ist?«, wollte er wissen.

»Emily.« Der Name war offensichtlich Antwort genug auf seine Frage. »Sie war Feuer und Licht zugleich. Es gab nichts auf der Welt, von dem sie nicht glaubte, es zu schaffen. Ich habe sie damals noch nicht gekannt, als Owen geboren wurde, aber sie hat mir so viel erzählt, dass ich fast das Gefühl habe, selbst dabei gewesen zu sein.«

»Wie habt ihr euch kennengelernt?«

»Ich war noch im College. Habe ein Praktikum bei einer Modefirma gemacht. Emily hat dort im Vertrieb gearbeitet. Wir haben uns auf Anhieb blendend verstanden. Ich glaube, ich war ihre einzige Freundin, der es nichts ausgemacht hat, etwas mit Owen zu unternehmen. Sie war älter und weiser und sie hatte so viel Power. Ich hatte gerade erst angefangen und habe ihre Energie bewundert.«

»Und sie hat alles davon in Owen gesteckt?«, fragte er.

»Oh ja. Er hatte von Anfang an großes Selbstvertrauen. Sie hat Regeln aufgestellt und war sehr konsequent. Ich kann mich noch an eine Fahrt ins Disneyland erinnern. Wir waren gerade mal eine Stunde da, als Owen aus irgendeinem Grund zu quengeln angefangen hat. Sie hat ihn einmal ermahnt und gesagt, dass wir wieder gehen würden, wenn er nicht aufhört. Als Owen weitergemacht hat, sind wir tatsächlich heimgefahren.«

»Echt?«

»Ja. Und dabei sind die Tickets ja nicht gerade billig. Wenn Owen danach seine Grenzen austesten wollte, musste sie nur sagen, dass sie wieder gehen würden oder dass sie das Spielzeug wegnehmen würde, egal was, und sofort hat er aufgehört. Als er größer war, verlief es ein bisschen anders. Er hat sehr gut gelernt, zu verhandeln. Emily hat ihm oft die Wahl überlassen, woher wahrscheinlich das Selbstvertrauen kommt. Er lässt sich von anderen nicht reinreden und weiß genau, wann er besser seine Klappe halten muss.« Rachel klang, als ob sie selbst die stolze Mutter wäre.

»Aber er respektiert dich als Autoritätsperson?«

»Na ja, ich habe noch nie wirklich mit ihm wegen irgendetwas schimpfen müssen. Er ist ziemlich gut in der Schule, und seine Freunde sind alle höflich und scheinen auch nicht der falsche Umgang für ihn zu sein. Weil ich nicht seine Mutter bin, können wir tatsächlich Freunde sein. Wenn man seine Eltern verliert, dann verändert das einen sehr.« Sie sah Jason in die Augen. »Aber das muss ich dir ja nicht erzählen.«

»Ich war schon älter.«

»Trotzdem.«

Er wollte in ihrem Lächeln versinken. Wenn er die Unterhaltung nicht weiterführte, musste er sie anfassen, so tun, als wolle er einen Fussel entfernen oder ganz nebenbei ihre Finger berühren. Er wollte sie spüren und die Flamme, die sie entfacht hatte, richtig auflodern lassen. »Deine Eltern leben aber noch, oder?«

»Ja, sie sind typische Südkalifornier. Sie lieben die Sonne und hassen den Schnee. Deshalb kommen sie auch nicht an Weihnachten. Sie besuchen uns lieber im Frühling.«

»Da ist es besonders schön.«

»Mein Dad arbeitet noch, weshalb er nicht einfach so kommen kann. Sie gehören noch zu den aktiven Steuerzahlern.«

Während der restlichen Fahrt erzählte Rachel von ihren Eltern und ihrem Bruder. Man konnte zwar heraushören, dass sie ihre Familie vermisste, aber dass sie ohne sie ganz gut klarkam. Genau das war der Punkt, den Jason so an ihr bewunderte: ihre Unabhängigkeit.

Der Bahnhofsparkplatz war weiß. Auf den Autos, die den ganzen Tag nicht bewegt worden waren, türmte sich der Schnee. Sie kehrten das Auto ab und bald darauf waren sie auf der Straße.

»Wow, hier scheint ja noch mehr Schnee zu liegen.«

»Der bleibt sicher noch ein paar Tage liegen. Wenn er schmilzt und es friert über Nacht, wird es richtig gefährlich.«

»Na großartig.«

»Mach dir keine Sorgen.«

Sie sah ihn von der Seite an. »Willst du mir etwa damit sagen, dass ich morgen auch wieder den Zug nehmen soll?«

Er fuhr gerade an dem Graben vorbei, in dem er mit seinem Audi gelandet war. »Ich hole dich morgen Früh um halb sieben ab.«

Jason sah ihr Grinsen. Anscheinend hatte sie keine Einwände.

Die Scheinwerfer des Jeeps fielen auf einen Schneemann, der im Vorgarten stand. Die bunten Lichter am Dach und der Baum, den man durch das Wohnzimmerfenster sah, wirkten sehr einladend.

»Da war Owen heute wohl gut beschäftigt«, bemerkte sie.

»Ich habe den Schnee früher auch sehr geliebt.«

Er bog in die Einfahrt, ließ den Motor laufen.

»Danke, Jason.«

»Es war mir ein Vergnügen.«

Sie sprang heraus, nahm ihre Tasche. »Bis morgen früh.«

»Mach's gut.«

Er wartete noch, bis sie die Eingangstür aufgeschlossen hatte, dann winkte er und fuhr davon. Und er betete, dass es bis Ende der Woche noch mal schneien würde.

***

Am Freitag war der Schnee bis auf wenige Zentimeter weggeschmolzen und es war nicht mehr notwendig, den Zug zu nehmen. Da Rachel ihrer lieben Kollegin Julie versprochen hatte, nach der Arbeit mit ihr auszugehen, fuhr sie mit dem Auto in die Stadt.

»Und du kommst wirklich allein zurecht?«, fragte sie Owen am Freitagmorgen, als er beim Frühstück saß.

»Also echt, Rachel, ich bin fünfzehn, nicht fünf. Ich gehe sowieso wie immer zum Footballspiel und werde gar nicht merken, dass du nicht da bist.«

Sie packte ihr kleines Schwarzes in eine Kleidertasche, dann steckte sie noch das Make-up-Täschchen ein. »Ich werde nicht allzu spät heimkommen.«

»Lass dir ruhig Zeit. Du gehst ja sonst nie aus.«

»Na gut.« Sie holte die Stiefel, die sie zum Ausgehen anziehen wollte, und legte alles, was sie brauchte, auf den Rücksitz ihres Autos.

Es war ein typischer Freitag in der Arbeit. Viele versuchten, früher loszukommen, um ins Wochenende zu starten.

Als Gerald von Rachels und Julies Plänen erfuhr, ermunterte er sie, doch ruhig auch etwas früher Schluss zu machen. So stand Rachel schon um Viertel nach fünf in Julies Apartment im sogenannten Meatpacking District und zog sich das schicke Kleid über den Kopf.

»Ich wusste zwar, dass die Wohnungen in New York klein sind, aber das ist ja echt krass«, bemerkte Rachel.

»Für was Größeres bräuchte ich eine Mitbewohnerin. Hatte ich mal und habe dabei meinen Computer und mein Bargeld eingebüßt, als sie wieder auszog.«

»Wirklich?«

»Vor Tricia haben wir zu viert in einem großen Loft gewohnt, das unterteilt war, um wenigstens ein kleines bisschen Privatsphäre zu ermöglichen. Damon hat immer seinen Freund mitgebracht, und jeden Abend dem Liebesspiel der beiden Jungs zuzuhören, hat mir irgendwann den Rest gegeben. Da wohne ich doch lieber in diesem Wohnklo mit Küche, in der ich nie koche.«

»Klingt vernünftig.«

Rachel zupfte das Kleid zurecht und betrachtete sich im Spiegel, der an der Rückseite der Badezimmertür befestigt war. »Ich kann mich allen Ernstes nicht mehr daran erinnern, wann ich mich das letzte Mal schick gemacht habe.«

Julie musterte sie. »Wenn ich deinen Busen hätte, würde ich jeden Tag so ein Kleid anziehen.«

Rachel blickte an sich herab und war eigentlich auch ganz zufrieden mit ihrer Oberweite. »So viel habe ich jetzt auch wieder nicht.«

Julie stellte sich neben sie und streckte die Brust raus. »Schau, so sieht man aus, wenn man koreanische Gene hat.«

»Zieh halt einen Push-up-BH an,«, schlug Rachel vor.

»Ich *habe* einen Push-up an.«

Ups. »Dann lach dir doch einen Freund an, der dir zwei neue Dinger kauft.«

Sie kicherten beide. »Irgendwann mal.«

Rachel stellte sich neben sie ins Bad, um die Haare herzurichten. Seit Winterbeginn hatte sie ihrer Frisur nicht viel Aufmerksamkeit geschenkt. Da sie meistens eine Mütze oder Ohrenschützer trug, brauchte sie sich um den perfekten Sitz ihrer Haare gar nicht erst zu kümmern.

Als Rachel einen rosafarbenen Lippenstift auftragen wollte, nahm ihn ihr Julie stöhnend aus der Hand. »Heute ist ein roter Abend!«

»Ja?«

»Oh ja. Hier.« Aus einer völlig überfüllten Make-up-Schublade holte Julie einen roten Lippenstift, den sich Rachel niemals selbst gekauft hätte. Doch zugegebenermaßen sah er an ihr gar nicht schlecht aus.

Um sechs gingen sie zur Tür hinaus. »Für die Nachtclubs ist es noch viel zu früh. Aber jetzt ist Happy Hour. Lass uns was essen gehen. Vielleicht spielt irgendwo eine Liveband.«

»Kann man da überall zu Fuß hingehen?«

»Hier in der Nähe gibt es einen Haufen Bars.«

Julie legte Rachel den Arm um die Schultern. »Du wirst diese Stadt lieben.«

Die erste Bar war gleich gegenüber von Julies Haus. Die Happy Hour war schon im vollen Gange und alle kannten Julie. Rachel war sich nicht sicher, ob das gut oder schlecht war.

Julie stellte Rachel ein paar Leuten vor.

Wie so oft in Manhattan war es auch hier ziemlich voll. Es gab nur wenige Tische, einen Sitzplatz zu ergattern war selbst zu dieser frühen Stunde utopisch.

»Warum haben wir dich noch nie hier gesehen?« Der Barkeeper hatte knallrote Haare und trug ein Muskelshirt, mit dem er so viel Haut zeigte, wie man das sonst nur in Kalifornien am Strand tat.

»Ich wohne außerhalb der Stadt«, sagte Rachel.

»Sie wohnt seit vier Monaten hier und heute ist der erste Abend, an dem sie ausgeht.«

Der Barkeeper riss übertrieben weit die Augen auf. »Na dann, willkommen bei den Verrückten.«

Rachel nahm einen Schluck von ihrem Wodka-Lemon. »Danke.« Sie sah sich in der Bar um, beobachtete andere Leute.

»Siehst du jemanden, der dir gefällt?«, fragte Julie.

Rachel schaute noch einmal und entdeckte niemanden unter den männlichen Anwesenden, der ihr Typ gewesen wäre. »Sie sehen alle so perfekt aus.«

»Hier will jeder entweder Schauspieler oder Modell sein. Und dann gibt es noch solche, die Musiker werden wollen, aber selbst die sehen perfekt aus.«

Bevor es so kalt geworden war, hatte Rachel schon bemerkt, dass die Frauen hier unglaublich schöne Beine hatten. Wahrscheinlich, weil man in dieser Stadt überallhin zu Fuß ging. Und auch die Männer waren schön. Sie waren stets so gekleidet, als würden sie gleich den Agenten treffen, auf den sie schon immer gewartet hatten, oder einen Musikproduzenten. Obwohl sie sich selbst nicht hässlich fand, konnte Rachel mit den Leuten aus New York nicht mithalten.

»Ich fühle mich minderwertig«, scherzte sie.

»Weißt du jetzt, warum du das kleine Schwarze anziehen solltest?«

»Jules!«

Julie drehte sich um und strahlte erfreut. »Mimi!«

Mimi war sehr groß. Oder vielleicht lag es auch nur an den schwindelerregenden Absätzen. Sie hatte hohe Wangenknochen, glänzend schwarzes Haar und war wunderschön.

»Mimi, das ist meine Freundin Rachel. Rachel, das ist Mimi.«

Rachel streckte ihr die Hand entgegen. Mimis Händedruck war so lasch wie der eines Kindes. »Du bist ein Modell, oder?«

Die Frau strahlte. »Ach, danke schön.«

»Setz dich zu uns«, forderte Julie sie auf und klopfte dabei auf den freien Barhocker neben sich.

»Ich kann nicht lange bleiben, ich treffe mich mit Monique.«

Julie war überrascht. »Ich dachte, ihr seid nicht mehr zusammen?«

»Ich bin halt süchtig nach ihr.«

Julie wandte sich an Rachel. »Ich könnte nie im Leben mit Mimi befreundet sein, wenn Sie nicht auf Mädels stehen würde. Sonst bekäme ich nie einen Mann ab.«

Alle drei lachten.

Für die Dauer eines Cocktails standen sie beieinander und sprachen über andere Leute in der Bar. Als Monique auftauchte, waren alle Männer enttäuscht, weil diese Sexbombe ihrer Freundin den Arm um die Taille legte und sie zur Begrüßung innig küsste.

Rachel und Julie verabschiedeten sich, zahlten die Rechnung und gingen zu einem gemütlichen, aber sehr vollen Restaurant in der Nähe.

Als sie bestellt hatten, kam Julie wieder auf die Arbeit zu sprechen. »Du hast auch schon gehört, dass sie dich im Management haben wollen, oder?«

»Das will ich schwer hoffen.«

»Das bedeutet aber auch, dass du dann meine Chefin wirst. Ich muss zugeben, dass mich das eine Weile stören wird.«

»Warum?«

»Ich bin schon seit drei Jahren dabei.«

Rachel hatte sich ein Wasser bestellt, weil sie noch mit dem Auto fahren musste. Julie war schon beim dritten Cocktail.

»Aber warum bewirbst du dich denn nicht für eine Stelle mit Führungsverantwortung?«

»Dafür müsste ich erst meinen Uniabschluss machen.«

»Willst du nebenbei noch studieren?« Julie hatte noch nie etwas davon erwähnt.

»Ich habe darüber nachgedacht. Aber ich weiß nicht, ob ich mir diesen Stress antun will. Davon kriege ich nur Falten.«

Es war kein Geheimnis, dass Rachel den Job bei Fairchild Charters angenommen hatte, weil sie im Marketing eine Führungsposition anpeilte. Bis jetzt schien die Rechnung aufzugehen.

»Was läuft denn eigentlich da zwischen dir und Jason?«

Die Frage kam sehr unvermittelt.

Rachel zögerte. »Nichts.«

»So, so. Du hast mir aber doch erzählt, dass dieser Pannentyp, dem du bei dem Unfall geholfen hast, so wahnsinnig gut aussieht.«

Das konnte sie nicht abstreiten.

»Er sieht ja auch echt gut aus.«

»Das tun sie alle drei«, sagte Julie.

»Stimmt.«

Julie klopfte mit dem Fingernagel auf ihr Cocktailglas. »Ihr seid zusammen, stimmt's?«

»Nein! Natürlich nicht. Er ist unser Chef.«

»Das hast du jetzt viiiiiel zu schnell gesagt meine Liebe.« Julie benutzte die Gabel wie einen Zeigestab. »Du redest kaum auf der Arbeit und ich habe beobachtet, wie du heimlich Textnachrichten schreibst und dabei dein Telefon angrinst. Alles Zeichen dafür, dass es da jemanden gibt.«

Rachel seufzte und rückte mit einem Teil der Wahrheit heraus. »Wir sind nicht zusammen. Das kann ich dir versichern. Weil ich ihm gesagt habe, dass das einfach nicht sein darf.«

»Aha, aber er wollte!«

Rachel betrachtete ihren Salat. »Ja.«

»Hab ich es doch gewusst. Die Art und Weise, wie er dich in unseren Meetings beobachtet, sagt schon alles.«

»Ich will nicht weiter darauf eingehen, Julie. Bloß weil er uns mit der Christbaumbeleuchtung und dem Weihnachtsbaum geholfen hat, heißt das noch lange nicht, dass wir gleich miteinander ausgehen. Das würde ja bedeuten, dass man zum Essen geht und was trinkt und …«

»Was, er hat Lichterketten bei euch aufgehängt? Jason Fairchild hat bei dir zu Hause Lichterketten aufgehängt?«

Rachel kniff die Augen zu. Das hatte sie Julie gar nicht sagen wollen.

»Er hat seine Hilfe angeboten, bevor ich wusste, dass er ein Fairchild ist.«

Julie grinste über beide Ohren. »Das ist wirklich lustig.«

»Keiner in der Arbeit darf etwas davon erfahren.« Rachel blickte sie scharf an. »Versprich mir, dass du das für dich behältst.«

Julie presste die Lippen fest aufeinander und tat, als würde sie sie mit Knöpfen verschließen. Rachel zweifelte stark daran, dass diese Knöpfe viel aushielten.

»Und wie findet Owen ihn?«

Es fiel ihr schwer, nicht zu grinsen. »Owen mag ihn sehr.«

Julie spießte ein Salatblatt auf die Gabel. »Ich gehe mal davon aus, dass Owen nicht der Einzige ist, der ihn mag.«

Rachel antwortete mit vollem Mund: »Ich lasse mich nicht darauf ein. Der schnellste Weg, den Job zu verlieren, ist, was mit dem Chef anzufangen.«

Sie wechselten das Thema und sprachen in der nächsten Stunde nicht mehr über Jason Fairchild. Um halb neun standen sie dicht gedrängt in einer Bar, die nur ein paar Blocks von dort entfernt lag, wo sie angefangen hatten. Rachel nippte an ihrem Sprudelwasser und blickte immer wieder auf die Uhr.

Früher hatte es ihr Spaß gemacht auszugehen, neue Leute kennenzulernen, sich zu unterhalten. Julie stellte ihr viele Leute vor. Freunde oder vielleicht waren es auch nur Bekannte, die sie vom Ausgehen kannte.

Zweimal holte Rachel das Handy heraus und schrieb Owen eine Nachricht.

Beide Male antwortete er, dass sie sich nicht so anstellen solle.

Beim dritten Mal schickte er ihr ein Bild von seinem Zimmer und schrieb, dass er bereits im Bett liege und sie sich keine Sorgen zu machen brauche.

Aber Owen ging nie schon um neun ins Bett.

»Schreibst du an Jason?«, wollte Julie wissen und versuchte dabei, einen Blick auf Rachels Telefon zu erhaschen.

»An Owen.«

»Wer ist denn Owen?«, fragte jetzt der Kerl, der schon seit einer halben Stunde versuchte, sie anzumachen.

»Der Sohn meiner Freundin. Er wohnt bei mir.« Sie musste sich mal überlegen, wie man das besser erklären konnte.

»Sie haben ein Kind?«

»Er ist nicht mein …« Sie unterbrach sich. »Ja, so in der Art.«

»Mit Kindern habe ich nichts am Hut.« Und schwupps war er weg.

Julie sah ihm nach. »Um den ist es nicht schade.«

Rachel steckte seufzend das Handy ein. »Ich sollte jetzt besser gehen. Ich habe noch einen weiten Weg vor mir und die Straßen sind glatt.«

»Aber es ist doch noch zu früh!«, beschwerte sich Julie.

»Ich weiß, aber Owen ist allein zu Hause. Ich will es nicht übertreiben.«

Julie zog eine beleidigte Schnute.

»Hat echt Spaß gemacht. Lass uns das wiederholen.« Rachel sah suchend nach dem Ausgang.

»Ich begleite dich zur Wohnung zurück, damit du deine Sachen holen kannst.«

»Ach, nein. Bring sie doch einfach am Montag mit ins Büro. Bleib ruhig, ich nehme mir ein Taxi zur Firma, wo mein Auto steht.«

»Bist du sicher?«

Rachel gab Julie einen Kuss auf die Wange. »Danke, dass du mit mir ausgegangen bist.«

Zwanzig Minuten später saß sie im Auto. Seit wann war bei ihr an einem Freitagabend um einundzwanzig Uhr Schluss?

Immerhin war um die Uhrzeit kaum Verkehr und so fuhr sie bereits kurz nach zehn von der Autobahn ab.

Im Wohnzimmer und oben brannte Licht. Rachel fuhr in die Garage und stieg über die Kisten, die dort immer noch herumstanden.

Im Haus schüttelte sie die dicke Jacke aus und warf im Vorbeigehen die Handtasche auf den Tisch. Von oben waren Stimmen zu hören.

Es wurde kälter, als sie die Treppen hinaufstieg. Zuerst dachte sie, dass Owen den Fernseher laut gestellt hatte, aber er war gar nicht in seinem Zimmer.

»Owen?«, rief sie und ging zum Schlafzimmer. Die Tür war geschlossen, unter dem Türspalt sah sie Licht schimmern, sie hörte Geräusche.

Es war Owens Musik. Bands, die Rachel nicht kannte.

»Mann, du bist echt kein Profi«, hörte sie Owen sagen.

»Du musst gerade reden. Hast ja selber mehr Farbe auf dir als an den Wänden.«

Jason?

Sie schnupperte und dann wusste sie, was die beiden machten.

»Meine Ausrede ist, dass ich erst fünfzehn bin.«

»Siehste, und meine Ausrede ist, dass ich schon alt bin.«

Rachel hielt die Hand vor den Mund und öffnete ganz leise die Tür.

Bett und Kommode waren von der Wand weggezogen, der Nachttisch lag auf dem Bett, alle Lampen waren an und erhellten den Raum. Alles war mit einer Plastikplane abgedeckt. Der Farbeimer, der seit Halloween in der Garage gestanden hatte, war fast leer. Das Fenster war zum Lüften geöffnet, Kälte kam herein.

Jason trug eine alte Jeans und ein langärmeliges Arbeitshemd. Owen hatte Shorts und ein T-Shirt an.

Owen sah sie als Erster. »Ach, Manno.«

»Was?« Jason stand auf einer Trittleiter und pinselte gerade die Ecken.

»Schluss mit lustig.«

»Wow.« Rachel kam vorsichtig, ohne auf die Farbkleckse zu treten, herein.

Jetzt wandte sich auch Jason um.

»Was macht ihr beiden denn? Hey, das ist ja der Wahnsinn!«

»Ich wollte dich überraschen«, grinste Owen.

»Was dir gelungen ist.«

»Oha!« Jason musterte sie von oben bis unten, ganz langsam.

Sie hatte ganz vergessen, dass sie immer noch das schicke Kleid und die kniehohen Stiefel trug. Sein Blick brachte ihre Wangen zum Glühen. »Was machst du hier?«

Er holte tief Luft. »Owen hat mich gebeten, ihm zu helfen.«

»Ich wusste, dass ich es alleine nicht an einem Abend schaffen würde.«

»Aber du hättest ja gar nicht …«

»Ich weiß. Und jetzt verschwinde, damit wir weitermachen können. Wir sind fast fertig.«

Rachel warf ergeben die Hände in die Luft. »Schon gut, schon gut.«

Sie drehte den Thermostaten hoch und zog die Stiefel aus.

Kaum eine halbe Stunde später holte Owen einen großen Müllsack aus der Garage und huschte wieder nach oben. Als er ein zweites Mal herunterkam, hatte er die zusammengewickelte Abdeckfolie in den Sack gesteckt und stellte ihn vor die Tür. »Okay, jetzt darfst du es dir anschauen.«

Sie hängte sich bei Owen ein und ging mit ihm nach oben. Die Möbel waren immer noch zur Seite gerückt, jedoch stand alles wieder auf dem Boden. Das Klebeband hatten sie auch schon entfernt, das Fenster stand noch einen Spalt breit offen.

»Wow, Leute. Das ist großartig.«

»Vielleicht schläfst du heute Nacht lieber auf der Couch«, schlug Jason wegen des Geruchs nach Farbe vor.

»Gute Idee.«

»Betrachte es als ein vorzeitiges Weihnachtsgeschenk«, sagte Owen.

Sie umarmte ihn lange. »Das hätte ich echt nicht erwartet.« Bisher hatte sie alle Arbeiten am Haus gemacht. Owen hatte zwar geholfen, wo er konnte, aber dass er etwas ganz alleine in die Hand nahm, war wirklich eine Überraschung. Owen gähnte. »Wir wollten eigentlich fertig sein, bevor du nach Hause kommst.«

»Ich hätte nicht gedacht, dass du um zehn zurück bist, wenn du in Manhattan ausgehst«, sagte Jason.

»Wenn es nach Julie gegangen wäre, würde ich auch immer noch dort sein.«

»Ich gehe jetzt duschen«, verkündete Owen. »Vielen Dank für deine Hilfe, Jason.«

»Jederzeit.«

Sie drückten die Fäuste aufeinander, dann ging Owen hinaus.

»Ich weiß echt nicht, was ich sagen soll«, gab Rachel zu. Das dunkle Olivgrün von vorher war durch einen helleren Ton ersetzt worden, der neue Anstrich ließ den Raum viel größer wirken.

Jason kam zu ihr. »Ein Dankeschön reicht schon.«

Sie drehte ihm den Rücken zu, blickte zur Decke. »Das ist eines der nettesten Dinge, die jemals irgendwer für mich gemacht hat.«

»Es ist nur Farbe.«

»Es ist mehr als nur Farbe. Es ist ein Projekt, ein Haufen Arbeit.« Sie wandte sich wieder zu ihm um. Er hatte einen Farbklecks auf der Wange, den sie mit dem Daumen fortwischen wollte, doch dabei verschmierte sie ihn lediglich. »Ups.«

»Geht's nicht weg?«, fragte er und grinste.

»Der Shabby-Look steht dir sehr gut.«

»Ach ja?«

Sie lachte.

Er blickte an ihr herab. »Dieses Kleid steht dir auch sehr gut.«

»Ach ja?«, imitierte sie ihn.

Er kam näher.

Sie wich nicht zurück. Wollte nicht zurückweichen.

»Rachel?«

Sie beobachtete seine Lippen, als er ihren Namen sagte.

»Ja.«

Jason strich mit den Fingerspitzen über ihr Schlüsselbein, ihren Hals entlang.

Sie bekam eine Gänsehaut.

»Du hast noch gar nicht danke gesagt«, flüsterte er.

Rachel benetzte die Lippen. »Danke, Jason.«

Er sah ihr in die Augen, seine Lippen kamen näher. »Gern geschehen.«

Ihr Atem ging schneller, seine warmen Lippen waren nur noch wenige Millimeter von ihren entfernt.

»Oh, Gott«, sagte sie und beugte sich ihm entgegen, um seinen Kuss zu erreichen. Seine Lippen waren weich und so sanft. Wie konnte er nur so verdammt gut riechen?

Es war unvernünftig, in jeglicher Hinsicht, aber sie konnte sich einfach nicht zurückhalten, sie musste ihn spüren.

Jason schloss sie in seine Arme und beugte sie leicht zurück. Alles kribbelte, als er sie küsste, sie erforschte. Erst versank sie in seinem Kuss und als dann noch seine Finger über ihren Rücken strichen, schmolz sie. Wann hatte sie zum letzten Mal so eine Leidenschaft gespürt, sich so begehrt gefühlt?

Es stand außer Zweifel, dass Jason sie wollte und sie hätte sich selbst etwas vorgemacht, wenn sie geleugnet hätte, dass es nicht anders ging. Sie krallte sich an seinem T-Shirt fest, seine Lippen immer noch auf ihren. Sie musste Luft holen, wollte aber den Kuss nicht unterbrechen.

Dann hätte der Verstand eingesetzt und den wollte sie jetzt nicht hören.

Jasons Hände glitten um ihre Hüften herum, packten ihren Po.

Sternchen schossen ihr in den Bauch, die den ganzen Körper zum Vibrieren brachten. Sie wollte diesen Mann mehr als alles andere. Sie hob ihr Bein, drückte sich an ihn, merkte es erst, als er ihre Bewegung mit einem Stöhnen beantwortete.

Er wich zurück, seine Augen dunkel vor Verlangen.

Die Vernunft begann, sich zu melden.

Bitte noch nicht.

Sie zog ihn wieder zurück an ihren Mund, ließ es zu, dass seine Hände ihre Brüste umfassten. Sofort wurden ihre Brustwarzen zu festen Knospen, ihr Körper verlangte nach mehr.

»Hey, Jason, ich habe deine Schlüssel ins …« Owens Stimme erwischte sie kalt.

»Oh … 'tschuldigung.«

Jason ließ die Hand fallen.

Rachel kniff die Augen zusammen. Als sie sie wieder öffnete, war Owen bereits davongeeilt.

Sie legte die Stirn auf Jasons Brust und begann zu lachen.

»Das ist mir auch noch nie passiert«, murmelte Jason in ihr Haar.

Ihr wurde bewusst, wo sich Jasons Hände gerade befunden hatten. Zum Glück hatten sie sich nicht ausgezogen.

»Oh Mann.«

Jason drückte ihr Kinn mit dem Zeigefinger nach oben, damit er ihr in die Augen blicken konnte. »Denk nicht zu viel darüber nach«, meinte er.

»Wie soll das gehen?«

»Mach es einfach nicht.« Er grinste schief und wirkte allzu komisch mit dem Farbklecks im Gesicht.

»Aber du bist mein …«

Er schüttelte den Kopf, brachte sie mit einem Finger auf den Lippen zum Schweigen. »Ich bin nur ein Mann, der sich in ein Mädel verguckt hat.«

»Jason.« Wie konnte er so etwas sagen?

»Und du bist nur ein Mädel, das sich in einen Kerl verguckt hat.«

»Es klingt so einfach.«

»Es muss ja auch nicht kompliziert sein.«

Aber das war es. Und das wussten sie beide.

Er löste sich aus ihren Armen, nahm ihre Hände. »Ich fahre jetzt heim und dusche kalt, bevor ich schlafen gehe.«

Sie würde auch eine kalte Dusche gebrauchen können.

An der Haustür küsste er sie noch einmal.

»Ich kaufe dir ein neues Kleid«, sagte er, als er an ihr herabblickte.

Rachel folgte seinem Blick.

Ihr kleines Schwarzes war voller Farbe. »Oh nein.«

Er legte eine Hand auf ihr Gesicht. »Es war die Sache wert.«

Und so ungern sie es auch zugab, er hatte recht.

Kapitel 14

Bei vielen Firmen herrschte in den letzten beiden Wochen des Jahres wenig Betrieb. Doch bei Fairchild Charters war genau das Gegenteil der Fall. Viele wohlhabende Leute scheuten nicht die Extrakosten für eine Privatmaschine, wenn die normalen Flüge ausgebucht waren. Und dann gab es noch die Kunden, die schon Monate im Voraus einen Privatjet reserviert hatten, weil sie in der stressigen Weihnachtszeit keine Verspätungen in Kauf nehmen wollten.

So wie der Einzelhandel, der nach Thanksgiving den meisten Umsatz machte, lief auch Fairchild Charters in dieser Zeit auf Hochtouren. Im Dezember gab es mehr als doppelt so viele Buchungen wie in den anderen Monaten.

Jason vermied es, Rachel am Arbeitsplatz zu besuchen. Dazu kam, dass es für die Jahreszeit gerade ungewöhnlich warm war und es ohne Schnee dummerweise keinen Grund gab, gemeinsam zum Bahnhof zu fahren. Noch nie hatte er sich so sehr gewünscht, dass es endlich wieder schneien würde.

Er sah sie zwar nicht, aber sie hatten trotzdem Kontakt.

Er flirtete mit ihr per SMS. Eine Anspielung auf das Kleid, das er ihr kaufen wollte, als Ersatz für jenes, das nun lustige grüne Punkte hatte. Sie antwortete sachlich und er schrieb, dass sie nach Honig schmeckte.

Die Firmenweihnachtsfeier fand an einem Samstag statt. Er hätte Rachel zwar gerne gefragt, ob sie ganz offiziell als seine Begleitung kommen wolle, doch sie hätte dem niemals zugestimmt. Nun stand er am Eingang und hieß Angestellte und Kunden herzlich willkommen. Eine Band hatte zu spielen begonnen, der Saal, den sie für die Veranstaltung gemietet hatten, begann sich zu füllen. Er versuchte, sie zwischen den Leuten zu entdecken.

Als er sie sah, vergaß er zu atmen.

»Wow.« Sie trug ein rotes Kleid und hohe Schuhe mit Pfennigabsätzen, durch die ihre Beine besonders sexy wirkten.

»Was ist?« Glen, der neben ihm stand, drehte sich ebenfalls um. »Ah, ich weiß, was du meinst!«

»Du bist verheiratet«, erinnerte Jason seinen Bruder, bevor er sich von dessen Seite löste.

Jason mischte sich unter die Gäste und bahnte sich einen Weg zu ihr.

»Frohe Weihnachten«, sagte Julie zu ihm.

»Ebenfalls frohe Weihnachten.«

»Man glaubt gar nicht, dass ich die Deko ausgewählt habe, oder?«, scherzte er.

»Ach, tatsächlich?«, fragte Julie. »Die meisten Männer, die ich so kenne, sind farbenblind.«

»Vielleicht hatte ich ein kleines bisschen Unterstützung.«

Rachel lachte.

Er war sich nicht sicher, ob Julie etwas spürte oder ob sie einfach nur Durst hatte. »Ich hole mir ein Glas Wein. Willst du auch eins, Rachel?«

»Nein, danke.«

Jason raunte ihr ins Ohr: »Du bringst mich um in diesem Kleid.«

Sie schmunzelte. »Ich hatte mal ein schwarzes, aber irgendwer hat es mit lindgrüner Farbe besprenkelt.«

Er ließ einen Höflichkeitsabstand von einem Meter und wünschte sich, der Raum wäre enger, damit er sich näher zu ihr stellen könnte. »Wo ist Owen heute?«

»Er übernachtet bei Ford.«

»Gibt es schon Neuigkeiten von seinem Daddy?«

Sie zog die Stirn kraus. »Er kommt am Heiligabend. Wir sind bei den Colemans eingeladen. Es gibt perfekten Braten in angespannter Atmosphäre.«

»Das tut mir leid.«

»Mir auch. Ich habe versucht, eine Ausrede zu finden. Owen will auch nicht hin.«

»Dann fahr einfach nicht.«

»Ich muss aber, Jason. Tereck hat mir versprochen, dass sie nicht mehr über Emily herziehen werden. Und TJ hat ja auch ein Recht darauf, seinen Sohn zu sehen. Wir müssen alles versuchen, damit wir eine gute Beziehung zu ihnen aufbauen.«

»Hey, Jason.« Trents Stimme.

»Hallo, Rachel.« Auch Monica gesellte sich zu ihnen. »Frohe Weihnachten.«

Die Frauen umarmten sich.

Jason beneidete seine Schwägerin dafür.

»Wie gefällt Ihnen der erste Winter in New York?«, wandte sich Trent an Rachel.

»Ist gar nicht so schlimm, wie ich gedacht hätte.«

»Fliegst du Weihnachten nach Hause?«, fragte Monica.

»Nein. Owen und ich bleiben hier.«

»Seid ihr nur zu zweit?«

Sie nickte. »Er wird wahrscheinlich den ganzen Tag Videogames spielen und nur zum Essen aus dem Cyberspace herauskommen.«

Monica warf Jason und Trent einen Blick zu. »Kommt doch zu uns.«

Jason hätte Monica für diesen Vorschlag am liebsten umarmt.

»Das könnte ich doch nicht …«

»Warum denn nicht? Wir haben genügend Platz und wir sind sowieso viele Leute. Was meinst du, Jason?«, fragte Monica.

»Ich finde, das ist eine super Idee.«

Rachel erwiderte seinen Blick.

»Ich weiß nicht …«

»Ich wohne nur zehn Minuten von dir entfernt. Wenn wir dir zu langweilig werden, kannst du auch wieder nach Hause fahren.«

»Hey, vielleicht bist du ja langweilig, ich zumindest bin es nicht«, rempelte Trent den älteren Bruder an.

»Ich frage Owen.«

»Gut, dann hätten wir das geklärt.« Monica zog Rachel am Ellbogen fort. »Ich stelle dir jetzt Mary vor.«

Ihre Stimmen wurden leiser, als sich die Frauen entfernten.

»Sieht ganz so aus, als hätte da jemand ein Date für Weihnachten«, bemerkte Trent.

»Lass sie das bloß nicht hören, sonst kneift sie.«

»Warum denn?«

»Weil sie für uns arbeitet.«

»Sieht nicht so aus, als würde *dich* das abhalten.«

Jason konnte seinen Blick nicht von ihrem Hintern abwenden. »Stimmt.«

Trent klopfte ihm auf den Rücken. »Komm, ich lade dich zu einem Drink ein.«

»Die Getränke sind doch eh umsonst.«

»Na gut, dann hole ich dir eben umsonst was zu trinken. Und mir auch.«

***

Die Colemans wohnten ungefähr vierzig Minuten von ihnen entfernt, doch mit dem Weihnachtsverkehr dauerte es etwas länger. »Wenigstens werden wir dieses Problem morgen nicht mehr haben«, sagte Rachel zu Owen, als sie Stoßstange an Stoßstange standen.

»Besser wäre es, wenn wir dieses Problem auch heute nicht hätten.«

»Vielleicht wird es gar nicht so schlimm.«

»Das sagst du jedes Mal.«

Sie hielt das Lenkrad fester als nötig. »Weil ich jedes Mal bete, dass es besser wird als das letzte Mal.«

»Und wenn nicht? Wenn sie weiter Idioten bleiben?«

»Ich wünschte, ich hätte eine Antwort darauf, Owen. Vielleicht hilft es, dass TJ kommt.«

»Vielleicht ist er aber ein Riesenarsch und macht alles viel schlimmer.«

»Pass auf, was du sagst.«

Owen rollte mit den Augen. »Ach komm, du denkst doch genau dasselbe.«

»Ich *denke* es, aber ich *sage* es nicht.«

Er grinste.

»Wir werden es schon überstehen. Sind freundlich, essen mit ihnen und dann geben sie dir wahrscheinlich noch ein, zwei Geschenke.«

»Ich will nichts von ihnen.«

»Nimm es trotzdem und bedank dich höflich. Und wenn du gehen willst, sagst du, dass du Kopfschmerzen hast oder so.«

Dort, wo die Colemans wohnten, gab es sehr große, gepflegte Grundstücke. In den Gärten lagen nur noch Reste vom Schnee, der zwei Tage zuvor gefallen war. Bisher war er immer wieder weggeschmolzen. Angeblich war es ungewöhnlich warm für diese Jahreszeit, sonst blieb die Schneedecke sehr lange liegen.

Es war nun der zweite Besuch bei den Colemans. Sie wohnten in einem riesigen Haus im Kolonialstil. Es hatte drei Stockwerke und wirkte genauso wenig einladend wie die Leute, die darin lebten.

Nun standen Rachel und Owen im grellen Licht vor der Eingangstür, hörten der albernen Musik der Türklingel zu und warteten.

Owen summte das Lied vom Tod, womit er Rachel zum Schmunzeln brachte.

Sie hörten sofort auf, als Tereck die Tür öffnete.

»Hereinspaziert, hereinspaziert. Frohe Weihnachten.«

Geräusche drangen aus dem Wohnzimmer. Sehr laute Geräusche.

»Kommen wir zu spät?«

»Nein, nein, ihr seid ganz pünktlich.«

Sie betraten den weiß gefliesten Flur, zogen die Jacken aus. Rachel hatte eine Stoffhose und einen Pullover an und darauf bestanden, dass Owen ein Hemd trug.

Tereck nahm ihre Jacken und hängte sie an die überfüllte Garderobe.

»Kommt herein, ich stelle euch allen vor.«

Owen raunte ihr zu: »Ich dachte, wir wären alleine.«

»Ich auch.«

Als sie ins große Wohnzimmer kamen, wussten sie, dass ihre Annahme gänzlich falsch gewesen war. Es war voller Leute.

»Er ist hier«, hörte Rachel eine Frau sagen.

Deyadria kam zu ihnen. Sie trug ein bodenlanges Kleid, wie man es sonst eher nur auf dem Laufsteg sah. Sofort fühlte sich Rachel underdressed.

»Hier ist mein bezaubernder Enkel.« Ihr Lächeln war viel zu breit, ihre Worte zu animiert. Sie zog Owen von Rachel weg, ohne sie auch nur ansatzweise begrüßt zu haben. »Ich stelle dir jetzt deine Familie vor.«

Rachel suchte nach TJ. Er saß in einer Ecke und hatte die Augen auf seinen Sohn gerichtet.

Owen wurde sofort von Leuten umringt.

Rachel stellten sich die Nackenhaare auf. Sie fühlte sich hintergangen. Niemand hatte ihr gesagt, dass es ein riesiges Familienfest geben würde. Eigentlich hätte sie sich das fast denken können, aber es kam trotzdem überraschend.

Rachel fühlte sich wie der einzig rote Apfel in einer Schüssel mit grünen. Die meisten Anwesenden taten, als wäre Rachel gar nicht vorhanden, andere steckten die Köpfe zusammen und tuschelten.

»Hallo«, sagte jemand hinter ihr. »Ich bin Selma. Und du bist wahrscheinlich Rachel.«

Selma war die Einzige, die aufrichtig freundlich wirkte. »Hallo.«

»Ich bin die Nichte von Deyadria.« Sie war Anfang zwanzig und wie Deyadria recht groß. »Du wirkst etwas überrumpelt.«

»Wir haben nicht mit so vielen Leuten gerechnet.« Sie sah Owens ausdrucksloses Gesicht. Er bemühte sich, freundlich zu sein, aber lange würde er es wahrscheinlich nicht aushalten.

»Tante Deyadria verschweigt gerne mal ein paar Details.«

»Gehören alle hier zur Familie?«

»Die meisten, ja.«

Rachel hatte keine Ahnung gehabt.

Sie hielt immer noch die Flasche Wein in der Hand. Für das Weihnachtsessen, von dem sie gehofft hatten, es so bald wie möglich beenden zu können. In Anbetracht der langen Schlange von Leuten, die Owen begrüßen wollten, würde das wohl nicht so schnell passieren.

Jetzt war TJ an der Reihe und ging mit ausgebreiteten Armen auf Owen zu.

Doch statt ihn zu umarmen, streckte Owen ihm nur die Hand entgegen. Mit seinen fünfzehn Jahren war Owen nur ein bisschen kleiner als sein Vater. Er sah ihm sehr ähnlich. »Wir freuen uns, dass du hier bist, Owen.«

Owen spannte die Schultern an.

Rachel drückte Selma die Weinflasche in die Hand und ging ohne ein Wort zu Owen.

»Hallo, TJ«, sagte dieser gerade zu seinem Vater.

Gemurmel unter den Anwesenden.

Rachel musste sich tatsächlich zu Owen vorkämpfen. Selten hatte sie ihn so verletzlich gesehen. Außer damals im Krankenhaus, als sie erfahren hatten, dass Emily sterben würde und ein zweites Mal bei der Beerdigung. Owen sah sich hilfesuchend um, von seinem Gesicht war abzulesen, wie unbehaglich er sich fühlte.

»Frohe Weihnachten, TJ«, versuchte Rachel die Anspannung zu lösen.

»Hallo, Rachel.«

»Owen und ich haben gar nicht gewusst, dass deine Familie so groß ist.«

TJ breitete die Arme aus, um die Größe der Familie zu untermalen. »Das ist sie wohl.«

An Deyadria gerichtet meinte Rachel: »Ein bisschen Vorwarnung hätte vielleicht nicht geschadet.«

»Damit du ihn wieder von uns fernhalten kannst?«

Schweigen im Raum.

»Mom«, ermahnte er sie. Dann blickte TJ seinen Sohn an. »Wir sind ein ganz schöner Haufen, was?«

»Warte erst mal, bis Onkel Theo was getrunken hat«, sagte irgendwer anderes.

Einige lachten.

»Alles okay?«, fragte Rachel.

Owen versuchte, tapfer zu sein, und nickte.

Sie flüsterte ihm zu: »Wenn du fahren willst, gib mir ein Zeichen.«

Es dauerte mehr als eine Stunde, bis sich alle vorgestellt hatten. Rachel würde sich niemals alle Namen merken können. Selma bot ihr zweimal Wein an, den Rachel dankend ablehnte. Sie wollte unbedingt fahrtüchtig bleiben, damit Sie so schnell wie möglich wieder abhauen konnten, sobald Owen auch nur ein Niesen von sich gab.

Sie war jetzt schon völlig überfordert und dabei stand sie noch nicht einmal so im Mittelpunkt wie Owen.

Sie nahmen an einer langen Tafel Platz. Wenn es einen Kindertisch gegeben hätte, hätte Owen allein dort gesessen. Offenbar wohnten die einzigen beiden Cousinen, die Ende zwanzig waren und selbst Familie hatten, in einem anderen Bundesstaat und waren nicht gekommen.

Owen beantwortete höflich alle Fragen über die Schule und wie es ihm seit dem Umzug ging. Er blieb dabei recht einsilbig und Onkel Theo, der offenbar gerne einen über den Durst trank, wechselte das Thema, indem er sich an TJ wandte.

»Und du willst jetzt hierbleiben?«, fragte der ältere Mann. Mit einem Blick zu Owen antwortete TJ: »Das ist der Plan.«

»Ich dachte, als Fotojournalist muss man immer im Ausland sein. In Kriegsgebieten«, äußerte sich nun Owen.

»Ich sehe mich nach etwas Neuem um.«

»Hast du hier einen anderen Job gefunden?«, erkundigte sich Rachel, weil es sie tatsächlich interessierte, warum TJ plötzlich nicht mehr in der Weltgeschichte unterwegs sein wollte.

»Ich bin noch auf der Suche.«

Deyadria ergriff das Wort. »Wusstest du schon, dass die Fotos deines Vaters in den meisten Politikmagazinen und in allen Zeitungen gedruckt werden?«

»Nein.«

»Doch. Er hat einen Namen in seiner Branche.«

Wenn das tatsächlich stimmte, dachte Rachel, dann musste er ja sofort einen neuen Job finden.

»Hoffentlich war es die Sache wert, dass du dafür auf so viele Dinge verzichten musstest«, sagte Owen und sah TJ dabei direkt in die Augen.

Statt zu antworten, nahm dieser sein Cocktailglas und trank einen großen Schluck.

Um den Tisch herum begannen verschiedene Konversationen und nahmen den Fokus von Owen weg. Als das Essen vorüber war, merkte man Owen an, dass es ihm allmählich reichte. Sehr zu Deyadrias und Terecks Bedauern sagte Owen, er fühle sich nicht gut und Rachel sprang sofort auf.

Bei der Verabschiedung zog TJ Rachel zur Seite. »Ich würde ihn gern öfters sehen.«

»Ich will dir da nicht im Weg stehen.«

»Ich möchte eine Chance bekommen, Rachel.«

»Dann tu dir selbst einen Gefallen und setz ihn nicht unter Druck. Frag ihn, was er will, und respektiere seine Antwort«, zischte sie.

»Er ist ja noch ein Kind.«

»Da liegst du falsch. Er ist fünfzehn und denkt wie ein Fünfundzwanzigjähriger. Er hat einen eigenen Willen. Behandle ihn nicht wie ein Kleinkind.«

TJ schien etwas entgegnen zu wollen, aber er hielt sich zurück.

Auf dem Rückweg war Owen sehr still.

Plötzlich brach er das Schweigen. »Wo in Gottes Namen waren denn diese Leute bisher in meinem Leben?«

»Frag mich was Leichteres.«

»Manche hatten echt genauso einen Stock im Arsch wie die Wetterverderber.«

»Selma war nett und Theo hat sich auch nicht verstellt.«

»Der war besoffen.«

»Da ist man selten gekünstelt«, sagte sie.

Owen lehnte den Kopf zurück. »Und was ist mit TJ los? Seit wann will er einen auf Dad machen?«

»Hat er das gesagt?«

»Ja.«

»Und was denkst du?«

»Dass es zu spät ist. Darüber hätte er mal nachdenken können, als ich noch klein war. Ich weiß genau, dass meine Mom ihm die Wahl gelassen, aber ihn nie gezwungen hat.«

Rachel fuhr von der Autobahn ab. »Ich verstehe dich gut, Owen. Aber bevor du ihn wegstößt, denk darüber nach, was du vielleicht sonst für den Rest deines Lebens verpassen könntest.«

»Was denn zum Beispiel?«

»Eine große Familie.«

»Mit dieser Hexe?«

Rachel grinste. »In jeder Familie gibt es mindestens eine Hexe.«

»Ich wette, dass bei Jason morgen keine einzige Hexe da ist.«

Wahrscheinlich hatte er recht. »Aber denk zumindest darüber nach. Schotte dich nicht von diesen Leuten ab, bloß wegen einer Hexe und eines nutzlosen Dads.«

Sie bogen in ihre Straße ein. »Ach, übrigens …«

»Oh nein, was denn?«

»Wegen morgen.«

»Sag bloß nicht, dass es ausfällt. Jason hat mir ein *Call of Duty*-Match versprochen.«

Bei dem Gedanken daran, wie Jason mit Owen zusammen spielen würde, musste sie grinsen. »Natürlich findet es statt.«

»Also was dann?«

Sie drückte auf die Fernbedienung für das Tor und fuhr in die Garage.

Am besten war es, wenn sie es einfach frei heraus sagte. »Jason ist mein Chef.«

»Wie meinst du das?«

Sie stellte den Motor ab, öffnete die Tür. Die Innenbeleuchtung ging an und erhellte ihre Gesichter. »Ich habe erst erfahren, dass er mein Chef ist, nachdem ich ihn aus dem Straßengraben geholt hatte.«

»Wie kann man denn nicht wissen, wer sein Chef ist? Siehst du deinen Chef nicht jeden Tag?«

»Na ja, er ist nicht mein direkter Vorgesetzter. Er ist eher, ähm … ihm gehört die Firma.«

»Nicht dein Ernst!«

Sie stieg aus und wartete, dass Owen ihr folgte.

»Am Anfang war es total komisch. Es ist immer noch komisch. Aber egal, morgen wirst du seine Brüder kennenlernen und deren Frauen. Und angeblich kommen auch noch ein paar andere Leute, aber nicht so viele wie heute Abend.«

Owen zuckte gleichgültig mit den Schultern, offenbar wenig berührt von dem, was er gerade erfahren hatte. »Solange niemand tut, als wäre er ein Onkel oder Cousin, der mich schon seit Ewigkeiten nicht mehr gesehen hat, ist mir das wurst.«

»Da besteht keine Gefahr.«

Im Haus hängten sie ihre Jacken an die Garderobe und machten Licht.

»Danke, dass du mir Deckung gegeben hast«, meinte Owen.

»Ich gebe dir immer Deckung.«

Er schenkte ihr eine von seinen seltenen, halbseitigen Umarmungen und ging in sein Zimmer hinauf. Sie sah ihm hinterher und merkte, wie stolz sie darauf war, dass er langsam zu einem Mann wurde.

Später, als das Licht in seinem Zimmer ausging, suchte sie in ihrem Schrank nach den Geschenken. Nun würde sie gleich zum ersten Mal in ihrem Leben den Weihnachtsmann spielen.

Kapitel 15

Weder Rachel noch Owen hätten sich jemals im Leben ein solches Haus vorgestellt.

Owen hatte sie mithilfe seines Handys bis zum Auffahrtstor navigiert.

»Sind wir hier richtig?«, fragte er ungläubig.

Sie blickte auf die Adresse, die sie niedergeschrieben hatte. »Wohl ja.«

Nachdem sie geklingelt hatten, öffnete sich das Tor automatisch.

Sie fuhren gefühlte fünf Minuten eine Allee entlang, bis sie an deren Ende das Haus sahen. Die große Ranch war dreistöckig und ungefähr so breit wie sechs Häuser in ihrer Nachbarschaft. Auf dem runden Platz vor dem Eingang stand ein Springbrunnen, an der Seite eine zweistöckige Garage.

Sie hielt die Luft an. »Wow.«

Owen brachte sein Erstaunen mit einem Kraftausdruck hervor.

»Wie groß ist denn diese Firma?«

»Ziemlich groß.«

Owen deutete auf die Felder dahinter. »Stehen da Pferde?«

»Ich glaube, ja.« Jason hatte Pferde? Warum wusste sie das nicht?

»Ich bin noch nie auf einem Pferd geritten.«

Im Gegensatz zum Vorabend stiegen sie nun sehr viel schneller aus dem Auto. Sie konnten es kaum erwarten, alles zu sehen.

In der mächtigen Eingangstür erschien Jason.

»Hey, Mann!« Owen rannte die Stufen hoch. »Ist das echt dein Haus?«

Er grüßte Jason mit einer seiner halben Umarmungen.

»Lächerlich, oder?«

»Der totale Wahnsinn. Sind das deine Pferde?«

»Ja.«

»Wow, darf ich zu ihnen?«

»Klar, tu dir keinen Zwang an.«

»Warte, willst du nicht erst mal alle begrüßen?«, versuchte Rachel ihn zu bremsen.

Aber Owen war schon weg.

»Wohl nicht«, murmelte sie.

Sie hatte unter anderem wieder einen teuren Wein mitgebracht.

Jason kam die Treppe herunter. »Komm, ich nehme dir was ab.«

Sie reichte ihm die Flasche und schloss die Autotür. »Eigentlich hätte ich mir ja denken können, dass du so gediegen wohnst.«

»So haben sich meine Eltern das Paradies vorgestellt.«

»Ist es für dich kein Paradies?«

»Es ist schon okay.«

Rachel rollte mit den Augen. »Bloß okay?« Sie sah sich um. »Ich traue mich zu wetten, dass du deine Weihnachtsbeleuchtung nicht selbst anbringst.«

»Nein, das hat eine Firma gemacht.«

»Verrückt.«

Sie wollte zur Tür gehen. »Warte.« Jason hielt sie auf.

»Was?«

Er trat zu ihr und gab ihr einen Kuss. Einen warmen, einladenden und viel zu kurzen Kuss. »Frohe Weihnachten.«

So war das jetzt also? Sie hatte Schmetterlinge im Bauch und er begrüßte sie mit einem Kuss? »Jason …«

»Keine Sorge. Vor den anderen werde ich mich zurückhalten.«

Sie grinste.

»Vorerst. Komm, ich zeige dir alles. Es wird dir gefallen.«

Gefallen war gar kein Ausdruck. Das Haus war aus Holz und Stein gebaut und wirkte mit den warmen Farben und dem weihnachtlichen Schmuck sehr einladend. In dem großen Wohnzimmer befand sich ein offener Kamin. Durch die bodenlangen Fenster sah man in der Ferne einen See. Und Jasons Weihnachtsbaum – möglicherweise nicht der einzige im Haus – war mindestens vier Meter hoch.

»Ich bin sprachlos«, sagte sie.

Er half ihr aus dem Mantel. Seine Hand blieb dabei länger auf ihrer Schulter liegen als nötig. Am Fenster zeigte er auf den See. »Im Sommer ist hier alles grün. Mein Vater hat in dem See noch zusätzliche Fische ausgesetzt, damit wir angeln können. Allerdings hat unsere Mutter verboten, Tiere zu töten. Wenn sie weg war, haben meine Brüder und ich mit Freunden heimlich dort hinter den Bäumen die Fische am Lagerfeuer gebraten.«

»Ihr unartigen Kinder.« Sie lachte.

»Geht Owen gern angeln?«

»Er wurde allein von einer Frau großgezogen. Ich bezweifle stark, dass er jemals die Gelegenheit dazu hatte.«

»Dann müssen wir das ändern.«

Wir? Waren sie jetzt ein *wir*?

»Er hat erzählt, dass er im Januar mit Taekwondo anfangen wird.«

»Ja, er ist schon ganz aufgeregt.«

Jason umfasste ihre Taille. »Er wird das gut machen.«

Als sie Schritte hörten, nahm Jason seine Hände wieder fort.

»Habe ich doch richtig gehört.« Monica kam herein und umarmte Rachel. »Wir freuen uns sehr, dass ihr auch hier seid.«

»Danke. Das Haus ist echt unglaublich.«

»Ich weiß, was du meinst. Man sieht es sogar von der Luft aus.«

Das glaubte sie sofort.

»Wo ist denn Owen?«

»Draußen und inspiziert alles«, sagte Jason.

»Darf ich dir etwas zu trinken anbieten?«

Rachel seufzte auf. »Sehr gern.«

***

Sie war hier, in seinem Haus, in seiner Küche, mit seiner Familie. Hin und wieder warf sie ihm einen Blick zu, als würde sie sich wundern, dass sie hier war.

Die wenigen Frauen, mit denen er zusammen gewesen war, hatten nie seine Privatwelt kennengelernt. Bei keiner hatte es sich richtig angefühlt. Eine Frau zur Ranch zu bringen war, wie wenn er sie seinen Eltern vorgestellt hätte. Vor Rachel hatte er das noch bei keiner tun wollen.

Und dann war sie gekommen, hatte ihn im Schnee aus dem Graben geholt und alles geändert.

Die Schiebetür ging auf, Nathan erschien. »Schaut mal, wen ich da beim Hangar aufgelesen habe.«

Nathan hatte Owen den Arm um die Schulter gelegt. Beide grinsten.

»Er hat sogar einen Flugzeuglandeplatz, Rachel. Voll krass!«

»Na ja, wir haben halt auch eine Flugzeugfirma«, bemerkte Glen.

Jason ergriff das Wort. »Owen, das ist … Das sind alle. Alle, das ist Owen.«

Ein ganzer Chor von Hallos ertönte.

Owen ging zu Trent. »Und du bist ein Bruder, oder?«

Trent zögerte.

»Also, Jasons Bruder?«

Er lachte. »Ja, richtig. Trent.«

»Und ich bin Glen.«

Owen gab allen die Hand und blickte sich um. »Das ist echt voll das Gegenteil von dem, was wir gestern Abend erlebt haben.«

»Warum?«, fragte Jason.

»Rachel war die einzige Weiße und heute bin ich der einzige Schwarze hier.«

»Ach so, du bist schwarz?«, fragte Mary mit einem Augenzwinkern.

Sie lachten.

»Im Kühlschrank ist Limo, Owen. Bedien dich einfach selbst«, sagte Monica. Owen ließ sich das nicht zweimal sagen. »Ist das Haus tatsächlich so groß, wie es von außen aussieht?«, fragte er.

»Es ist wie Narnia«, sagte Glen. »Früher haben wir hier stundenlang Verstecken gespielt.«

»Vor allem hat es Stunden gedauert, weil Trent immer im Schrank eingeschlafen ist und wir ihn nicht mehr gefunden haben.«

»Ich würde mich hier echt verirren«, meinte Owen.

Plötzlich ertönte das Geräusch eines Zuges. »Gibt es hier etwa eine Eisenbahn?«

Die drei Brüder sahen sich an. Sie fühlten sich plötzlich wie damals, wenn der Zug zum ersten Mal durchs Zimmer fuhr und sich der Vater über ihre erstaunten Gesichter freute.

»Das wird ja immer besser«, rief Owen aus und folgte dem Geräusch.

»Dann waren die vielen Stunden, die wir gebraucht haben, um das Ding aufzubauen, also nicht umsonst«, meinte Glen.

»Ihr habt echt einen Zug, der durch das ganze Haus fährt.« Rachel schüttelte den Kopf.

Jason lehnte sich gegen die Küchentheke. »Weihnachten und Züge. Das gehört einfach dazu, oder?«

Nachdem später die Nachbarin Betty mit ihrem quirligen Jack Russell und auch Mary mit Familie gekommen waren, saßen alle im Wohnzimmer. Draußen regnete es.

»Mann, nur ein paar Grad weniger und ich hätte mein erstes weißes Weihnachten erlebt«, beschwerte sich Owen.

»Das wirst du schon noch haben, wenn du hier lange genug wohnst«, sagte Monica. »Weihnachten in Flipflops ist vorbei.«

»Im Februar fragst du dich, ob die Sonne jemals wieder scheinen wird«, prophezeite Mary.

Glen zog seine Frau zu sich heran. »Und am zweiten Februar fliegen wir in die Sonne und vergessen die Kälte.«

»Könnt ihr eigentlich alle selber fliegen?«, fragte Owen.

Jason nickte, wie auch seine Brüder.

Owen war beeindruckt.

»Bist du schon mal geflogen?«, wollte nun Nathan wissen.

»Meine Mutter hat erzählt, dass ich als Kind geflogen bin, aber ich kann mich nicht mehr erinnern.«

Jason sah zu Rachel.

»Als wir umgezogen sind, sind wir mit dem Auto gefahren«, erklärte sie. Trent schenkte Wein nach. »Oh, dann müssen wir das schleunigst ändern.«

Owen war begeistert.

»Ich bin mit vierzehn zum ersten Mal allein geflogen«, erinnerte sich Glen.

»Dieser Angeber hier war bei seinem ersten Alleinflug zwei Monate jünger als ich. Ich war ja der Erste und da hat es Mom mir erst mit fünfzehn erlaubt«, erklärte Jason.

Als das Gelächter aufhörte, seufzte Owen. »Meine Mom hätte euch gemocht.«

Rachel berührte Owen an der Schulter.

Plötzlich wurde allen bewusst, dass es für Owen das erste Weihnachten ohne seine Mutter war.

»Was war deine Mom für ein Mensch?«, fragte Mary Frances, die Adoptivmutter von Mary.

Owen waren die Tränen gekommen. »Keine Ahnung, eine Mom halt. Eine, die schimpft, wenn man wieder das Licht angelassen hat. Oder die einem einen Einlauf verpasst, wenn man schlechte Noten heimbringt. Eine ganz normale Mutter eben.«

Trent sagte als Erster etwas dazu. »Also, ich habe die Schule echt gehasst. Unsere Mom hat sich immer über meine Noten aufgeregt.«

»Du hattest halt ein Autoritätsproblem«, sagte Jason.

»Hast du immer noch«, fügte Glen zu.

Owen lachte trotz der Tränen mit den anderen mit. »Also, meine Mom war, ach … sie war einfach super. Wir haben nie wegen irgendwelchem Blödsinn gestritten. Wir haben immer gelacht. Sie war nicht so wie andere Mütter, die immer nur rummeckern.«

»Bei dir gibt es aber auch nicht viel zu meckern«, sagte Rachel.

»Na ja. Aber sie hat einfach kein Theater gemacht. Solange wir was zu essen und genug Geld für die Miete hatten, war alles gut.«

Alle schwiegen.

Owen blickte zu Boden, eine Träne rann ihm über die Wange.

Jason schloss die Augen.

»Du vermisst sie sehr, oder?«, fragte Mary Frances.

Owen nickte und rückte näher an Rachel heran, die den Arm um ihn legte.

»Es wird leichter mit der Zeit«, sagte Jason. »Bei uns ist es jetzt acht Jahre her. Ich vermisse unsere Eltern immer noch sehr. Aber anfangs war es noch jeden Tag und irgendwann habe ich dann einfach vergessen, ständig an sie zu denken. Wenn es mir jedoch auffiel, hatte ich Schuldgefühle.«

Glen stöhnte. »Ich habe diese Momente gehasst.«

»Aber dann wurde es besser. Es ist, als ob sie da sind, ohne, dass wir sie sehen«, sagt Jason.

»Bei dir wird das irgendwann auch so sein, Owen. Es dauert eben noch eine Weile«, sagte Mary.

Nun flossen die Tränen ohne Hemmung. Zwar nur aus Owens Augen, im Herzen aber weinten alle mit.

Rachel zog ihn tröstend an sich, ihr Kopf nahe bei seinem. Sie unterdrückte ihre eigene Trauer, das konnte Jason ihr anmerken.

»Auf Emily«, hob er das Glas und alle taten es ihm nach.

Owen lächelte dankbar.

»Ich finde, dass wir jetzt Geschenke aufmachen sollten«, unterbrach Mary Frances die melancholische Stimmung.

Gesagt, getan, und bald gab es statt Tränen wieder Gelächter.

Mary Frances hatte Monica und Mary Folsäurekapseln geschenkt. Dazu erhielten sie rosa und blaue Häkelschühchen und einen Schwangerschaftsratgeber. »Das soll ein Wink mit dem Zaunpfahl sein. Ich werde ja schließlich nicht jünger.«

Glen und Trent bekamen von ihr Boxershorts. »Diese engen Schlüpfer sind nämlich gar nicht gut für die Spermien.«

Owen öffnete sein Geschenk. »Eine virtuelle Brille! Das ist ja cool. Ford hat auch so eine. Mann, voll geil. Danke, Jason.«

»Was für 'ne Brille?«, fragte Nathan nach.

Owen machte die Schachtel auf und zeigte Nathan, worum es ging.

Jason setzte sich sofort auf den freigewordenen Platz neben Rachel. Er reichte ihr ein Kästchen.

»Was ist das?«

»Mach es auf.«

Ihre Augen wurden schmal, aber erleichtert sah sie, dass sich darin lediglich ein Stück Papier befand. Sie las, was darauf stand.

»Du hast Handwerker engagiert, die meinen Keller herrichten?« Sie konnte es nicht glauben.

Er flüsterte ihr ins Ohr: »Für Schmuck ist es noch ein bisschen zu früh.«

»Das ist aber doch viel zu viel.«

»Sag einfach nur danke«, meinte er.

Sie legte eine Hand auf sein Bein, sah ihn an. »Danke.«

Er hätte sie so gern geküsst, hielt sich aber brav zurück.

»Ich wusste nicht, was ich dir schenken sollte.«

»Du bist hier, das reicht mir völlig.«

Sie stand auf, holte zwei Geschenke. »Das hier ist von Owen und das von mir.«

Er öffnete erst Owens Geschenk und lachte laut auf. *»Autofahren im Schnee für Anfänger.«*

Owen zeigte mit dem Finger auf Jason. »Du bist schließlich im Graben gelandet. Deswegen dachte ich mir, ein paar Tipps könnten nicht schaden.«

Trent lachte. »Du passt gut zu unserer Familie, Owen.«

Nathan hatte die virtuelle Brille aufgesetzt und bewegte seinen Kopf. Er sah Dinge, die sonst keiner sehen konnte. »Das wirst du nicht überleben, du Dreckskerl.«

Die anderen unterhielten sich, während Jason Rachels Geschenk öffnete. Es war ein Weihnachtsschmuck aus Glas.

Ein Mann, der auf einer Leiter stand und Lichterketten am Haus anbrachte. »Das ist perfekt.«

»Ein bisschen albern.« Rachel biss sich auf die Lippe.

Diesmal, als er wieder den Wunsch verspürte, sie zu küssen, hielt er sich nicht zurück. Es war nur ein kurzer Kuss, aber lang genug, dass sie rot wurde. »Ich werde es in Ehren halten.«

Er nahm ihre Hand. Gemeinsam beobachteten sie, wie die anderen ihre Geschenke öffneten und Owens neue elektronische Spielsachen ausprobierten.

Was Weihnachten anging, war es das beste, das Jason je erlebt hatte.

***

»Nathan will mir das Autofahren beibringen!« Owen redete auf der Heimfahrt ohne Unterlass.

»Wirklich?«

»Ja, er hat erzählt, dass Jason das auch auf den Feldwegen gelernt hat. Man verstößt dabei noch nicht einmal gegen das Gesetz, weil es ja Privatgelände ist.«

Da konnte Rachel gar nicht widersprechen.

»Und Trent hat versprochen, mich mal mit dem Hubschrauber mitzunehmen.«

»Ja, das habe ich gehört … Also ich weiß nicht.«

»Vielleicht können sie mir auch das Fliegen beibringen. Das wäre richtig cool.«

»Sie sind viel beschäftigt, Owen.«

»Sie haben es mir angeboten. Wäre ja unhöflich, wenn ich das jetzt wieder ablehnen würde.« Owen lehnte den Kopf an und warf ihr einen seiner Spezialblicke zu, mit denen er sagte: *Da kannst du jetzt gar nichts dagegen einwenden.*

»Was mache ich bloß mit dir?«, scherzte Rachel.

»Du kannst mich nicht zurückgeben«, sagte er.

Sie lachte und bog in ihre Straße.

Als sie am Haus ankamen, war Owen plötzlich ganz still geworden. Auf seiner Stirn zeigten sich Falten. »Was ist los?«

»Du könntest mich ja schon hergeben, wenn du das wirklich wolltest.«

»Hey, hör auf damit. Nein! Owen, niemals im Leben.« Sie stellte den Hebel auf Parken, ließ aber den Motor noch laufen. »Das habe ich dir schon gesagt, bevor Emily gestorben ist, und auf der Beerdigung und auch danach immer wieder. Du und ich, das gilt für immer. Ich kann zwar deine Mom nicht ersetzen, aber ich würde dich niemals weggeben.«

Er schluckte und versuchte ein Lächeln. »Ich vermisse sie so.«

Rachel umarmte ihn fest. Er begann zu weinen. Und jetzt erlaubte sich auch Rachel ein paar Tränen, versuchte aber trotzdem, für Owen stark zu bleiben. Es geschah nicht oft, dass er seine Trauer so offen zeigte. »Sie hätte deine Freunde sehr gemocht.«

»Sie hätten sie auch sehr gemocht.«

Owen atmete ein paarmal tief ein und aus. Dann riss er sich zusammen und zog die Nase hoch. »Also, *sie* würde mich schon mit dem Hubschrauber fliegen lassen.«

Rachel musste an seiner Schulter lachen. »Darüber reden wir noch.«

Als sie die Umarmung auflöste, wischte sie mit dem Daumen Owens Tränen fort. »Geht es dir besser?«, fragte sie.

Er nickte.

»Ich glaube, wir hatten eigentlich ein ganz gutes Weihnachten.«

»*Ganz gut* ist untertrieben.«

***

Zwischen Weihnachten und Neujahr lagen nur zwei Arbeitstage. In der Stadt waren unglaublich viele Touristen unterwegs, die am Silvesterabend, falls sie nicht vorher schon zu besoffen waren, um Mitternacht den Times Square bevölkern würden.

»Du solltest Owen mitbringen und zusehen, wie der Ball fällt«, sagte Julie.

»Klingt nach einer Riesenparty.«

»Stimmt, aber da kommen auch Familien hin.«

Der Gedanke daran, sich den Hintern abzufrieren und erst nach Mitternacht heimzufahren, klang nicht gerade verlockend. Auch wenn Owen das vielleicht nicht uninteressant fände.

»Mal sehen.« Was eigentlich nein hieß.

Das Telefon auf ihrem Schreibtisch klingelte und bewahrte sie davor, sich noch weitere Ausreden einfallen lassen zu müssen. »Hier spricht Rachel«, meldete sie sich.

»Gefällt mir, wenn du so geschäftsmäßig klingst.«

Sie versuchte, ihr Grinsen zu verbergen. »Gut zu wissen. Was kann ich für dich tun?«

Jason stöhnte. »Gott, du machst mich vielleicht heiß.«

Rachel hoffte inbrünstig, dass Julie sehr beschäftigt war und von dieser Unterhaltung nichts mitbekommen würde.

»Nein, ich habe es noch nicht ganz fertig.«

Jason lachte.

»Sonst noch etwas?« Wenn sie das Gespräch nicht bald beendete, würde sie auffliegen. Dann würde sie irgendetwas Verräterisches sagen und Julie merkte, dass Jason gerade mit ihr flirtete.

»Ich habe tatsächlich noch ein paar Fragen«, sagte er. »Hättest du ein paar Minuten, um in mein Büro zu kommen?«

Puh. »Habe ich.«

»Super, dann bis gleich.«

Rachel legte kopfschüttelnd auf und stieß sich vom Schreibtisch ab. »Jason will ein paar Sachen mit mir besprechen«, sagte sie zu Julie.

»Irgendetwas, wobei ich helfen kann?«

»Glaube nicht.«

Julie wandte sich wieder ihrem Bildschirm zu. »Du weißt ja, wo ich bin.«

Rachel nahm ihre Arbeitsmappe und ging zum anderen Ende des Gebäudes.

Audrey blickte auf, als sie ankam. »Gehen Sie ruhig rein, er erwartet Sie schon.«

»Danke.«

Rachel hatte Jasons Büro schon einmal von außen gesehen, als sie zu Beginn eine kleine Tour bekommen hatte. Wie man es bei einem Unternehmen wie Fairchild Charters erwarten konnte, war sein Büro riesig. Es befand sich an der Ecke des Gebäudes und bot einen atemberaubenden Blick auf Manhattan. Das Interieur war anthrazit und auberginefarben, passend zum Logo der Firma. Moderne, gerade Linien, ohne kalt zu wirken.

Jason blickte auf, als sie hereinkam. Sein Gesichtsausdruck war neutral und sachlich. »Das ging aber schnell«, sagte er.

»Genau fünf Minuten, wie vereinbart.« Sie legte die Mappe ab.

Er kam hinter seinem Schreibtisch hervor, schloss die Tür hinter ihr. Bevor sie sich umdrehen und setzen konnte, waren seine Hände schon auf ihrer Hüfte. Er zog sie in seine Arme, senkte seine Lippen auf ihre herab.

Sie war überrascht, hatte plötzlich Herzklopfen. Sie strich über seine Brust, umfasste seinen Nacken. Ihre Lippen öffneten sich, der Kuss wurde unanständig. Sie holten noch nicht einmal Luft, als ob sie erst lernen müssten, dass man beim Küssen besser atmen sollte.

Er unterbrach den Kuss. Sein Atem war heiß. »Ich musste dich einfach sehen.«

Rachel nickte mit geschlossenen Augen. »Das merke ich.«

»Glaubst du, es würde auffallen, wenn wir uns jeden Tag kurz vor der Mittagspause treffen?«

»Ja, würde es.« Sie öffnete die Augen und wollte in seinem Blick versinken. »Hast du mich aus diesem Grund herzitiert?«

»Ich bekenne mich schuldig.«

»Jason!«

Er hielt ihr Gesicht mit beiden Händen, küsste sie noch einmal und ließ sie vergessen, dass sie eigentlich sauer auf ihn hätte sein müssen.

Er setzte sich auf die Schreibtischkante, zog sie zwischen seine Beine, strich ihr eine Haarsträhne hinters Ohr. »Am Donnerstag«, begann er.

»Silvester?«

»Da hole ich dich um achtzehn Uhr ab.«

»Ach ja?«

»Zieh dir was Hübsches an.«

»Fragst du mich nach einem Date?«

Jason grinste, seine Augen tanzten. »Oh nein, ich frage nicht. Sonst könntest du ja ablehnen.«

»Ist das etwa dein Ernst?«

»Ja. Owen macht was mit Nathan. Wahrscheinlich spielen sie bis Mitternacht Videogames.«

»Hoffentlich weiß Nathan, worauf er sich da einlässt.«

Jason drückte ihre Taille. »Achtzehn Uhr.«

Kapitel 16

Rachel nutzte die Einkaufsmöglichkeiten, die New York zu bieten hatte, um noch schnell vor Silvester ein angemessenes Kleid zu kaufen. Solange man genug Geld hatte, konnte man in Manhattan immer etwas Passendes finden. Auch wenn sie keine Geldprobleme hatte, so brachten die Preisschilder an den meisten Glitzerkleidchen sie doch etwas ins Schwitzen.

Sie hatte mehr ausgegeben, als sie eigentlich vorgehabt hatte. Jetzt stand Rachel in ihrem Zimmer und blickte auf das Kleid.

»Ach Emily, ich mag ihn echt. Er ist ein toller Mann und er liebt Owen. Sie schreiben sich ständig irgendwelche Nachrichten. Owen schickt ihm Witze, weil er genau weiß, dass Jason was Lustiges zurückschreibt.«

Rachel überlegte, welche Unterwäsche sie anziehen würde. Eigentlich ließ das Kleid wenig Platz für einen BH. Grinsend ließ sie die BHs, wo sie waren, und zog nur einen knappen Slip aus der Schublade.

»Seit Lyle hatte ich keinen Sex mehr. Erinnerst du dich noch an Lyle?« Bei dem Gedanken an den Mann lief es ihr kalt den Rücken hinab. »Du hast mich damals gewarnt, aber ich habe nicht auf dich gehört.«

Rachel streifte sich den Slip über und ging ins Bad. Sie betrachtete sich von der Seite im Spiegel, zog dabei den Bauch ein. »Und was, wenn ihm nicht gefällt, was er zu sehen bekommt?«

Sie hörte förmlich, was Emily mal gesagt hatte. *Wenn es ihm nicht gefällt, dann soll er dir den Buckel runterrutschen. Und wenn es ihm doch gefällt, dann wirst du nackt auf seinem Buckel rumrutschen.*

Sie hatten ewig darüber gelacht.

Rachel hatte mehr als ein Jahr lang keine Lust gehabt, sich auf jemanden einzulassen, bloß um Sex zu haben.

Und obwohl sie genau wusste, dass sie mit Jason möglicherweise doch im Bett landen würde, überwog nicht der Gedanke an Sex. Irgendwie hatte sie Angst. Sie war jetzt einunddreißig. Als sie damals ansehen musste, wie ihre beste Freundin ohne Partner an der Seite starb, war auch ihre eigene Hoffnung darauf, noch in diesem Leben ihren Traumprinzen zu finden, gestorben. Nichts im Leben war sicher. Und trotzdem gab es mit Jason plötzlich so etwas wie Hoffnung auf eine Beziehung, an deren Möglichkeit Rachel gar nicht geglaubt hatte.

»Er ist kein Traumprinz«, sagte Rachel in die Luft. Dann musste sie grinsen. Na ja, traumhaft war er ja schon … Und wenn Einfluss und Geld aus einem Mann einen Prinzen machten, dann war Jason vielleicht doch einer.

Die Bedenken, die sie hatte, versuchte sie zu verscheuchen. Bedenken, dass sie wegen ihrer Stelle von ihm abhängig war. Dass sie ihren Job verlieren würde, wenn es zwischen ihnen nicht klappte. Die meisten Beziehungen gingen irgendwann mal auseinander.

Oh Gott.

Sie blickte auf ihr Spiegelbild. Ihr Make-up war perfekt, ihre Frisur passte zu dem schicken Kleid, das noch auf dem Bügel hing und für das sie ein Vermögen ausgegeben hatte.

Es klingelte.

Rachel erschrak, war es schon so spät?

Verdammt. Mist …

Sie lief wie ein aufgescheuchtes Huhn im Zimmer umher. »Owen?«

Keine Antwort.

»Owen!« Mit der entsprechenden Lautstärke drang ihre Stimme endlich zu ihm durch.

»Ja, ja, ich geh schon.«

Sie zog eilig das Kleid an. Die hohen Schuhe waren zwar für den Schneematsch draußen nicht gerade geeignet, aber Winterstiefel passten einfach nicht zum Outfit.

In ihrer Tasche befanden sich nur ihr Ausweis, das Handy und ein Tampon. Nicht, dass sie den heute gebraucht hätte. Zum Glück.

Ihre Nerven bebten, als sie die Schlafzimmertür öffnete und die Treppen hinunterging.

Sie hörte schon die Stimmen von Jason, Nathan und Owen.

Jason verstummte.

Owen drehte sich zu ihr um.

»Ach, wäre ich doch bloß zwanzig Jahre jünger«, seufzte Nathan bei ihrem Anblick.

Natürlich hatte sie sich hübsch gemacht, aber Jasons Gesichtsausdruck war wirklich filmreif.

Owen durchbrach die Stille. »Siehst jetzt gar nicht mal so übel aus.«

Rachel verdrehte die Augen.

Jason war anscheinend immer noch sprachlos.

Owen reichte ihr den Mantel, der neben der Eingangstür hing.

»Dass ihr zwei mir nichts Dummes anstellt …«

Jason rempelte Owen mit der Schulter an. »Wow«, bewunderte er Rachel.

Ihr wurde warm. Er hatte so eine starke Präsenz, obwohl er einfach nur dastand. Unter seinem langen Wollmantel trug er einen Smoking. Mit Fliege, Weste und allem, was dazugehörte.

Sie strich einen unsichtbaren Fussel von seinem Jackett. »Du siehst jetzt auch gar nicht mal so übel aus.«

Er nahm ihre Hand, hauchte einen Kuss darauf.

»Also, Leute, bitte erspart mir den Rest.« Owen warf die Hände in die Luft und drehte sich weg.

Nathan lachte. »Hoffe, du magst Pizza, Jungchen. Bin nämlich nicht der beste Koch.«

»Ich auch nicht.«

Jason half ihr in den Mantel und hielt die Tür auf, während Nathan und Owen es sich drinnen gemütlich machten.

Er war mit dem Audi gekommen.

»Muss ich mir wieder Sorgen wegen der hohen Schuhe machen?«, fragte sie.

»Es schneit nicht.«

»Heute also kein Straßengraben.«

Anders als erwartet, fuhr er zu seinem Haus zurück und dann weiter am hohen Zaun entlang, der sein Grundstück umgab, bis sie zu einem Holztor kamen.

Sie fuhren bis hinter das Wäldchen. »Ist das etwa der Landeplatz, von dem Owen erzählt hat?«

Automatisch gingen Lichter an, als sie vorfuhren.

Jetzt sah man einen Helikopter.

Rachel bekam Panik. »Werden wir etwa … Wir werden doch nicht …«

Jason stellte den Motor aus und drehte sich zu ihr. »Vertraust du mir?«

Sie deutete aus dem Fenster. »Das ist ein Hubschrauber.«

»Richtig.«

»Oh Gott.« Sie drehte sich zu ihm.

»Komm, ich freue mich schon, dir beim Anschnallen behilflich sein zu dürfen.«

Mit wackligen Knien hielt sie sich beim Einsteigen an Jasons Arm fest. Sie ließ es zu, dass er sich an dem Gurt zu schaffen machte und dabei ganz nebenbei ihren Bauch und ihre Brüste berührte, als ob er den Stoff glattstreichen müsse.

»Hat es dir Spaß gemacht?«, fragte Rachel, als er fertig war.

»Ich bin sehr auf Sicherheit bedacht«, antwortete er grinsend. Er reichte ihr einen Kopfhörer. »Der zerdrückt dir vielleicht ein bisschen die Frisur, aber du kannst sie wieder herrichten, wenn wir angekommen sind.«

Sie schüttelte sich.

Er schloss die Tür, ging um den Hubschrauber herum, überprüfte dabei irgendwelche Dinge.

»Ich sitze in einem Hubschrauber«, flüsterte sie vor sich hin.

Jason schwang sich jetzt auf den Pilotensitz, zwinkerte ihr zu und führte seinen Systemcheck durch, indem er Hebel betätigte und Knöpfe drückte. »Bereit?«, fragte er.

Sie schüttelte den Kopf, sehr zu seiner Erheiterung, und als er seinen Kopfhörer aufsetzte, tat sie das auch mit ihrem.

Die Motoren wurden gestartet.

Er bog den Bügel für das Mikrofon herunter und schon erklang seine Stimme direkt in ihrem Ohr. »Einfach entspannt weiteratmen.«

»Das ist nicht … Das ist verrückt, Jason.«

»Finde ich eigentlich nicht. Für mich ist es ganz normal.«

Im Inneren des Hubschraubers wurde es langsam wärmer. Nach wenigen Minuten sagte Jason schließlich: »So, jetzt geht's los.«

Rachel hielt sich mit der einen Hand an der Tür, mit der anderen am Sicherheitsgurt fest. Sie hoben ab.

Wie ein Reh im Scheinwerferlicht starrte Rachel dabei auf den Boden.

»Schau mal.« Jason zeigte auf die Ranch. Immer noch erhellten die Lichterketten das Haus.

»Wow.« Im Dunkeln sah es schon spektakulär aus. Sie konnte nur erahnen, wie das gesamte Anwesen erst bei Tageslicht aussehen musste.

»Beschweren sich eure Nachbarn nicht über den Lärm?«

»Schau mal runter. Wir haben keine Nachbarn.«

Vom Boden aus hatte man nur schwer erkennen können, wie weitläufig das Grundstück war. Jetzt aber sah sie zwei weitere Häuser auf dem Gelände. »Und was ist mit diesen Häusern?«

Jason zeigte zum größeren. »Das ist das Gästehaus, in dem Nathan lebt, und dort drüben wohnt unsere Haushälterin.«

»Oh.«

»Sie beschweren sich nicht.«

»Verstehe.«

Er ließ den Hubschrauber höher fliegen und steuerte Richtung Norden. »Wie geht es dir?«

»Bis jetzt noch ganz gut. Aber lass es hier drinnen bloß nicht zu warm werden.«

»Da besteht keine Gefahr, ist ja auch nur ein kurzer Flug.« Er deutete nach unten. »Man kann es schwer erkennen, aber da ist dein Haus.«

»Echt?« Sie blickte aus dem Fenster, konnte aber keine Einzelheiten ausmachen. »Jetzt werde ich Owen das Hubschrauberfliegen sicher nicht mehr ausreden können.«

Jason lachte.

Kurz darauf sah man schon die Lichter von Manhattan.

»Wow.«

»Eine wunderschöne Stadt.«

»Besonders von hier oben«, staunte sie.

Sie flogen einen großen Kreis, dann folgten sie dem Hudson River, bis Jason auf das Firmengebäude zusteuerte.

Eigentlich hätte sie sich so etwas ja denken können. Trotzdem war sie erstaunt, als er auf dem großen X auf dem Dach landete.

»Netter Parkplatz, Mr Fairchild.«

Er stellte alles aus, der Propeller kam langsam zum Stehen. Sie setzten die Kopfhörer ab.

»Jetzt weißt du, wie ich sonst immer zur Arbeit komme.«

»Dass du überhaupt manchmal mit dem Auto fährst …«

»Übrigens nutzen auch andere Unternehmen im Gebäude diesen Hubschrauberlandeplatz. Aber er gehört Fairchild Charters.«

»Ich hätte gedacht, dass einem dafür dann auch das ganze Gebäude gehören muss«, wunderte sich Rachel.

»Nur zu einundfünfzig Prozent. Und uns gehören sechzig.«

Das hatte sie noch gar nicht gewusst. »Aber die Firma sitzt ja nur in einem der vielen Stockwerke.«

»Die anderen vermieten wir. Aber lass uns das Thema für einen anderen Tag aufheben. Heute Abend will ich nicht über das Geschäft reden.«

Er sprang aus dem Hubschrauber, ging um ihn herum, um ihr beim Aussteigen zu helfen. Der Wind auf dem Dach des Wolkenkratzers fuhr unter ihren Mantel und zerzauste ihr Haar. Jason führte sie schnell aus der Kälte weg zum Eingang des Gebäudes.

Der Aufzug brachte sie in das Stockwerk von Fairchild Charters. Gemeinsam gingen sie durch die leeren Gänge in das Büro, das gegenüber von seinem lag.

»Mary und Monica haben Glens Bad mit allem ausgestattet, was eine Frau nach einem Hubschrauberflug so braucht«, erklärte Jason.

Glens Büro sah aus wie das von Jason, nur ein bisschen kleiner. Es stimmte, sie fand tatsächlich alles vor, was sie brauchte, um ihre Frisur wieder passabel zu machen.

Jason lehnte gegen Glens Schreibtisch.

»Fühlst du dich jetzt besser?«, fragte er.

»Wir sind gerade nach Manhattan geflogen und auf einem Dach gelandet. Das ist nicht gerade normal für ein erstes Date.«

»Wir können heimfliegen und mit dem Auto wieder herkommen, wenn du das besser findest.«

Sie trat zu ihm und richtete seine Fliege. »Das wäre albern. Ganz zu schweigen von der Kerosinverschwendung. Ich schätze mal, dass der Sprit nicht gerade billig ist.«

»Du wärest es mir wert.«

Dieser Mann hatte immer den richtigen Spruch parat.

»Was steht denn nun auf dem Plan?«

»Abendessen … Denn zu einem richtigen ersten Date gehört ein schickes Essen.« Sie legte die Hand auf seine Schultern und genoss das Gefühl seiner Hände an ihrer Taille.

»Und dann ist da noch eine Cocktailparty, auf der ich mit dir angeben will.«

Das machte sie ein bisschen nervös. Auch wenn es schwierig werden würde, ihre Treffen weiterhin geheimzuhalten, wenn sie mit seinem Privathubschrauber angeflogen kamen.

»Es wird ein Feuerwerk geben.«

Sie fuhr sich mit der Zunge über die Lippen. »Ich liebe Feuerwerk.«

Er strich ihr über den Rücken, spielte mit dem Saum ihres tiefen Rückenausschnitts. »Wenn du noch einmal so deine Lippen befeuchtest, werden wir gleich unser eigenes Feuerwerk entfachen.«

Die Versuchung, darauf einzugehen, war groß. »Etwa im Büro von deinem Bruder?«

Jason zog sie an sich heran, küsste die Stelle zwischen ihren Brüsten. »Unser erstes Mal wird nicht in einem Büro sein«, sagte er.

»Und unser zweites Mal?«, fragte sie.

»Möglicherweise schon.«

Er löste sich von ihr und griff nach den Mänteln. »Lass uns gehen, bevor ich meine Meinung ändere«, sagte er.

Das französische Restaurant war gesteckt voll, wie es am Silvesterabend in Manhattan nicht anders zu erwarten gewesen war. Ihr kleiner Tisch für zwei stand aber in einer Nische und bot genügend Privatsphäre, um sich ungestört zu unterhalten.

Sie sprachen über Owen, über Jasons Familie. Jason wollte alles über Rachels Eltern und ihren Bruder wissen.

Er hielt ihre Hand und Rachel spielte mit einer langen Haarsträhne vor dem tiefen Ausschnitt ihres Kleids und beobachtete, wie seine Augen ihren Bewegungen folgten.

»Du machst das mit Absicht«, stellte er fest, nachdem er fast seinen Wein verschüttet hätte.

»Sie sind ein sehr aufmerksamer Mann, Mr Fairchild.«

»Was ist mit deinen Bedenken, dass wir nicht miteinander ausgehen sollten?«

Das wusste sie selbst nicht genau. »Dafür ist es wohl schon zu spät, oder?«

Er nahm ihre Hand, küsste die Fingerspitzen. »Schon seit der ersten Minute, als Owen mit dem Küchenmesser auf mich zukam.«

Es tat so gut, mal wieder richtig zu lachen.

***

Er hatte eine Dauererektion. Zum Glück sorgten die Außentemperaturen wieder für etwas Abkühlung.

Dieses Kleid! Seine Augen klebten an ihrem Ausschnitt. Was trug sie wohl darunter? Viel konnte es ja nicht sein.

Der Fahrer, den er engagiert hatte, brachte sie zum nächsten Ziel. Wahrscheinlich der letzte Stopp an diesem Abend, wenn er ihre Signale richtig interpretierte. So wie sie sich an ihn heranschmiegte, dem Sicherheitsgurt keine Beachtung schenkte … Nicht, dass sie den bei dem Schneckentempo wegen des dichten Verkehrs wirklich gebraucht hätte.

Er legte die Hand auf ihren Oberschenkel, als ob das nichts Neues gewesen wäre. Er war süchtig danach, sie zu berühren. Und mit ihr zu sprechen, ihr Textnachrichten zu schicken. Danach, so viel Zeit wie nur möglich mit ihr zu verbringen. Er fand eine besonders zarte Stelle an ihrer Kniekehle und hörte, wie sie die Luft anhielt. Jason beugte sich zu ihr, damit der Fahrer nicht hören konnte, was er sagte.

»Hat das Feuerwerk schon begonnen?«

Sie rutschte in ihrem Sitz, strich beiläufig über seinen Schoß. Sofort wurde er wieder hart.

»Es wird eine lange Nacht werden«, raunte sie ihm zu.

Als sie angekommen waren, ließ der Fahrer sie aussteigen.

Jason führte sie am Gästeempfang vorbei zu den Aufzügen.

Banner kündigten in dem Hotel eine große Silvesterfeier auf der Penthouse-Ebene an. Es war eine geschlossene Veranstaltung, die laut der Zusatzaufkleber auf den Plakaten ausverkauft war. Rachel wusste also schon, was sie erwartete, als sie mit dem Fahrstuhl in den obersten Stock fuhren. Schon im Gang schallte ihnen die Musik entgegen.

Jason half ihr aus dem Mantel. Seinem Unterleib sagte er dabei, dass er sich gefälligst benehmen solle.

»Wow, das ist ja eine noble Party.«

Der Penthouse-Saal des Morrison-Hotels war zweistöckig. Oben gab es eine Veranda, die auf der ganzen Gebäudeseite entlang verlief.

»Und du bringst alles zum Leuchten.«

»Das ist aber ein schnulziger Spruch«, sagte sie.

»Okay, ich lasse mir einen besseren einfallen.« Er führte sie weiter hinein, um als Allererstes den Gastgeber zu begrüßen.

»Ich möchte dir jemanden vorstellen«, sagte Jason zu Rachel.

»Einen Kunden oder einen Freund?«

»Er ist in erster Linie ein Freund. Er hat seine eigenen Flugzeuge, aber sein Unternehmen chartert auch immer wieder mal eine Privatmaschine von uns.«

Der große Texaner war kaum zu übersehen. Und auch nicht zu überhören.

Jason ging um die Gruppe, die den Mann umringte, herum und wartete, bis dieser einen Moment für ihn hatte. »Jason!«

Sie gaben sich die Hand und klopften sich auf den Rücken.

»Wie ich sehe, wickelst du mal wieder alle Frauen um den Finger, Gaylord.« In der Tat standen mehrere viel jüngere Damen um den silberhaarigen Milliardär herum.

»Das liegt sicher an meinem charmanten texanischen Akzent«, lachte Gaylord. »Und wer ist dieses junge Fohlen hier?« Jason legte besitzerisch den Arm um Rachel.

»Gaylord Morrison, das ist Rachel Price.«

Rachels ungezwungenes Lächeln verrutschte etwas. »Morrison? So wie das …« Sie blickte um sich herum. »Morrison?«

Er reckte die Brust und zwinkerte. »Wenn Hotels Sie mehr beeindrucken als Flugzeuge, dann lade ich Sie sofort zum Abendessen ein.«

Sie lachte und gab ihm die Hand. »Ich bin gerade ziemlich satt, aber vielen Dank.«

»Schlagfertig. Gefällt mir, Jason.«

»Sie ist schon vergeben.«

»Ach, *sie* ist schon vergeben?«, fragte Rachel an Jason gerichtet.

Er drückte ihre Hüfte. »Ja, ist sie.«

Ihre Wangen begannen zu glühen, was bezaubernd aussah. »Sind Jack und Jessie auch hier?«

Gaylord sah sich suchend um. »Sie müssten hier irgendwo sein. Wann kommst du denn endlich mal zu mir auf die Ranch?«

»Im Februar habe ich wieder mehr Luft.«

»Gut. Ich nehme dich beim Wort.« Gaylord war ein fordernder Mann. »Du arbeitest zu viel.«

»Du musst gerade reden«, erwiderte Jason.

»In letzter Zeit arbeite ich gar nicht mehr so viel. Meine Enkel brauchen mich.«

»Das kann ich mir vorstellen.« Es war gut, dass der Mann langsam etwas kürzer trat.

»Jetzt geh und such meinen Sohn. Ich muss mich wieder darauf konzentrieren, eine neue Mrs Morrison zu finden.« Die beiden Damen, die bei ihm standen, sahen ihn nach diesem Kommentar hoffnungsfroh an.

»Es war mir ein Vergnügen, Mr Morrison.«

»Nenn mich doch Gaylord, Darling. Und jetzt verschwindet und vermasselt mir nicht die Show hier.«

Rachel lachte, als sie gingen. »Das ist ja ein witziger Kerl.«

»Ja, er ist ein Unikat.«

Ein Kellner blieb vor ihnen stehen und reichte ihnen zwei Gläser mit Champagner.

»Wer ist denn Jack?«

»Das ist Gaylords Sohn. Seine Frau heißt Jessie, sie ist Monicas Schwester.«

Rachel blieb stehen. »Wie kann es sein, dass ich das nicht wusste?«

»Jetzt weißt du es ja.«

Da entdeckten sie schon Jack mit Monica und Trent. Monica umarmte Rachel zur Begrüßung. »Ich hatte gehofft, dass Jason dich mitbringt.«

»Wir sind mit dem Hubschrauber gekommen. Kannst du dir das vorstellen?«

Trent lachte.

»Frag nicht«, meinte Monica. »Der hier hätte noch nicht einmal ein Auto, wenn es nach seinem Willen ginge.«

Jason beobachtete Rachel, während sie mit Jessie und Monica über Männer mit eigenen Flugzeugen plauderte.

»Du hast sie ganz offiziell als Begleitung dabei«, sagt Trent so leise, dass Rachel es nicht hören konnte.

»Gibt es denn da ein Problem?«, wollte Jack wissen.

»Sie arbeitet für uns«, erklärte Trent.

»Im Marketing.«

Jack sah wieder hinüber. »Und was sagen die anderen Angestellten dazu?«

»Sie wissen es noch nicht.« Jason war es egal, was die Leute sagten. Jemand machte gerade ein Bild von den drei Frauen.

Trent klopfte ihm auf den Rücken. »Aber das wird sich bald ändern.«

»Leider gibt es bei so etwas Neid und Missgunst, mein Freund. Pass nur gut auf sie auf.«

Jason musterte den tiefen Rückenausschnitt ihres Kleides. »Das habe ich vor.«

Ein paar Minuten später spielte die Band schnellere Lieder und Jason wollte herausfinden, ob Rachel gern tanzte.

Er nahm ihr Glas und stellte es auf dem nächsten Tisch ab. »Entschuldigt mich, Ladys«, sagte Jason zu Monica und Jessie. »Rachel hat mir einen Tanz versprochen.«

Rachel sah ihn an. »Habe ich das?«

Schon zog er sie auf die Tanzfläche und umfasste ihre Taille. »Ich habe dich jetzt zehn Minuten lang nicht berührt. Ich hatte schon Entzugserscheinungen.«

Sie lehnte die Stirn gegen seine Schulter und kicherte. »Ich glaube, es sind mindestens drei Leute von unserem Management hier«, sagte sie. »Am Montag werden alle reden.«

»Sollen sie doch. Ist mir egal.«

Anscheinend machte sie sich immer noch Sorgen.

»Ich werde dich und Owen nicht fallenlassen«, sagte er dicht an ihrem Ohr.

Sie entspannte sich in seinen Armen, während sie sich auf der Tanzfläche bewegten. Als ein schnelleres Lied gespielt wurde, tanzten sie, bis sie außer Atem waren. Zweimal musste sie ihr Kleid zurechtrücken, damit nichts herausfiel.

Irgendwann gingen sie nach draußen, um sich abzukühlen. Manche rauchten, andere standen einfach da und bewunderten die Aussicht. Jason zog sein Jackett aus und legte es ihr über den Rücken.

»Wie klein alles aussieht.«

Sie standen Schulter an Schulter mit den anderen Leuten, der Partylärm hallte von den Hochhäusern wider. In der Ferne knallte ein Feuerwerk. Irgendwer startete zu früh ins neue Jahr.

»Von hier oben sieht alles so anders aus als neulich, als ich mit Julie unterwegs war«, staunte sie.

»Wir können auch unsere Mäntel holen und runtergehen, wenn du magst.«

Er umarmte sie von hinten. »Nein. Es gefällt mir.«

»Bist du froh, dass du hierhergezogen bist?«, wollte er wissen.

»Ja, bin ich. Vor zwei Monaten hätte ich dir noch eine andere Antwort gegeben.«

»Und was hat deine Meinung geändert?«, fragte er scheinheilig.

Sie hielt seine Arme fest, blickte weiter auf die Skyline. »Mein Job gefällt mir. Und Owen kennt jetzt auch ein paar Jungs, mit denen er sich angefreundet hat …«

»Ach so.«

»Und dann habe ich noch diesen Typen da kennengelernt. Er ist ein bisschen frech, fast etwas fordernd.«

»Ach, tatsächlich?«

Sie lachte. »Ja, aber er ist so süß, da kann ich gar nicht widerstehen.«

Er beugte sich vor, küsste ihren Hals.

Rachel bekam eine Gänsehaut.

»Jason?«

»Ja?«, flüsterte er ihr ins Ohr.

»Wie stehen die Chancen, ein Zimmer in diesem Hotel zu bekommen?«

Es summte ihr ins Ohr. »Ich habe doch schon längst eins.«

Sie grinste ihn an. »Ich habe plötzlich das dringende Bedürfnis, mich hinzulegen.«

»Ist es wegen des Hubschrauberflugs?«, fragte er und wusste dabei ganz genau, dass dem nicht so war.

»Nein, wegen des Feuerwerks.«

Kapitel 17

Sie gingen einfach, ohne sich bei irgendwem zu verabschieden.

Rachel hatte erwartet, dass sie nervös sein würde, aber überraschenderweise war das gar nicht der Fall.

Jason drückte auf den Fahrstuhlknopf, sie fuhren zwei Stockwerke nach unten. Ihre Suite bot denselben Ausblick wie die Partyterrasse. Es gab ein Schlafzimmer und ein Wohnzimmer mit einer voll ausgestatteten Minibar. Auf dem Couchtisch stand eine Flasche Champagner, dazu ein Tablett mit Käse, Nüssen und frischen Früchten.

»Das hat doch wer geplant«, sagte sie.

»Seit dem Abend, an dem wir uns kennengelernt haben«, gab er zu. »Das Hotelzimmer habe ich spontan arrangiert.«

»Spontan?« Sie legte die Jacke ab und grinste ihn an.

»Na ja, letzte Woche.«

Sie holte ihre Handtasche. »Ich gehe mal eben ins Bad.«

Rachel nahm sich einen Moment, um abzuwägen, was dafür und was dagegen sprach, mit dem eigenen Chef zu schlafen.

Was dafür sprach, lag ja auf der Hand. Er war charmant, attraktiv und wahrscheinlich war der Sex mit ihm so phänomenal, dass schon der bloße Gedanke daran sie fast aufstöhnen ließ. Er wollte sie auf eine Art, wie sie es noch nie zuvor erlebt hatte. Er war so sexy, dass sie das Verlangen, ihn zu berühren, kaum im Zaum halten konnte.

Was dagegen sprach, lag andererseits auch auf der Hand. Ihr Job. Aber dafür war es nun zu spät, selbst wenn sie nicht ins Bett stiegen. Es waren bereits Gefühle im Spiel, der Schaden war längst schon angerichtet. Das war ihr bewusst geworden, als sie ihn in ihrem Schlafzimmer beim Wändestreichen vorgefunden hatte.

Rachel versuchte, ihre Frisur zu richten.

Dann atmete sie tief ein und ging ihrem Schicksal entgegen.

Jason hatte Jackett und Fliege ausgezogen und war gerade dabei, den Champagner einzuschenken.

Sie spürte ein Flattern im Bauch.

Er kam zu ihr, reichte ihr ein Glas. »Nervös?«, fragte er.

»Ein bisschen.«

»Wir müssen nicht …«

»Oh doch.«

Jason grinste, stieß mit seinem Glas gegen ihres. »Auf uns.«

Sie beobachtete ihn über den Rand des Glases hinweg, während sie trank.

Er berührte eine Haarsträhne. »Ich würde gerne irgendwas Bedeutendes sagen. Aber jetzt gerade kann ich nur daran denken, wie schön du bist und wie viel Glück ich habe, dass du hier bei mir bist.«

Rachel stellte ihr Glas ab und nahm ihm auch seines aus der Hand. »Zeig es mir.«

Das ließ sich Jason nicht zweimal sagen. Er fuhr sanft über ihre Lippen und schaute dabei begehrlich auf ihren Mund.

Als er ihre Unterlippe etwas nach unten zog, berührte ihre Zunge seinen Daumen, ihr Atem ging schneller.

»Ich träume ständig von diesen Lippen.«

Er kam noch näher, aber küsste sie immer noch nicht. »Hast du auch schon einmal von mir geträumt?«

Sie nickte, traute ihrer Stimme nicht.

»Erzähl mir von dem Traum«, sagte er, sein Mund ganz nah bei ihrem. Er hielt ihr Gesicht mit beiden Händen.

Das Feuer in seinen Augen übertrug sich auf sie.

»Willst du, dass ich dich küsse, Rachel?«

Wieder nickte sie.

»Erzähl mir von deinen Träumen. Deinen Fantasien.«

Sie fuhr mit der Zunge über die Lippen, fand ihre Stimme wieder. »Wir waren in deinem Büro.«

Jason strich ihren Nacken entlang bis zur Schulter.

»Was haben wir in meinem Büro gemacht?«

»Ich hatte einen Rock an.«

Nun glitten seine Hände ihren Rücken entlang bis zur Hüfte. »So ähnlich wie dieses Kleid?«

»Nein, ganz anders. Bürokleidung.«

»Was habe ich mit deinem Rock gemacht?« Dabei spielte er mit dem Saum, schob ihn langsam nach oben.

Sie wollte ihn jetzt küssen, aber noch ließ er es nicht zu.

»Und was habe ich dann gemacht?«

»Du hast deine Hand darunter geschoben.«

»Hab ich ihn dir ausgezogen?«

»Nein, wir haben alles angelassen.«

Sie spürte nun den Luftzug am Schenkel, als Jason das tat, was sie beschrieb.

»War ich in dir?«, raunte er leise mit tiefer Stimme. Allein schon bei der Vorstellung entflammte ihre Mitte.

»Ja.«

»Auf meinem Schreibtisch?«

Sie sah ihm direkt in die Augen. »Auf dem Schreibtisch. Dann gegen die Wand gedrückt. Und auf deinem Stuhl.«

Sein Lächeln verschwand, die Nasenflügel blähten sich.

»Ich wollte alles, was ich nicht wollen sollte.«

Jetzt umfasste er ihre Pobacken, zog sie an sich heran. »Von jetzt an werde ich jeden Tag, wenn ich im Büro bin, nur noch daran denken können.«

»Jason.« Auch sie drückte sich an ihn.

»Ja?«

»Hör auf zu reden!«

Und endlich küsste er sie. Ein hungriger Kuss mit offenem Mund, den sie mit derselben Leidenschaft erwiderte.

Jede seiner Berührungen entfachte ein Feuerwerk in ihrem Körper, so, wie es in ihren Träumen gewesen war. Sie berührte ihn überall, seine breiten Schultern, seine starken Arme. Sein Anzughemd war weich, aber sie wollte seine Haut und zupfte an seiner Kleidung. Es war einfach nicht fair, dass sie in einem Kleid vor ihm stand, das ungefähr so viel Stoff hatte wie ein Kissenbezug, und er war dabei noch von Kopf bis Fuß angezogen.

Aber als seine Hand unter ihr Kleid glitt und er ihre Brust umfasste, konnte sie nicht mehr denken. Ein köstlicher Schauder durchfuhr ihren Körper.

Jason löste seine Lippen, leckte nun an der Stelle, wo er zuvor seine Hand gehabt hatte.

Sie lehnte den Kopf zurück, spürte seinen heißen Atem an der Brustwarze, bevor er eine Kostprobe nahm, an ihr saugte. Sie stöhnte auf.

»Dieses Kleid sollte gesetzlich verboten werden.« Er wandte sich der anderen Brust zu. Als ihre Knie nachgaben, fing er sie auf und hob sie hoch.

Während er sie ins Schlafzimmer trug, streifte sie die Pumps ab.

Die Lichter der Stadt waren die einzige Beleuchtung im Raum. Dumpf hörte man die Musik von der Party, die zwei Stockwerke über ihnen stattfand. Sonst drang nichts in ihr Bewusstsein, es gab nur noch Jason. Er hatte sie aufs Bett gelegt.

Sie liebte es, wie er sie berührte, wie er ihr ins Ohr flüsterte, was er mit ihr machen wollte. Jedes Wort machte sie heißer, auf eine Art, wie Rachel es noch nie zuvor erlebt hatte.

Sie gab den Versuch, die Knöpfe zu öffnen, auf, zog ungeduldig sein Hemd einfach über den Kopf. Er fühlte sich so unglaublich gut an. Sie spürte seine Erektion, die noch von der Hose im Zaum gehalten wurde, und stöhnte, als er sich gegen sie drückte.

Jason entfernte die Träger ihres Kleides, öffnete langsam den Reißverschluss. »Ich werde mit dir in meinem Büro Sex haben, mit Kleidung. Heute Nacht aber möchte ich alles von dir sehen und fühlen.«

Sie hob die Hüften, damit er das Kleid besser wegziehen konnte. »In deinem Büro könnten wir erwischt werden.«

Es fiel zu Boden.

»Das macht es erst recht aufregend.«

Er beugte sich vor, küsste eine Spur von ihren Brüsten bis zum Bauchnabel. Dabei spielten seine Finger mit dem Saum ihres Slips. Rachel zerfloss, seine zarten Berührungen brachten jeden einzelnen Nerv ihres Körpers zum Schwingen. Endlich berührte er sie, spürte durch den Slip, wie feucht ihre Mitte war, wie sehr sie sich nach ihm sehnte.

»So wunderschön«, flüsterte er, als er die Innenseite ihres Schenkels küsste. Sie öffnete sich für ihn, wollte ihn, hoffte, wartete.

Er zog das bisschen Stoff, das sie bedeckte, zur Seite und fand sie mit seinem Mund, mit seiner Zunge.

»Oh Gott.« Sie bog sich durch, die Fersen gruben sich in die Matratze, sie hielt sich am Laken fest.

Seine Zungenspitze fand die perfekte Stelle. Sie reckte sich ihm entgegen, in seinem Rhythmus, das Prickeln vervielfachte sich, er wurde immer schneller. Plötzlich machte er eine winzige Pause, sodass es ihr den Verstand raubte. »Du bringst mich um.«

»Warte noch.«

Sie wollte seinen Kopf festhalten, genau an der richtigen Stelle, gleich würde sie kommen. Aber er neckte sie, ließ sie zappeln.

»Jason!«

Da gehorchte er endlich.

Ihr Körper explodierte, sein Spielchen verstärkte die Wellen der Lust, die sie nun durchfuhren.

Zum Glück war die Party oben im vollen Gange und keine schlafenden Gäste um sie herum, sonst hätte sie sich am nächsten Tag nicht mehr blicken lassen dürfen.

»Genau *davon* habe ich geträumt«, flüsterte er.

»Mir gefällt deine Fantasie besser als meine.«

Er legte sich auf sie, zwischen ihre Beine. »Jetzt lassen wir alle Träume wahr werden«, sagte er.

Sie grinste ihn an, umklammerte ihn mit einem Bein. »Wir müssen dich aus dieser Hose hier befreien, damit wir das machen können.«

Er wischte mit dem Handrücken über den Mund und rollte sich vom Bett, um sich auszuziehen. Rachel warf ihr feuchtes Höschen auf den Boden und machte Platz für ihn, als er wieder bei ihr war.

»Du siehst mir zu entspannt aus«, stellte er fest, als er sie wieder in seine Arme zog.

»Alles deine Schuld.« Mit den Fingernägeln strich sie über seine Hüfte, seine Oberschenkel. Obwohl er so viel im Büro saß, fühlte er sich an, als ob er die meiste Zeit im Fitnesscenter verbrachte. Er hatte sein Knie zwischen ihren Beinen und küsste sie, nur kurz. »Ich muss gestehen, ich bin ein Fan von langen Fingernägeln.«

Wieder ließ sie ihre Nägel über seine Haut gleiten und beobachtete dabei, wie sich sein Blick veränderte.

»Und Kleidern, die kaum etwas bedecken.«

»Weniger Stoff, der Farbe abbekommen könnte«, sagte sie. »Und hohe Schuhe. Ich liebe deine Beine in hohen Schuhen.«

Jetzt fuhr Rachel mit den Nägeln an seinem Bein entlang nach vorne. Sein Schwanz reckte sich ihr entgegen. Sie berührte ihn leicht. Jetzt war sie an der Reihe, ihn zu necken.

»Dann werde ich mir mal mehr Schuhe für meine Schlafzimmerkollektion zulegen.«

»Mach das.«

Sie strich über seinen Schaft.

Ein Schauder, den Jason nicht kontrollieren konnte, durchfuhr ihn.

Sie umfasste seinen Schwanz, bewunderte die perfekte Größe. Dabei streichelte sie mit dem Daumen über seine Eichel.

Jetzt hob auch er die Hüfte, streckte sich ihr entgegen, suchte sie.

Ihre Beine und Hände verwoben sich miteinander. Rachel rollte sich auf ihn, küsste ihn und ließ dabei die Haare in sein Gesicht fallen. Er wollte ihre Mitte.

»Kondom«, raunte sie.

Er stöhnte auf, ließ seine Hand aus dem Bett hängen. »In meinem Geldbeutel.«

Sie zog seine Hose heran und reichte sie ihm. Er fand, was er suchte, riss das Präservativ auf und gab es ihr.

Rachel ließ sich Zeit, es überzustreifen, genoss dabei, wie zart die Haut und wie hart der Rest war. Er sollte ruhig wissen, dass sie ihn genauso necken konnte, bis er vor Verlangen fast platzte.

Bald hielt er es nicht länger aus. Er nahm ihre Hände weg, packte Rachel an der Hüfte und zog sie auf sich. Sie beugte sich vor, ihr Busen berührte seine Brust, ihre Lippen nah über seinen.

Und endlich füllte er sie aus, so sehr, dass es ihr fast den Atem raubte.

Sie hielten inne, versanken tief ineinander. »Das fühlt sich so gut an«, sagte sie zu ihm.

»Perfekt«, stimmte er zu.

Er küsste sie, sanft und zart, während er sie an der Hüfte hielt und bewegte.

Sie war zwar oben, aber es war Jason, der die Geschwindigkeit vorgab, mit den Händen, Knien, mit der Bewegung seiner Hüfte. Alles in ihr öffnete sich für seine Länge, für seinen beachtlichen Umfang. Je tiefer er in sie eindrang, desto schwerer fiel es ihr, passiv zu bleiben. Bald bewegten sich beide im selben Rhythmus.

Sie klammerte sich an ihn, fühlte einen Biss, der vielleicht eine Spur hinterlassen würde. Es war ihr egal.

Und bald schon kam sie zur Klippe. Noch ein Stoß und schließlich löste sie sich auf und rief dabei Jasons Namen.

Seine Stöße kamen fester, er packte sie und dann stöhnte auch er, bis sein Körper die Erlösung fand.

Die Muskeln in ihrem Inneren zogen sich um ihn, ein letztes Mal durchfuhr ihn ein Schauder. Dann sank sie auf ihm nieder.

Sie waren noch außer Atem, keiner sagte etwas.

Und draußen erhellte sich plötzlich mit Krachen und Knallen der Himmel. Das neue Jahr hatte begonnen.

Rachel musste lachen. »Zwei Minuten später und unser Timing wäre perfekt gewesen.«

Jason streichelte ihre Wange. »Nächstes Jahr machen wir es richtig.«

War es möglich, dass sie so lange zusammenblieben?

Sie hoffte es.

»Gutes neues Jahr, Jason.«

»Gutes neues Jahr, meine Liebe.«

Er küsste sie wieder, rutschte aus ihr heraus.

Nach ihrem inneren Feuerwerk beobachteten sie nun eng aneinander gekuschelt das Leuchten über den Dächern der Stadt.

***

Sie liebten sich noch zwei weitere Male, aßen das Obst vom Früchteteller, tranken Champagner.

Und Jason wusste, dass es um ihn geschehen war. Er konnte alle Telefonnummern von anderen Frauen löschen. Rachel war die Richtige.

Sie lachten über das Feuerwerk, erzählten sich von ihren sexuellen Fantasien und dann schlief Rachel ein.

Wie konnte es sein, dass er sich mit ihr so sicher war, obwohl er sie noch gar nicht lange kannte? Jason wollte gar nicht genauer darüber nachdenken. Und er würde ihr das auch lieber vorerst nicht sagen. Immerhin hatte sie sich so weit auf ihn eingelassen, um mit ihm ins Bett zu gehen. Jetzt musste er noch zeigen, dass er auch außerhalb des Bettes der Richtige für sie war.

Er dachte an alles, was er mit ihr machen, mit ihr teilen wollte, bis auch ihm die Augen zufielen.

Das Telefon klingelte. Es war noch dunkel.

Rachel schreckte hoch. »Owen?«

Jason suchte im Dunkeln nach dem Telefon, machte Licht. »Hallo?«

»Jason, Junge.«

»Alles in Ordnung mit Owen?« Rachel war hochgeschreckt. Nathan musste ihre Frage gehört haben. »Sag ihr, dass mit Owen alles in Ordnung ist. Er schläft.«

Jason legte ihr eine Hand auf die Schulter. »Ihm geht es gut.«

Sie war erleichtert.

»Aber was ist los?« Denn um fünf Uhr morgens rief niemand ohne triftigen Grund an.

»Ein Flugzeug ist abgestürzt.«

Jetzt war Jason hellwach.

»Was? Wo?«

»Costa Rica.«

»Wer war an Bord?«

Nathan zögerte.

»Die Lamberts.«

Jason konnte es nicht fassen. Er dachte an das letzte Mal, als er das Paar gesehen hatte.

»Wendy hat es nicht überlebt. Ron schon, sein Zustand ist kritisch, aber stabil.«

Jason kniff die Augen zu. »Und die Kinder?«

»Sie waren nicht im Flugzeug.«

Er ließ den Kopf fallen. »Gott sei Dank.«

Rachel berührte ihn besorgt.

»Was ist mit der Crew?«

»Der Copilot ist schwer verletzt und schwebt in Lebensgefahr.«

»Und die anderen?«

»Der Kapitän wurde gerade operiert, als sie mich anriefen. Die Flugbegleiterin ist kaum verletzt. Aber es gibt noch ein weiteres Problem.«

Mehr noch als Besatzungsmitglieder und Kunden zu verlieren? »Welches?«

»Es geht das Gerücht um, dass der Pilot unter Alkoholeinfluss oder Drogen gestanden habe.«

»Ich kenne solche Gerüchte.« Bei einem Unfall fiel der erste Verdacht immer auf Alkohol oder Drogen.

»Keine Ahnung, Jason. Es wird viel darüber geredet.«

»Wann ist das Unglück passiert?«

Rachel machte große Augen.

»Vor ein paar Stunden. Glen hat versucht, bei dir anzurufen. Dann hat er endlich von Gerald Rachels Nummer erfahren und es bei ihr zu Hause versucht, wo ich gerade war.«

Jason musste unbedingt mit seinem Bruder sprechen. »Weck Owen auf und fahr mit ihm zu uns. Wir kommen auch gleich.«

»Was Schlimmes?«, fragte Rachel, als er aufgelegt hatte.

»Sehr schlimm. Wir müssen uns anziehen.«

***

Wenn man um fünf Uhr morgens mit den zerknitterten Partykleidern vom Vorabend durch eine Hotelhalle ging, zeigte man damit allen, dass man Sex gehabt hatte. Aber Rachel war sich sicher, dass dies gerade das Letzte war, woran Jason dachte.

Ein Wagen des Hotels wartete vor dem Eingang auf sie.

Sie fuhren zum Fairchild-Gebäude, vor dem bereits Leute mit Kameras standen und warteten.

»Mr Fairchild, können Sie etwas über das Unglück sagen?«

Er ging an ihnen vorbei, als ob er sie nicht gesehen hätte.

»Mr Fairchild?«

Panik machte sich in ihr breit. Das war für das Image der Firma der reinste Albtraum. Ohne einen Gedanken zu verschwenden, brachte sie Jason dazu, seine Schritte zu verlangsamen. Sie blickte in die Kameras. »Mr Fairchild möchte verständlicherweise im Moment keinen Kommentar abgeben. Er muss sich einen Überblick über die Lage verschaffen und möchte den betroffenen Familien sein Beileid aussprechen, bevor er ein Statement für die Presse abgeben wird.«

»Stimmt es, dass der Pilot Kokain genommen hat?«

»Auch dazu können wir im Moment noch nichts sagen. Ich danke für Ihr Verständnis.« Rachel wandte sich um und folgte Jason ins Gebäude.

Der Sicherheitsmann öffnete die Tür und grüßte sie. »Danke, Gunther.«

»Mr Fairchild, der Hubschrauber ist betankt und abflugbereit.«

Rachel lächelte dem Mann, den sie nicht kannte, zu und stieg mit Jason in den Aufzug.

Er gab ihr einen Kuss auf den Kopf. »Ich danke dir.«

»Ich mache nur meine Arbeit.«

Er drückte ihre Hand. »Du bist nicht meine Pressesprecherin.«

»Nein, sie ist eigentlich diese Woche in London. Zumindest so lange, bis du sie zurückgeholt hast.« Was man so alles in der Teeküche erfuhr.

Der Aufzug hielt in der obersten Etage. Sie stiegen aus und Jason sprach mit dem Mann, der bereits an der Tür zum Dach wartete. »Alles fertig?«

»Habe alle Checks durchgeführt.«

Jason gab ihm die Hand. »Keine weiteren Flüge, bis ich zurück bin.«

»Natürlich, Mr Fairchild.«

Rachel musste fast rennen, um Schritt zu halten, was in ihren hohen Schuhen nicht gerade leicht war. Sie waren schließlich für eine Cocktailparty gedacht und nicht dafür, auf irgendwelchen Dächern herumzurennen.

Sie stieg ein, schloss ohne zu zögern den Gurt.

Jason machte einen eiligen Sicherheitsscheck, wesentlich schneller als beim letzten Mal. Er setzte seinen Kopfhörer auf, startete den Motor. Der Propeller begann, sich zu drehen.

»Alles okay bei dir?«, fragte sie.

Er sah sie an, nahm ihre Hand. »Du bleibst doch bei mir, oder?«

»Ja.«

»Dann geht es mir gut.«

Was auch immer das heißen mochte. Er hatte ihr auf der Fahrt alles über den Absturz erzählt, über die Leute, die sich im Flugzeug befunden hatten. Er kannte die Lamberts schon sehr lange, schon aus der Zeit, bevor seine Eltern gestorben waren. Sie waren wichtige Kunden von Fairchild Charters. Das Paar hatte sowohl privat als auch geschäftlich fast jeden Monat ein Flugzeug gechartert.

Der Helikopter hob ab. Jason sprach ins Mikrofon. »Du hast doch früher in der Presseabteilung gearbeitet, bevor du ins Marketing gewechselt bist, stimmt's?«

»Bei meinem letzten Job hat beides zusammengehört.«

Er steuerte in die Richtung seines Hauses. »Ich möchte, dass du mitkommst und die Pressearbeit übernimmst, bis Phyllis wieder da ist.«

Sie zögerte. »Aber was ist mit Owen? Ich kann ihn doch nicht allein …«

»Wir nehmen ihn mit. Er hat doch sowieso bis zur zweiten Januarwoche Ferien, oder?«

Ging das so einfach? »Stimmt.«

»Hat er einen gültigen Reisepass?«

»Ja. Emily hat damals gedacht, dass es vielleicht irgendwelche Wunderbehandlungen im Ausland gibt, die ihren Krebs heilen würden.« Leider hatte es auf der ganzen Welt keine Therapie gegeben, die ihr Leben gerettet hätte.

»Dann ist es hiermit beschlossene Sache. Er bleibt im Hotel, während wir uns um die Angelegenheit kümmern. Für ihn wird es ein richtiger Urlaub werden.«

»Allein in einem Hotel in Costa Rica?«

»Nathan kann mitkommen. Ich brauche ihn ohnehin, damit er sich um die eintreffenden Berichte der Luftaufsichtsbehörde kümmert.«

Costa Rica.

»Ich brauche dich, Rachel.«

Sie nahm seine freie Hand, die er gerade nicht zum Fliegen brauchte. »Was soll ich alles einpacken?«

Kapitel 18

Für Owen war es ein großes Abenteuer, für die anderen hatte die Arbeit längst begonnen. Jason telefonierte andauernd, selbst in einer Höhe von dreißigtausend Fuß, Rachel schrieb Pressemitteilungen und Statements für alle möglichen Szenarien und Nathan flog als Copilot. Sie saßen in Jasons Privatjet.

Nach der Hälfte des fast sechsstündigen Fluges stand Jason mal kurz aus seinem Pilotensitz auf und ging nach hinten zu ihr.

Owen saß entspannt im zurückgestellten Ledersitz. Er guckte zwar einen Film, aber immer wieder schaute er auch staunend aus dem Fenster.

»So hätte ich mir deinen ersten Flug in diesem Flugzeug nicht vorgestellt«, sagte Jason zu Rachel.

»Und ich hätte mir nicht vorgestellt, überhaupt mal in so einem Flieger zu sitzen.«

Er küsste ihren Hals. »Na ja, kannst dich schon mal daran gewöhnen.«

Bei dieser Aussage erhöhte sich ihr Puls.

Bevor sie etwas erwidern konnte, hatte er ihr schon einen Kuss auf die Wange gegeben und sagte zu Owen: »Was schaust du dir da an?«

Während die beiden über den Film plauderten, sah sich Rachel in der Kabine um.

Es war nicht einfach nur ein Privatjet. Es war der Privatjet der Firmenchefs eines millionenschweren Unternehmens aus der Flugbranche. In dem Flieger befanden sich nicht nur zwei oder drei Sitze, sondern mindestens zwölf. Und was noch beeindruckender war: Es gab sogar zwei Schlafräume. Die Maschine war riesig. Jason hatte sich entschuldigt, dass keine Flugbegleiterin an Bord war. Als ob sie auch noch jemanden brauchten, der ihnen Getränke servierte. Es hätte genauso gut die Präsidentenmaschine sein können. Fehlten nur noch die Kabinettsmitglieder.

Wie bin ich bloß hier gelandet, Emily?, dachte sie. Aber ihre Freundin hätte ihr diese Frage auch nicht beantworten können.

Owen lachte über etwas, das Jason gesagt hatte. Sie schauten auf den Bildschirm, auf dem erwachsene Männer gerade irgendwelche Superhelden spielten.

Rachel las wieder ihre Notizen zu Jasons Pressemitteilungen. *Mach einfach nur deine Arbeit*, ermahnte sie sich, obwohl sie wusste, dass Jason sie in erster Linie aus persönlichen Gründen gebeten hatte, ihn zu begleiten. Aber er hatte auch gesagt, dass er sie für die Presse brauche. Und sie durfte ihn und die Firma nicht enttäuschen.

Als es anschließend nichts weiter zu tun gab, lehnte sie sich zurück und schloss die Augen.

***

In Costa Rica war es heiß, die Luft war feucht. Es war immer noch Tag, als sie durch den Zoll bis zu dem Fahrzeug gingen, das bereits auf sie wartete. Nathan und Owen fuhren mit einem separaten Wagen zum Hotel, während Jason und Rachel direkt zum Krankenhaus gebracht wurden.

Jasons Hauptanliegen waren die Leute, die sich in dem verunglückten Flugzeug befunden hatten.

Er hatte beide Piloten nicht persönlich gekannt. Auf dem Flug hatte er sich die Akten der Angestellten angesehen und Anweisungen herausgegeben, für die Angehörigen Flüge nach Costa Rica zu organisieren.

Seit Jason der Geschäftsführer war, hatte es bisher nur zwei Unfälle gegeben. Die Ursache waren in beiden Fällen Probleme beim Start, es war niemand ums Leben gekommen. Die Flugzeuge waren zwar beschädigt gewesen, hatten jedoch keinen Totalschaden erlitten.

Nach allem, was Jason bisher wusste, würde das bei diesem Unglück anders sein.

Das Krankenhaus war nicht so, wie man es aus den Vereinigten Staaten kannte. Es war nur ein paar Stockwerke hoch, die Mauern bröckelten und wirkten nicht sehr vertrauenerweckend. Dafür war es, was die Technologie anging, erstaunlich gut ausgerüstet.

Es dauerte eine Weile, bis sie Leute ausfindig machten, die gut genug Englisch sprachen.

Sie führten Jason und Rachel zu einem Zimmer, in dem die beiden Piloten lagen.

Keiner von beiden war bei Bewusstsein.

Sie sahen aus, als wären sie von einem Lastwagen überrollt worden. Oder eben vom Himmel gefallen.

Ein Arzt kam, als er gehört hatte, dass Besuch für die Unfallopfer gekommen war.

»Wie ist der Zustand der beiden?«, erkundigte sich Jason bei dem Mann, der sich als Dr. Salvador vorstellte.

»Mr Hyde wird sich wahrscheinlich ohne weitere Komplikationen erholen. Bei ihm sind Milz und andere Organe verletzt, aber nicht lebensbedrohlich.«

Jason sah zu dem anderen Patienten. »Und der Copilot?«

»Mr Berglund hat schwerere Verletzungen erlitten. Er hat eine Hirnschwellung und viele Knochenbrüche. Wir gehen davon aus, dass er den Sicherheitsgurt nicht geschlossen hatte. Im Gegensatz zu Mr Hyde hat man bei ihm keine Gurtabdrücke am Becken gefunden.«

Jason schüttelte den Kopf. »Ich war noch nicht am Unfallort. Sonst habe ich auch noch keine Informationen von der Luftaufsichtsbehörde.«

»Die Flugbegleiterin ist wohl mit nur leichten Verletzungen davongekommen. Sie kann sicher erzählen, wie es sich zugetragen hat.«

Rachel legte Jason die Hand auf den Arm. »Was ist mit Ron? Man sagt, sein Zustand sei kritisch, aber stabil.«

Jason blickte sich um. »Wo liegt denn Mr Lambert?«

»Richtig, der Passagier. Er wurde verlegt.«

»Ist er nicht mehr auf der Intensivstation?«, wollte Jason wissen.

»Seine Verletzungen sind nicht lebensbedrohlich. Er liegt auf der normalen Krankenstation.«

Wenigstens eine gute Nachricht.

Nachdem der Arzt gegangen war, verließen auch Jason und Rachel den Raum.

»Hier sorgt man sich wohl wenig um die Privatsphäre der Patienten«, sagte sie.

»Das macht es für uns leichter.«

Sie gingen ein Stockwerk nach oben und suchten eine Krankenschwester, die sie zu Ron führen würde.

In gebrochenem Englisch teilte man ihnen mit, dass Ron starke Medikamente bekommen habe und in den nächsten Stunden nicht gestört werden dürfe. Jason war erleichtert, dass ihm noch ein bisschen Zeit blieb, bis er mit dem Mann sprechen musste, der gerade seine Frau verloren hatte.

»Und was nun?«, fragte Rachel, als sie gingen.

Bei jedem anderen Angestellten wäre ihm seine Bitte leichter gefallen. »Könntest du hierbleiben? Ich muss zur Unglücksstelle.

Vielleicht kannst du auch versuchen, die Flugbegleiterin zu finden und weitere Informationen von ihr erhalten. Wenn Angehörige der Verletzten kommen, muss jemand vor Ort sein. Morgen trifft Verstärkung für uns ein.«

Rachel schien kein Problem damit zu haben, zumindest ließ sie sich nichts anmerken. »Dafür bin ich ja mitgekommen«, sagte sie.

»Hast du dein Telefon und ein Ladegerät?«

Sie klopfte auf die Tasche.

»Geld?«

»Ich habe meine Kreditkarte.«

»Okay.« Sein Magen zog sich zusammen. »Bist du sicher, dass du …«

»Jason! Ich bin eine erwachsene Frau. Los, geh und mach deine Arbeit.« Sie lächelte ihn an.

Er küsste sie. »Pass auf dich auf«, sagte er und ging.

***

Ein paar Stunden später gab Rachel die Suche nach der Flugbegleiterin auf. Sie hatte bei allen Hotels in der Gegend angerufen. Meistens sprachen die Leute dort recht passables Englisch. Aber nirgendwo war die Flugbegleiterin als Gast registriert.

Rachel hatte lediglich herausgefunden, dass sie im Krankenhaus gewesen war, weil sie sich bei dem Unglück das Handgelenk gebrochen hatte. Seitdem aber hatte niemand sie gesehen. Rachel hoffte, dass sie einfach noch nicht an der richtigen Stelle gesucht hatte.

Während Rachel im Wartezimmer saß, schickte sie Owen Textnachrichten. Wie erwartet war er begeistert von dem fremden Land und gelobte, im Spanischunterricht besser mitzumachen, wenn die Schule wieder begann. Kein schlechter Vorsatz.

Jason war nicht erreichbar. Aber er war auch gerade mehr oder weniger im Dschungel unterwegs, wo es keinen Empfang gab.

Gegen zehn Uhr abends überlegte sie, ob sie noch länger bleiben müsse oder ob sie langsam zum Hotel fahren könne. Sie entschied sich, noch bis Mitternacht zu warten, wenn man sie nicht schon vorher hinausschmiss. Bis jetzt hatte es niemanden gestört.

Sie konnte kaum noch die Augen aufhalten. Kurz vor Mitternacht kam endlich Verstärkung – eine Frau und ein Mann mit dem Logo von Fairchild Charters auf dem Shirt. Rachel sprang auf und eilte zu ihnen, bevor sie in den Fahrstuhl stiegen.

»Entschuldigung?«

Die Frau war Mitte fünfzig und recht klein. Der Mann war deutlich jünger, vielleicht vierzig, und sah aus, als ob er jeden Tag fünf Stunden im Fitnesscenter trainierte. Sie drehten sich zu ihr um.

»Sind Sie Rachel Price?«

»Ja. Wie schön, endlich wieder jemand, der meine Sprache spricht.«

»Mr Fairchild hat uns gesagt, dass Sie hier sind. Ich bin Louis und das ist Isa. Wir gehören zum Kriseninterventionsteam. Gibt es Neuigkeiten?«

»Nein, noch keine. Ich wusste gar nicht, dass Fairchild Charters ein Kriseninterventionsteam hat. Hätte nicht gedacht, dass wir dafür wirklich Bedarf haben.«

»Es ist neu und gehört zur Katastrophenschutzabteilung der Firma.«

Isa lächelte sie freundlich an. »Ich bin klinische Psychologin und spreche vier Sprachen.«

Rachel war beeindruckt.

»Und ich bin einfach nur groß und furchteinflößend, sozusagen der Bodyguard.«

»Da weiß ich jetzt gar nicht, was ich sagen soll.«

Er grinste. »Ich bin eigentlich für Isa da. Allerdings hat mich Mr Fairchild gebeten, Sie zum Wagen zu begleiten, damit Sie jetzt endlich zum Hotel zurückfahren und sich ausruhen können.«

»Das hätte ich sowieso gerade gemacht. In der Krankenhauslobby wollte ich dann doch lieber nicht schlafen.«

Sie verabschiedeten sich und Rachel ließ die Geräusche und den Geruch des Krankenhauses hinter sich.

Sie saß nun endlich im Wagen und war froh, dass es in Costa Rica, oder zumindest in San José, ganz normale Autos und Straßen gab. Doch bald sah sie auch Autos, die in den Staaten schon längst auf dem Schrottplatz gelandet wären. Als sie vorher mit Jason unterwegs gewesen war, hatte sie sich sicher gefühlt, aber jetzt, allein in dem fremden Auto, war ihr etwas mulmig zumute.

Doch es dauerte nicht lange, bis sie am Hotel angekommen waren und der Fahrer für sie die Autotür öffnete.

Es war wieder ein Morrison-Hotel, was sie nach der Silvesternacht nicht wirklich überraschte. An der Rezeption nannte sie ihren Namen und erhielt den Zimmerschlüssel. Im Aufzug erwartete sie ein Hoteldiener, der für sie die Schlüsselkarte durchzog und sie bis zum obersten Stockwerk begleitete.

In dem Gang gab es lediglich drei Zimmertüren. Sie öffnete behutsam die Tür mit ihrer Nummer.

Dabei hätte sie sich gar nicht wie ein leises Mäuschen benehmen müssen.

Es erwartete sie eine Penthouse-Suite, nicht weniger luxuriös als die im Morrison-Hotel in den USA.

Aus einem der Zimmer tönte ein Schnarchen. Rachel streckte leise den Kopf hinein. Es war Nathan, der dort auf dem Rücken lag und mit offenem Mund schlief.

Sie suchte weiter, fand Owen in einem der anderen Schlafzimmer. Die Vorhänge waren offen, von draußen schienen die Lichter der Stadt herein.

Im großen Hauptschlafzimmer befand sich ein riesiges Doppelbett, das laut nach ihr rief. Ihr Koffer stand neben dem von Jason in einer Ecke des Zimmers. Doch bevor sie ins Bett fiel, bediente sie sich aus dem kleinen Kühlschrank und dem Snack-Korb.

Dann schickte sie Jason noch eine Nachricht, dass sie gut im Hotel angekommen sei.

Es war ein Ding der Unmöglichkeit, wach zu bleiben, bis Jason kam. Sie ließ es zu, dass der Schlaf sie überwältigte.

Irgendwann am frühen Morgen spürte Rachel Jasons Arm auf sich.

Zuerst dachte sie, dass er gerade erst zurückgekommen sei. Aber er schlief tief und fest, sein gleichmäßiger Atem streifte ihren Hals und beruhigte sie.

Dass er neben ihr lag, fühlte sich so gut an, so behaglich. Sie war in einem fremden Land, schlief mit ihrem Chef im selben Bett. Eigentlich hätte sie dieser Gedanke verstören müssen. Tat er aber nicht.

Sie schloss die Augen, schlief wieder ein. In ihrem Traum waren sie in Jasons Privatjet unterwegs. Sie trug ein weißes Kleid, Jason einen Smoking. Champagner prickelte auf der Zunge, ihr war warm ums Herz. An ihrer Hand funkelte ein Ring. Und plötzlich begann der Jet, vom Himmel zu stürzen.

Rachel schreckte auf, ihr Herz raste.

Costa Rica.

Jason im Bett neben ihr.

Die Stimmen von anderen drangen zu ihr, Owens Lachen.

Sie schloss die Augen und wartete, dass sich ihr Puls beruhigte. Aber der Traum wirkte noch länger bis in den Tag hinein nach.

***

Erst am übernächsten Tag hatten Jason und sein Team alle Einzelheiten über den Unfall herausgefunden. Nach zwei weiteren Tagen lag der vorläufige Bericht der internationalen Luftaufsichtsbehörde vor.

Rachel war stets an Jasons Seite, wenn er mit der Presse sprach. Er dankte den Journalisten, dass sie gekommen waren und für ihre bisherige Geduld, während man Antworten auf die Frage gesucht hatte, warum der Flug 262 von Fairchild Charters abgestürzt war.

»Wir möchten den Angehörigen von Mrs Lambert unser Beileid aussprechen. Wendy und ihr Mann waren seit Jahren mit uns befreundet und wir werden Wendy sehr vermissen. Ron wurde zur Weiterbehandlung wieder in die Staaten gebracht. Wir bitten darum, dass man ihm und den Kindern Respekt zollt und ihre Privatsphäre respektiert, während die Familie um den Verlust der Ehefrau und Mutter trauert.«

Rachel versuchte, möglichst keine Emotionen zu zeigen, um der Presse nicht zu verraten, was in ihr vorging.

»Durch den toxikologischen Befund wird definitiv ausgeschlossen, dass bei diesem tragischen Unglück Drogen oder Alkohol im Spiel waren.« Jason richtete sich auf. »Die Unglücksursache war eine Kombination aus menschlichem Versagen und Passagiereinwirkung. Fairchild Charters wird umgehend darauf reagieren und die entsprechenden Sicherheitsvorkehrungen verschärfen.«

Gleich drei Journalisten hielten die Mikros hin und wollten gleichzeitig wissen, was Jason mit *Passagiereinwirkung* meine.

Jason hob die Hand. »Diese Information kann zum Schutz der Privatsphäre der Passagiere nicht gegeben werden. Dieser Schutz besteht für jeden Fluggast, egal ob er Passagier eines Privatjets oder eines Jumbos ist, und er muss aus Sicherheitsgründen für alle eingehalten werden.«

»Welche Sicherheitsvorschriften haben die Lamberts denn missachtet?«, fragte ein aufdringlicher Reporter, der sehr dick war. Auch die anderen hielten gespannt die Mikrofone hin.

Rachel merkte, wie Jason zu zögern begann. Sie wusste, dass er gerne eine Antwort gegeben hätte, aber er durfte nichts sagen.

»Das wird im Ergebnisbericht der Luftaufsichtsbehörde stehen.«

»Stimmt es, dass Wendy Lambert ins Cockpit vorgedrungen ist?«

»Danke für Ihre Geduld.« Damit war für Jason das Thema beendet.

Rachel beeilte sich, mit ihm Schritt zu halten, während sie die Pressekonferenz verließen. Nun übernahmen andere Leute von Fairchild Charters und beantworteten alle Fragen, auf die sie Antwort geben durften.

»Gut gemacht.« Glen klopfte Jason beim Gehen auf den Rücken. Er war zur Unterstützung ebenfalls nach Costa Rica gekommen.

»Na ja, ich habe eigentlich gar nichts gesagt.«

»Du hast ihnen genau das gesagt, was sie hören wollten. Der Rest wird im Bericht stehen. Für uns ist ja nur wichtig, dass der Fokus nicht mehr so sehr auf Fairchild Charters liegt und dass wir den Familien unser Mitgefühl aussprechen. Das ist alles, was wir tun müssen«, meinte nun Glen.

»Ich kann immer noch nicht glauben, dass Wendy wirklich so ausgerastet ist, wie behauptet wird.«

»Es war sicher nicht die weiseste Entscheidung von Ron, seiner Frau ausgerechnet während des Starts zu beichten, dass er mit dem Kindermädchen schläft.«

»Dass er überhaupt mit dem Kindermädchen geschlafen hat, ist noch schlimmer, als es seiner Frau zu sagen«, fand Rachel.

»Man kann für die Betroffenen nur hoffen, dass nicht alles ans Tageslicht kommt. Dass Wendy im Flugzeug übergeschnappt ist, ist eine Sache. Aber dass der Copilot die Cockpittür geöffnet hat, um zu sehen, was in der Kabine vor sich geht, ist eine andere.« Und dann hatte Wendy den Mann angegriffen und war ins Cockpit gestürmt. Laut Aussagen der Flugbegleiterin überstürzten sich die Ereignisse. Das Flugzeug verlor an Höhe und da sie noch nicht einmal die Zehntausend-Fuß-Marke überschritten hatten, ging es sehr schnell zu weit hinab.

»Weiß man schon mehr über den Zustand des Copiloten?«

»Es gibt noch keine Rückmeldung vom Neurochirurgen in Dallas«, sagte Rachel zu Glen. »Mr Hyde fliegt morgen nach Hause.«

»Dann ist hier eigentlich alles erledigt«, meinte Glen. »Wenn ihr wieder heimfliegen wollt, kann ich bleiben und den Rest erledigen.«

Jason lächelte Rachel zu. »Vielleicht ist es besser, wenn *wir* bleiben. Dann kannst du zurück ins Büro, Glen, um dort nach dem Rechten zu sehen. Mir wäre es ganz recht, wenn sich nicht alle Augen auf Rachel richten würden, sobald wir nach Hause kommen.«

Glen durchschaute ihn. »Gib doch zu, dass das nur eine Ausrede ist, um noch ein bisschen länger in der Wärme zu bleiben.«

Rachel wollte es abstreiten, aber Jason war schneller. »Ich finde, nach dem, wie das Jahr angefangen hat, könnte es mit ein paar Tagen in der Sonne durchaus verbessert werden.«

Glen klopfte Jason auf den Rücken. »Keine Sorge, Bruder, ich kümmere mich um alles.« Er umarmte Rachel. »Wir sehen uns in New York.«

»Guten Flug«, sagte sie zu ihm.

Jason sah seinem Bruder hinterher. Dann wandte er sich wieder Rachel zu. »Ich hoffe, du bist einverstanden, dass ich dich noch ein paar Tage entführe.«

»Solange wir morgen ausschlafen, werde ich mich nicht beschweren.«

Sie waren seit ihrer Ankunft in San José pausenlos auf Achse gewesen. Und Nathan hatte in der Zeit Owen ein paar Tipps gegeben, wie man Mädels aufriss.

»Kein Essen auf dem Zimmer mehr, keine Krankenhäuser.«

Sie hängte sich beim Hinausgehen bei ihm ein. »Glaubst du, dass es Ron irgendwann wieder gut gehen wird?«

»Ich weiß nicht. Er wird zumindest für immer damit leben müssen, dass Wendy gestorben ist und dass er selbst Schuld daran trägt, dass bei ihr die Sicherungen durchgebrannt sind.«

»Wie alt ist denn dieses Kindermädchen?«, fragte Rachel, als sie in den Mietwagen stiegen.

»Nicht alt genug«, seufzte Jason. »Also, schon volljährig. Aber sehr jung.«

»Sie hat jetzt sicher keinen Job mehr.« Als Rachel das sagte, wurde ihr bewusst, dass das Kindermädchen mit ihrem Chef geschlafen hatte und die Sache nicht gerade gut ausgegangen war.

»Hör auf damit«, sagte Jason, während er am Steuer saß.

»Mit was soll ich aufhören?«

»Daran zu denken, woran du gerade gedacht hast. Auch wenn du mit dem Babysitter schläfst, *du* wirst deinen Job nicht verlieren.«

Rachel musste grinsen. »Ich habe nicht das geringste Verlangen, mit Nathan zu schlafen.«

Jason lachte laut auf. »Eine interessante Vorstellung.«

Auf halbem Weg zum Hotel kam sie wieder auf die Arbeit zu sprechen. »Du weißt schon, dass man jetzt ganz sicher über uns redet, oder?«

»Ja, das kann ich mir gut vorstellen.«

»Und wahrscheinlich lassen sie kein gutes Haar an uns.«

Er blickte kurz zu ihr, dann wieder auf die Straße. »Wenn ich immer mit meinen Mitarbeiterinnen schlafen würde, hättest du vielleicht recht. Aber du bist die Erste, die ich als meine Freundin vorstelle. Klar, die Situation wird einiges an Gerede hervorgerufen, aber ich erwarte trotzdem einen gewissen Grad an Respekt. Der gebührt uns beiden.«

Sie starrte vor sich hin.

»Als du *Freundin* gesagt hast, konnte ich mich nicht mehr konzentrieren.«

Er schaute sie gar nicht erst an. »Bist du aber doch.«

Grinsend blickte auch sie auf die Straße. Sie freute sich auf den Rest dieses Arbeitsurlaubes.

***

Jason brachte sie alle zur Küste. Er hatte ein Haus am Strand gemietet, sogar mit Koch und Haushälterin. Davor waren sie shoppen gegangen. Rachel hatte noch ein paar Sachen für den Strand gebraucht und er sagte, dass er ihr nach dem Vorfall mit der Wandfarbe sowieso noch mindestens ein Kleid schuldig war. Jetzt waren sie wieder quitt.

In den nächsten drei Tagen lachten sie viel. Es gab gutes Essen und sie genossen die Sonne, die sie in New York noch eine ganze Weile nicht zu Gesicht bekommen würden. Er verliebte sich immer mehr in sie und hatte gar keine Lust, wieder zur Arbeit zurückzukehren. Genau deshalb hatte er auch den Aufenthalt in Costa Rica noch ein bisschen verlängert.

Glen schickte eine Nachricht. Im Büro koche die Gerüchteküche. Das werde wahrscheinlich erst wieder aufhören, wenn sie zurückkämen.

»Das sieht aber entspannt aus.« Rachels Stimme war direkt über ihm.

Er lag in der Hängematte, in die er es hineingeschafft hatte, ohne gleich wieder am Boden zu landen. Jetzt öffnete er die Augen. »So was brauche ich auch.«

»Eine Hängematte oder ein Haus in Südamerika?«

»Beides.« Er zwinkerte ihr zu.

»Ich weiß nie, wann du was ernst meinst und wann du Witze machst.«

»Ich muss ja ein bisschen geheimnisvoll bleiben, sonst brennst du mit dem Babysitter durch.«

»Nee, ich steh' nicht auf seinen schottischen Akzent.«

»Ach komm, alles, was einen Rock trägt, steht doch auf so was«, meinte er.

Sie blickte an ihrem Bikinihöschen hinab. »Ich trage keinen Rock.«

Er musterte sie von oben bis unten, erinnerte sich an den winzigen Leberfleck auf ihrer rechten Pobacke, der jetzt kaum von dem bisschen Stoff verdeckt wurde. »Das sehe ich.«

»Wenn ich nicht noch was anhätte, würde ich meinen, du hättest mich gerade mit deinen Blicken ausgezogen.«

Seine Augen blieben bei der besonders warmen Stelle zwischen ihren Schenkeln haften. »Erwischt.« Jason klopfte neben sich. »Komm.«

»In die Hängematte?«

»Ja.« Er versuchte zu rutschen.

»Du bist verrückt, da landen wir beide nur im Sand.«

»Ich habe einen super Gleichgewichtssinn.«

Rachel versuchte, sich ganz vorsichtig in die Hängematte zu setzen. »Und jetzt leg dich hin.«

Aber in derselben Sekunde, in der sie sich zurücklehnte, drehte sich das Netz. Jason wollte sie beide noch retten, doch schwupps, landete er rücklings auf dem Boden. Und Rachel auf ihm.

»Alles okay?«, lachte sie.

»Autsch.« Er machte ein schmerzverzerrtes Gesicht.

»Ach, du Armer!«

Als er daraufhin ihre Pobacken mit beiden Händen umfasste und drückte, kicherte sie und küsste ihn.

Sofort wurde er hart, jeglicher Schmerz im Rücken war vergessen.

Rachel massierte mit dem Knie die Stelle zwischen seinen Schenkeln und nutzte ihre Position aus. Jason gefiel es, wenn sie so war, so zügellos, so unverhohlen lustvoll. Alle Gedanken an Arbeit und Verantwortung hatten sie an der Stadtgrenze von San José hinter sich gelassen. Nun saß auf ihm ein freches Ding, mit dem er Tag und Nacht spielen wollte.

Überall klebte der Sand an ihnen, während ihr Kuss immer intensiver wurde.

»Wo ist Owen?«, fragte er, denn er wollte jetzt auf keinen Fall gestört werden.

»Er ist im Haus.« Sie biss ihn ins Ohrläppchen. »Nathan hat gesagt, dass sie ein Pokerturnier machen wollen.«

»Klingt, als ob das länger dauert«, murmelte er ihr ins Ohr, während er ihren Rücken entlangfuhr und langsam den Knoten ihres Bikinioberteils löste.

Ihre Hand glitt in seine Shorts. Doch der Sand, den sie mitbrachte, rieb an den besonders empfindsamen Stellen. Wahrscheinlich würden sie beide am Ende wund sein, wenn sie so weitermachten.

»Sand.«

Sie bewegte ihre Hüften. »Ja, der stört ziemlich.«

Er blickte zum türkisfarbenen Meer des abgelegenen Strandes. »Ich habe eine viel bessere Idee.«

Er hob sie hoch und trug sie zum Wasser. Es hatte Badewannentemperatur, die Oberfläche war glatt wie bei einem See. Als er bis zur Hüfte im Meer stand, ließ er sie los. Das Salzwasser wusch den Sand fort, ihre Berührung war nun noch viel angenehmer.

»Meinst du, das klappt?«, fragte sie, sprang an ihm hoch und umklammerte mit den Beinen seine Hüften.

Sein Schwanz drückte gegen ihr Bikinihöschen. »Wir müssen es einfach mal probieren.« Durch die Schwerelosigkeit im Wasser konnte er sie halten und gleichzeitig dort berühren, wo es ihr am meisten Lust bereitete.

Sie küsste ihn, ritt auf seiner Hand, bis er es nicht länger aushielt.

Während sie ihre Arme um seinen Hals geschlungen hatte, zog er ihr Bikinihöschen zur Seite. Er neckte sie mit seinem Schwanz, dann drang er tief in sie ein und stöhnte dabei laut auf.

Oder war sie es, die stöhnte?

Rachel lehnte die Stirn gegen seine Schulter. »Das fühlt sich gut an.«

Das fand er auch.

Sie bewegte ihr Becken, er unterstützte sie dabei mit den Händen. Sie fühlten sich so frei wie Teenager während der Sommerferien. Ihre Körper verschmolzen im Wasser, die Stimulation wurde durch die einzigartige und ungewohnte Stellung noch verstärkt. Wie immer fanden sie denselben Rhythmus.

Rachel krallte sich an seinem Rücken fest, als sie kam. Und er vergrub den Kopf zwischen ihren Brüsten, als es bei ihm so weit war.

»Das könnte glatt zur Gewohnheit werden, so gut ist das«, sagte sie.

»Wie Schokolade?«, fragte er lachend.

»Ja, nur ohne Kalorien.«

Sie sah ihn an, ihr Blick zufrieden und voller Gefühl für ihn.

Als er sich aus ihr herauszog, machte sie eine Schnute.

»Wir fliegen erst morgen früh.«

Da grinste sie wieder. »Dann können wir ja im Flieger unseren Schlaf nachholen.«

Aber so, wie sie ihn ansah, wusste er genau, dass sie dort erst recht keinen Schlaf abbekämen.

»Ich möchte gar nicht mehr heimfliegen«, sagte sie. »Vielleicht könnte ich Owen selber unterrichten?«

»Kennst du dich auch mit Chemie aus und so?«

Sie legte den Kopf auf seine Schultern ab. »Mist, lieber doch nicht.«

»Wir kommen wieder«, versprach er.

Rachel küsste ihn und Jason fragte sich, ob das Haus, das sie für die paar Tage gemietet hatten, vielleicht zu kaufen war. Ein Wochenende im Monat an diesem Strand wäre jeden Preis wert gewesen.

Kapitel 19

Die Kälte schlug ihnen entgegen. Dazu kam, dass mindestens dreißig Zentimeter Schnee lagen.

»Und du bist dir ganz sicher, dass ich nicht über Nacht bleiben darf?«, fragte Jason erneut, als sie sich an der Tür verabschiedeten.

»Wir haben doch abgemacht, dass wir nur an den Wochenenden übernachten«, wiederholte sie, was sie zuvor schon mal gesagt hatte.

»Du hast das mit den Wochenenden gesagt. Ich finde, wir sollten sagen, an jedem Tag, der mit einem G endet.«

»An den Tagen, die mit einem G enden, sehe ich dich ja trotzdem. Und mittwochs auch. Aber Übernachtungen heben wir uns für die Wochenenden auf.«

Es war ein Kompromiss und Rachel merkte, wie ungern er ihn einging. Doch er hatte zugestimmt.

Außerdem war das, was er gerade vorschlug, schon fast so etwas wie gemeinsam zu wohnen. Statt es langsam anzugehen, bewegten sie sich mit Lichtgeschwindigkeit. Rachel hatte noch nie zuvor mit einem Freund zusammengewohnt. Und sie mussten auch noch an Owen denken. Rachel hatte seit Silvester nicht mehr richtig mit ihm geredet.

»Soll ich dich morgen Früh abholen?«, wollte er wissen.

»Fährst du mit der Bahn?«

»Ich dachte eher an Fliegen.«

Da schüttelte sie den Kopf. »Ich fahre lieber mit der Bahn.«

»Warum? Jeder weiß, dass wir zusammen in Südamerika waren.«

»Das vielleicht. Aber ich muss es ja auch nicht extra jedem auf die Nase binden.«

Er verengte die Augen. »Wirst du immer so stur sein?«

»Wahrscheinlich.«

Er wandte sich zum Gehen. »Dann bin ich jetzt ja vorgewarnt.«

»Hey.«

»Was denn?«

»Bekomme ich keinen Abschiedskuss?«

Er fasste um ihre Hüfte, zog sie zu sich heran. »Stur und fordernd.«

»Dann gewöhn dich besser dran.«

Er küsste sie. Und gab ihr einen Klaps auf den Po. »Wir sehen uns morgen.«

Als er weg war, lehnte sie sich gegen die geschlossene Tür, schlang die Arme um sich und grinste. Ihr Blick fiel dabei auf den Stapel ungeöffneter Briefe. Aber die konnten auch bis morgen warten. Sie ging die Treppe nach oben, um mal wieder mit Owen zu quatschen.

***

Als Rachel am nächsten Morgen ins Büro kam, hatte sie ein nahezu biblisches Gefühl. Es war, als ob sich das Meer vor ihr teilte, während sie an den Kollegen vorbeiging. Manche steckten die Köpfe zusammen und tuschelten. Andere starrten sie bloß wortlos an. Ein Spießrutenlauf, bis sie endlich an ihrem Schreibtisch angelangt war.

»Bist braun geworden«, stellte Julie neben ihr fest. Sie hielt ihr eine Tasse Kaffee hin.

»Lieber Gott, danke, dass es Kaffee gibt.«

Julie setzte sich und rollte mit ihrem Stuhl dicht an sie heran. »Du weißt, dass alle über euch sprechen, oder?«

Es konnte sie zwar niemand hören, doch flüsterten sie trotzdem.

»Es ist nicht so, wie alle denken.«

»Ach ja?«

»Es ist ganz anders, Julie.«

Julie sah wenig überzeugt aus. »So, so.«

»Wirklich!«

Julie strich ihr glattes schwarzes Haar hinters Ohr. »Wir sind doch Freundinnen, oder?«

»Das hoffe ich, ja.«

Sie blickte Rachel an, fand offenbar, dass sie noch mehr sagen musste. »Wenn ich dir erzählen würde, dass ich mit Gerald schlafe, wie würdest du da reagieren?«

»Ich würde dich daran erinnern, dass er verheiratet ist.«

»Und wenn er ledig wäre?«

»Dann würde ich sagen, er ist zu alt für dich.«

Julie klopfte auf Rachels Arm. »Und wenn er jünger wäre?«

Die Antwort, die sie darauf hätte geben müssen, gefiel Rachel ganz und gar nicht.

»Du würdest mir sagen, dass er mein Chef ist!«, raunte Julie ihr zu.

»Ich weiß, ich weiß. Aber es ist ja ganz anders. Wirklich.«

Julie schüttelte den Kopf. »Welcher Firmenname steht denn auf deinen Gehaltsschecks?«

»Ich weiß schon.« Es war ihr ja durchaus bewusst.

»Vielleicht wusstest du es mal, aber jetzt hast du es wieder vergessen. Pass bloß auf, Rachel.«

Julie rollte hinter ihre Trennwand und tippte auf der Computertastatur herum.

Dann ertönte ihre Stimme wieder und unterbrach Rachels Gedanken. »Also, wie war es in Costa Rica?«

»Super. Zumindest, als wir mit dem offiziellen Teil fertig waren.«

Julie stöhnte. »Ein bisschen hasse ich dich dafür.«

Rachel grinste und wusste, dass ihre Freundin keinen Groll gegen sie hegte.

Sie blieb den ganzen Vormittag an ihrem Schreibtisch sitzen, bis irgendwann die Natur rief und Rachel keine andere Wahl hatte, als aufzustehen. Überall, wo sie hinkam, schwieg man. Nach zehn Minuten kehrte sie wieder an den Schreibtisch zurück.

Dort erwartete sie Gerald. Mit einer fremden Frau sowie zwei Männern in Polizeiuniform.

»Hier ist sie.«

Alle Augen richteten sich auf Rachel. »Was ist los?«

»Das ist Miss Brenner vom Jugendamt.«

Rachels Herz rutschte in die Hose. »Ist Owen etwas passiert?« Die Gesichter der Polizisten zeigten weder Trauermiene noch Mitleid.

»Owen geht es gut«, sagte Ms Brenner.

Als der erste Schreck verschwunden war, setzte Nervosität ein. »Worum geht es denn?«.

Ms Brenner war nicht viel älter als Rachel, dafür wesentlich kleiner und breiter. Sie wirkte sehr unfreundlich und trat sogleich einen Schritt zurück, damit sich die Polizisten links und rechts neben Rachel stellen konnten.

»Wir müssen mit Ihnen sprechen, Miss Price.«

Rachel wich unwillkürlich zurück. »Worum geht es denn?«

»Sie haben mit Owen Moreau die USA verlassen. Stimmt das?«, fragte Miss Brenner.

»Ja, wir sind erst gestern Abend wieder heimgekommen. Warum?«

»Sie hatten die richterliche Anweisung, dass Owen das Land nicht verlassen darf. Noch nicht einmal die weitere Gegend Ihres Wohnorts und Arbeitsplatzes. Ein Verstoß dagegen bedeutet, dass Sie wegen Freiheitsberaubung mit einem Bußgeld beziehungsweise einer Haftstrafe rechnen müssen«, verkündete Ms Brenner.

Alle Luft wich aus Rachels Lunge. »Wovon sprechen Sie? Welche Anweisung denn?«

»Möchten Sie das wirklich hier klären, Miss Price?«

Sie folgte dem Blick von Ms Brenner zu Rachels Kollegen, die die Szene gespannt verfolgten.

»Ich bin der gesetzliche Vormund von Owen.«

»Lassen Sie uns auf der Wache darüber sprechen«, riet der größere der beiden Beamten.

Rachel wurde schwindlig. »Bin ich etwa verhaftet?«

»Kindesentführung ist eine Straftat«, verkündete Ms Brenner lauter als nötig.

»Ich habe Owen doch nicht entführt!«

»Lassen Sie uns auf der Dienststelle darüber sprechen.«

Rachel wich zurück. »Und was ist, wenn ich mich weigere mitzukommen?«

Der Beamte legte ihr eine Hand auf die Schulter.

Sie blickte auf sein Abzeichen. Officer Paton. »Es handelt sich nicht um eine Bitte, Miss Price.«

Das darf doch nicht wahr sein.

Er drehte sie um, dann gingen die Polizisten links und rechts neben ihr den Flur entlang. Der zweite Spießrutenlauf des Tages.

Als sie beim Lift angekommen waren, kamen Jason und Glen angerannt, was die Polizisten gleich dazu brachte, die Hand an das Halfter zu legen.

»Was, bitte schön, ist hier los?«

Rachel wollte in seine Arme laufen, damit dieser Albtraum ein Ende fand. »Sie behaupten, ich hätte Owen entführt.«

»Wie bitte, was soll denn …«

»Treten Sie zurück, Sir.«

»Rachel hat doch nicht ihr eigenes Kind entführt!«

»Owen ist nicht das leibliche Kind von Miss Price.«

Jason sah zu Ms Brenner. »Wer sind Sie überhaupt?«

Als sich die Türen öffneten, drückte einer der Polizisten Rachel in den Aufzug.

Jason wollte zu ihr, doch Glen hielt ihn zurück. »Wir kommen mit einem Anwalt nach«, rief er ihr zu. Rachel hatte Tränen in den Augen. »Sag am besten gar nichts.«

Im Aufzug unterrichtete Officer Paton Rachel darüber, dass alles, was sie sagte, vor Gericht gegen sie verwendet werden könne.

***

Rachel saß in einem Verhörzimmer, wie sie es sonst nur aus Filmen kannte. An einer Seite befand sich eine große, verdunkelte Scheibe. Offensichtlich konnte man nur von draußen hineinsehen. Kameras waren auf sie gerichtet, die schwere Tür verriegelt. Sie war eingesperrt. Noch hatte sie sich keine Fingerabdrücke abnehmen lassen müssen. Ein schwacher Trost war auch, dass man ihr keine Handschellen angelegt hatte.

Was aber durchaus noch passieren konnte, falls sie nicht kooperierte, wie die Polizisten betonten.

Die verschiedensten Gefühle überkamen sie. Ungläubigkeit. Und die Sorge um Owen. Wo war er? Ging es ihm gut? Das konnte doch nur das Machwerk der Colemans sein. Man hatte ihr nicht einmal erlaubt, Handtasche und Handy mitzunehmen, als sie vom Büro weggeführt worden war. Sie konnte nicht zu Hause anrufen, um sich bei Owen zu melden.

Sie befolgte Jasons Rat. Während die Sozialarbeiterin ihr andauernd Fragen stellte, sagte Rachel kaum etwas und wenn, dann nur die Wahrheit: »Ich habe kein Schreiben mit einer richterlichen Verfügung bekommen, in dem steht, dass ich mit Owen nicht einfach irgendwohin fahren darf. Das ist alles ein großes Missverständnis.«

»Laut Aussage der Colemans besteht bei Ihnen Fluchtgefahr. Deshalb gibt es die richterliche Verfügung, dass Sie sich nicht weiter als hundert Meilen von Ihrem Wohnort entfernen dürfen, bis der Fall geklärt ist.«

Rachel warf der Frau finstere Blicke zu, während nun der Untersuchungsbeamte sie mit Fragen löcherte. Seinen Namen hatte sie schon wieder vergessen. »Ich hätte ja die Anordnung befolgt, wenn ich davon gewusst hätte.«

»Man hat sie informiert«, mischte sich Ms Brenner wieder ein.

»Wo ist Owen?«, fragte Rachel.

»Es geht ihm gut.«

Rachel ballte die Hände zu Fäusten, behielt sie aber auf dem Schoß.

»Warum haben Sie Owen nach Costa Rica mitgenommen?«

Sie versuchten, etwas aus ihr herauszubekommen, das man gegen sie verwenden konnte. Nur deshalb wurde man schließlich über das Aussageverweigerungsrecht belehrt. *Alles, was Sie sagen, kann und wird vor Gericht gegen Sie verwendet werden.*

»Ich möchte mit einem Anwalt sprechen.«

Ihr Gegenüber seufzte.

»Es ist doch eine einfache Frage, Miss Price«, schaltete sich wieder Ms Brenner ein.

»Ich habe das Recht auf einen Anwalt, Ms Brenner.« Sie würde sich von dieser Sozialarbeiterin ganz sicher nicht einschüchtern lassen.

»Sie haben Owen außer Landes gebracht, um ihn vor seinem Vater zu verstecken. Weil Sie wissen, dass er das Sorgerecht einfordert.«

Rachel klappte die Kinnlade herunter. »Ich habe gedacht, dass Sozialarbeiter unparteiisch sind und sich neutral verhalten würden.«

»Mir geht es nur um Owens Wohl.«

Rachel stand auf. »Nein. *Mir* geht es um Owens Wohl.«

Jetzt stand auch der Polizist auf und machte eine Einhalt gebietende Geste. »Meine Damen!« Er wandte sich an die Sozialarbeiterin. »Miss Price möchte mit einem Anwalt sprechen. Wir fahren mit der Befragung fort, wenn sie einen hat.«

Als er und Ms Brenner den Raum verlassen hatten, lehnte Rachel die Stirn auf die Tischplatte.

Jetzt, da sie alleine war, spürte sie, wie die Adrenalinproduktion aufhörte. Die ersten Tränen folgten.

Dann wurde die Tür wieder geöffnet, eine Frau trat herein. Sie war ebenfalls in Uniform. »Wir bringen Sie jetzt in eine Zelle.«

»Bin ich denn verurteilt worden?«, fragte Rachel.

»Noch nicht«, sagte die Frau.

Das war gut. So viel wusste Rachel wenigstens.

Vorher durfte sie noch ein Telefonat führen. Dummerweise wusste sie Jasons Telefonnummer nicht auswendig und es war ihr natürlich nicht erlaubt, Owen anzurufen. Es blieb ihr nichts anderes übrig, als in der Arbeit anzurufen. Sie versuchte zuerst Geralds Durchwahl. Als er nicht ans Telefon ging, probierte sie es bei Julie.

»Julie.«

»Was für eine Scheiße. Was ist los?«

»Weiß ich auch nicht genau.«

»Bist du im Knast?«

»Mir ist nur genau ein Anruf gestattet, Julie. Ich weiß Jasons Handynummer nicht auswendig. Kannst du bitte versuchen, ihn zu erreichen?«

»Sie sind gleich weg, nachdem du abgeführt worden bist.«

»Dann sprich mit seiner Sekretärin. Ich brauche einen Anwalt.«

»Ich glaube, dass es genau darum ging. Sie haben bereits die internen Anwälte eingeschaltet.«

»Ich kann echt nicht glauben, was hier passiert.« Rachel blickte sich dabei um. »Man hat mir verboten, mit Owen Kontakt aufzunehmen. Aber ich muss wissen, ob mit ihm alles in Ordnung ist.«

»Gib mir mal seine Nummer.«

Rachel nannte sie ihr, während sie sich fragte, ob sie das überhaupt durfte. »Aber er muss ja wissen, dass es mir gut geht.«

»Stimmt das denn auch?«

Nein! »Mir geht's gut.«

»Du klingst aber nicht so.«

»Sag ihm einfach, es geht mir gut. Es ist ein großes Missverständnis. Alles wird sich klären.«

»Ich sage ihm das. Pass auf dich auf, okay?«

»Ich versuch's.«

Als Rachel am Morgen aufgestanden war, hatte sie nicht die geringste Ahnung gehabt, dass sie den Tag in einer Polizeizelle im Herzen von New York verbringen würde. Dafür, dass es ein Dienstag war und noch früh am Tag, war das Kittchen gut besucht. Wie war das erst abends oder am Wochenende? Die vergitterte Tür wurde hinter ihr verschlossen.

Zwei sehr dünne Frauen, die auf der anderen Seite der Zelle saßen, musterten sie von Kopf bis Fuß. Sie waren sicher noch keine dreißig, trugen Schuhe mit sehr hohen Absätzen, die schon bessere Tage gesehen hatten, und die Damen waren für den Winter äußerst dünn bekleidet.

»Schau an, da kommt Miss Schickimicki«, höhnte irgendwer.

»Na, Schätzchen, bist zum ersten Mal hier, was?«, fragte eine weitere Frau, die aussah, als sei sie obdachlos.

Rachel suchte nach einem Platz zum Sitzen. Dann entschloss sie sich, doch lieber stehen zu bleiben.

»Was ist los, Süße? Kannst du nicht reden?«

Es war wie in einem Kessel voller Schlangen. »Heute ist echt ein beschissener Tag für mich«, sagte Rachel, wen auch immer das interessierte.

Manche der Frauen lachten. »Geht uns allen so, Süße.«

»Lass mich raten«, sagte eine von den dürren Ladys aus dem hinteren Eck. »Es ist sicher alles bloß ein großes Missverständnis und du hast überhaupt keine Schuld.«

Wieder folgte Gelächter in der Zelle.

Wenn sie den Damen sagte, dass sie hier saß, weil sie mit Owen für eine Woche nach Costa Rica geflogen war, würde ihr das sicher auch keinen Respekt einbringen.

Sie lehnte sich gegen die Gitterstangen und betete im Stillen, dass Jason bald kommen und sie herausholen würde.

Kapitel 20

So etwas hatte es noch nie gegeben.

Jasons Erfahrung mit juristischen Dingen beschränkte sich auf das Geschäftliche, auf rechtliche Absicherungen. Die Firmenanwälte hatten als Verteidiger vor Gericht nicht genug Erfahrung, aber sie empfahlen Jason einen hochkarätigen Kollegen, der den Fall übernehmen könne.

Nun stieg Jasons Firmenanwalt mit einem anderen Mann die Stufen zur Polizeistation hoch. Dieser stellte sich als Rechtsanwalt Clive Redshaw vor und begann sogleich mit den Fragen.

»Ich habe keine Ahnung, auf welcher Rechtsgrundlage man Rachel festhält. Wir sind nach Costa Rica geflogen, weil eines von unseren Flugzeugen abgestürzt ist. Owen hat sie mitgenommen, weil ich sie dort gebraucht habe.«

»Owen ist das Kind, für das sie das Sorgerecht hat?«

»Mit fünfzehn ist er eigentlich kein Kind mehr. Aber ja, richtig.«

»Ist das alles, was Sie wissen?«

Jason zögerte. »Ich weiß nur, dass Owens Großeltern wollen, dass der Junge bei ihnen wohnt.«

»Wo sind denn die Eltern?«

»Seine Mom ist gestorben. Der Vater war nie auf der Bildfläche.«

Clive blickte ihn an. »Noch etwas, dass ich wissen müsste?«

»Ich glaube, nein.«

»Gut. Ich werde jetzt mit dem Untersuchungsbeamten sprechen und dann mit Rachel.«

»Kann ich auch zu ihr?«

»Noch nicht. Sie müssen sich noch ein bisschen gedulden.« Clive schenkte ihm ein aufmunterndes Lächeln und ging.

Jasons Handy klingelte. Owens Gesicht erschien auf dem Display.

Er versuchte, ruhig zu bleiben. »Hey, Kumpel.«

»Was zum Geier ist los?« Owens zittrige Stimme brachte Jasons Nerven zum Vibrieren.

»Alles in Ordnung mit dir?«

»Nein. Nichts ist in Ordnung. Ich war zu Hause und habe geschlafen. Und dann hat plötzlich die Polizei gegen die Tür gedonnert.«

»Jetzt erst mal tief durchatmen.«

»Rachel geht nicht ans Telefon und antwortet nicht auf meine Nachrichten.«

Jason sah zur Fassade der Polizeistation. Dann blickte er zu seinem Firmenanwalt, der ihn beobachtete.

»Sie kann gerade nicht mit dir sprechen.«

»Ich soll angeblich zu diesen Großeltern von mir gebracht werden. Aber ich will da nicht hin. Ich muss unbedingt mit Rachel sprechen.«

»Owen, jetzt beruhig dich erst mal.«

»Ich gehe nicht zu dieser Hexe«, rief er aufgebracht.

»Ist denn jemand bei dir zu Hause?«

»Irgend so ein Sozialarbeiter und ein Polizist.«

»Lass mich mal mit denen sprechen.«

Er hörte noch ein paar wortgewaltige Flüche von Owen, bevor eine fremde Stimme ertönte.

»Mister Fairchild?«

»Richtig. Mit wem spreche ich?«

»Ich bin Benjamin White vom Jugendamt. Man hat mich gerufen, damit Owen zu seinen Großeltern gebracht wird, bis die Angelegenheit geklärt ist.«

Jasons Backenzähne taten weh, weil er seinen Kiefer so anspannte.

»Und wie klappt es bis jetzt, Mr White?«

»Owen weigert sich.«

»Wenn Sie kein vertrautes Verhältnis zu Ihren Großeltern hätten, würden Sie das auch tun.«

»Mag sein, aber wir dürfen ihn nicht unbeaufsichtigt lassen. Er ist noch minderjährig.«

»Er ist doch kein Kind mehr, er ist fünfzehn.«

»Dennoch muss eine Fremdunterbringung veranlasst werden, bis die Sorgerechtsverhältnisse geklärt sind.«

»Er kann auch bei mir untergebracht werden, dafür brauchen wir doch keine Fremden.«

»Ich bezweifle, dass das eine adäquate Lösung für diese Situation ist, Mr Fairchild. Angeblich waren Sie beteiligt, als Owen außer Landes geschafft wurde, was ihm laut richterlicher Anordnung untersagt war.«

Jason verspürte das dringende Bedürfnis, durch das Telefon zu greifen und dem Mann an die Gurgel zu gehen.

»Welche Optionen haben wir, Mr White?«

»Wir müssen Owen in einer Pflegefamilie unterbringen, bis eine dauerhafte Lösung gefunden wird.«

Du liebe Güte.

»Nun gut, lassen Sie mich bitte mal mit ihm sprechen.«

Owen explodierte schier. »Diese beschissene Pflegefamilie kann mich mal.«

»Hey, beruhig dich.«

»Jason …«

»Owen, halt kurz die Luft an und hör mir zu, okay?«

Ein langsames Ausatmen folgte.

»Für Rachel und mich ist es jetzt ganz wichtig, dass du ruhig bleibst.«

»Wo ist sie?«

Dass Owen schon eine Ahnung hatte, war ihm deutlich anzuhören.

»Sie wird gerade von der Polizei befragt.«

Owen stöhnte. »Etwa im Gefängnis?«

»Sie wird nur befragt, Owen. Eine Situation, die wir lösen werden. Vertraust du mir?«

»Ja.«

»Dann bleibe ganz ruhig. Ich habe mein Handy immer bei mir. Du hast auch Nathans Nummer, wenn ich nicht drangehen sollte. Wehr dich nicht dagegen, dass sie dich jetzt zu einer Pflegefamilie bringen.«

»Jason …«

»Es ist nur vorübergehend, Owen. Ich verspreche es dir.«

»Warum kann ich nicht einfach hierbleiben?« Owens Stimme überschlug sich. Sein Fluchen war leichter zu ertragen, als ihn weinen zu hören.

»Wir werden uns etwas einfallen lassen.«

»Ich hasse sie.«

Er musste nicht erst sagen, wen er mit *sie* meinte.

***

Clive war Ende vierzig. Er trug einen maßgeschneiderten Anzug, wie Rachel das von Jason kannte. Seine Frisur saß perfekt, sein Lächeln auch.

»Die Beziehung zwischen Anwalt und Mandant bedeutet, dass Sie mir alles erzählen dürfen und ich werde nichts von unserer Unterhaltung an einen Richter oder an die Polizei weitergeben. Niemand erfährt etwas.«

»Ist das Ihre Art zu fragen, ob ich Owen entführt habe?«

Er sah ihr direkt in die Augen. »Haben Sie das?«

»Nein!«

»Wunderbar, damit haben wir ja zumindest das schon mal geklärt. Dann können wir jetzt anfangen.«

Er nahm einen Ordner aus der Aktentasche und blätterte durch die Unterlagen. »Die Klage, die es im Moment gibt, hat wenig rechtliche Grundlage, bis geklärt ist, ob Sie tatsächlich darüber informiert wurden, dass die Colemans das Sorgerecht für Owen einfordern. Haben Sie ein Einschreiben vom Familiengericht erhalten?«

»Nein. Nicht mehr seit Emily gestorben ist und mir offiziell die Vormundschaft für Owen zugesprochen wurde. Das war noch in Kalifornien.«

»Also haben Sie nichts aus New York oder Connecticut erhalten?«

»Nein, nichts. Ein Einschreiben bedeutet doch, dass ich dafür hätte unterschreiben müssen, oder?«

»Genau.«

»Ich würde mich ganz sicher erinnern, wenn ich ein Einschreiben mit einer Vorladung zum Gericht erhalten hätte. Weiß man denn, wann es geschickt wurde?«, erkundigte sie sich.

»Angeblich kurz nach Weihnachten. In den Unterlagen steht, dass der Brief ausgehändigt wurde, weshalb Sie nun auch hier sind. Ich warte gerade auf die Empfangsbestätigung der zuständigen Behörde, damit ich die Unterschrift sehen kann.«

»Wie lange wird das dauern?«

Er sah nicht sehr hoffnungsvoll aus. »Es handelt sich um eine Bezirksbehörde. Dort dauert alles etwas länger.«

»Man kann ja nicht beweisen, dass ich etwas erhalten hätte, was ich nie bekommen habe. Wenn das also feststeht, dann ist alles wieder in Ordnung, oder?«

»Vielleicht.«

Rachels Gesicht verdunkelte sich.

»Sie haben Owen ins Ausland gebracht.«

»Ich habe die Vormundschaft.«

»Und Sie haben die Möglichkeit, jederzeit mit ihm wegzufliegen.«

»Es war nicht mein Flugzeug«, wandte sie ein.

»Aber das Ihres Freundes. Das heißt also schon. Zumindest interpretiert das Gericht es so, dass bei Ihnen und Owen Fluchtgefahr besteht, weshalb man Ihnen die Bewegungseinschränkung auferlegt hat. Und mit Sicherheit wird Ihnen vorübergehend die Vormundschaft für Owen entzogen, bis die Sache geklärt ist.«

»Ich dachte, ein Entzug der Vormundschaft wird nur durchgeführt, wenn ich für ungeeignet erklärt werde oder bei Gefährdung des Kindeswohls.«

Clive blätterte wieder durch die Papiere, zog ein Schreiben heraus und begann vorzulesen.

»Hier steht, dass Owen gesundheitsgefährdenden Stoffen ausgesetzt wurde, die ihn krank machen.«

Rachels Kinnlade war so weit heruntergeklappt, als müsste man sie von der Brust operieren. »Wie bitte?«

»Sie renovieren ein altes Haus, in dem sich bleihaltige Farbe und wahrscheinlich auch Asbest befinden. Es wurden nicht die nötigen Vorkehrungen getroffen.«

»Was ist denn das für ein Schwachsinn? Owen war bloß ein paarmal erkältet, wahrscheinlich wegen des neuen Klimas, das wir nicht gewohnt sind.«

»Gibt es in Ihrem Haus bleihaltige Farbe?«

»Keine Ahnung. Es ist ein altes Haus.«

»Und Asbest?«

»Der Gutachter hätte mir vor dem Kauf doch sicher gesagt, wenn es Bedenken geben würde.«

Clive faltete die Hände über seinem Clipboard. »Das muss alles untersucht werden.«

»Verstehe ich das richtig, die Colemans behaupten, ich würde Owen einer Gefahr aussetzen und sei deshalb als Vormund nicht geeignet? Und das Gericht nimmt mir die Vormundschaft aufgrund dieser unbewiesenen Behauptungen einfach weg?«

»Im Moment handelt es sich lediglich um eine Inobhutnahme des Kindes. Diese Notmaßnahme wurde vor zwei Tagen veranlasst, als feststand, dass Owen die USA verlassen hat.«

»Was soll das heißen? Haben sich die Colemans am Flughafen auf die Lauer gelegt?«

»Das bezweifle ich. Owen hat doch sicher eine Instagramseite.«

»Er ist fünfzehn, natürlich hat er das ganze Zeug.«

»Dann hat er wahrscheinlich etwas gepostet, als er wieder zu Hause war, und deshalb sind Sie jetzt hier.«

»Und wo ist Owen jetzt?«

»Diese Antwort kann ich Ihnen nicht geben. Im Moment arbeite ich daran, dass Sie hier wieder rauskommen.«

Rachel setzte sich aufrechter. Wenn sie erst einmal wieder draußen war, würde sie das schon selber herausfinden. »Ich habe Owen nicht entführt. Wenn ich das getan hätte, dann wäre ich die dümmste Kriminelle auf Erden. Schließlich bin ich ja wieder mit ihm nach Hause gekommen. Und wenn das Gericht ihn jetzt wegnimmt, kann ich auch nicht mit ihm abhauen, oder?«

»Das sind alles berechtigte Einwände, die ich für die Argumentation verwenden werde.«

»Dann machen Sie das auch. Wenn ich daran denke, dass ich hier schlafen muss, wird mir ganz schlecht.«

Clive sah sich in dem Verhörraum um. »Ich glaube, genau das wird dabei beabsichtigt, Miss Price.«

Er erhob sich. »Ich muss Sie warnen …«

»Ja?«

»Wenn ich Sie hier freibekomme, dann dürfen Sie auf gar keinen Fall Kontakt zu Owen aufnehmen. Lassen Sie das andere machen. Und treffen Sie sich nicht ohne offizielle Erlaubnis mit ihm, oder ohne dass ein Sozialarbeiter anwesend ist.«

»Ich habe schon einen Freund gebeten, ihn anzurufen.«

»Das zeigt, dass Sie sich um ihn sorgen. Aber von jetzt an dürfen Sie auf keinen Fall mit dem Jungen sprechen.«

Ihr war zum Heulen zumute. »Er hat sicher Angst.«

»Man wird sich um ihn kümmern.«

Sie schüttelte den Kopf. »Keiner kann sich besser um ihn kümmern als ich.«

Als sie erneut in die Gewahrsamszelle gebracht wurde, setzte sich Rachel diesmal auf die klebrige Bank. Es war ihr nun ganz egal, ob sich darauf Keime befanden, durch die man sich alle möglichen Krankheiten zuziehen konnte. Sie lehnte den Kopf gegen die kalte Steinmauer und schloss die Augen, bis irgendwann ihr Name aufgerufen wurde.

***

Rachel fühlte sich in den letzten sechs Stunden um fünf Jahre gealtert.

Jason zog sein Jackett aus und legte es ihr über die Schultern, als er sie von der Polizeiwache wegführte.

»Wie geht es ihm?«, fragte sie, noch bevor sie beim Auto angekommen waren.

»Er ist wütend.«

»Bitte sag mir, dass er nicht bei den Colemans ist. Er wird bei der erstbesten Gelegenheit abhauen.«

»Sie haben ihn in eine Pflegefamilie gesteckt.« Er half ihr beim Einsteigen, dann fuhr der Fahrer los.

»Zu Fremden?«

»Er hat meine Nummer und er schreibt mir die ganze Zeit Nachrichten.«

Rachel blinzelte nur. »Der Anwalt hat gesagt, dass ich ihn nicht kontaktieren darf.«

Sein Anwalt hatte genau dasselbe geraten. Nicht, dass Jason diesen Rat befolgt hätte.

»Ich habe Owen gesagt, dass er uns nicht verraten darf, wo er ist, es sei denn, er fühlt sich bedroht. So kann wenigstens keiner behaupten, dass wir einen Plan schmieden, ihn von dort wegzuholen.«

»Schreib ihm, dass ich wieder draußen bin und dass ich ihn lieb habe.«

Jasons Herz zog sich zusammen. Es war keine Floskel, wenn sie das sagte. Er holte sein Handy heraus und schrieb es Wort für Wort.

Sekunden später klingelte das Telefon.

»Wir dürfen nicht drangehen. Die Polizei kann anhand des Gesprächsnachweises sehen, dass wir mit ihm geredet haben. Lieber schreiben wir nur.«

Wir dürfen nicht telefonieren.
Das ist doch total bescheuert.

»Ich habe dir gesagt, dass er wütend ist.«

Unser Anwalt versucht alles, dass du wieder zu Rachel kannst.
Noch heute?

Jason blickte zu Rachel. »Clive meinte, es würde mindestens sechsunddreißig Stunden dauern.«

»Wenn du ihm das schreibst, dann haut er gleich ab.« Sie blickte aus dem Fenster. »Es ist kalt draußen.«

Er hasste es, wenn er nicht die Wahrheit sagen konnte.

Wahrscheinlich morgen.

Jason zeigte Rachel den Text, bevor er auf Senden drückte.

Morgen ist wieder Schule.
Das wird dich ablenken. Mit etwas Glück bist du morgen Abend wieder zu Hause.

Es dauerte ein paar Sekunden, bis Owen antwortete.

Das ist doch alles völliger Schwachsinn. Wir sind extra hierhergezogen, um Streit mit der Giftspritze und diesem Waschlappen zu vermeiden.

»Er muss Dampf ablassen«, sagte Rachel. »Wenn er nervös ist, braucht er jemanden zum Reden. Das beruhigt ihn.«

»Was ist mit Nathan?«

»Gute Idee.«

Jason suchte in den Kontakten nach Nathan. Dieser erklärte sich sofort bereit, Owen anzurufen, damit sich der Junge den Frust von der Seele reden konnte.

Erst als Rachel wusste, dass sich Nathan um Owen kümmerte, konnte sie loslassen und sank neben Jason zusammen.

»Was geht dir durch den Kopf?«, fragte er. Jason legte den Arm um sie. Sie verließen gerade den Stadtbezirk von Manhattan, der Fahrer fuhr auf die Autobahn.

»Ich glaube, ich habe heute ungefähr alle Emotionen durchgemacht, die es gibt. Angst, Wut, Fassungslosigkeit … Wären wir doch nur gleich in Costa Rica geblieben.«

Er gab ihr einen Kuss auf den Kopf. »Habe ich mir heute auch des Öfteren gewünscht.«

Sie drehte sich in ihrem Sitz, um ihn anzusehen. »Ich weiß nicht, was ich ohne dich tun würde.«

»Du hättest dir selber einen Rechtsanwalt genommen.«

»Nein, das meine ich nicht. Also doch auch, ich brauche so jemanden wie Clive. Aber ich meine vor allem, dass jemand mit Owen gesprochen hat. Ich bin die Einzige, die er hat. Nur weil ich wusste, dass du mit ihm reden würdest, habe ich es in dieser dreckigen Zelle ausgehalten …« Sie schloss die Augen und schüttelte den Kopf.

»Tut mir leid, dass ich dich nicht schneller herausholen konnte.«

»Ich habe nichts gemacht, und trotzdem hat man mir meine Freiheit genommen und Owen muss die Nacht bei Fremden verbringen. Ich habe so eine Wut, dass ich am liebsten zu den Colemans fahren und ihnen ins Gesicht schreien würde. Sie behaupten, ich sei nicht in der Lage, auf Owen aufzupassen, weil in meinem Haus angeblich bleihaltige Farbe sei. Wie kann so was sein? Wie viele Menschen wohnen in einem alten Haus mit alter Farbe?« Ihre Schultern bebten, als sie zu weinen begann. »Und das Schlimmste ist, ich habe mein Versprechen gegenüber Emily gebrochen. Ich habe ihr geschworen, Owen nie im Stich zu lassen, wenn sie nicht mehr lebt.«

Jason zog Rachel an sich. »Komm her.«

»Das ist nicht fair.«

»Ich weiß, meine Liebe. Alles wird gut.«

Sie weinte, bis sie keine Tränen mehr übrig hatte. Sie fuhren zu ihm nach Hause. Die Wanne im Bad neben dem großen

Schlafzimmer war schon jahrelang nicht mehr benutzt worden. Er füllte Wasser ein und ließ Rachel eine Weile allein.

»Wie geht es ihr?«, erkundigte sich Nathan, als er Jason in der Küche antraf.

»Sie ist ein Häufchen Elend.«

»Das arme Mädel.«

»Hat sich Owen wieder beruhigt?«

»Ja. Aber ich kann mir nicht vorstellen, dass der Junge lange dort bleibt, Jason. Dieses Bürschchen hat einen starken Willen.«

»Er ist fünfzehn. Und er ist durcheinander und wütend.«

»Ich werde weiter mit ihm reden. Ihm sagen, dass er mich lieber erst anruft, bevor er was Dummes anstellt.« Als er gerade gehen wollte, fiel ihm noch ein: »Ach ja, Mary ist kurz vorbeigekommen und hat einen Auflauf gebracht. Du sollst sie anrufen, wenn du was brauchst.«

Glens Frau war zu einem wichtigen Pfeiler der Familie geworden. »Danke.«

Nathan nickte, verschwand durch die Hintertür und lief quer durch den Garten zu seinem Häuschen.

Jason befolgte Marys Aufwärmanleitung und ging mit einem großen Teller voller Essen und zwei Gabeln zum Schlafzimmer hinauf. Dort fand er Rachel zu einer kleinen Kugel im Bett zusammengerollt. Sie schlief tief und fest.

Sosehr er sich freute darüber, dass sie in seinem Bett lag, sosehr schmerzte ihn der eigentliche Grund, weshalb sie hier war.

Er stellte den Teller ab, steckte sich einen Bissen in den Mund. Dann zog er sich aus, duschte, löschte das Licht und kuschelte sich zu Rachel ins Bett.

Kapitel 21

Owen war zwar nicht in einem Heim, aber es wirkte wie eines. In dem Zimmer gab es vier Betten, neben seinem waren noch zwei weitere besetzt, nur mit Jungs. In einem anderen Zimmer standen drei Betten. Dort kauerte ein Mädchen und führte Selbstgespräche.

»Hey du, isst du das noch?« Der Junge, der das fragte, hieß Chris. Als Owen sein Bett zugewiesen bekam, hatte der Sechzehnjährige gleich klargemacht, dass er hier das Sagen hatte.

Owen blickte auf seinen kalten Burrito. Der war es nicht wert, dafür zu kämpfen. Auch wenn Owen ihn eigentlich für später hatte aufheben wollen. Die »Familie«, in die er gesteckt worden war, aß um halb sechs zu Abend, egal ob man hungrig war oder nicht. Die Frau, Mrs Sims, hatte offenbar in ihrem Leben noch nie eine Mahlzeit ausgelassen. Bei ihrem Mann war eher das Gegenteil der Fall. Als der Sozialarbeiter Owen brachte, hatte das Paar den Jungen sehr freundlich begrüßt. Als sich die Tür wieder schloss, wurde allerdings bald klar, dass die beiden die Pflegekinder nicht wegen ihrer Liebe zu Kindern aufnahmen.

»Kannste haben.« Owen schob den Teller zu Chris.

Der Ältere ließ sich das nicht zweimal sagen. »Warum bist du hier?«, fragte er mit vollem Mund.

Owen wusste nicht so recht, was er darauf entgegnen sollte. »Warum bist du denn hier?«, antwortete er mit einer Gegenfrage.

»Mein Alter ist wieder im Knast. Hat irgend 'ne Tussi verprügelt, weil sie was von ihm gestohlen hat.«

»Oh. Tut mir leid.«

Ungerührt nahm Chris den nächsten Bissen. »Mir egal. Besser sie als ich.«

Owen schluckte. »Und was ist mit deiner Mom?«

»Keine Ahnung. Aber wenn ich sie finde, dann verprügle ich sie auch. Dafür, dass sie mich bei diesem Arschloch gelassen hat.«

Owen schaute auf die kahle Wand vor sich. »Wie lange bist du schon hier?«

»Hier bleibt man immer nur ein paar Tage. Die müssen erst mal Pflegeeltern finden, die dauerhaft Lust auf deine Probleme haben.«

»Klingt ja, als hättest du ganz schön viel Erfahrung damit.«

Chris ließ die Hälfte des Burritos auf den Teller fallen und wischte sich den Mund mit dem Handrücken ab. »Aber nich mehr lange. Ein paar Kumpel werden mir einen Job besorgen.«

Owen betrachtete Chris, seine trüben Augen, die fahle Haut. Was für ein Job konnte das sein?

»Ja, ich brauch 'nen Job und dann werde ich einen Haufen Kohle scheffeln, damit ich nicht mehr in solchen Absteigen wie hier lande.«

»So schlimm ist es ja auch nicht.« Sie drehten sich beide zu Alex, dem dritten Jungen im Zimmer. Er war höchstens elf.

»Was weißt denn du schon?«, forderte Chris, seine Schultern plötzlich angespannt.

»Na, besser als auf der Straße zu leben.«

Owen blieb der Mund offen stehen. »Hast du etwa auf der Straße gelebt?«

»Ja, letzten Sommer.«

»Wie alt bist du?«

»Zwölf.«

So alt sah er nicht aus.

»Und warum?« Die Lebensgeschichten der anderen Jungen zu hören, lenkte ihn von der Angst vor seiner eigenen Situation ab.

»Meine Mom ist krank.«

»Deine Mom ist verrückt.«

»Halt die Klappe! Sie ist krank.« Dafür, dass er erst zwölf war, konnte er sehr aggressiv klingen.

Was Chris nicht davon abhielt, Alex weiter zu reizen. »Ich habe gehört, wie der alte Sims gesagt hat, dass deine Mom mit Zwangsjacke in 'ner Gummizelle herumhüpft, damit sie nicht von der Brücke springt.«

Alex stürzte sich auf ihn.

Owen stellte sich zwischen die beiden. »Hört auf«, schrie er Chris an.

Chris schob Owen zur Seite und startete erneut. »Sie ist verrückt. Sie wippt in einer Ecke vor sich hin und redet mit sich selbst.«

Alex ballte seine kleine Hand zu einer Faust und holte aus. Dummerweise war Owen nicht schnell genug und bekam eins auf die Lippe.

Chris rollte sich höhnisch lachend weg, was Alex nur noch wütender machte.

Alex drängte sich an Owen vorbei und versuchte erneut, Chris anzugreifen. Allerdings war Chris zwei Köpfe größer und dreißig Kilo schwerer.

»Willst du ein Stück von mir, du kleiner Scheißer?«

»Hört sofort auf!«

Alle drei hielten inne, als die Tür aufging.

»Was ist denn hier los?« Mr Sims stand im Türrahmen, sein Blick brachte sie zum Schweigen.

Owen wischte sich über den Mund, schmeckte Blut.

»Wir haben nur Ringen geübt«, verkündete Chris.

Owen war sprachlos.

»Ringen?«

Alex blinzelte, nickte stumm.

Mr Sims starrte nun Owen an. »Stimmt das wirklich?«

Weil er seiner Stimme nicht traute, nickte Owen nur.

Mr Sims kaufte ihm das nicht ab, aber da ihm das Wohlergehen der Jungen anscheinend egal war, fragte er nicht weiter. Er zeigte auf Owens Mund. »Wisch dir das mal weg.« Damit schloss er die Tür und Chris schubste Alex noch einmal.

***

Jason wachte auf, er spürte seinen Pulsschlag im Hals. Rachel war weg. Dann riss er die Augen auf. Es dauerte einen Moment, bis er scharf sehen konnte. Nebel vor den Fenstern, graues Licht fiel ins Zimmer.

Dann hörte er die Dusche. Erlösende Musik in seinen Ohren.

Rachel.

Sie war also nicht mitten in der Nacht abgehauen. Er hatte geträumt. Er war in Rachels Haus gewesen, aber dort waren alle persönlichen Dinge verschwunden. Nichts mehr da, keine Kleidung, keine Bilder an den Wänden. Auch Owens Zimmer war ganz leer gewesen. Nur das Bett hatte noch dagestanden und der Schreibtisch, mit einem einsamen Schulbuch darauf. Alles andere war verschwunden. Und obwohl Jason irgendwie wusste, dass er sich in einem Traum befand, so war er doch mit Panik aufgewacht.

Das Wasser wurde ausgestellt, er hörte, wie die Tür der Duschkabine aufging. Jasons Körper reagierte allein bei dem Wissen, dass es sich bei der Frau im Bad um Rachel handelte. Er schloss die Augen, versuchte, an etwas anderes zu denken. Neue Stellungen auszuprobieren war wahrscheinlich gerade das Letzte, an das Rachel denken würde.

»Du bist schon wach.«

Gerade, als sich sein Schwanz wieder beruhigt hatte, kam sie herein. Sie trug eines seiner Hemden, hatte nicht alle Knöpfe geschlossen. Es bedeckte den Ansatz ihrer Schenkel, als sie auf ihn zukam. Rachel trocknete ihre Haare mit einem Handtuch, ihr Gesicht leicht gerötet von der Dusche.

Jason bewegte sich im Bett und hoffte, dass sie die Reaktion seines Unterleibs nicht bemerkte. Sie hatten heute viel zu erledigen. »Du siehst aus, als hättest du gut geschlafen.«

»Habe ich überraschenderweise auch.« Sie setzte sich auf die Bettkante zu ihm. »Ich hoffe, es macht dir nichts aus, dass ich dein Hemd anhabe. Ich habe sonst nichts gefunden.«

»Etwas ausmachen? Ich werde immer, wenn ich das Hemd anziehe, daran denken, dass dein Körper darin gesteckt hat.«

Sie musste grinsen.

Es gefiel ihm, dass er diese Wirkung auf sie hatte.

»Ich habe nachgedacht«, begann sie.

»Wegen Owen?«

»Natürlich.« Sie warf das Handtuch zur Seite und beugte sich über ihn. »Ich brauche einen Gutachter. Einen, der feststellt, ob ich tatsächlich, wie die Colemans behaupten, bleihaltige Farbe im Haus habe oder ob es noch andere Schadstoffe gibt.«

Jason verschränkte die Hände hinterm Kopf. »Wenn er etwas findet, wird das nur ihre Klage untermauern.«

»*Wenn* er ein Problem findet, dann muss ich davon schließlich wissen und es beheben, so wie es jede Mutter tun würde, die sich um ihr Kind sorgt. Ich bin weder Experte in Sachen Schadstoffe noch Baugutachter. Ich habe einfach nur ein Haus gekauft und bisher hat es keine Bedenken gegeben, dass irgendetwas darin gesundheitsgefährdend sein könnte. Wenn man nichts finden kann, ist alles wieder in Ordnung.«

»Meinst du denn, dass man etwas finden könnte?«

»Ich glaube, die Colemans haben mich der Gefährdung des Kindeswohls beschuldigt und das Gericht hat mit einer Notmaßnahme reagiert. Die Fragen werden erst jetzt gestellt.« Sie legte eine Hand auf seine Brust. »Wenn es wirklich eine erhöhte Bleibelastung in meinem Haus gibt, dann würde das doch in meinem Blut nachweisbar sein, oder? Was mich zu meiner nächsten Frage bringt …«

»Wer mein Arzt ist?«

Rachel küsste seine Brust. »Du bist so clever.«

Er hielt sie fest, als sie sich wieder aufrichten wollte. »Und du bist so sexy.«

Sie erwiderte seinen Kuss, ließ ihre Lippen auf seinen. Jetzt war Jason derjenige, der verhinderte, dass aus dem Guten-Morgen-Kuss mehr wurde. »Ich freue mich so, dich wieder lachen zu sehen.«

»Gestern saß ich noch im Kittchen. Heute bin ich frei. Zumindest bis Clive anruft, um mir mitzuteilen, wann der Termin für die eilige Anhörung ist, auf die er gedrängt hat. Bis dahin können wir nichts machen, um Owen zurückzubekommen. Nichts Legales.«

»*Legal* ist hierbei das Schlüsselwort.«

Sie blickte ihm in die Augen. »Ich würde dich niemals bitten, etwas Illegales zu tun.«

»Aber …«

Sie holte tief Luft. »Ich halte mich an die Regeln, solange es Hoffnung gibt, dass sich alles wieder in Wohlgefallen auflöst. Doch wenn sie tatsächlich versuchen, Owen wegzunehmen, dann stehe ich zu meinem Versprechen, das ich ihm und Emily gegeben habe.«

In dem Fall wäre sein Traum eine Art Vorahnung gewesen. »Das müssen wir einfach verhindern.«

***

Sie beschlossen, zuerst Jasons Arzt aufzusuchen. Der untersuchte Rachel eingehend und nahm ihr Blut ab. Die Laborergebnisse würden am späten Nachmittag eintreffen. Bis dahin nutzten sie die Zeit, einen Gutachter aufzutreiben.

Rachel betrat ihr kaltes, dunkles Haus. Als Erstes ging sie in Owens Zimmer, obwohl sie genau wusste, dass er nicht da war.

Jason stand hinter ihr. »Geht's dir gut?«

Sie zuckte mit den Schultern. »Er ist jetzt in der Schule. Sollte er zumindest sein. Aber ich darf ihm ja keine Nachricht schicken, um das herauszufinden.«

»Es ist ja nicht für immer.«

Da war sie sich nicht sicher. »Ich hätte eigentlich auch nicht fünf Prostituierte vom New Yorker Straßenstrich kennenlernen sollen. Habe ich aber.« Rachel ging in ihr Schlafzimmer, Jason folgte. »Wenn ich im letzten Jahr eins gelernt habe, dann ist es, dass wirklich alles geschehen kann. Bei dem Glück, das ich in letzter Zeit habe, würde ich sogar sagen, dass alles *Schlechte* geschehen kann.«

»Hey, was ist mit mir?«, fragte Jason gespielt empört.

»Damit meine ich ja nicht dich. Aber auch bei dir wäre es besser gewesen, wenn du einfach in der Pizzeria gegenüber von unserem Büro gearbeitet hättest.«

»Du hättest mich gar nicht beachtet, wenn Pizzabacken mein Job wäre.«

Sie überlegte. »Ich mag Pizza.«

»Hm, Pizza. Da krieg ich gleich Hunger.«

Rachel drückte ihn zur Tür. »Wirf doch eine Tiefkühlpizza in den Ofen. Ich muss mich umziehen.«

Sie trug immer noch die Klamotten vom Vortag, weil sie bei Jason zu Hause keine frische Kleidung gehabt hatte.

»Ich kann nicht kochen«, beschwerte er sich.

»Du musst nur die Anleitung auf der Verpackung befolgen.«

»Aber …«

»Du kannst Flugzeuge fliegen und leitest eine milliardenschwere Firma. Ich bin sicher, dass du eine Tiefkühlpizza in den Ofen schieben kannst.«

»Du kannst ganz schön bestimmerisch sein.«

Sie schubste ihn sacht zur Tür hinaus und schloss sie hinter ihm.

Der Gutachter traf zur selben Zeit ein wie der Pizzalieferservice. Offenbar hatte Jason eine Ofenallergie.

Der Gutachter stellte sich mit dem Namen T vor. Einfach nur T. Rachel wartete, dass er den Namen noch ergänzen würde, oder erklären, dass das T für Tanner, Travis oder Tom stand. Aber er hieß wohl einfach nur T.

»Also, T, was ich brauche, ist ein Gutachten über die Schadstoffe in diesem Haus.«

»Insbesondere geht es um bleihaltige Farbe und um Asbest«, ergänzte Jason.

»Aber bitte untersuchen Sie generell, ob es irgendwelche giftigen Stoffe im Haus gibt.«

»Wollen Sie ein Problem für einen Versicherungsfall finden oder so etwas?«

»Nein, nichts dergleichen. Es geht eher … um etwas Persönliches.«

»Sind Sie im Haus krank geworden?«

»Nein.«

T sah verwirrt aus.

»Schauen Sie auch, ob es Schimmel gibt. Irgendetwas, das einen krank machen könnte.«

Er betrachtete das Wohnzimmer. »Ist das frische Farbe?«

»Ja, ich habe fast jedes Zimmer gestrichen.«

»Dann muss ich etwas abkratzen, um eine Probe zu entnehmen.«

»Egal, tun Sie, was Sie tun müssen. Vielleicht ist es ja möglich, die Probe eher in Bodennähe zu nehmen oder irgendwo, wo man es nicht sieht, falls das die Testergebnisse nicht verändert. Das wäre super.«

»Okay, Sie sind der Chef.«

Als er zu seinem Wagen hinausging, flüsterte Jason Rachel ins Ohr: »Ich finde dich ziemlich sexy, wenn du der Chef bist.«

»Ha.« Sie öffnete die Pizzaschachtel. Sofort erinnerte ihr Magen sie daran, dass sie das Frühstück ausgelassen hatten. »Du bist heute Morgen schon so sexhungrig aufgewacht.«

»Bin ich gar nicht.«

Sie neigte den Kopf zur Seite und schenkte ihm ihren besten Schwindle-mich-nicht-an-Blick.

»Na gut, vielleicht ein bisschen.«

Rachel lachte.

»Das lag aber auch nur daran, dass du mein Hemd angehabt hast.« Er griff nach einem Stück Pizza und nahm einen großen Bissen.

Sie drückte ihm eine Serviette in die Hand und setzte sich.

Zwei Stunden später kam T wieder ins Wohnzimmer und verkündete, dass er fertig sei.

»Gibt es irgendetwas, das Sie uns schon sagen können?«

»Ich habe alle Wände untersucht. Der Schnelltest zeigt keine Spuren von Blei.«

Rachel nahm Jasons Hand, plötzlich voller Hoffnung.

»Das heißt aber nicht, dass nicht doch irgendwo Blei enthalten sein könnte. Ich muss die Proben ins Labor schicken, um sicherzugehen, dass die frische Farbschicht nicht die Testergebnisse beeinflusst.«

»Wie lange dauert das?«

»Drei Tage.«

»Kann man das nicht beschleunigen?«, fragte Jason.

»Das ist schon beschleunigt.«

»Haben Sie sonst etwas gefunden?«, fragte Rachel.

»Es gibt keine Anzeichen für Asbest. Wenn es hier mal Asbest gegeben haben sollte und es nicht vollständig entfernt worden ist, dann könnte man eventuell noch Spuren in der Dachisolierung finden.«

Rachel zog die Stirn in Falten. »Und ich schätze mal, dass Sie dafür auch erst eine Probe ins Labor schicken müssen?«

»Normalerweise würde ich sagen, dass das gar nicht notwendig ist. Aber wenn Sie wollen, dass ich wirklich alles untersuche, dann schon. Es ist ein altes Haus und früher wusste man noch nicht, welche Stoffe einen krank machen können.«

»Okay.«

»Im Keller ist Schimmel.«

»Oh nein.«

T grinste. »Bei Ihnen und sicher bei allen anderen Häusern hier in der Gegend. Es ist aber nicht der gefährliche schwarze Schimmel. Ich habe die betroffenen Stellen mit der Bleiche behandelt, die unten bei der Waschmaschine stand.«

»Das heißt, es besteht kein Problem mehr?«

»Es stinkt ein bisschen, aber es ist nicht giftig.«

»Muss man da auch eine Probe einschicken?«, erkundigte sich Jason.

»Nein.«

»War das alles?«

»Sie wollten noch etwas über versteckte Gefahren wissen, oder?«

Rachel fragte sich, was es denn noch geben könnte. »Ja, alles.«

»Nun, eigentlich müssten die Treppen, die in Ihren Keller führen, entfernt und ersetzt werden.«

Sie stieß einen langen Seufzer aus. »Die Treppen?« Das war alles, was er gefunden hatte? Die Treppen?

»Sie sind nicht zu eng, aber sehr steil. Ich würde da nur ungern mit dem Wäschekorb runtergehen. Außerdem ziehen Kälte und Feuchtigkeit Insekten an und ich bin kein Fan von Spinnen.«

Rachel blickte zu Jason, dann wieder zurück zu T. »Spinnen. Treppen und Spinnen – das ist alles, was Sie gefunden haben?«

»Sie klingen ja fast enttäuscht.« Er zog den Durchschlag von seinen Notizen ab.

»Ganz im Gegenteil. Bitte geben Sie mir umgehend Bescheid, wenn Sie die Laborergebnisse bekommen.«

»Mach ich.«

Jason reichte dem Mann zum Abschied die Hand.

Rachel lehnte sich gegen die Tür, als er gegangen war, und grinste. »Nichts. Er hat nichts gefunden.«

»Und er schien auch nicht sehr besorgt zu sein, dass das Labor seine vorläufigen Ergebnisse nicht bestätigen würde.«

»Wir müssen Clive anrufen.«

Um vierzehn Uhr waren die Ergebnisse vom Arzt da. Rachels Gesundheitszustand war einwandfrei, es gab keine Anzeichen von Blei in ihrem Blut. Genauso wie T sagte auch der Arzt, es sei nur ein vorläufiges Ergebnis, es sei trotzdem möglich, dass bei einer anderen Person aus demselben Haushalt der Test positiv ausfallen könne. Um ganz sicher zu gehen, müsse man auch Owen testen.

Eine Stunde später rief Clive an. Er teilte ihnen mit, dass die Anhörung auf acht Uhr am nächsten Morgen gelegt worden sei. Für Rachel war das keine gute Nachricht.

»Das heißt, Owen muss noch eine Nacht bei den Pflegeeltern bleiben.« Sie blickte auf ihr Handy, wünschte sich so sehr, dass sie ihn kontaktieren dürfte.

»Ich rufe Nathan an. Er soll mit Owen telefonieren und hören, ob es ihm gut geht.«

Obwohl der Tag eigentlich erfolgreich verlaufen war, saß Rachel nun auf der Couch und starrte gegen die Wand.

Jason kam zurück und setzte sich neben sie. »Nathan ruft ihn an.«

Sie lehnte den Kopf gegen Jasons Schulter.

»Hey, was ist mit deinem Lächeln passiert?«

»Ich habe alles gemacht, was in meiner Macht steht. Jetzt liegt es nicht mehr an mir. Es steht nun Aussage gegen Aussage. Meine gegen die der Colemans. Was ich allerdings nicht bieten kann, ist Familienanschluss. Ich bin doch nicht mit ihm weggeflogen, um herauszufinden, ob ich das kann, falls es notwendig wäre. Aber wie soll ich das beweisen?«

Jason legte den Arm um sie. »Na ja, du hast kein Flugzeug entführt. Und du hast die Maschine in Costa Rica nicht zum Absturz gebracht. Außerdem war ich derjenige, der vorgeschlagen hat, dass Owen mitkommt. Vor allen Dingen sind wir ja wieder zurückgekommen. Alles wird gut, wirst schon sehen.«

»Sie sind aber seine Blutsverwandten, TJ ist Owens Vater. Es ist nahezu unmöglich, zu verhindern, dass er das Sorgerecht bekommt, wenn er es möchte.« Wie ein Mantra kam dieser Gedanke wieder und wieder.

Jason küsste ihre Schläfe. »Warum packst du nicht deine Tasche und bleibst bei mir, bis alles vorbei ist?«

Sie blickte auf die Stelle, wo bis vor kurzem noch der Weihnachtsbaum gestanden hatte. Sie hatten die Couch noch nicht an den alten Platz zurückgeschoben. »Okay. Wenn ich hier rumsitze, schlägt mir das sowieso nur noch mehr aufs Gemüt.«

Er half ihr hoch. »Komm, pack deine Sachen. Ich bringe den Müll raus.«

Als sie fertig war, fiel ihr Blick auf ein paar ungeöffnete Umschläge. Sie steckte sie in die Seitentasche. Ihren Laptop nahm sie auch noch mit. Für den Fall, dass sie sich nach einem neuen Haus umsehen musste.

Sie ließ das Verandalicht an, schloss die Jalousien und verriegelte die Tür.

Kapitel 22

»Ich gehe nicht mehr dahin zurück.« Owen steckte das Handy wieder ein, er hatte gerade mit Nathan gesprochen.

Ford und Lionel saßen neben ihm in der Turnhalle der Highschool. Die beiden versuchten, ihm weise Ratschläge zu geben.

»Du könntest ja bei einem von uns schlafen«, meinte Ford.

»Meine Mom hätte sicher auch nichts dagegen.«

»Dann holen sie mich von dir wieder weg, Lionel. Nein, ich muss abhauen.«

Sie sahen ihn entgeistert an.

»Aber wo willst du denn hin?«

Owen hatte schon den ganzen Tag darüber nachgedacht. Ihm waren zwei Möglichkeiten eingefallen. Und zwar Orte, wo niemand nach ihm suchen würde. »Die Polizei wird euch sicher ausquetschen und ich kann es echt nicht gebrauchen, dass ihr mein Versteck verratet.«

»Das würden wir doch nie tun.«

»Bullen kriegen so was immer raus. Aber wenn ihr gar nicht erst wisst, wo ich bin, dann könnt ihr mich auch nicht verraten.«

»Was ist mit der Schule?«, wollte Ford wissen.

Owen zuckte mit den Achseln. »Die gibt es auch noch, wenn alles vorbei ist.«

Lionel und Ford wechselten Blicke. »Aber was, wenn das alles länger dauert? Was ist, wenn das Gericht deinen Großeltern recht gibt?«

»Dann ist die Schule auch egal, weil ich nie bei denen wohnen werde. Dann haue ich erst recht ab.« Er würde Rachel irgendwie informieren und sie würde mit ihm zusammen abhauen. Das war der Pakt, den sie am Sterbebett seiner Mutter geschlossen hatten, und er würde ihn einhalten.

Sein Handy vibrierte in der Hosentasche. »Oh, Mann.«

»Was?«

»Es ist dieser Mr Sims.«

Lionel schielte zum Display. »Ist das der Typ, der nichts gemacht hat, als du eins auf die Schnauze gekriegt hast?«

»Genau.« Owen schrieb eine Textnachricht an ihn zurück. Er sei noch in der Bücherei, weil er etwas fertig machen müsse. »Ich muss jetzt los.«

»Das heißt, du haust doch nicht ab?«

Owen schüttelte den Kopf. Dann reichte er Ford das Handy. »Ihr habt mich zuletzt in der Bücherei gesehen. Und du hast plötzlich mein Handy in deinem Rucksack gefunden.«

»Aber brauchst du es denn nicht?«

»Damit sie mich damit orten können? Mann, denk doch mit.«

Lionel Augen wurden groß. »Du machst das echt, du rennst weg.«

»Hab ich doch gesagt, ich gehe wirklich nicht zu diesen Leuten zurück.«

Sie standen auf.

»Und schaffst du das auch?«

»Logo, wird schon. Wenn Rachel mit euch spricht, dann versucht, mit ihr allein zu reden. Sagt ihr, dass meine Mom doch keinen Idioten aus mir gemacht hat. Ihr könnt sie beruhigen, ich passe auf mich auf.« Owen fand die Vorstellung furchtbar, dass Rachel sich Sorgen machen würde. Aber er durfte ihr nicht sagen, wo er hingehen würde, weil er sie sonst in Schwierigkeiten brachte. »Warte.«

Er nahm noch mal sein Handy, stellte die Videofunktion an und drückte auf den Aufnahmeknopf.

»Hey Rachel, ich weiß, dass du sauer bist und dir Sorgen machst. Das tut mir auch echt leid. Aber ich kann da nicht zurück. Und ich will auf gar keinen Fall bei dieser Hexe und dem Waschlappen wohnen. Wenn mein Dad hinter der ganzen Geschichte steckt, dann kann er mich mal. Erst wenn sich die Erwachsenen auch wie Erwachsene benehmen, komme ich wieder zurück. Und wenn nicht …« Er hielt inne. »… na ja, meine Mom hat keinen Idioten aus mir gemacht. Ich hab dich lieb.«

Er schaltete das Telefon aus und gab es zurück.

»Versucht, sie ein bisschen aufzuhalten.« Er überlegte, wie lange er brauchen würde, um zu dem geplanten Versteck zu kommen und entschied sich für ein kleines Ablenkungsmanöver. »In zwei Stunden könnte ich schon in Manhattan sein.«

»Hey, warte«, rief Ford ihm hinterher.

Doch Owen war bereits losgerannt, ohne sich noch einmal umzudrehen.

***

Als sie Jasons Haus betraten, strömte ihnen ein köstlicher Essensgeruch aus der Küche entgegen.

»Hast du einen Koch?«, fragte Rachel verwundert.

Jason schüttelte den Kopf. »Eigentlich nicht.«

Sie hörten Stimmen. Jason freute sich: Seine Brüder und ihre Frauen waren gekommen.

Monica umarmte Rachel. »Wie geht es dir denn?«

Sofort traten Rachel die Tränen in die Augen.

Mary gesellte sich dazu, dann verließen die drei Frauen die Küche.

Im Gehen wandte sich Mary an ihren Mann. »Lasst nichts anbrennen«, warnte sie, während sie zum Herd zeigte.

»Ist doch nur Wasser, das kocht«, sagte Glen.

Sie blickte ihn scharf an.

»Das beantwortet also die Frage, wie es Rachel geht«, meinte Trent. Er schob Glen aus dem Weg und machte da weiter, wo Mary aufgehört hatte.

»Ist es so schlimm?«, wollte Glen wissen.

Jason sah zu den Frauen hinüber, die im Wohnzimmer leise miteinander sprachen. »Bis jetzt ist sie ziemlich tapfer.«

»Gibt es schon Neuigkeiten?«

»Es kommt mir vor, als würden wir dem Gras beim Wachsen zusehen müssen. Der Einzige, der mit Owen sprechen kann, ist Nathan. Der Rechtsanwalt versucht zwar, alles zu beschleunigen, aber wir müssen bis zur Anhörung morgen Früh warten, um mehr zu wissen.«

»Und was ist mit dem Haus?«, fragte Trent.

»Alles in Ordnung, wie ich es mir gedacht habe. Aber es dauert noch ein paar Tage, bis die offiziellen Ergebnisse kommen.«

Die Hintertür ging auf. Nathan erschien und grüßte alle mit einem Kopfnicken. »Hallo, die Herren. Ich rieche Essen.«

Trent ging zum Herd und gab Nudeln in den Topf mit kochendem Wasser.

»Hi«, begrüßte Jason seinen Freund. »Wie geht es Owen?«

Nathan sah zu den Frauen, dann flüsterte er: »Nicht so gut. Es hat gestern Abend einen Streit in der Pflegefamilie mit den anderen Jungs gegeben.«

»Was?«

Nathan hob beschwichtigend die Hand. »Nichts Besorgniserregendes. Es klang eher nach einer Rauferei, einem kleinen Machtkampf. Nichts, was ihr drei nicht auch gemacht hättet, da bin ich mir sicher. Vielmehr geht es ihm an die Nieren, dass er nicht mit Rachel sprechen darf. Was er nicht tut, damit er sie nicht weiter in Schwierigkeiten bringt.«

»Du hast ihm gesagt, dass sie im Knast war, oder?«

Nathan sah Jason in die Augen. »Das hat er sich schon selbst gedacht.«

»Könnt ihr euch vorstellen, was wir gemacht hätten, wenn man unsere Mom ins Gefängnis gesteckt hätte?«, fragte Glen.

Jason schüttelte den Kopf. »Schon, aber Owen ist klüger, als wir es waren.«

»Können wir nur hoffen«, meinte Trent.

Die Frauen kamen zurück in die Küche. Offensichtlich hatten alle geweint.

Jason fühlte sich hilflos. Eine Frau, die weinte, reichte ja schon. Aber gleich drei?

Anscheinend konnte man mit so einer Situation besser umgehen, wenn man älter war. Nathan kam zur Hilfe. »Fühlt ihr euch jetzt besser, Mädels?«

Sie sahen sich an, nickten stumm und machten mit dem Essen weiter.

***

»Hast du mit deinen Eltern geredet?«, wollte Mary von Rachel während des Essens wissen.

Rachel schob das Essen auf dem Teller herum. »Nein. Ich weiß auch nicht, wie ich ihnen beibringen soll, dass ich im Gefängnis war.«

»Das kann ich auch noch nicht ganz glauben«, meinte Monica.

»Es gibt sicher niemanden, der es lustig findet, wenn das eigene Kind im Knast landet. Außerdem haben sie mir schon immer gesagt, dass die Colemans nicht im Hintergrund bleiben würden. Ganz egal, wo ich wohne.«

»Wie meinst du das?«, fragte Glen.

Rachel hatte die Frage nicht gehört.

»Rachel hat den Job bei uns angenommen, um in der Nähe von Owens Großeltern zu sein. Damit es keine Auseinandersetzung wegen des Sorgerechts gibt«, erklärte Jason.

Rachel blickte jetzt auf und fügte hinzu: »Da habe ich noch nicht gewusst, wie verrückt sie sind.«

Mary nahm Rachels Hand. »Du hast versucht, das Richtige zu tun.«

»Hat mir leider auch nichts gebracht. Ich hätte besser direkt an die mexikanische Grenze ziehen und Spanisch lernen sollen.«

»Was hat Emily dir denn über sie erzählt?«

Rachel gab den Versuch, etwas zu essen, nun gänzlich auf. »Sie hat sie gar nicht gekannt. TJ hat ihr erzählt, dass sie sehr bestimmend sind und ihm kaum Freiheiten gelassen haben. Deshalb hat Emily ihn auch nie dazu gedrängt, einen auf Vater zu machen. Sie hat ja gesehen, wie er bei jeder Möglichkeit das Weite suchte, und wollte nicht, dass Owen sich an ihn bindet, wenn der Vater dann doch nur wieder verschwindet.«

Es ertönten plötzlich zwei kurze Klingeltöne.

»Erwartest du Besuch?«, fragte Glen seinen älteren Bruder.

Jason schüttelte den Kopf, während er sich erhob und den Hörer einer kleinen Anlage neben der Tür abnahm.

»Hallo?«

»Was ist das?«, fragte Rachel.

»Das ist die Gegensprechanlage vom Einfahrtstor«, erklärte Mary.

Jason blickte zu den anderen hinüber, dann auf Rachel.

Sie spürte plötzlich ihren Herzschlag.

»Fahren Sie herein.«

Jason drückte auf einen Knopf, hängte den Hörer wieder ein.

»Wer kommt denn?«, erkundigte sich Glen.

»Die Polizei.«

Rachel begann zu zittern, ihre Kehle schnürte sich zu.

Alle gingen zur Tür, Jason öffnete sie.

Mary stand auf Rachels rechter Seite, Monica auf der linken.

Ein Polizeiauto fuhr vor, zwei uniformierte Beamte stiegen aus.

Ein Funkgerät rauschte, die Gürtel der Männer klickten beim Näherkommen. »Guten Abend, alle zusammen.«

Es folgten höfliche Begrüßungen.

»Wer von Ihnen ist Rachel Price?«

Rückten alle ein bisschen näher an sie heran oder wurde der Raum um sie herum enger, die Luft knapper?

»Worum geht es?«, fragte Jason.

Einer der Polizisten stellte sich vor, während er sie alle musterte. Dann wandte er sich an Rachel. »Wie es scheint, ist Owen weggelaufen«, sagte er ohne Umschweife.

Wenn Mary und Monica nicht neben ihr gestanden hätten, wäre Rachel sicher umgekippt.

»Wohin denn weggelaufen?«, rief sie aufgebracht.

Beide Polizisten sahen sie an.

»Wir hatten gehofft, dass Sie das vielleicht wissen würden.«

»Oh Gott.« *Owen!*

***

»Ich habe keine Ahnung, wo er hin ist«, sagte Ford. Sie waren bei Ford zu Hause, sein Vater stand dabei.

»Aber du hast gewusst, dass er weglaufen will?«, fragte der Polizist.

Rachel wollte den Jungen am liebsten schütteln. Er verschwieg doch etwas.

»Er hat nur gesagt, dass er nicht mehr zurückgeht.«

»Wohin zurückgeht?«, fragte jetzt Rachel.

»Zu dieser Pflegefamilie. Er hatte eine dicke Lippe«, berichtete Ford. »Die Jungs setzen da ihre Fäuste ein, statt miteinander zu reden.«

Rachel kniff die Augen zusammen. »Owen ist keiner, der bei Schlägereien mitmacht.«

»Ja, und genau deshalb hatte er ja auch die dicke Lippe.« Ford warf den Polizisten einen finsteren Blick zu, als ob sie daran Schuld hätten. »Wenn man ihn einfach zu Hause gelassen hätte, wäre auch nichts passiert.«

Rachel versuchte, sich zu konzentrieren, sich nicht von ihrer Angst überwältigen zu lassen. »Hat er irgendetwas angedeutet, gesagt, wohin er vielleicht gehen will?«

Ford war etwas zappelig.

Er wusste etwas.

»Ford! Er ist fünfzehn und wir haben Winter. Bitte, sag was. Er meint wahrscheinlich, dass er viel aushält, aber wir sind Kalifornien gewohnt, wo es viel wärmer ist. Heute Nacht werden wir minus zehn Grad haben.« Rachel war verzweifelt.

Jason legte ihr einen Arm über die Schulter.

»Er … na ja, er hat irgendetwas von wegen *Stadt* gemurmelt.«

»New York?«

Ford schüttelte den Kopf. »Vielleicht. Er hat nicht viel mehr gesagt. Nur, dass er in ein paar Stunden dort sein könnte.«

Rachel wandte sich zu Jason. »Er könnte mit dem Zug hingefahren sein.«

»Aber wohin genau, Schatz? Die Stadt ist zwar nur acht Kilometer lang, aber du weißt auch, wie breit sie ist.«

Bei dem Gedanken, dass Owen ganz allein in New York war, traten ihr die Tränen in die Augen. »Wir müssen nach ihm suchen.«

Jason berührte ihre Wange. »Das machen wir.«

Sie nickte stumm.

»Gibt es noch etwas, das wir wissen sollten?«, fragte der eine Polizist.

»Ja.« Ford holte das Handy aus der Tasche. »Ich habe Owens Handy in meinem Rucksack gefunden.«

Der Polizist hatte Rachel vorher Hoffnung gemacht, dass man Owen vielleicht orten könnte, sobald er sein Handy benutzte. Nun war auch diese Hoffnung zerschmettert.

Rachel nahm es und las die letzten Nachrichten. Viele davon waren Chats mit seinen Freunden, ein paar SMS waren von Nathan. Sie öffnete auch die Anrufliste, während die Polizisten noch weitere Fragen an Ford stellten.

Dann öffnete sie den Ordner mit den Fotos und Videos. Vielleicht hatte er ein Selfie in der Pflegefamilie gemacht? Irgendetwas, das ihr einen Hinweis geben würde. Das erste, was sie sah, war Owens Gesicht mit der geschwollenen Lippe. Sie drückte auf das kleine Dreieck, um das Video abzuspielen.

Hey, Rachel. Als sie Owens Stimme hörte, stockte ihr der Atem. Alle wurden still, sahen auf das Handy. Jason hielt sie, weil sie zu zittern begann. »*Hey Rachel, ich weiß, dass du sauer bist und dir Sorgen machst. Das tut mir auch echt leid. Aber ich kann da nicht zurück. Und ich will auf gar keinen Fall bei dieser Hexe und dem Waschlappen wohnen. Wenn mein Dad hinter der ganzen Geschichte steckt, dann kann er mich mal. Erst wenn sich die Erwachsenen auch wie Erwachsene benehmen, komme ich wieder zurück. Und wenn nicht … na ja, meine Mom hat keinen Idioten aus mir gemacht. Ich hab dich lieb.*«

Dann war das Video vorbei.

»Ist das Owen?«, fragte einer der Beamten.

Sie nickte, hielt ihm das Telefon hin. Er ließ das Video ein zweites Mal laufen.

»Hat irgendetwas von dem, was er sagt, eine Bedeutung für Sie?«

»Mit *Hexe* meint er seine Großmutter und mit *Waschlappen* den Großvater.«

Jason blickte den Polizisten an. »Man muss wohl nicht extra erklären, dass er bei seinen Großeltern nicht wohnen will.«

»Und die dicke Lippe, ist das von einem anderen Kind aus der Pflegefamilie?«, wandte sich der Polizist an Ford.

»Hat er gesagt, ja.«

»Man kann schon verstehen, dass er nicht zurück will«, fügte Fords Vater hinzu. »Er hätte auch bei uns wohnen können.«

»Habe ich ihm auch gesagt«, meinte Ford. »Aber er hat gedacht, dass die Polizei ihn dann von hier abholt und wieder zur Pflegefamilie zurückschickt.«

Der eine Polizist, der offensichtlich mehr zu sagen hatte, schüttelte den Kopf. »Nicht, wenn es tatsächlich Anzeichen für Gewalt gibt.«

»Es gab aber doch auch keine Gewalt bei Rachel zu Hause«, entgegnete Ford.

»Ich verstehe schon, mein Junge. Mein Job gefällt mir auch nicht immer.« Er drehte sich zu Rachel. »Gibt es noch irgendeinen Hinweis in dem Video?«

Wieder ließen sie es abspielen. »Nein.« Egal, wie sehr sie sich das gewünscht hätte.

Der Polizist dankte Ford und dem Vater und bat, dass man ihn anrufen solle, wenn sie irgendetwas von Owen hörten. Rachel und Jason gingen mit den Beamten hinaus.

»Und was jetzt?«, fragte Rachel die Polizisten.

»Wir geben ein Fahndungsbild an die Polizeibehörde von New York. Wenn sie ihn finden, bringen sie ihn her.«

Sie wartete auf ein *und.* Als ihr wartender Blick nur mit einem Schweigen erwidert wurde, fragte sie schließlich selbst: »Und?«

»Er ist nur weggelaufen.«

»Aber was soll das heißen?«, fragte Jason.

»Dass es nichts Besonderes ist, wenn Teenager weglaufen. Die Polizei gibt das in die Datenbank ein und sollte man sie finden, bringt man diese Teenager wieder nach Hause.«

»Aber man sucht nicht aktiv nach ihnen?« Rachel war verzweifelt und wurde wütend.

»Miss Price, kennen Sie die Straßen von Manhattan? Dort sind überall weggelaufene Teenager, aus dem ganzen Land. Es tut mir leid. Sie scheinen sehr besorgt zu sein und kümmern sich offensichtlich gut um diesen Jungen.«

»Ich bin die einzige Angehörige, die er hat.«

»Ich verstehe schon. Aber im Moment gibt es wirklich nichts, was wir tun können. Wenn er Sie kontaktiert, dann sagen Sie ihm, dass er heimkommen soll.«

»Er wurde ja gezwungen, das Haus zu verlassen.«

»Sagen Sie ihm, dass er bei Ford wohnen darf, wenn dessen Eltern einverstanden sind. Bis die Sache mit dem Sorgerecht geklärt ist. Meistens hat das Jugendamt keine Einwände, besonders, wenn es Anzeichen von Gewalt gibt, was bei ihm ja offensichtlich der Fall ist.«

Jason hielt Rachel eng bei sich. »Und in der Zwischenzeit?«

»Probieren Sie es doch mal mit Facebook oder sehen im Browserverlauf nach. Vielleicht hat er etwas recherchiert, bevor er das Handy zurückgelassen hat. Sie können nur hoffen, dass Owen in seinem Video die Wahrheit sagt. Also, dass seine Mutter keinen Idioten aus ihm gemacht hat.«

Die Beamten gaben ihr noch eine Visitenkarte, dann fuhren sie davon.

Rachel zitterte. Erst jetzt merkte sie, dass es zu schneien angefangen hatte.

»Komm, wir fahren wieder zu mir nach Hause«, schlug Jason vor.

»Ich muss in die Stadt, um nach ihm zu suchen.«

Jason baute sich vor ihr auf. »Lass uns erst heimfahren und einen Plan machen. Vielleicht fällt uns ein, wo Owen stecken könnte. Der Polizist hat schon recht. Möglicherweise hat Owen erst im Internet recherchiert und wir finden einen Hinweis. Wir holen uns Hilfe und suchen gemeinsam nach ihm. So können wir an mehreren Stellen gleichzeitig suchen.«

Ihre Zähne klapperten. Auch wenn sie am liebsten gleich in die Stadt gefahren wäre, so war Jasons Vorschlag doch durchaus sinnvoll.

***

Um zwei Uhr morgens nahmen sie sich auf Jasons Drängen schließlich ein Hotelzimmer.

Nathan war auf der Ranch geblieben und zweimal zu Rachels Haus gefahren, für den Fall, dass Owen nach Hause gekommen wäre. Glen und Trent hatten in den U-Bahnen, den Bahnhöfen gesucht. Mary und Monica hatten unterdessen am Telefon gesessen und bei Obdachlosenunterkünften angerufen. Und auch bei den Krankenhäusern, obwohl Jason das Rachel lieber nicht verriet. Es war Marys Vorschlag gewesen und er hatte zugestimmt. Sicher machte es keinen Spaß, im Schnee zu schlafen. Hoffentlich war Owen clever genug. Andererseits war der Junge erst fünfzehn. Wenn man den New Yorker Winter unterschätzte, konnte man sehr wohl schnell im Krankenhaus landen.

Sie schliefen kaum und suchten in der Frühe wieder weiter. Am Abend im Dunkeln war es schon schwierig genug gewesen, aber zwischen den Menschenmassen, die in der Frühe die Straßen bevölkerten, schien es ein Ding der Unmöglichkeit.

Vor acht hörten sie auf, weil sie zu dem Gerichtstermin mussten, den Clive am Vortag für sie beantragt hatte.

Clive wirkte irritiert, als er Rachel sah. »Es wäre eigentlich ratsam gewesen, sich für einen Gerichtstermin ein bisschen herzurichten, sich richtig in Schale zu werfen«, meinte er.

Schmallippig entgegnete sie: »Seit Owen vermisst wird, suchen wir ihn ohne Unterlass. Ein hübsches Kostümchen und stundenlang Make-up auftragen waren heute Morgen wirklich nicht meine Priorität.«

Clive nickte verständnisvoll. »Tut mir leid. Ich weiß schon. Ich will ja nur, dass wir die Richterin überzeugen können. Damit die Sache bald ein Ende hat.«

Jason drückte ihre Hand. »Wie läuft das denn jetzt ab?«, wollte er von Clive wissen.

»Heute werden acht Fälle angehört.«

»Welche Nummer sind wir?«, fragte Rachel.

»Sechs.«

»Und wann wird man uns hineinrufen?«

»Das weiß man nie genau. Es kann ganz schnell gehen, wenn es bei den anderen Fällen bald eine Einigung gibt. Es kann aber auch sein, dass es erst eine Zeugenanhörung gibt. Dann dauert es bis nachmittags, bis wir an der Reihe sind.«

»Wir müssen die ganze Zeit hier warten, während Owen draußen herumirrt?«

Clive sah zu ihr und Jason. »Ja, so ist das leider.«

Rachel ließ Jasons Hand los, begann, nervös herumzulaufen.

»Ach, komm«, versuchte er, sie zu beruhigen. »Glen und Trent sind ja noch unterwegs. Glen hat auch einen Privatdetektiv gefunden, der viel Erfahrung damit hat, davongelaufene Teenager zu finden. Und Fords Eltern helfen bei der

Suche, wenn die Schule aus ist.« Sie wollte seinen Blick meiden, was Jason nicht zuließ. »Wir werden ihn finden.«

Sie lehnte den Kopf gegen seine Schulter.

Jason schloss sie in seine Arme und hörte, wie angespannt ihr Atmen klang. Immerhin weinte sie nicht.

Clive seufzte. »Okay, ich werde jetzt mit dem Rechtsanwalt der Colemans sprechen. Bitte bleiben Sie in der Nähe.«

Bei dem Namen Coleman hob Rachel den Kopf und blickte sich suchend im Foyer um.

Obwohl Jason die Colemans noch nie gesehen hatte, erkannte er sie sofort. Rachel sah hasserfüllt zu dem Paar hinüber.

Owen hatte sie gut beschrieben. Die Frau wirkte tatsächlich wie eine arrogante Hexe. Der Ehemann sah dagegen so aus, als ob es ihm peinlich wäre, dass sie da waren.

Jason musste Rachel regelrecht festhalten.

»Das macht es nur noch schlimmer.«

Er drehte sie in die andere Richtung. Sie murmelte vor sich hin, während er sie zur kleinen Cafeteria neben dem Foyer schob.

Dreißig Minuten später kam Clive zu ihnen.

»Und?«

Er schüttelte den Kopf. »Sie zeigen sich nicht einsichtig. Mr Yanez sagt, die Colemans denken, dass Sie genau wüssten, wo Owen ist. Dass das alles ein abgekartetes Spiel ist, nur um das Gericht davon zu überzeugen, dass Owen bei Ihnen bleiben soll.«

»Abgekartetes Spiel …« Rachel schlug mit der Faust auf den Stehtisch. »Wie können sie so was wagen.«

»Das ist dreist«, fügte Jason hinzu.

»Dreist oder nicht, jetzt müssen wir beweisen, dass sie nicht recht haben.«

»Ich habe immer gedacht, im Zweifelsfall für den Unschuldigen, bis das Gegenteil bewiesen ist.«

Jason war sich sicher, dass sich Clive jetzt ein Schmunzeln verkniff.

»Sie haben etwas von einem Video erwähnt?«

Rachel zog Owens Handy heraus. Clive sah sich das Video an und machte sich Notizen. Er stellte Fragen über den Vorabend und über das, was Lionel und Ford gesagt hatten. Es würde ihnen zugutekommen, dass die Geschichte von anderen Personen bestätigt wurde, denn so würde man sie nicht so einfach abtun können.

Clive ließ sie wieder für ein paar Minuten allein, um im Gerichtssaal nachzusehen, wie schnell die anderen Fälle voranschritten. Als er zurückkam, berichtete er, dass immer noch der zweite Fall verhandelt wurde.

»Kann es eigentlich passieren, dass heute alles dauerhaft geklärt wird?«, fragte Jason.

»Es könnte schon sein.« Clive klang dabei allerdings nicht sehr hoffnungsfroh.

»Zählen Sie uns die verschiedenen Möglichkeiten auf, wie der Fall ausgehen könnte.«

Clives Gesicht nahm einen eigenartigen Ausdruck an. »Ehrlich gesagt denke ich nicht, dass man heute alles klären wird. Wenn der Vater anwesend wäre und auch Owen, um selbst seine Wünsche zu äußern, dann vielleicht. Aber Tereck Junior ist laut Aussage seiner Eltern gerade nicht in den USA und auch nicht erreichbar. Er ist im Nahen Osten unterwegs.«

»Aber sie können doch nicht für ihn aussagen«, meinte Jason.

»Stimmt. Deshalb wird das Gericht aller Wahrscheinlichkeit nach den endgültigen Beschluss hinausschieben, bis TJ auch anwesend sein kann.«

»Was können wir dann heute erwarten?«

»Das Ziel für heute ist, dass Owen wieder zu Ihnen nach Hause darf.«

Das klang gut. »Und ist mit einer Strafe zu rechnen, wegen Widersetzung gegen die richterliche Anordnung, die Rachel nie erhalten hat?«

Clive begann, in seinen Unterlagen zu suchen, dann zog er ein Dokument heraus und wandte sich an Rachel.

»Ist das Ihre Unterschrift?«

Sie wurde blass. »Nein.«

Clive zeigte noch einmal darauf. »Ist das wirklich nicht Ihre?«

Sie schüttelte den Kopf.

»Von wem ist sie dann?«, fragte Jason.

»Von Owen.«

Clive drehte das Papier zu sich. »Sind Sie sicher?«

»Ja.« Sie wandte sich an Jason. »Warum hat er mir denn nichts darüber gesagt?«

»Weiß ich auch nicht, meine Liebe. Vielleicht, weil er Angst hatte.«

Clive steckte das Papier in die Aktentasche zurück. »Okay, also wenn ich Sie vor der Richterin frage, ob das Ihre Unterschrift ist, werden sie mit Nein antworten. Sie werden *nicht* sagen, wessen Unterschrift es wirklich ist.«

Rachel blinzelte. »Sie möchten, dass ich lüge?«

»Ich sage nur, dass Sie diese Information verschweigen sollen.«

»Und wenn Yanez fragt?«

»Wenn er direkt fragt, ob es Owens ist …« Clive winkte mit der Hand in der Luft, als ob er seinen Rat damit verscheuchen wollte.

Rachel senkte die Stimme. »Sie möchten, dass ich lüge?«

»Ich würde Ihnen nie sagen, dass Sie lügen sollen. Vielleicht nur, dass Sie die Wahrheit etwas zurückhalten, ohne sich selbst in Gefahr zu bringen. Wenn das Gericht denkt, dass Owen den Brief in Empfang genommen hat, dann wird man auch glauben, dass Sie ihn gesehen haben. Und das bedeutet, dass Sie sich einer richterlichen Anweisung widersetzt haben, indem Sie Owen aus dem Land gebracht haben. Und dann laufen Sie tatsächlich Gefahr, dass man Sie dafür bestraft.«

»Ich habe diesen Brief nie gesehen.«

»Ich glaube Ihnen ja. Aber dass *ich* Ihnen glaube, wird Ihnen hier nicht helfen.« Er deutete auf die Fenster des Saals, in dem die Anhörung stattfinden würde.

Clive lehnte sich zurück, trank seinen Kaffee. »Sie brauchen nicht so überrascht zu sein. Diese Mauern sind auf Lügen aufgebaut. Die Hälfte der Leute sagt die Wahrheit, die andere Hälfte nicht.«

»Ich habe gedacht, es gibt ein Gesetz dagegen.«

»Gibt es auch. Sie haben einen halben Tag in einer Verwahrzelle im Herzen von New York verbracht. Wahrscheinlich war dort niemand wegen Meineids eingesperrt.«

Kapitel 23

Zum hundertsten Mal fuhr sich Rachel durch die Haare. Es war kurz nach der Mittagspause, die Verhandlungen wurden fortgeführt. Nun war nur noch ein Fall vor ihnen dran. Sie saßen auf einer Bank vor dem Gerichtssaal, Rachel lehnte sich an Jason.

»Mir ist gerade eingefallen, dass ich mich in den letzten zwei Tagen gar nicht in der Arbeit gemeldet habe.«

Jason fand das lustig. »Brauchst du ja nicht, du bist doch mit mir zusammen.«

»Aber du bist nicht mein direkter Vorgesetzter. Ich hätte es Gerald sagen müssen.«

Er küsste ihre Schläfe. »Ich habe ihm gesagt, er wird dich erst wiedersehen, wenn ich selbst wieder in der Firma auftauche.«

Sie verwob die Finger mit seinen. Bei dem Gedanken, dass sie sonst alles hätte allein durchstehen müssen, wurde ihr ganz schlecht. Fühlte er sich verpflichtet, bei ihr zu sein? Eigentlich machte er nicht den Eindruck, aber wie konnte sie das wirklich wissen? Er hatte ihr zur Seite gestanden, seit sie vom Schreibtisch weggeführt worden war. Er war ihre Stütze, ihr Rettungsanker inmitten eines Tsunamis. »Ich halte dich von deinem Leben ab«, sprach sie laut aus, was sie dachte.

»Wie bitte? Hey!« Er rückte ein Stück von ihr weg, um sie zu betrachten. »Du kannst doch nichts für das, was hier geschieht.«

»Ich bin mit Owen verbunden. Du nicht.«

Sein Lächeln verschwand. »Ich versuche lieber zu vergessen, dass du das jemals gesagt hast.«

Sie berührte sein Gesicht. »Ich habe ein schlechtes Gewissen, dass du so in mein Leben involviert wirst.«

»Stopp! Seit dem Moment, in dem ich dich kennengelernt habe, fühle ich mich involviert. Und Owen gehört doch zu dir. Hör mir also mit deinem schlechten Gewissen auf.«

Rachel versuchte, die Tränen zu unterdrücken. »Ich glaube, ich würde das ohne dich gar nicht durchstehen, Jason.«

»Und das musst du auch nicht.« Er gab ihr einen Kuss.

Rachel zog die Nase hoch und versuchte, nicht zu weinen.

»Wo ist er nur, Jason? Hat er Hunger? Ist ihm kalt?«

Jason schien sich nicht solche Sorgen zu machen wie sie. »Ich glaube, wir suchen einfach nur am falschen Ort.«

Und dann kam Clive.

»Es geht los.«

Rachel holte tief Luft und erhob sich.

***

»Ich werde nicht zulassen, dass ihm etwas passiert, Emily. Das verspreche ich dir.«

Der Geruch von Desinfektionsmittel und Krankheit war überwältigend. Rachel kannte auf der Onkologiestation jede Schwester, jeden Pfleger. Im Gegensatz zu den Ärzten hatten ihr die Schwestern die Wahrheit gesagt: Emily würde es nicht durch die Nacht schaffen.

Das Licht in Emilys Augen war schon seit zwei Tagen verschwunden und Rachel und Owen wechselten sich ab, damit immer einer bei ihr war. Sie sollte nicht allein sterben müssen. Das hatten sie ihr versprochen, als sich herausstellte, dass Emilys Krankheit nicht mehr zu heilen war. Rachel und Owen weinten nur, wenn sie allein waren. In Emilys Zimmer versuchten sie, sich zusammenzureißen. Wenn sie es nicht mehr aushielten, verließen sie kurz den Raum.

Rachel hatte mit den Krankenschwestern abgesprochen, dass immer jemand bei Owen war, wenn er hinausging. Wenn er allein sein wollte, dann ließen sie ihn in Ruhe, blieben aber in seiner Nähe.

Doch jetzt, als sie Emily das Versprechen gab, Owen bei sich aufzunehmen und großzuziehen, als wäre er ihr eigener Sohn, da fielen die Tränen. »Er wird ab diesem Tag mein Sohn sein. Ich werde für ihn da sein, wenn du stirbst. Ich bin für ihn da, wenn er seinen Schulabschluss macht. Ich schicke ihn aufs College und ich bin da, wenn er heiratet und eine Ehefrau in die Familie bringt. Deine Enkel werden auch meine Enkel sein. Ich werde ihn nie im Stich lassen und immer für ihn da sein. Für dich.« Rachel hielt Emilys schwache Hand. Sie waren so verschieden. Der Unterschied war mehr als nur Schwarz und Weiß. Es war der Unterschied zwischen gesund und sterbenskrank, zwischen der Blüte des Lebens und dem letzten Atemzug. »Ich weiß, dass du große Schmerzen hast. Und dass du versuchst, noch weiter durchzuhalten. Aber du kannst jetzt loslassen, Emily. Ich bin für ihn da. Ich verspreche es dir.«

Und dann starb Emily.

Rachel schob die Erinnerung und den Schmerz beiseite. Sie hatte ihr Versprechen bereits gebrochen und dabei war es noch nicht einmal ein Jahr her, dass sie es gegeben hatte.

Sie richtete sich auf und betrat den Gerichtssaal. Ihr Platz befand sich genau gegenüber von den Colemans.

Clive setzte sich neben sie und flüsterte: »Sehen Sie nicht hinüber. Zeigen Sie keine Emotionen. Sagen Sie nichts, bis man Sie aufruft.«

Rachel schluckte und nickte.

Sie blickte zu Jason hinüber, der hinter der hölzernen Abgrenzung saß.

Er nickte ihr beruhigend zu.

Der Gerichtsdiener bat um Ruhe, dann kam die Richterin herein. Rachel dachte, dass nun alle aufstehen müssten, aber das war nicht der Fall. Rachel sah die Hautfarbe der Richterin. Eine Afroamerikanerin, die sich ihr Amt durch harte Arbeit verdient hatte und über Recht und Unrecht urteilte. Noch nie zuvor hatte die Hautfarbe eines Menschen Rachel Angst gemacht.

Aber sie konnte es nicht verhindern. Würde es eine Rolle spielen? Konnte die Entscheidung der Richterin vielleicht zugunsten der Colemans ausfallen, weil diese ebenfalls schwarz waren?

Ihr war zum Heulen zumute.

»Oh Gott.« Die Colemans schienen erfreut zu sein.

»Schauen Sie nicht hinüber.«

Rachel konzentrierte sich auf das Stadtwappen, auf das ihr Blick zufällig gefallen war.

Jetzt stellten Clive und der Verteidiger der Colemans die Parteien für den Protokollschreiber vor.

Richterin Sherman sah zu beiden Seiten und wandte sich dann zuerst an die Colemans. »Ich habe die Anklageschrift in der Sorgerechtssache für Owen Moreau von Mr und Mrs Coleman gelesen.« Nun blickte sie zu Rachel. »Und die Stellungnahme des Verteidigers von Miss Price. Ich muss zugeben, dass dabei mehr Fragen aufgeworfen werden, als es Antworten gibt. Ist es zwischenzeitlich zu einer Einigung unter den beiden Parteien gekommen?«

Mr Yanez ergriff als Erster das Wort. »Nein, Euer Ehren, wir sind zu keiner Einigung gekommen.«

Richterin Sherman blickte zu Clive.

»Es hat keine Einigung gegeben, Euer Ehren.«

»Nun gut«, seufzte die Richterin. »Beginnen wir also.«

Clive blieb stehen, während sich Mr Yanez und die Colemans wieder setzten. »Euer Ehren, bevor wir beginnen, sollten Sie wissen, dass das Kind, um das es geht, Owen Moreau, von der Pflegefamilie weggelaufen ist und bis zu diesem Moment noch nicht gefunden wurde.«

Die Richterin nahm es zur Kenntnis. »Ich gehe davon aus, dass die Behörden informiert sind?«

»Ja. Meine Mandantin war gestern den ganzen Abend und heute Morgen mit der Polizei in Verbindung und hat versucht, Owen zu finden.«

Rachel ballte die Hände zu Fäusten.

»Dann sehen wir zu, dass wir hier schnell vorankommen.«

Clive setzte sich, zufrieden mit dem Kommentar der Richterin.

Rachel hörte zu, während Mr Yanez die Sache der Colemans vortrug und beantragte, dass ihnen die Vormundschaft für Owen zugesprochen würde, bis TJ aus Syrien zurück war. Yanez gab an, dass bei Rachel Fluchtgefahr bestehe. Dafür gebe es schließlich Beweise, wie den jüngsten Flug nach Zentralamerika, mit dem Rachel und Owen in der vergangenen Woche das Land verlassen hatten.

Clive beugte sich vor und flüsterte: »Die Beweispflicht liegt bei den anderen.«

Rachel blieb still und versuchte, ihren Gesichtsausdruck so neutral wie möglich zu halten.

Yanez bat Deyadria in den Zeugenstand.

Rachel versuchte, der Frau keine vernichtenden Blicke zuzuwerfen, als sie an ihr vorbeiging. Deyadria sagte ihren Namen und schwor, nichts außer der Wahrheit zu sagen.

Schon das war eine Lüge.

»Wir hatten gar nicht gewusst, dass wir einen Enkelsohn haben, bis seine Mutter starb.«

Rachel musste sich auf die Zunge beißen.

»Was haben Sie gemacht, als sie es herausgefunden haben?«, fragte Mr Yanez.

»Wir haben sofort Rachel Price kontaktiert.«

Zumindest stimmte das teilweise.

»Wir haben ihr gesagt, dass wir Owen mit viel Liebe bei uns aufnehmen werden.«

»Was ist dann passiert?«

Deyadria blickte im Raum umher. Überall hin, nur nicht zu Rachel. »Nichts. Wir haben nichts von ihr gehört.«

»Miss Price hat einen Job an der Ostküste angenommen. Stimmt das?«

»Ja. Einen Job, der ihr die Möglichkeit gibt, das Land zu verlassen, ohne es vorher lange planen zu müssen.«

»War das wegen ihnen?«

»Natürlich. Sie hat gedroht, zu fliehen, wenn wir versuchen würden, das Sorgerecht für Owen einzuklagen.«

Rachel griff nach Clives Hand. »Das ist eine Lüge. Das habe ich nie gesagt«, flüsterte sie.

Clive gebot ihr zu schweigen.

»Was ist passiert, nachdem Miss Price hierhergezogen ist?«

»Na ja, sie hat so getan, als ob sie uns erlauben würde, eine Art Beziehung zu Owen aufzubauen. Aber sie hat uns nie Zeit mit ihm allein zugestanden.«

Rachel zischte: »Er wollte nicht, dass ich ihn dort allein lasse.«

Clive hielt eine Hand in die Luft und notierte sich etwas.

»Sie geben in Ihrer Klage an, dass Miss Price kein stabiles Umfeld für Ihren Enkel bietet.«

Mrs Coleman schüttelte den Kopf. »Das Haus ist eine Bruchbude, die Farbe blättert von den Wänden ab. Owen hat sich jedes Mal, wenn wir ihn gesehen haben, über Kopfschmerzen beklagt.«

»Und Sie machen sich Sorgen um seine Gesundheit?«

»Ja. Sein Vater sicher auch.«

»Einspruch«, rief Clive.

»Stattgegeben. Mrs Coleman, Sie können keine Aussage über die Meinung Ihres Sohnes machen«, wandte Richterin Sherman ein.

Yanez holte tief Luft und formulierte die Frage anders. »Hat Ihr Sohn Bedenken bezüglich des Gesundheitszustandes seines Sohnes geäußert?«

»Ja.«

Yanez machte eine Kunstpause. Dann fuhr er fort: »Bitte erzählen Sie uns von den Ereignissen, die dazu geführt haben, dass man Owen von Miss Price weggeholt hat.«

»Mein Mann und ich versuchen, eine Beziehung zu unserem Enkelsohn aufzubauen, seit wir wissen, dass es ihn gibt. Unser Sohn, TJ – Tereck Junior –, also Owens Vater, kam an Weihnachten zurück und sagte, dass er fortan das Sorgerecht für seinen Sohn haben wolle. Als wir Miss Price von unseren Absichten erzählt haben, wurde sie wütend und hat unsere Anrufe nicht mehr angenommen.«

Alles gelogen. Rachel blickte in die Gesichter der anderen. Glaubten sie diese Lügenmärchen etwa?

»Und was ist danach geschehen?« Mr Yanez stand während der Befragung hinter seinem Tisch, Clive saß währenddessen ruhig da, hörte zu, und machte sich Notizen.

»Sie hat gedroht, das Land zu verlassen, und hat uns gesagt, dass wir unseren Enkel niemals wiedersehen würden.«

Rachel schüttelte den Kopf.

Clive legte ihr wieder beruhigend die Hand auf und nickte ihr warnend zu.

Ihre Augen flehten ihn an. Sie nahm den Stift aus seiner Hand und schrieb mit viel Nachdruck auf den Block: *Sie lügt!*

»Und daraufhin haben Sie sich an das Gericht gewendet und das Sorgerecht beantragt?«

»Ja«, sagte Deyadria.

»Wann haben Sie erfahren, dass Miss Price und Owen das Land verlassen haben?«

»Ich habe einen Bericht im Fernsehen gesehen, in dem Rachel im Namen der Firma, für die sie arbeitet, in Costa Rica ein Statement abgegeben hat.«

»Gehört das denn zu Rachels Aufgabenbereich?«, fragte Yanez.

»Einspruch«, rief Clive.

»Stattgegeben.«

Mr Yanez versuchte eine andere Strategie. »Wo war Owen, während Miss Price in Costa Rica war?«

»In Costa Rica, mit ihr.«

»Wie haben Sie das festgestellt?«

»Owen hat so ein Ding im Internet. Instagram. Da hat er ein Bild von sich am Strand gepostet.«

Mr Yanez hob ein Bild hoch, eines, das anscheinend mit einem Handy aufgenommen worden war. Er reichte es dem Gerichtsdiener. »Was hat Owen zu diesem Bild geschrieben?«

Rachels Blick folgte dem Bild, das nun bei der Richterin angekommen war. Diese warf nur einen kurzen Blick darauf, dann legte sie es ohne jegliche Gemütsregung zur Seite.

»Er hat dazu geschrieben: ›Das nächste Mal, wenn ich herkomme, bleibe ich für immer‹.«

»Was bedeutet das für Sie, Mrs Coleman?«

Die Lippen der Frau begannen zu zittern. »Das bedeutet, dass ich meinen Enkel nie wiedersehen würde.«

»Danke, Mrs Coleman.« Mr Yanez setzte sich. Nun richteten sich alle Augen auf Clive.

»Guten Tag, Mrs Coleman.«

Das Zittern ihrer Lippen verschwand umgehend. Nervös tippte sie mit einem Finger auf den Tisch.

»Guten Tag.«

Clive lächelte. »Sie haben unter Eid ausgesagt, dass Sie von der Existenz Ihres Enkels nichts wussten, bis dessen Mutter verstarb.«

Sie nickte.

Richterin Sherman erhob das Wort. »Bitte antworten Sie mit ja oder nein, Mrs Coleman. Ein Nicken kann der Protokollant nicht festhalten.«

»Ja«, log Deyadria.

»Wie haben Sie von Owen erfahren?«

»Mein Sohn hat es uns gesagt.«

»TJ?«

»Ja, richtig.«

»Hat Ihr Sohn Sie vor oder nach der Beerdigung von Emily Moreau von der Existenz Ihres Enkels unterrichtet?«

»Danach.«

»Woher wissen Sie, dass es danach war?«

»Weil er auf der Beerdigung von Miss Moreau war.«

»Das heißt also, Ihr Sohn hatte zu Miss Moreau Kontakt?«

Deyadria blickte zu ihrem Rechtsanwalt. »Ich bin mir nicht sicher.«

»Einspruch.«

Als die Richterin nicht schnell genug antwortete, mischte sich Mr Yanez ein: »Mrs Coleman kann doch nicht darüber spekulieren, was ihr Sohn weiß oder nicht weiß.«

»Stattgegeben.«

»Wo ist Ihr Sohn im Moment?«, fragte Clive weiter.

»Das Letzte, was ich gehört habe, war, dass er in Syrien ist. Wegen seiner Arbeit.«

»Reist Ihr Sohn sehr viel?«

»Ja, er ist Fotojournalist. Er reist in Gegenden, die man sonst eher meidet.«

»Sie müssen sehr stolz auf Ihren Sohn sein.« Clive lächelte.

»Das bin ich.«

»Wie lange reist ihr Sohn schon für seine Arbeit?«

»Seit er aus dem College ist. Seit fast zwanzig Jahren.«

»Würden Sie sagen, dass Syrien ein sicheres Land ist?«

Mrs Coleman schüttelte den Kopf. »Nein. Ich bete jeden Abend, dass ihm nichts passiert.«

»Das ist wahrscheinlich kein Ort, an den er seinen Sohn mitnehmen würde, oder?«

»Nein. TJ würde Owen niemals in Gefahr bringen.«

Zufrieden lächelnd wandte sich Clive wieder der Richterin zu. »Keine weiteren Fragen.«

Rachel seufzte, als sich Clive wieder setzte.

»Noch weitere Zeugen?«, fragte die Richterin Mr Yanez.

»Nein, Euer Ehren.«

»Mr Redshaw, dann haben nun Sie unsere Aufmerksamkeit.«

Er klopfte auf Rachels Hand, erhob sich und bat Rachel in den Zeugenstand.

Die paar Schritte an den Platz, an dem ein Mikrofon stand, kamen ihr wie der längste Weg vor, den sie jemals gegangen war. Im Stehen schwor auch sie, nichts anderes als die Wahrheit zu sagen, dann setzte sie sich.

Clive ging um seinen Tisch herum, lächelte ihr zu. »Sie sehen aus, als hätten sie eine lange Nacht hinter sich«, begann er.

»Das habe ich auch.«

»Warum?«

»Ich, beziehungsweise wir, haben die Straßen von New York abgesucht, seit Owen vermisst wird.«

Clive blickte im Raum herum. »Wen meinen Sie mit *wir*?«

»Die Fairchilds und ich.« Sie sah auf die Uhr. »Jetzt müssten Owens Freunde aus der Schule kommen und dann unterstützen auch sie mit ihren Eltern die Suche.«

»Ist es schwierig für Sie, dass Sie derweil im Gericht sitzen müssen?«

Sie nickte. »Wir sollten eigentlich draußen nach ihm suchen und nicht hier drinnen sitzen und uns über ihn streiten.«

»Einspruch, Euer Ehren. Wenn Mr Redshaw meint, dass man diese Anhörung verschieben müsste, hätte er das gleich zu Beginn sagen müssen.«

Clive blickte zur Richterin. »Wenn Owen länger als nötig bei einer Pflegefamilie bleiben muss, wird der Junge nur erneut abhauen, sobald man ihn findet. Das werde ich noch erläutern.«

»Einspruch abgelehnt«, sagte Richterin Sherman.

Mister Yanez setzte sich.

»Miss Price, erzählen Sie etwas über Ihre Beziehung zu Owen.«

»Ich kenne Owen, seit er fünf ist. Seine Mutter und ich wurden, kurz nachdem wir uns kennengelernt hatten, beste Freundinnen.«

»Können Sie dem Gericht Emily Moreau beschreiben?«

Rachel konnte es nicht verhindern, dass sich ihr Hals zuschnürte. »Emily war … liebevoll, warmherzig. Sehr bodenständig.«

»Ein perfekter Mensch?«

»Nein, natürlich nicht. Aber sie hat sich nie verstellt oder versucht, irgendwas zu beschönigen, nur damit sie nicht aneckte.«

»Was können Sie uns über die Beziehung zwischen ihr und TJ sagen?«

»Einspruch«, rief Mr Yanez.

»Stattgegeben.«

Clive ließ sich davon nicht aus dem Konzept bringen. »Wann haben Sie TJ kennengelernt?«

»Da war Owen in der ersten Klasse. Ich erinnere mich genau, weil Emily und ich gerade dabei waren, für eine Schulfeier dreißig Papierhüte zu basteln. TJ kam zu Emily und Owen nach Hause, um seinen Sohn zu sehen.«

»Das heißt also, dass TJ von der Existenz seines Sohnes wusste?«

»Ja, von Geburt an. Ich habe TJ noch einmal gesehen, als Owen vielleicht zehn war und dann wieder bei Emilys Beerdigung.«

»Würden Sie sagen, dass Emily und TJ ein freundliches Verhältnis zueinander hatten?«

Rachel lächelte. »Ja. Sie haben sich wegen Owen sehr darum bemüht. Emily hat TJ nie dazu gezwungen, ein Vollzeitvater zu sein. Und soweit ich das beurteilen kann, hat er das auch gar nicht erst versucht.«

Rachel hielt die Luft an, wartete auf den Einspruch von Mr Yanez.

Der kam aber nicht.

»Hat Owen gewusst, dass TJ sein Vater ist?«, fragte Clive.

»Ja«, antwortete Rachel.

»Hat Owen je etwas über seinen Vater erzählt?«

»Nein, nicht wirklich. Nicht, bis Emily krank wurde.«

»Lassen Sie uns darüber sprechen. Sie haben zu der Zeit, als Emily verstarb, in Kalifornien gewohnt?«

»Ja.«

»Warum sind Sie an die Ostküste gezogen?«

Sie blickte zu Jason, lächelte. »Um genau das hier zu vermeiden.«

»Was meinen Sie damit?«

»Die Colemans haben mich noch im selben Monat, in dem Emily gestorben ist, kontaktiert und gesagt, dass sie Owen bei sich aufnehmen wollen.«

»Wie haben Sie sich dabei gefühlt?«

»Ich hatte Angst. War besorgt, dass sie das Sorgerecht einklagen würden. Deshalb haben Owen und ich über unsere Optionen gesprochen und uns dazu entschlossen, hierherzuziehen.«

»Einfach so?«

»Ja. Um ehrlich zu sein, dachte ich, es sei gut für Owen, wenn er seine Großeltern kennenlernt.«

Rachels Kommentar entlockte Deyadria wieder ein Augenrollen.

»Warum?«, fragte Clive.

»Wenn die beste Freundin so jung stirbt, denkt man auch an die eigene Sterblichkeit. Wenn mir etwas geschieht, ist Owen ganz allein. Emily hatte wenigstens mich. Als wir von ihrer Krebserkrankung erfuhren, haben wir sofort alle Vorkehrungen für das Sorgerecht getroffen.«

Clive klopfte auf das Holzgeländer. »Sie haben also Ihr Leben auf den Kopf gestellt, sich eine Stelle in Manhattan gesucht und sich dort niedergelassen.«

»Das ist richtig. Ich habe ein Haus gekauft und Owen hier in der Highschool angemeldet.«

»Wie sind Sie von den Colemans empfangen worden?«

Rachel blickte zuerst zu Deyadria, dann zu Tereck. »Mit Ablehnung.«

»Inwiefern?«

»Es kam mir so vor, als ob sie versuchen würden, in allem, was ich tue, einen Fehler zu finden.«

»Haben Sie sich in ihrer Gegenwart wohlgefühlt?«

»Nein.«

»Haben Sie Owen davon abgehalten, sich mit ihnen zu treffen?«

»Nein. Wir haben sie schon öfters gesehen, seit wir hierhergezogen sind.«

»Mrs Coleman hat ausgesagt, dass Sie Owen von ihr fernhalten«, gab Clive an.

»Wenn sie damit das eine Mal meint, als sie uns zum Essen eingeladen hat, aber wir nicht kommen konnten, weil Owen an jenem Abend ein Projekt für die Schule hatte, dann ja.«

Deyadria fiel es offensichtlich schwer stillzusitzen.

»Oder das andere Mal, als ich eine Halsentzündung hatte, und absagen musste.«

»Hätte Owen auch alleine zu ihnen fahren dürfen?«

»Ja, wenn er das gewollt hätte. Wollte er aber nicht. Und ich wollte ihn nicht zwingen.«

Clive sah wieder auf seine Notizen. »Auf der Sorgerechtsklage steht, die Colemans geben an, dass sich in Ihrem Haus Schadstoffe befinden, die Owen krankmachen würden.«

»Es ist ein altes Haus, wie die meisten Häuser in den Vororten. Aber statt einfach irgendetwas zu behaupten, habe ich einen Gutachter bestellt. Der hat jede Ecke meines Hauses nach Schadstoffen untersucht.«

Clive reichte der Richterin zwei Schreiben. »Das ist der vorläufige Untersuchungsbericht des Gutachters. Und zum anderen sehen Sie die Ergebnisse der Blutuntersuchung, die Miss Price hat durchführen lassen, um eine mögliche Bleivergiftung festzustellen.«

»Hat die Gegenseite das gesehen?«, fragte die Richterin.

»Haben wir, Euer Ehren.«

Sie sah sich die Unterlagen an. »Der vollständige Bericht wird erst in zwei Tagen vorliegen?«

»Richtig«, sagte Clive.

Er schaltete in einen anderen Gang.

»Wie ist es dazu gekommen, dass Sie nach Costa Rica geflogen sind?«

Jason sah zu ihr, sein Blick sanft und liebevoll.

»Ich war mit Mr Fairchild zusammen, als er erfahren hat, dass eines seiner Firmenflugzeuge abgestürzt ist. Er musste zur Unfallstelle fliegen und hat mich gebeten, mitzukommen.«

»Als seine Freundin?«

»Als seine Angestellte. Es war der Neujahrstag. Die meisten anderen Angestellten hatten Urlaub.«

»Das heißt also, dass Sie Owen mitgenommen haben?«

Sie nickte. »Das stimmt. Ich wollte ihn nicht allein lassen, wenn ich so weit wegreise. Er ist mit einem Freund von Jason im Hotel geblieben, während wir gearbeitet haben.«

»Haben Sie darüber geredet, dass Sie in Zentralamerika bleiben möchten?«

»Wir haben darüber geredet, dass wir gern wiederkämen. Es ist so schön warm dort. Ich bin nicht an den kalten Winter in New York gewöhnt.«

»Ich wohne schon mein ganzes Leben hier und bin trotzdem noch nicht daran gewöhnt«, meinte Clive und blickte sich dabei im Gerichtssaal um.

Gelächter.

»Wann haben Sie zum ersten Mal gehört, dass die Colemans das Sorgerecht beantragen?«

Die kurze Erheiterung verschwand mit seiner Frage. »Als mich die Polizei aus dem Büro weggeführt hat.«

»Warum ist das geschehen?«

»Man hat mir gesagt, ich habe eine richterliche Anordnung missachtet und man müsse mich befragen.«

»Aber Sie haben nie eine richterliche Anordnung erhalten?«

»Richtig, das habe ich nie.« Rachel blickte zur Richterin. »Ich schwöre bei Gott, dass ich niemals einen Brief erhalten habe.«

Und wieder rollte Deyadria mit den Augen. Diesmal flüsterte sie ihrem Anwalt etwas zu.

Clive reichte der Richterin ein weiteres Papier. »Das hier befindet sich auch in den Akten.«

Die Richterin reichte es mit einem Nicken zurück. »Das ist das Schreiben, mit dem Sie über die Klage der Colemans informiert wurden, zusammen mit der besagten Anordnung. Haben Sie es vor dem heutigen Tag schon einmal gesehen?«

»Nein.«

»Ist das Ihre Unterschrift?«

»Nein.«

Clive ging zu seinem Tisch zurück. »Als Beweismittel möchte ich Ihnen gern Bankunterlagen zeigen, auf denen sich Rachels Unterschrift befindet. Man sieht deutlich, dass das hier nicht ihre ist.« Er reichte das Papier an Mr Yanez.

»Kein Einspruch, Mr Yanez?«, fragte Richterin Sherman.

»Nein.«

Die Richterin sprach mit dem Protokollschreiber, sagte ihm die Nummer, die dem Beweis zugeordnet wurde.

»Wir sind fast fertig, Rachel. Wissen Sie, wo sich Owen gerade befindet?«

»Nein.« Sie war nun den Tränen nahe.

»Wann haben Sie zum letzten Mal mit ihm gesprochen?«

»An dem Morgen, als er zur Pflegefamilie gebracht wurde. Man hat mir gesagt, dass ich ihn nicht ohne gerichtliche Erlaubnis kontaktieren dürfe.«

»Und Sie haben sich daran gehalten?«

»Das habe ich.«

»Wissen Sie, warum er weggelaufen ist?«

»Ja.«

Clive wandte sich an die Richterin. »Ich möchte eine Aufnahme von Owen zeigen. Sie stammt von Owens Handy und gehört zu den Beweismitteln.«

»Einspruch.«

Clive wartete nicht auf die Antwort der Richterin. »Euer Ehren, Owen hat am Nachmittag seines Verschwindens eine Videoaufnahme gemacht. Man sieht deutlich, wie er sich gefühlt hat, und sie zeigt auch die Beziehung zur Gegenpartei.«

»Einspruch abgelehnt.« Sie streckte die Hand nach dem Telefon aus.

Es wurde still im Gerichtssaal, als Richterin Sherman Owens Video ansah.

Damit war Clives Befragung beendet.

Kapitel 24

Als das Kreuzverhör begann, saß Rachel so kerzengerade, als hätte sie einen Stock verschluckt. Bis jetzt, fand Jason, war es ganz gut verlaufen. Am Gesichtsausdruck der Richterin konnte man zwar wenig ablesen, aber es schien nicht so, als hätten die Colemans wirklich etwas gegen Rachel in der Hand.

»Guten Tag«, sagte Mr Yanez zu Rachel.

»Guten Tag.«

Dieser Austausch an höflichen Floskeln war für Jason fast unerträglich.

»Ich halte mich kurz, Miss Price.«

Sie blickte zu Jason, bemühte sich um ein Lächeln.

»Sie haben ausgesagt, dass Sie einen Job in Manhattan angenommen haben.«

»Jawohl.«

»Was genau ist dort Ihre Aufgabe?«

»Ich bin bei Fairchild Charters im Marketing.«

»Marketing. Inwiefern spielte bei der Reise nach Costa Rica das Marketing eine Rolle? Wäre denn nicht das Risikomanagement oder jemand vom Öffentlichkeitsbereich zuständig gewesen, wenn es um Schadensbegrenzung nach einem Absturz ging?«

Rachel sah wieder zu Jason. »Schon, aber …«

»Lassen Sie mich raten, Sie haben sich freiwillig gemeldet, ins Flugzeug zu steigen und das Land zu verlassen.«

»Jason hat mich gebeten mitzufliegen.«

»Jason? Sie meinen Jason Fairchild, den Geschäftsführer und Teilhaber der Firma?«

Jason hob das Kinn ein wenig, als sich plötzlich alle Augen auf ihn richteten.

»Ja.«

»Und wann haben Sie von dem verunglückten Flugzeug von Fairchild Charters erfahren?«

»Das war so zwischen fünf Uhr dreißig und sechs Uhr morgens.«

»Wie kommt es, dass Sie und Ihr Chef so früh am Morgen zusammen waren, noch dazu an einem Feiertag?«

Rachel schluckte. »Jason und ich haben eine private Beziehung.«

»Eine romantische Beziehung?«

»Einspruch, Euer Ehren. Das ist irrelevant.«

»Ich bin anderer Meinung, Euer Ehren. Es sagt etwas über die Möglichkeiten aus, die Miss Price hat, um das Land zu verlassen. Insofern ist es sehr relevant für diesen Fall.«

»Einspruch abgelehnt. Beantworten Sie bitte die Frage, Miss Price.«

Jason wandte den Blick nicht von Rachel ab.

»Ja, Jason und ich haben eine romantische Beziehung.«

»Und Sie arbeiten für ihn?«

»Ich bin bei Fairchild Charters angestellt.«

»Mr Fairchild ist Pilot, stimmt das?«

»Ja«, antwortete sie.

»Hat er Sie schon mal irgendwohin geflogen?«

Rachels Blick verlor den Fokus. »Ja.«

»Würden Sie sagen, dass er die Freiheit und Möglichkeit hat, spontan überall hinzufliegen?«

Rachel löste sich von Jasons Blick und starrte nun Yanez an. »Ihm gehört eine Firma, bei der man Privatjets chartern kann. Natürlich stehen die Flieger ihm auch zur Verfügung.«

»Jetzt, da Sie seine Freundin sind, stehen Sie also auch Ihnen zur Verfügung, oder nicht?«

Sie schüttelte den Kopf. »Nein, so ist das nicht.«

»Wie ist es denn dann, Miss Price?«

»Ich würde Jason niemals bitten, mich irgendwohin zu fliegen.«

»Aber Sie könnten es.«

»Einspruch. Soll das eine Frage sein?«

»Stattgegeben. Stellen Sie eine Frage, Mr Yanez.«

»Sind Sie viel geflogen, bevor sie nach New York gezogen sind?«

»Nein.«

»Und Owen, wie oft ist er schon geflogen?«

»Noch nie. Wir sind nach New York mit dem Auto gefahren, als wir umgezogen sind.«

»Wie kommt es dann, dass Sie beide einen gültigen Reisepass besitzen?«

Langsam wurde klar, auf was Yanez hinauswollte. »Wir haben die Pässe bekommen, bevor Emily verstarb.«

»Damit Sie das Land verlassen können, falls die Colemans doch die Vormundschaft beantragen?«

»Nein, so war es nicht.«

»Warum brauchen Sie einen Reisepass, wenn Sie die USA nicht verlassen möchten?«

Rachel lehnte sich nach vorn. »Emily hatte gedacht, dass es vielleicht eine Behandlung geben könnte, in einem anderen Land. Deshalb hat sie dafür gesorgt, dass Owen einen gültigen Reisepass bekam. Für den Fall, dass man irgendwo anders ihre Krankheit heilen könnte.«

»Das ist aber praktisch. Weil Emily nun nicht mehr hier ist, um uns das zu bestätigen.«

Rachel krümmte die Schultern.

»Einspruch!«

Jason hätte am liebsten seine Fäuste zum Einsatz gebracht.

»Mr Yanez, bitte unterlassen Sie die Kommentare und stellen Sie nur Fragen«, warnte die Richterin.

»Miss Price, mögen sie die Colemans?«

Rachel sah zu ihnen hinüber. »Nein, ich mag sie nicht besonders.«

»Wie können Sie dann *eine gute Beziehung* zu ihnen haben wollen, wenn Sie sie gar nicht mögen?«

»Genauso, wie ich meinen Onkel Barry toleriere. Man muss nicht alle aus der Familie mögen, aber man sieht sich eben trotzdem.«

Manche lachten.

»Sie haben ausgesagt, dass Owen seinen leiblichen Vater besser kennenlernen soll.«

»Ja, das habe ich.«

»Denken Sie immer noch so?«

Sie war hin- und hergerissen, das konnte Jason ihr anmerken. »Nicht, wenn Owens Sicherheit nicht gewährleistet wird.«

»Haben Mr und Mrs Coleman denn schon einmal die Hand gegen Owen erhoben?«

»Nein.«

»Haben Sie ihm gedroht?«

»Nein, nicht, dass ich wüsste«, antwortete sie.

»Gibt es irgendetwas, das Sie selbst nicht tun würden, um Owens Sicherheit zu gewährleisten?«, fragte Mr Yanez.

»Nein.«

»Würden Sie sich von einer Gewehrkugel treffen lassen, wenn Owen dadurch geschützt wird?«

»Ja. Ich liebe ihn so, als wäre er mein eigener Sohn.«

Mr Yanez grinste, als hätte er sie erwischt. Und Jason fühlte sich, als hätte er eine Schlinge um den Hals. »Würden Sie auch das Land verlassen, um Owens Sicherheit zu gewährleisten?«

Ihr Atem ging stockend, man hörte es im Gerichtssaal.

»Einspruch, Euer Ehren das ist eine Suggestivfrage.«

»Stattgegeben.«

Mr Yanez hob beschwichtigend die Hand. »Nur noch eine Frage, Euer Ehren.« Er holte das Schreiben hervor, auf dem sich Owens Unterschrift befand, und hielt es Rachel hin. »Das ist nicht Ihre Unterschrift, oder?«

»Nein.«

»Das ist aber Ihre Adresse, ist das korrekt?«

»Ja.«

»Wessen Unterschrift ist es dann?«

Sie blinzelte zweimal. »Ich weiß nicht.«

»Wirklich nicht? Sehen Sie noch einmal ganz genau hin. Kommt Ihnen diese Unterschrift nicht irgendwie bekannt vor?«

Rachel blickte verzweifelt zu Jason.

Ohne Worte versuchte er ihr beizustehen.

Sie blickte wieder auf das Papier. »Es könnte Owens sein.«

Deyadria schlug triumphierend mit der Hand auf den Tisch. »Ha!«

Die Leute im Saal sahen sich an und begannen, untereinander zu tuscheln.

»Könnte sein? Oder ist sie es? Sie kennen Owen, seit er fünf ist, haben ihm schon in der Grundschule bei den Hausaufgaben geholfen. Und da kennen Sie seine Handschrift nicht?«

Sie blickte wieder zu Yanez. »Es ist seine.«

Der Anwalt grinste. »Danke, Miss Price.«

***

Rachel folgte der Zusammenfassung von Mr Yanez, als würde sie ein dichter Nebel umgeben. Er stellte sie dar, als sei sie berechnend, als würde sie nur deshalb diese Beziehung zu Jason haben, um überall hinfliegen zu können. Und dass sie das auch tun würde. Er behauptete, dass sie von der richterlichen Verfügung gewusst, sich dieser aber ganz bewusst widersetzt habe. Er bat das Gericht, den Colemans Zeit zu geben, um zusammen mit ihrem Sohn wiederzukommen. Bis dahin solle Rachel das Sorgerecht entzogen werden.

Clive beendete seinerseits die Sitzung mit einem Schlussplädoyer für Rachel und Owen. Sie hätten mit dem Umzug in die Nähe der Colemans ihre beste Absicht gezeigt, eine gute Beziehung zu ihnen aufbauen zu wollen. Er bat die Richterin, dass das alleinige Sorgerecht weiterhin bei Rachel verbliebe.

Sie warteten im Gerichtssaal, während sich die Richterin vor der Verkündung ihrer Entscheidung zurückzog.

»Gibt es Neuigkeiten von Owen?«

»Nichts.« Jason sah auf sein Telefon.

»Es wird bald dunkel.«

»Wir werden ihn finden.«

»Du klingst so überzeugt.«

»Owen ist ein kluger Junge. Er wird nicht draußen in der Kälte sitzen.«

Sie hoffte, dass Jason recht hatte.

Der Gerichtsdiener bat um Ruhe. Rachel wandte sich wieder nach vorn, die Richterin kam zurück.

»Setzen Sie sich«, bat sie.

»Ich habe die Akten mit der Beweisführung durchgesehen und die Aussagen der Sozialarbeiter gelesen, die mit diesem Fall beschäftigt sind. Normalerweise weiß man bei solchen Angelegenheiten recht schnell, was richtig oder falsch ist. In Ihrem Fall ist das anders«, sprach die Richterin.

»Mr und Mrs Coleman. Sie haben keine klaren und überzeugenden Beweise dafür erbracht, dass Miss Price als Vormund für ihren Enkelsohn ungeeignet wäre. Allerdings fehlen noch die endgültigen Nachweise darüber, dass das Haus von Miss Price tatsächlich schadstofffrei ist. Daher muss das Gericht auf weitere Informationen warten. Ich erlasse die Anweisung, dass sich Owen Moreau, wenn er wieder auftaucht, ebenfalls einer ärztlichen Untersuchung unterzieht, damit man auch anhand seiner Blutprobe Schadstoffe im Haus ausschließen kann. Es hat sich außerdem herausgestellt, dass Ihr Sohn, TJ, von Owens Existenz wusste, sich aber dennoch nicht als Vater eingebracht hat, aus welchen Gründen auch immer. Aber wie es auch schon Miss Price selbst gesagt hat, ist es nur fair, wenn Owen die Möglichkeit bekommt, alle seine Familienangehörigen kennenzulernen. Mr und Mrs Coleman, ich muss Ihnen sagen, dass dies sicher ein recht holpriger Weg wird, denn wie mir scheint, ist Owens Vertrauen zu Ihnen bereits gebrochen.«

Deyadria öffnete den Mund, aber Yanez hielt sie davon ab, etwas zu erwidern.

»Miss Price. Es ist deutlich zu merken, dass Sie alles für Owen tun würden. Ich bin selbst Mutter von zwei Kindern und ich weiß, als Mutter würde man alles für die Sicherheit seines Kindes tun. Deshalb kann ich mir gut vorstellen, dass es sich bei Ihnen ähnlich verhält. Wenn ich mir diese Unterschriftengeschichte genauer ansehe, frage ich mich natürlich, ob Owen das Einschreiben angenommen, aber nicht weitergegeben hat. Und ich frage mich natürlich auch, ob Sie es tatsächlich nicht gesehen haben. Das ist nur schwer nachzuweisen, denn feststeht, dass diese richterliche Verfügung tatsächlich am …« Sie blickte wieder auf das Schreiben. »… am siebenundzwanzigsten Dezember letzten Jahres bei Ihnen eingetroffen ist. Es ist klar geworden, dass die Colemans eine Bedrohung für Sie darstellen. Aus Owens Video wird ebenso klar, dass er das genauso sieht. Und ihn von dieser Bedrohung fernzuhalten, könnte auch bedeuten, dass Sie deshalb vielleicht tatsächlich fliehen würden.«

Oh Gott. Jetzt wird sie ihn mir wegnehmen.

»Andererseits muss man sagen, dass sie ihn zwar außer Landes geschafft haben, ihn aber auch wieder zurückgebracht haben. Was wiederum durchaus dafür spricht, dass Sie von der Anweisung nie erfahren haben. Sie scheinen mir ja keine einfältige Frau zu sein.«

Bitte, bitte …

»So gern ich diesen Fall heute abgeschlossen hätte, so ist dies leider noch nicht möglich. Aus den genannten Gründen werde ich Folgendes veranlassen: Ich beantrage, dass Miss Price und Owen Moreau ihre Pässe aushändigen, bis es einen endgültigen Beschluss gibt. Ihr Fall soll erneut verhandelt werden, wenn die Untersuchungsergebnisse des Gutachters vorliegen, wenn Owen gefunden wurde und er selbst befragt werden kann. Und vor allem, wenn Tereck Junior Coleman, genannt TJ, für eine eigene Aussage anwesend sein kann. Ich bin nämlich durchaus der Meinung, dass ein Kind seinen Vater kennenlernen sollte. Andererseits wird TJ dafür eine Frist gesetzt, innerhalb derer er eine Aussage über seine Absichten treffen muss. Wenn TJ tatsächlich vorhat, das Sorgerecht einzufordern, das alleinige oder das gemeinsame mit Miss Price, dann muss er sich innerhalb der nächsten drei Wochen beim Gericht melden. In der Zwischenzeit wird Owen Moreau vom Gericht einen Vormund gestellt bekommen. Die Pflegschaft verbleibt bei Miss Price, Owen bleibt also in ihrer Obhut. Zum jetzigen Zeitpunkt spreche ich den Colemans keine festgelegten Besuchszeiten zu.«

Rachel spürte, wie sich die Freude in ihrer Brust breitmachte.

»Ich möchte aber Miss Price und das Ehepaar Coleman auffordern, Frieden miteinander zu schließen. Owen zuliebe.«

»Aber wir sind doch seine Familie«, sagte Deyadria.

Richterin Sherman blickte sie scharf an. »Da liegen Sie falsch. Die Gene allein sagen nichts darüber aus, wer *Familie* ist. Meine Kinder sind adoptiert, eines aus Vietnam, das andere aus Südafrika. Nur die Liebe bestimmt, wer Familie ist. Um es mit Owens Worten zu sagen: Erst wenn sich die Erwachsenen wie Erwachsene benehmen, können wir die Angelegenheit regeln. Die Verhandlung wird heute in drei Wochen fortgesetzt.«

Sie klopfte mit ihrem Richterhammer auf den Tisch. Rachel wandte sich um und stürzte in Jasons Arme.

***

In den nächsten beiden Tagen war Jasons Haus das Basislager für die Suche nach Owen.

Sie hatten eine Stadtkarte ausgebreitet, auf der die Bahnlinien eingezeichnet waren, mit denen Owen vielleicht gefahren war. Die Obdachlosenunterkünfte und Herbergen waren mit roten Punkten markiert. Dort, wo sie schon gesucht hatten, klebten grüne.

»Das Problem ist, dass Owen ja nicht gefunden werden will«, meinte Nathan. »Wenn er wüsste, dass er wieder nach Hause darf, würde er wahrscheinlich gleich auftauchen.«

Ford und Lionel kamen gerade von der Suche in der näheren Umgebung zurück. »Wir haben überall dort geschaut, wo wir uns sonst so treffen. Aber keine Spur von ihm.«

»Irgendwie glaube ich, dass er gar nicht in der Stadt ist«, äußerte Nathan seine Vermutung.

»Warum?«, fragte Glen.

»Weil das total blöd von ihm wäre. Da liegt ein halber Meter Schnee.«

Jason sah zur gewölbten Decke des Hauses, in dem er aufgewachsen war. Irgendwie begannen sich plötzlich seine Gehirnwindungen zu regen. »Mann, *shit.*«

»Was denn?« Glen, der gerade etwas auf der Karte hatte einzeichnen wollen, hielt mit gezücktem Stift in der Luft inne.

»Hier ist doch Narnia. In diesem Haus haben wir uns so versteckt, dass uns niemand gefunden hat.«

Jetzt wusste auch Glen, was er meinte und sah umher. »Oh, Mann.«

»Es ist ein sehr großes Haus.« Und hatten sie sich nicht neulich erst in diesem Zimmer darüber unterhalten, wie sie früher beim Versteckspiel ewig nach den anderen gesucht hatten?

Jason rief alle zusammen.

»Meinst du echt, dass sich Owen hier versteckt hält?«, fragte Rachel ungläubig.

»Hier haben wir nicht gesucht, oder?«

»Das wäre ja verrückt«, fand Ford.

»Das wäre ziemlich clever.«

Zum ersten Mal seit drei Tagen keimte in Rachel so etwas wie Hoffnung auf. In ihren Adern flossen mehr Adrenalin und Kaffee, als man vertragen konnte, und immer noch fehlte von Owen jede Spur.

Jason wies jedem Einzelnen einen anderen Teil des Hauses zu. Owens Freunde sollten das Gelände draußen absuchen.

Er ging mit Rachel zusammen ganz nach oben in den Speicher, wo seine gesammelte Kindheit in Kisten verstaut lag.

Von überall ertönten Rufe nach Owen.

»Owen?«, rief auch Rachel durch den riesigen Raum unter dem Dach.

Jason betätigte einen Schalter. Eine Reihe von Lampen ging an, plötzlich war es taghell, obwohl es schon neun Uhr abends war.

»Wow, der ist ja riesengroß. Hier würde ich mich glatt verlaufen.«

»Oder du könntest dich hier verstecken.« Er blickte sich um und ging in die andere Richtung zum angrenzenden Speicher des Ostflügels. »Owen?«

»Hey, schau mal. Da hinten sind Spuren im Staub.«

Jason besah sich die Stelle. »Hier standen ein paar Kisten mit der Weihnachtsdeko.«

Enttäuscht ließ sie ihre Schultern sinken.

»Owen?«, rief sie. »Das Gericht hat entschieden, dass du wieder nach Hause darfst.«

Stille.

Sie sahen hinter jede Kiste, suchten jeden Winkel ab. Staubig und frierend gaben sie schließlich die Suche im Speicher auf und gingen einen Stock tiefer. Jedes Zimmer wurde abgesucht, in jeden Schrank geschaut. Wenn Jason und Rachel auf die anderen trafen, wechselten sie die Richtung. Am Ende versammelten sich alle im Wohnzimmer.

»Nichts«, verkündete Trent.

Jason schaute durchs Fenster nach draußen. »Los, zieht eure Jacken an.«

Aber die Scheunen und Hütten waren ebenfalls leer, wie auch die Sattelkammern und Lagerräume. Rachel durchsuchte jede Pferdebox. Schließlich hätte Owen hier ein Dach über dem Kopf gehabt und geheizt wäre es auch gewesen.

Aber er war nicht da.

Dasselbe galt für den Flugzeughangar.

Sie durchsuchten auch Nathans Haus und das der Haushälterin. Auch das andere Gästehaus auf der gegenüberliegenden Seite des kleinen Sees war leer und kalt.

Mittlerweile war es schon fast Mitternacht, als sie die Suche unterbrachen.

Rachel stützte den Kopf in die Hände. »Verdammt. Ich habe echt gehofft, dass du recht haben könntest.«

Jason auch. »Morgen hängen wir Plakate in der Stadt und in seiner Schule auf. Außerdem werde ich meine Leute veranlassen, ein Transparent an dem Firmengebäude aufzuhängen. Damit Owen erfährt, dass er wieder nach Hause kommen kann.«

»Wir fahren jetzt heim«, sagte Ford.

»Danke, Jungs.« Rachel umarmte die beiden zum Abschied. »Falls ihr etwas hört …«

»Eh klar.«

Glen kam zu Jason und Rachel. »Mary und ich würden hier übernachten, wenn das passt.«

»Aber natürlich«, sagte Jason.

»Und wir beide fahren lieber heim. Sonst fressen die Hunde noch unsere Möbel auf«, meinte Trent, während er Monica in den Mantel half.

»Wir kommen aber morgen wieder«, sagte Monica.

Das Haus leerte sich.

»Ich glaube, ich fahre auch besser heim«, meinte Rachel niedergeschlagen. »Falls Owen auftaucht.«

»Okay. Ich packe noch schnell ein paar Sachen ein.«

Sie hielt ihn zurück, weil er sogleich nach oben eilen wollte.

»Du musst aber nicht mitkommen.«

Er schenkte ihr seinen besonderen Du-machst-wohl-Witze-Blick. »Ich lasse dich nicht allein, bis wir ihn gefunden haben. Und selbst danach werde ich dich wahrscheinlich nicht allein lassen. Ich hole schnell meine Sachen.«

Sie folgte ihm nach oben und packte ihre Klamotten der letzten Tage ein, während Jason seinerseits die Tasche packte.

Aus dem Augenwinkel sah er, wie Rachel ein paar Briefumschläge durchsah.

»Was hast du denn da?«, wollte er wissen, während er die Schranktür schloss.

»Ach, nur Rechnungen. Wahrscheinlich haben wir keinen Strom mehr, wenn wir heimkommen. Ich habe meine Post schon seit Weihnachten nicht mehr angeschaut.« Plötzlich hielt sie die Luft an.

»Was denn?«

Sie ließ sich auf das Bett plumpsen und winkte mit einem Brief. »Hier ist es.«

Er hörte auf zu packen. »Was ist das?«

»Die richterliche Verfügung.«

Der ungeöffnete Umschlag schien sie förmlich anzustarren.

»Ich wette zehn Dollar, dass Owen beim Briefträger unterschrieben, den Umschlag aber dann einfach zur anderen Post gelegt und die Sache gleich wieder vergessen hat«, sagte Jason.

»Ich würde hundert wetten.«

Er nahm Rachels Tasche und seine. »Lass uns fahren.«

***

Jason hatte sich geduscht. Als er aus dem Bad kam, fand er Rachel auf Owens Bettkante sitzen. Es waren schon vier Tage vergangen und immer noch gab es kein Zeichen von Owen. Rachel hatte in der Zwischenzeit wahrscheinlich drei Kilo abgenommen.

»Hey.« Sie versuchte zu lächeln, als sie ihn bemerkte.

»Alles okay bei dir?«

»Irgendwie fühlt sich alles taub an.«

»Du bist müde und hast zu wenig gegessen.«

Sie klopfte neben sich aufs Bett. Er setzte sich zu ihr. »Als ich mich entschlossen habe, uns beiden eine Chance zu geben, hätte ich das hier niemals auch nur erahnen können.«

»Du meinst eher, als *ich* dich endlich so weit gebracht habe und du meinem Charme nicht mehr widerstehen konntest?«

Er vermisste ihr Lächeln. »Da habe ich noch gedacht, dass unsere größte Herausforderung die Sache mit der Arbeit wäre. In einer Million Jahre hätte ich mir nicht vorstellen können, dass du gleich in ein Sorgerechtsverfahren involviert wirst oder dass wir mit Streichhölzern unsere Augen offen halten müssen, weil wir ohne Pause nach Owen suchen.«

»So ist das Leben eben. Uns werden immer wieder Bälle zugespielt, die schwer zu kriegen sind. Aber die Tatsache, dass wir nicht alles vorhersehen können, macht das Leben ja auch interessant.«

»Oder vielmehr verrückt.«

»Vielleicht. Aber mir gefällt es. Ich hätte niemals geahnt, dass du in mein Leben trittst. Und jetzt möchte ich es nicht mehr anders haben«, sagte er zu ihr.

Sie schmolz bei seinen Worten. »Du sagst immer genau das Richtige zu mir.«

»Ist ja auch leicht, wenn man nur die Wahrheit sagt.«

»Schau, schon wieder das Richtige.« Jetzt hatte ihr Lächeln endlich auch die Augen erreicht. Jason beugte sich vor, um seine Worte mit einem Kuss zu bekräftigen.

Sie gab ein leises Stöhnen von sich und zog ihn zu sich. Mit diesem Zeichen von ihr wurde sein Kuss inniger. Obwohl sie seit Costa Rica im selben Bett schliefen, hatten sie seit mehreren Tagen keinen Sex gehabt. Er vermisste ihre samtene Haut, ihre Berührung. Aber jetzt strich sie über seine Brust, schlang ihre Beine um seine Hüfte.

Sein Körper vergaß, dass sie auf Owens Bett saßen, dass er immer noch vermisst wurde. Rachel dachte offenbar im Moment auch nicht daran, so leidenschaftlich, wie sie ihn küsste.

Er leistete keinen Widerstand, als sie ihn auf die Matratze drückte, ihre Lenden gegen seine presste. Mit beiden Händen hielt er sie auf sich, seine Erektion hoffte auf eine Lücke in der Kleidung.

Ihr Atem ging schneller, sie ritt auf ihm, voller Lust, obwohl er gar nicht in ihr war. Wenn sie so weitermachte, würde er in seiner Hose kommen, was seit Highschoolzeiten nicht mehr vorgekommen war.

»Oh ja«, raunte sie, ihre Bewegungen wurden schneller.

Er dachte an kaltes Wasser. An Eisberge. An alles, damit er bloß nicht sofort kam.

Dann änderte sie plötzlich die Richtung und gab dicht an seinem Ohr ein lautes, kehliges Stöhnen von sich und sackte auf ihm nieder.

Sein Schwanz zuckte auf, frustriert, dass die Stimulation nun aufhörte.

Lachend vergrub sie den Kopf an seinem Hals. »Ich glaube, ich habe dich gerade missbraucht.«

»Schatz, du darfst mich jederzeit missbrauchen.«

Sie sah ihn an. »Das hätte aber nicht hier in Owens Zimmer passieren dürfen.«

»Wir haben doch immer noch unsere Klamotten an.«

»Ich bin gekommen.«

»Noch zwei Sekunden länger und das wäre ich auch.«

Sie grinste und dann merkte er, wie sie sich plötzlich schuldig fühlte. »Das ist nicht gut. Owen wird vermisst und ich …«

»Du bist gestresst. Du hast Erleichterung gebraucht. Du darfst dir deshalb keine Vorwürfe machen.« Er selbst hätte ja auch gerne Erleichterung gehabt … Aber er wollte sie nicht drängen.

»Komm«, sagte sie. »Lass uns ins Bett gehen.«

Sie rollte sich von ihm herunter. Jason umfasste ihre Hüfte, um sie ins Schlafzimmer zu schieben.

Etwas beschämt strich sie Owens Bett glatt. »Sehr frevelhaft.«

Dabei löste sich der Bettüberzug. Plötzlich blieb Rachel wie angewurzelt stehen. »Warte mal.«

»Was ist denn?«

Sie schob das Bettzeug zur Seite.

»Was ist los?«

»Owen hat eigentlich eine Heizunterlage. Aber sie fehlt.«

»Bist du sicher, dass sie vorher noch auf seinem Bett war?«

»Sie ist immer auf seinem Bett, sobald es draußen weniger als zehn Grad sind.«

Sie schob die Kissen zur Seite, fand dort seinen Rucksack. »Er ist nach Hause gekommen.«

Sie starrten sich an.

»Wir haben im falschen Haus gesucht«, flüsterte Jason.

Rachel kam in Bewegung, öffnete Owens Schänke.

Jason rannte den Flur entlang, untersuchte alle Türen und Einbauten, sah auf der Abstellfläche unter der Treppe nach, in der Garderobe, der Garage …

Sie trafen in der Küche aufeinander. Gleichzeitig fiel ihr Blick auf die Tür zum Keller.

»Er würde doch nicht …«

Jason musste lachen. »Sich da verstecken, wo man niemals nach ihm suchen würde? Oh doch, das würde er.«

Sie öffneten langsam die Tür, stiegen die Treppen hinab.

Hinter einem Stapel Kisten war eine Art Zelt. Und tatsächlich. Dort lag Owen, zusammengerollt auf seiner elektrischen Heizdecke, die ihn in dem kalten Raum gleichzeitig von oben und unten wärmte. Er schnarchte.

Rachel begann zu weinen, fiel auf die Knie und schloss den schlafenden Owen in ihre Arme.

»Hey.« Er öffnete ein Auge.

»Ich könnte dich umbringen«, sagte Rachel. So fest, wie sie ihn umarmte, war das tatsächlich möglich.

»Ihr habt mich gefunden.«

Sie nahm sein Gesicht in beide Hände. »Tu so etwas nie wieder. Hörst du?«

»Ich wollte nicht, dass du ins Gefängnis kommst.«

»Nie wieder! Du darfst nie wieder fortlaufen! Wir müssen gemeinsam eine Lösung finden. Aber du darfst nie wieder einfach abhauen, verstanden?«

»Verstanden.«

Sie umarmten sich erneut.

»Mir geht es ja gut«, meinte er.

»Das vielleicht, aber mir ist es nicht gut gegangen!«

Owen blickte über Rachels Schulter hinweg zu Jason. Grinsend drückte er Rachel noch fester an sich.

Kapitel 25

»Schön, dass Sie heute auch hier sind, Mr Moreau.«

Richterin Sherman klang amüsiert.

Rachel stand neben Owen, beide hatten sich für den Gerichtstermin extra schick gemacht. Jason hatte Owen zu seinem Schneider geschickt. In dem Anzug wirkte der Junge gleich fünf Jahre älter.

»Hi«, grüßte Owen befangen.

Rachel stieß ihn in die Seite und flüsterte: »*Euer Ehren.*«

»Euer Ehren«, setzte er laut nach.

Gelächter.

Rachel blickte hinter sich zu Jason und seiner Familie.

»Du hast Rachel Price einen gehörigen Schrecken eingejagt. Was hast du darüber zu sagen?«

»Na ja, Frau Richterin, also ich meine, Euer Ehren. Ich habe damals gedacht, ich hätte keine andere Wahl.«

Seine Antwort schien sie zu überraschen. »Und was denkst du jetzt?«

»Jetzt glaube ich, ich hätte vielleicht tun sollen, was uns Mr Collet immer beizubringen versucht. Also, das ist mein Englischlehrer. Er sagt immer, dass wir unser Verhandlungsgeschick einsetzen sollen. Vielleicht hätte ich dann bis zu dem Gerichtstermin auch bei einem meiner Freunde bleiben können.«

»Mr Collet scheint ein weiser Mann zu sein.«

»Seine Prüfungen sind aber echt schwer.«

Wieder Gelächter.

»Lehrer, die viel fordern, sind meistens die besten«, entgegnete die Richterin.

»Ja, Euer Ehren.«

Die Richterin sah zu Rachel, dann zu den Colemans. »Man hat mir gesagt, dass es eine Einigung gegeben hat.«

»Das ist richtig, Euer Ehren«, sagte Mr Yanez, was auch Clive bestätigte.

»Dann lassen Sie mal hören.«

»Meine Mandanten haben sich dazu entschieden, die Klage wegen des Sorgerechts für Owen Moreau fallenzulassen.«

Rachel hatte das zwar schon gewusst, aber es jetzt vor dem Gericht zu hören, war eine Wohltat.

»Ich finde, das ist sehr klug«, meinte Richterin Sherman. »Und Sie sind TJ, nehme ich an?«, wandte sie sich Owens Vater zu.

»Das ist richtig, Euer Ehren.«

»Was haben Sie nun vor?«

TJ sah zu Owen hinüber. »Ich möchte gerne meinen Sohn kennenlernen, Euer Ehren.«

Rachel legte die Hand auf Owens Schulter.

»Aber bei allem Respekt, Euer Ehren, finde ich, dass weder ein Gericht noch Owens Großeltern den Jungen dazu zwingen sollten, Zeit mit mir zu verbringen. Es hat durch die Sache schon genug Stress gegeben und ich werfe mir vor, dass ich meine Eltern nicht abgehalten habe, zum Gericht zu gehen.« Ohne Owen aus den Augen zu lassen, fuhr er fort. »Aus ihm wird so oder so ein guter Mann, egal ob mit oder ohne uns.

Ich hoffe darauf, dass er mich vielleicht irgendwann aus freien Stücken kennenlernen will.«

Owen blickte verlegen auf seine Füße.

»Solange Miss Price der gesetzliche Vormund von Owen bleibt, wird TJ auf seinen Anspruch auf Vormundschaft verzichten«, verkündete Mr Yanez.

Richterin Sherman wandte sich nun Rachel zu. »Sind Sie damit einverstanden, Miss Price?«

»Das bin ich, Euer Ehren, von ganzem Herzen.«

Die Richterin war offensichtlich sehr zufrieden und stapelte die Unterlagen. »Dann will ich mal hoffen, dass sich die anderen Fälle, die heute verhandelt werden, ebenso leicht lösen lassen. Ich erteile hiermit die Erlaubnis, dass die Reisepässe von Miss Price und Mr Moreau wieder an die Besitzer ausgehändigt werden. Alle Einschränkungen der Bewegungsfreiheit sind hiermit aufgehoben.«

Es ist vorbei. Es ist endlich vorbei.

Owen umarmte sie.

»Aber nicht so schnell, Mr Moreau.«

Owen wurde wieder steif.

»Wenn ein Minderjähriger von zu Hause fortläuft, ist das ein Vergehen, das mit einer Strafe belegt wird.«

Rachel hielt die Luft an.

»Ich werde das nie wieder tun, Euer Ehren.«

Die Richterin erwiderte diese Aussage mit einem schelmischen Grinsen. »Da bin ich mir sicher. Und um dich in dieser weisen Entscheidung zu unterstützen, ordne ich zwanzig Arbeitsstunden an. Du wirst diese Stunden in einem Obdachlosenheim und bei einer Notrufnummer für Teenager, die von Zuhause fortgelaufen sind, ableisten.«

Rachel schloss erleichtert die Augen.

»Wirklich?«, fragte Owen. »Euer Ehren.«

»Wirklich!«

Rachel meldete sich, als ob sie in der Schule wäre.

»Ja, Miss Price.«

Mit einem Blick zu Owen sagte sie: »Ich möchte bitte beantragen, dass Sie das auf vierzig Arbeitsstunden erhöhen.«

»Wie bitte?«, rief Owen ungläubig.

Alle lachten.

»Wie gesagt, die Lehrer, die am meisten fordern, sind die besten. Ich bin noch zu jung für graue Haare.«

»Meinetwegen. Also vierzig Stunden.« Die Richterin besiegelte ihre Worte mit dem Hämmerchen. »Hiermit ist der Fall abgeschlossen.«

Rachel wuschelte Owen durch die Haare, bevor sie ihn in die Arme zog.

Sie wandte sich zu Clive, schüttelte ihm die Hand. »Vielen Dank.«

»Es war mir ein Vergnügen.«

Jetzt kam TJ zu ihnen herüber.

»Owen?«

Owen nickte stumm.

»Ich bleibe ein paar Wochen hier und wollte dich fragen, ob du vielleicht Lust hast, was mit mir zu unternehmen. Ins Kino zu gehen, oder so.«

Owen warf Rachel einen unsicheren Blick zu.

»Können wir machen.«

»Sicher?«

»Na ja, wenn ich den Film aussuchen darf …«

»Abgemacht.«

TJ wandte sich zu Rachel. »Danke.«

»Gerne.«

Im Gehen winkte TJ seinen Eltern, damit sie ihm folgten, dann verließen sie den Gerichtssaal.

Jetzt kam Jason. Er legte beiden einen Arm über die Schultern. Seine Brüder und deren Frauen kamen auch dazu. »Wie sollen wir jetzt feiern?«

»Ich habe an Machu Picchu gedacht«, sagte Owen trocken.

»Peru?«, rief Rachel.

Glen musste lachen.

»Der Junge gefällt mir immer besser«, sagte Trent.

»Warum, zu weit weg?«, fragte Owen unschuldig.

»Aber Owen!«

Jason lachte. »Es sind doch nur sieben Stunden Flug.«

Owen stellte sich vor sie. »Ist echt keine schlechte Idee, oder?« Er zeigte mit beiden Zeigefingern auf Jason und wippte auf den Füßen vor und zurück. »Die sieben Weltwunder. Muss man doch gesehen haben, oder?«

»Owen!«

»Was?«

»Wie wäre es, wenn wir das einfach mit einem Eis oder Abendessen feiern würden?«, schlug Rachel vor.

»Das allerbeste Eis gibt es aber in Peru«, warf Trent ein.

Monica gab ihm einen Klaps auf den Arm. »Du bist aber keine rechte Hilfe.«

»Morgen ist wieder Schule.« Als hätte Rachel ihnen damit die verrückte Idee ausreden können.

»Und er muss die gemeinnützigen Arbeitsstunden ableisten«, fügte Mary hinzu.

Glen schaute auf sein Handy. »Es sind da gerade dreißig Grad.«

Rachel blickte ungläubig zu Mary und Monica. »Also wirklich, diese Männer. Wie kommt ihr mit denen nur klar?«

Beim Ausgang schlug ihnen die Eiseskälte von New York entgegen.

***

Die Aussicht nahm ihr den Atem. Oder vielleicht lag es auch an der Höhe?

Rachel stand auf der Treppe, von oben sah sie, wie Owen aufgeregt um die anderen herumlief. Diese verrückte Idee war bei den Fairchild-Männern sofort auf Begeisterung gestoßen, noch bevor Rachel etwas dagegen hätte sagen können. Schon saßen sie im Privatjet auf einer Höhe von dreißigtausend Fuß.

»Ich kann mich gar nicht mehr erinnern, wann ich das letzte Mal mit meinen Brüdern zusammen irgendwohin geflogen bin«, erzählte Jason, als er sich neben Rachel auf die Stufen der Inka-Ruine setzte. Rachel setzte sich halb auf seinen Schoß, legte ihre braun gebrannten Beine quer über seine und lehnte den Kopf gegen seine Schultern.

»Warum habt ihr das so lange nicht gemacht?«

»Arbeit, Leben. Manchmal konzentriert man sich so sehr darauf, erfolgreich zu werden, dass man das, was eigentlich wichtig ist, aus den Augen verliert.«

»Du bist doch längst erfolgreich, dafür haben ja deine Eltern schon gesorgt.« Sie betrachtete Jasons Profil.

»Bis ich dich kennengelernt habe, hat es sich angefühlt, als würde ich dauernd mit dem Staffelstab in der Hand rennen, immer weiter Richtung Ziellinie. Aber diese Linie habe ich nie gesehen und so bin ich immer weitergerannt.«

»Klingt anstrengend.«

»Das ist es auch. Ich habe gar nicht gemerkt, wie erschöpft ich war, bis ich mit dir an meiner Seite aufgewacht bin.«

Er sagte wirklich immer genau das Richtige.

»Jason.«

Er merkte, wie sie ihn liebevoll ansah. »Es ist wahr. Als ich dich überreden musste, dass du mit mir ausgehst, da habe ich mich zum ersten Mal so richtig lebendig gefühlt.«

»Und wann genau war das? Zwischen Lichterkettenaufhängen und den Gerichtsverhandlungen?«

»Irgendwo dazwischen, ja.«

Sie lachten gemeinsam.

»Ich möchte das hier. Genau das – und zwar für immer.«

Rachel betrachtete das Panorama. Sie sah zu der Linie, wo der blaue Himmel auf das satte Grün des peruanischen Urwaldes traf, der über Jahrhunderte hinweg Machu Picchu verborgen gehalten hatte. Auf die Treppen, wo früher Menschenopfer gebracht worden waren und die nun daran erinnerten, wie wertvoll das Leben war. »Du kannst das jeden Tag haben, wenn du willst.«

Sie lachte.

Jason schüttelte den Kopf und ergriff ihre Hand. »Nicht das.«. Er zeigte vage auf die Umgebung vor sich. »Sondern das.« Jetzt drückte er ihre Hand.

Bevor Rachel etwas erwidern konnte, zeigte er auf Owen, der gerade Bilder von seinen Brüdern und ihren Frauen machte. »Das hier. Ich will der Mann an deiner Seite sein, der einfach sagt *Hey, Owen, willste etwas über die Chinesische Mauer lernen? Komm, lass uns hinfliegen*!«

»Das ist verrückt.«

»Fast verrückt.« Er küsste ihren Handrücken. »Vielleicht fast nur ein bisschen verrückt.«

Sie drückte Daumen und Zeigefinger zusammen. »Fast nur ein klitzekleines bisschen verrückt.«

»Ich stelle mich gerade ganz schön blöd an«, meinte er.

»Bei was?«, fragte sie.

Er zog sie höher auf seinen Schoß, hielt sie mit einer Hand fest, damit sie nicht herunterfallen würde. Jasons freches Grinsen war verschwunden, er blickte sie plötzlich sehr ernst an.

»Ich habe mich vollständig und unwiderruflich in dich verliebt.«

Ihr Mund blieb offen stehen.

»Ich möchte dich, diese Liebe, für den Rest meines Lebens.«

Gleich würde sie anfangen zu weinen.

»Die Sache ist so: Ich könnte noch ein halbes Jahr damit verschwenden, dich zu überzeugen, dass wir für immer zusammengehören. Oder wir könnten auch einfach gleich mit unserem wunderbaren Leben beginnen.«

»Jason …«

Er legte ihr einen Finger auf die Lippen. »Heirate mich, Rachel. Gib mir einen Grund, den Staffelstab endlich weiterzugeben, damit ich wieder richtig lebe.«

Sie lachte und zog gleichzeitig die Nase hoch. »Du bist verrückt.«

»Das haben wir doch vorhin schon festgestellt.«

»Dann sind wir ab jetzt für immer zusammen verrückt.«

Wieder verschwand das Lächeln. »Meinst du das ernst?«

Sie nickte und unterdrückte nicht länger ihre Tränen. »Ja.«

»Oh, Gott sei Dank.« Er küsste sie und nahm seine Lippen nicht mehr fort, als er sagte: »Ich werde dich so glücklich machen.«

»Das machst du jetzt schon. Ich liebe dich«, sagte sie zu ihm.

Er küsste sie wieder, noch inniger.

»Warte.« Er hob sie von seinem Schoß, setzte sie neben sich auf die Stufen. Dann fiel er vor ihr auf die Knie. Aus seiner hinteren Hosentasche holte er dabei ein Kästchen hervor.

»Du hast das alles geplant.«

Er grinste wie ein Teenager, während er die kleine Schatulle öffnete. Seine Augen schimmerten feucht. »Es ist der Ring meiner Mutter. Es wäre mir eine große Ehre, wenn du ihn tragen würdest.«

Dicke, hässliche Tränen rannen nun über ihre Wangen, ihr Herz war erfüllt von Stolz und Glück. Sie blickte auf den Ring. »Dein Vater hatte einen guten Geschmack.«

Jason nahm den Ring, wischte seine Wange trocken und steckte ihn ihr an die linke Hand.

Sie betrachteten ihn einige Sekunden. Ihnen wurde bewusst, was dieser Moment bedeutete.

»Machen wir das wirklich?«, fragte sie.

»Und wie. Wir heiraten.«

Er stand auf und zog sie in seine Arme.

Von unten ertönte Applaus.

Owen deutete auf seine Kamera und zeigte ihnen den Daumen nach oben.

»War er auch eingeweiht?«, raunte Rachel ihm zu.

»Alle waren eingeweiht.« Jason winkte ihren Zuschauern.

»Ihr seid alle total verrückt.«

»Nur *fast* total verrückt.«

Epilog

Das Licht spiegelte sich auf der Wasseroberfläche und traf auf Owens Angel, während er vom Ruderboot die Schnur auswarf. Nathan saß daneben und gab Anweisungen.

Allmählich neigte sich der Sommer dem Ende zu. Es war nun genau ein Jahr seit ihrem Umzug vergangen.

Rachel betrachtete ihre Ringe an der Hand. Den Verlobungsring, den Jason ihr in Peru an den Finger gesteckt und den sie seither nie mehr abgenommen hatte. Und den Ehering, der sechs Wochen später hinzugekommen war und jedem zeigte, dass sie nun Mrs Jason Fairchild war.

Sie musste wieder daran denken, wie Jason mit ihr und Owen nach Kalifornien geflogen war, um an Emilys erstem Todestag Blumen aufs Grab zu legen. Rachel würde das nie vergessen.

Ihre Hochzeit war von vielen begrüßt und von manchen mit Argwohn aufgenommen worden.

Aber es war ihnen egal, was die Leute sagten. Selbst als sie zur Leiterin der Marketingabteilung befördert wurde und man wahrscheinlich in der Teeküche darüber redete. Dennoch blieb Rachel selbstbewusst und ließ sich davon nicht beeinflussen. Julie erinnerte jeden, der einen Kommentar abließ, daran, dass es schließlich Rachel gewesen sei, die den größten Kunden der letzten fünf Jahre an Land gezogen hatte.

Sie hörte Jasons Schritte.

Er gab ihr einen Kuss auf den Kopf und setzte sich neben sie. »Hat er schon was gefangen?«

»Glaube nicht.«

Jason legte die Füße auf der breiten Doppelliege hoch und zog sie in die Arme. »Glaubst du, dass er etwas ahnt?«

»Ich glaube, er weiß schon, dass es eine Party geben wird.«

»Und das Auto?«

Ihr schauderte. »Ich kann mir noch gar nicht vorstellen, dass er Auto fahren wird.«

Jason lachte. »Er kann jetzt schon gut fahren.«

Dabei war sein sechzehnter Geburtstag erst in der kommenden Woche.

»Wo ist denn das Auto?«

»Bei Trent.«

Egal, wie sehr Rachel versucht hatte, es Jason auszureden, er hatte darauf bestanden, Owen das erste Auto zu kaufen.

»Nach der ersten Delle kriegt er aber doch einen alten Gebrauchtwagen.«

»Er wird super fahren.«

Sie zog ein bisschen die Nase hoch. »Er wird so schnell groß.«

Jason umarmte sie. Als sie richtig zu weinen begann, wunderte er sich. »Alles okay bei dir?«

Sie seufzte, beobachte Owen beim Einholen der Angelschnur. »Es sind nur die Hormone.«

»Ach so, verstehe.« Jason kuschelte sich an sie heran. »Das heißt, du brauchst Schokolade. Oder ein Glas Wein?«

Jetzt oder nie. »Vielleicht sollte ich es mit sauren Gurken und Milch probieren«, sagte sie mit ernster Miene.

»Oh Gott, das klingt ja schrecklich …«

Doch plötzlich schoss Jason hoch und sah sie an. Sein Blick fiel auf ihren Bauch. »Saure Gurken?«

Rachel legte die Hand auf ihr ungeborenes Kind und grinste ihn an.

»Ist das dein Ernst?«

»Ich habe heute Morgen den Test gemacht.«

Er legte ganz vorsichtig die Hand auf ihren Bauch, als ob er Angst hätte, sie zu berühren. »Du bist schwanger?«

»Ich bin eher überrascht, dass es nicht schon früher passiert ist. Du hast mich ja seit Costa Rica nicht mehr in Ruhe gelassen.«

»Ich werde Papa.«

Rachel musste lachen. »Messerscharf kombiniert, Fairchild.«

»Wahnsinn.« Er gab ihr einen Kuss auf den Bauch, legte sein Ohr darauf. »Was war denn das?«, fuhr er hoch.

»Mein Magen. Ich habe Hunger.«

»Du hast Hunger …« Er sprang sofort auf. »Okay, ich hole dir etwas zu essen. Was willst du? Saure Gurken? Ich kann saure Gurken kochen.«

Rachel musste lachen.

Jason ging zwei Schritte, dann wandte er sich um, zog sie vom Stuhl hoch und wirbelte sie herum. »Ich liebe dich. Ich liebe dich jeden Tag mehr.«

»Mir wird schwindlig.«

So abrupt, wie er begonnen hatte, hörte er auf, sie zu drehen. »Alles okay? Ist das nicht gut für dich?«

Sie musste wieder lachen. »Ich war gestern Abend genauso schwanger, als du mich über den Pooltisch gebeugt hast.«

»Oh, das ist nicht gut.«

»Also, mir hat es gefallen.«

Er küsste sie innig, dann löste er sich von ihr, warf die Hände in die Luft und rief laut: »Ich liebe diese Frau!«

Jetzt blickten Owen und Nathan verwundert zu ihnen herüber.

Owen legte die Hände um den Mund, um lauter rufen zu können. »Was ist denn los?«

Jason ging näher zum Ufer. »Du kriegst ein Geschwisterchen!«

»Was?«

»Rachel ist schwanger!«

Owen stellte sich im Boot auf. »Schwanger?« Er schlug mit der Faust in die Luft und zwei Sekunden später stand er bis zur Brust im See, Nathan ebenfalls.

Rachel prustete los. »Das kostet uns zwei neue Handys.«

»Handys? Du trägst mein Kind unter deiner Brust und redest von Handys?«

»Ich rede gleich von nichts anderem mehr als vom Essen, wenn wir nicht gleich etwas kriegen.«

Jason hob sie hoch und wirbelte sie abermals im Kreis » *Wir*. Oh Gott, ich liebe dich. Ich bin so froh, dass du mich letzten Winter von der Straße abgedrängt hast.«

»Ich habe dich nicht von der Straße abgedrängt!«

Jason hob sie hoch, trug sie ins Haus und sprach mit ihrem Bauch »Sie hat mich voll von der Straße abgedrängt.«

»Fast ein Volltreffer ist es trotzdem gewesen.« Rachel hielt sich lachend an seinem Hals fest und ließ sich von ihm über die Schwelle tragen, in ihr neues, verrücktes Leben an seiner Seite.

Danksagung

Es hat mir sehr viel Spaß gemacht, diese Serie zu schreiben. Wenn ich damals, mit achtzehn, nicht selbst nachts im Restaurant *Denny's* gearbeitet hätte, wäre ich niemals auf die Eröffnungsszene zwischen Jack und Jessie in *Fast ein Date* gekommen. Kaum zu glauben, wo ich jetzt im Leben stehe, das ist immer noch unfassbar für mich.

Ich möchte mich bei den Leuten bedanken, die mir beim Gelingen dieses letzten Buches der *Not-Quite*-Serie geholfen haben.

Mein Dank geht an Kayce Harding. Danke, dass du ins Flugzeug gestiegen bist, um mich mitten im kalten Winter in New York zu besuchen. Ich schwärme immer noch vom Entenbraten in dem kleinen französischen Restaurant. Ich hab dich lieb, Cousinchen.

Danke an Denise Placencio, meine unglaublich talentierte Rechtsanwältin, die so eindrucksvoll im Gerichtssaal verhandelt.

Wie immer gilt mein besonderer Dank Jane Dystel und Miriam Goderich, die mir Mut zugesprochen haben, doch endlich in Manhattan mit der Metro zu fahren, nachdem ich mit dem Taxi drei Stunden gebraucht hatte. Ich fühle mich jetzt so erwachsen.

Und nun zurück zu Kelli Martin. Als Jack und Jessie vor fünf Jahren aufgetaucht sind, bist du meine Lektorin geworden. Das Verlagswesen hat uns auf dieser Erde zusammengebracht, aber unsere Freundschaft reicht bis ins Universum. Ich bewundere dich sehr, selbst wenn ich dir manchmal die Pointe meiner Witze erklären muss. Du bist wirklich die blondeste Schwarze, die ich je getroffen habe, und ich würde nichts an dir ändern wollen. Wir sind Schwestern im Herzen und ich freue mich auf die vielen Jahre unserer Freundschaft, die wir noch vor uns haben. Danke, dass du meine Arbeit voranbringst und sie trotzdem echt lässt.

Ich hab dich lieb, meine Freundin.

Deine Catherine

40010670R00214

Printed in Poland
by Amazon Fulfillment
Poland Sp. z o.o., Wrocław